Buch

Julia Severin, eine junge Frau, lebt seit dem plötzlichen Tod ihres Mannes mit ihrem Sohn Ralph und ihrer Tochter Roberta in einer kleinen, eine Autostunde von München entfernten Stadt. Mit den größer gewordenen Kindern sind auch die Konflikte gewachsen.

Ralph geht in der Großstadt seine eigenen, für die Mutter nicht immer durchschaubaren Wege. Sein Zuhause glaubt er sich weiterhin als letzte Zuflucht offenhalten zu können. Seine Mutter unterstützt seine Ansprüche und läßt sich durch ihn als »den Mann in der Familie« von ihren eigenen Lebensvorstellungen abbringen.

Roberta entwickelt einen von Julia nicht ganz unverschuldeten Egoismus, der bis zum erpresserischen Selbstmordversuch reicht, als sie glaubt, die Mutter an einen Mann zu verlieren. Julia erkennt zwar ihre Irrtümer, kapituliert aber immer wieder vor den besitzergreifenden Tricks ihrer Kinder. Sich selbst zu finden und sich ihr eigenes Glück zu erkämpfen, das gelingt ihr erst, als ihr ein Mann begegnet, der sie wirklich liebt und ihr Verständnis und Hilfe entgegenbringt.

Marie Louise Fischer hat mit diesem Buch die Geschichte der Julia Severin, die mit dem Roman »Zu viel Liebe« (Goldmann-Taschenbuch 6625) begann, fortgesetzt. Sie zeichnet nicht nur das Bild einer jungen Frau, die versucht, mit dem Leben allein fertig zu werden, sondern macht auch die Widersprüche der jüngeren Generation deutlich. Mit außerordentlichem Einfühlungsvermögen schildert sie die Probleme einer kleinen Familie in der heutigen Zeit.

Autorin

Marie Louise Fischer, 1922 in Düsseldorf geboren, studierte nach dem Abitur Theaterwissenschaft, Philologie, Psychologie und Kunstgeschichte. 1951 schrieb sie ihr erstes Buch, dem viele andere folgten. Mit ihren großen Familienromanen hat sie Millionen Leser in aller Welt begeistert. Heute zählt sie zu den erfolgreichsten deutschen Schriftstellerinnen.

Außer »Zu viel Liebe« und »Das eigene Glück« sind von Marie Louise Fischer als Goldmann-Taschenbücher erschienen:

Aus Liebe schuldig (3990) · Des Herzens unstillbare Sehnsucht (3669) · Diese heiß ersehnten Jahre (3826) · Ehebruch (6468) · Mit einer weißen Nelke (3508) · Schwester Daniela (3829) · Süßes Leben, bitteres Leben (3642) · Tödliche Hände (3856) · Die Deinharting-Trilogie: Das Dragonerhaus (3869) · Die Rivalin (3706) · Die Frauen vom Schloß (3970)

Marie Louise Fischer
Das eigene Glück

Roman

Ungekürzte Ausgabe

Made in Germany · 2. Auflage · 12/85
© 1982 Blanvalet Verlag GmbH, München
Umschlagentwurf: Design Team München
Umschlagfoto: Studio Bullinger, München
Druck: Elsnerdruck, Berlin
Verlagsnummer: 6778
MV · Herstellung: Peter Papenbrok/Voi
ISBN 3-442-06778-2

Julia schrak zusammen.

Sie hatte geträumt, eine Treppe hinaufzusteigen, aber dort, wo eben noch eine Stufe gewesen war – oder sie eine Stufe vermutet hatte –, war plötzlich nichts mehr, und sie hatte ins Leere getreten. Dadurch war sie erwacht.

Noch mit geschlossenen Augen versuchte sie, in die Wirklichkeit zurückzufinden. Sie lag in den Armen ihres Geliebten, den Kopf an seiner Brust, und der Geruch von Tabak verriet ihr, daß er rauchte.

Als sie die Augen aufschlug, begegnete sie seinem Blick.

Liebevoll betrachtete er sie. »Ich mochte dich nicht wecken«, verteidigte er sich, ohne daß sie ihm einen Vorwurf gemacht hatte, »du wirktest so entspannt.«

»Wie spät ist es?« Sie wollte sich aus seinen Armen lösen, um einen Blick auf das Zifferblatt der Nachttischuhr zu werfen.

Er hielt sie fest. »Reg dich nicht auf! Du bist nur wenige Minuten weg gewesen.«

»Wie spät?« fragte sie noch einmal.

»Gerade erst zehn vorbei.«

Sie atmete auf und schmiegte sich an ihn. »Dann schaffe ich es noch.«

»Natürlich schaffst du es!« Er streckte seinen langen Arm über sie aus und zerdrückte den Zigarettenstummel im Aschenbecher.

Im Zimmer herrschte ein sanftes Licht; die Vorhänge waren fest zugezogen, und nur eine kleine Lampe auf der Kommode des einfach eingerichteten Schlafzimmers brannte.

Er küßte sie, erst zärtlich und dann mit wachsender Leidenschaft.

Als sie spürte, daß sein Begehren wieder erwachte, legte sie beide Hände gegen seine Brust und schob ihn mit sanfter Entschlossenheit von sich. »Bitte, nicht, Dieter . . . du weißt!«

»Du brauchst doch erst in einer Stunde zu Hause zu sein.«

»Aber erst muß ich mich noch duschen und . . . sei mir nicht
böse, ich habe jetzt einfach nicht mehr den Nerv dazu.«
Mit einem Seufzer der Enttäuschung gab er sie frei. »Wann
wird das endlich anders werden?«
Das war eine Frage, auf die er, so hoffte sie, nicht ernsthaft eine
Antwort von ihr erwartete. Sie hatten dieses Thema schon allzu
oft diskutiert. So gab sie ihm nur noch einen raschen Kuß, der
seine Schulter traf, und schlüpfte aus dem Bett.
Er verschränkte die Hände hinter dem Kopf und beobachtete
sie, wie sie sich nackt im Zimmer bewegte, ihre Kleider zusam-
mensuchte und sich bückte, um einen Strumpf aufzuheben. Sie
tat das mit großer Selbstverständlichkeit, und er genoß es.
»Wenn ich dich nur nicht so liebte«, sagte er.
Sie richtete sich auf und sah ihn an. »Wünschst du dir das wirklich?«
»Manchmal schon.«
»Das finde ich nicht nett von dir.«
Gegen seinen Willen mußte er lachen. Sie war jetzt sechsunddreißig Jahre alt, aber immer noch war ihr etwas Mädchenhaftes
geblieben, wenn ihre Taille auch nicht mehr ganz so schmal war
wie in ihren jungen Jahren. Ihr Körper war immer noch straff,
ihr Popo rund, und ihre kleinen Brüste hüpften kaum, wenn sie
auf und ab ging. Er fand, daß sie Unschuld ausstrahlte, und das
schien ihm um so merkwürdiger, als sie sich ihm noch vor kurzem mit der ganzen Leidenschaft einer reifen Frau hingegeben
hatte. Er dachte, daß es vielleicht an ihrem herzförmigen Gesicht mit den großen, weit auseinanderstehenden braunen Augen lag, oder an ihrem dunklen kurz geschnittenen Haar, das
jetzt zerzaust war wie das eines kleinen Jungen nach einer Rauferei. Nein, eher kam es wohl daher, daß sie immer so beschützt
gewesen war. Selbst nach dem Tod ihres Mannes, der durch einen unverschuldeten Autounfall ums Leben gekommen war,
hatte sie keine finanziellen Sorgen kennengelernt. Robert Severin war Beamter gewesen, Amtsgerichtsrat, und zusätzlich zu
ihrer Witwenpension zahlte ihr die Versicherung des Unfall-
schuldigen einen steigenden monatlichen Zuschuß. Außerdem
besaß sie ja noch das Haus in der Akazienallee, das zur Hälfte
vermietet war. So war es ihr seit eh und je erspart geblieben,
sich im Existenzkampf abzustrampeln.

Darüber hinaus hatte es immer den einen oder anderen Mann gegeben, der sich um sie gekümmert hatte, ohne mehr von ihr zu verlangen als ihre Dankbarkeit.

Nein, ganz so war es nicht gewesen, berichtigte er sich. Erhofft hatten sich ihre Freunde schon viel mehr von ihr. Aber sie war nie bereit gewesen, mehr zu geben als eben Dankbarkeit und Freundschaft, und sie hatte Schluß gemacht, sobald ein Verehrer mehr von ihr gefordert hatte.

Er, Dieter Sommer, Studienrat am Gymnasium in Bad Eysing, war der einzige, dem es gelungen war, sie zu erobern. Aber hatte er sie denn erobert? Er mußte sich eingestehen, daß es nicht so war. Ja, sie gab sich ihm hin, aber nur in diesen kurzen, heimlichen Stunden. Danach wurde sie wieder ganz sie selbst, Julia Severin, die Witwe des früh verstorbenen Amtsgerichtsrats und verantwortungsbewußte Mutter zweier halbwüchsiger Kinder.

Aber das genügte ihm nicht, würde ihm nie genügen. Er wollte sie ganz für sich haben, als seine Frau. Julia Sommer – kein Name hatte einen schöneren Klang in seinem Ohr. Um sie wirklich für sich zu gewinnen, war er zu jedem Opfer bereit. Es hätte ihm durchaus nichts ausgemacht, bei ihren Kindern Vaterstelle zu übernehmen, und mochten sie auch noch so schwierig und verwöhnt sein.

Julia wußte das; er hatte es ihr oft genug versichert. Aber das hatte ihn keinen Schritt bei ihr weitergebracht.

Es war nicht wegen ihrer Selbständigkeit, die sie nicht aufgeben mochte, nicht wegen ihrer Pension, auf die sie nicht verzichten wollte; es ging ihr einzig und allein um ihre Kinder. Sie, so meinte Julia, hatten ein Recht auf ihre ungeteilte Liebe, und ihnen mußte jeder Grund zur Eifersucht und jeder Schmerz erspart bleiben.

Er hätte gern noch einmal mit ihr darüber gesprochen, gerade jetzt, an diesem Abend. Er war eigentlich sicher, sie überzeugen zu können. Aber sein Verstand sagte ihm, Worte würden jetzt nur Schaden anrichten.

Sie wußte ja, wie es um ihn stand; sie mußte eines Tages selber einsehen, daß es nicht immer so mit ihnen weitergehen konnte, auch nicht mehr so lange, bis ihre Tochter Roberta, heute dreizehn Jahre, ihren eigenen Weg gefunden hatte. Er wollte Julia heiraten, so lange sie beide noch jung waren, und er wollte Kinder mit ihr haben. Nur dann würde sie sich ihm wirklich zugehörig fühlen. Es war quälend, immer wieder die gleichen Gedanken denken, sich in den gleichen Hoffnungen verzehren zu müssen. Manchmal verstand er nicht, wie Julia, die doch sonst so feinfühlig war, das nicht begriff.

Plötzlich glaubte er, daß sie es spüren müßte.

»Julia!« rief er.

Sie kam sofort aus dem Bad, jetzt schon wieder vollständig angezogen, in einem Rohseidenkleid, das in der Taille mit einer rotbraunen Seidenschnur gegürtet war, das Haar sorgfältig frisiert. »Wie sehe ich aus?« fragte sie.

»Anbetungswürdig!« brach es aus ihm heraus.

»Ach, du Dummer!« Sie knipste das Deckenlicht an. »Sag mir ehrlich, muß ich mein Gesicht noch zurechtmachen?«

»Für mich nicht.«

»Das weiß ich . . . für Roberta! Ich hatte mich doch ein bißchen angemalt, weil ich angeblich ins Konzert wollte. Wird es ihr nicht auffallen, wenn ich jetzt mit blankem Gesicht nach Hause komme?«

»Sie wird sicher schon schlafen.«

»Und wenn nicht?«

»Dir wird schon was einfallen«, sagte er müde.

Sie wandte sich zum Spiegel über der Kommode hin und öffnete ihre kleine Abendtasche. »Ich glaube, ich nehme doch lieber ein bißchen Lippenstift.«

»Julia«, sagte er, »versetzt du dich eigentlich nie in meine Lage?«

Sie schraubte die Hülse zu, tat den Lippenstift in ihre Handtasche und drehte sich zu ihm hin. »Du hältst mich für ziemlich oberflächlich, wie?« fragte sie leichthin, dabei war ihr Gesicht jedoch sehr ernst.

»Nein, ich frage mich nur . . .«

»Ich weiß, wie schwer das alles für dich ist! Aber ich leide ja auch.«

»Du!?«

»Ich hasse Heimlichkeiten . . . ich hasse sie so sehr, daß ich manchmal überlege, ob es nicht besser wäre, uns zu trennen.«

»Das könntest du?«

»Wenn es mir nicht so unendlich schwerfiele, hätte ich es längst getan.«

Er bereute, daß er es zu dieser Auseinandersetzung hatte kommen lassen. Sie waren glücklich miteinander gewesen, und er hatte wieder einmal alles verderben müssen.

»Ich gehe jetzt«, sagte sie und schlüpfte in ihren braunen Biberpelz.

»Kommt nicht in Frage!« Er sprang aus dem Bett. »Ich bringe dich natürlich.«

»Das ist doch nicht nötig. Bis zum Taxistand sind es doch nur ein paar hundert Meter.«

»Du traust mir zu, daß ich dich allein durch die Nacht laufen lasse?!«

»Und warum nicht? Hier bei uns ist das doch ganz ungefährlich. Oder ist dir etwa zu Ohren gekommen, daß sich in Eysing nachts Bösewichte und Unholde auf den Straßen herumtreiben?« sagte sie, machte aber keine Anstalten zu gehen, sondern beobachtete gerührt, wie er, nackt, wie er war, in seine Hosen schlüpfte und sich den Rollkragenpullover über den Kopf zog.

»Du solltest wenigstens Strümpfe anziehen«, mahnte sie, »sonst wirst du dich noch erkälten, darin sehe ich die einzige Gefahr.«

»Für die paar Minuten . . . nicht nötig«, wehrte er ab und steckte seine großen Füße in ausgeleierte Boots.

»Sei froh, daß du nicht mein Sohn bist, sonst würde ich dir was erzählen.«

»Ich bin froh, daß ich nicht dein Sohn bin«, erklärte er mit Nachdruck und nahm sie in die Arme.

Sie schmiegte sich kurz an ihn und rieb die Wange an seiner Brust, machte sich dann aber rasch frei. »Wenn du mich fahren willst . . . bitte, dann los!«

Er hatte die Frage auf der Zunge, ob sie es denn vor Sehnsucht nach ihrer Tochter nicht länger aushalten könnte, verbiß sich diese Bemerkung aber, weil ihm bewußt wurde, daß sie von kindischer Eifersucht diktiert worden war. »Also gehn wir«, sagte er statt dessen, »verdammt, wo habe ich meine Autoschlüssel?«

»Wahrscheinlich, wo du sie immer hast!« erwiderte sie sanft. »Greif mal in deine Jackentasche!«

Er zog die Lederjacke an, die er über den Stuhl geworfen hatte, und faßte hinein. »Wahrhaftig!« Er ließ den Ring mit den kleinen Schlüsseln um den Zeigefinger kreisen. »Wer hätte das gedacht?!«

Obwohl dies eine rein rhetorische Frage war, sagte sie: »Ich!« Sie ging ihm voraus in den Flur und die schmale Treppe hinunter, die geradewegs in die Garage führte.

Das war einer der Gründe, warum er das kleine Haus gemietet hatte. Es lag in einer Feriensiedlung, einige Kilometer von Bad Eysing entfernt. Zwei Reihen von Häusern, vierzig an der Zahl, waren hier auf billigem Grund völlig gleichförmig nebeneinander aufgebaut worden. Die meisten waren fest vermietet, wurden aber nur an den Wochenenden und in den Ferien bewohnt. Das ganze Jahr über lebte, außer Dieter Sommer, nur ein geschiedener Mann hier draußen, der seiner Frau die Wohnung hatte überlassen müssen, und ein junges Ehepaar, das sich nichts Besseres hatte leisten können. Die Häuser waren allzu hastig zusammengeschustert worden und zeigten die ersten Verfallserscheinungen, kaum daß sie bezogen worden waren.

Trotzdem hatte Dieter Sommer seine schöne Wohnung in der Innenstadt, nahe dem Gymnasium, die er möbliert bewohnt hatte, ohne Bedauern aufgegeben. Für die Liebenden brachte das den Vorteil, daß Julia ihn ungesehen besuchen konnte.

Meist trafen sie sich in der Stadt, wo sie in sein Auto einstieg. Auf wechselnden Umwegen fuhren sie dann heraus und in seine Garage. Allerdings trieb Julia die Vorsichtsmaßnahmen nicht so weit, sich auf ihrem Sitz zu ducken. Das wäre ihr albern und unwürdig vorgekommen.

Sie war auch sicher, daß jeder in Bad Eysing von ihrer Beziehung zu dem jungen Studienrat wußte, obwohl einige noch rätseln mochten, wie nahe sie sich tatsächlich standen. Julia hatte so viele Jahre lang alle Annäherungsversuche so entschieden abgelehnt, daß man sie am Stammtisch »die standhafte Witwe« nannte.

Es war ihr ziemlich gleichgültig, was die Leute von ihr dachten und über sie redeten. Sie beide, Dieter und sie, waren ja erwachsene und freie Menschen und konnten tun und lassen, was sie wollten. Vielleicht würden einige, die sich ausrechneten, daß ihre Beziehungen nicht platonisch geblieben waren, sie als »un-

moralisch« bezeichnen. Die meisten aber würden doch wohl
Verständnis für sie aufbringen. Dafür, daß sie ihn nicht heiratete, gab es in den Augen ihrer realistischen Mitbürger einen
sehr einleuchtenden Grund: Sie hätte dadurch ihre sehr gute
Pension verloren.

Nein, nicht der Leute wegen trafen sie ihre Vorsichtsmaßnahmen, sondern nur, damit Julias Kinder nichts erfahren sollten.
Zwar lebte Ralph, siebzehnjährig, jetzt in München und besuchte sie nur noch sporadisch. Aber auch er hatte sich von der
Mutter das Bild einer reinen, unberührbaren Frau gemacht. Julia hatte bisher nicht die Kraft gehabt, den Sockel, auf den er sie
gestellt hatte, einzustürzen.

Jetzt, als sie neben Dieter durch die nächtlich stille Siedlung
fuhr, deren Wege von wenigen Straßenlaternen spärlich be-
leuchtet wurden, sagte sie plötzlich: »Ich glaube, ich habe alles
falsch gemacht.«

Er glaubte nichts anderes, als daß sich ihre Zweifel auf ihre
Liebe zu ihm bezögen, und war zu erschrocken, um eine Frage
zu stellen.

Nach einer Pause, die ihm unendlich lang schien, fügte sie
hinzu: »Mit meinen Kindern.«

»Ach so«, sagte er und konnte nicht verhindern, daß seine
Stimme erleichtert klang.

»Damals«, fuhr sie gedankenverloren fort, »als sie noch klein
waren . . . nach Roberts Tod und auch noch Jahre danach . . . da
war ich wahrscheinlich so, wie sie mich sahen. Aber ich habe
mich verändert. Meine Gefühle haben sich verändert und
meine Einstellung zum Leben. Nur für sie bin ich immer die geblieben, die ich einmal war.«

»Hm, hm«, machte er nur, denn er konnte ihr nicht widersprechen und fürchtete, sie mit einer Bestätigung zu reizen.

»Nicht, daß ich nicht immer wieder versucht hätte, auszubrechen. Aber es ist mir einfach nicht gelungen. Sobald ich etwas
sagte oder tat, das nicht in ihr Bild von mir paßte, waren sie so
bestürzt und erschrocken, daß ich . . .« Sie suchte nach Worten.

». . . gleich wieder einen Rückzieher gemacht hast.«

»Ja«, gab sie zu, »ich konnte es nicht durchstehen. Lach mich
nicht aus, es war zu schwer. Wenn jemand von dir glaubt, daß

11

du ihn liebst . . . nur ihn und niemand anderen auf der Welt, würdest du dann . . .« Sie unterbrach sich. »Stell dir vor, du würdest dich in eine andere Frau verlieben . . . würdest du es mir dann einfach so ins Gesicht sagen?«

»Nicht einfach so. Ich würde dir ja nicht weh tun wollen. Aber ich würde es dich doch wohl merken lassen. Ich kann mich nicht sehr gut verstellen, weißt du.«

»Siehst du! Und genau das ist es: Ich habe das Gefühl, daß mein Leben eine einzige Verstellung geworden ist. Nur bei dir fühle ich mich frei . . . fühle ich mich, wie ich bin.«

Er legte seine Hand mit leichtem Druck auf ihr Knie. »Schön, das zu hören.«

»Warum nur können sie mich nicht lieben, wie ich bin?«

»Weil du ihre Mutter bist. Kinder sehen ihre Mutter eben immer nur in dieser Rolle. Sie können sich auch nur schlecht vorstellen . . . lehnen diesen Gedanken ab, verdrängen ihn . . . daß sie mit ihrem Vater schläft. Irgendein Schutzmechanismus, nehme ich an.«

»Aber ist das denn nicht schrecklich!«

»Nein, es ist ganz normal, nur . . .« Er stockte.

»Sprich doch! Was wolltest du sagen?«

». . . daß deine Kinder allmählich keine Kinder mehr sind. Ralph ist fast erwachsen, er hat sich weitgehend von dir gelöst, und auch Roberta sollte allmählich imstande sein, sich mit den Tatsachen des Lebens vertraut zu machen. Hast du schon mal ein Aufklärungsgespräch mit ihr gehabt?«

»Oh, das! Natürlich.«

»Und?«

»Gar nichts. Sie kann sich noch nicht vorstellen, daß sie je . . . auf diese Weise . . . mit einem Mann zusammen sein wird . . . und natürlich auch nicht, daß ich es tun könnte.«

»Du mußt ihr behutsam klarmachen . . .«

»Als wenn ich das nicht schon unzählige Male versucht hätte! Aber sie lacht mich nur aus oder, was noch schlimmer ist, schaltet einfach ab.«

»Tja«, sagte er nur.

»Was soll das heißen?«

»Ich weiß nicht, was ich dazu sagen soll. Wahrscheinlich fehlt es dir einfach am nötigen Egoismus.«

»Wenn ich damals gleich . . . ein oder zwei Jahre nach Roberts
Tod . . . einen anderen Mann genommen hätte, wäre vielleicht
alles leichter gewesen. Aber nein, auch nicht. Du kannst dir
nicht vorstellen, wie sie gebockt haben, sobald sie fühlten, daß
sich jemand für mich interessierte. Und ich selber . . . ich hatte
damals einfach kein Interesse.«
»Dafür brauchst du dich doch nicht zu entschuldigen«, sagte er,
»es wäre mit Gewißheit falsch gewesen, wenn du dich in eine
neue Bindung gestürzt hättest, ohne innerlich dazu bereit zu
sein. Außerdem . . . dann hättest du mich ja nicht kennengelernt.«
»Vielleicht doch. Vielleicht wäre ich inzwischen schon wieder
geschieden . . . Aber gerade das wollte ich nicht riskieren. Ich
mag nicht, wenn die Dinge in die Brüche gehen.«
»Ich weiß«, sagte er liebevoll, »du willst immer alles so gut wie
möglich machen.«
»Ist das ein Fehler?«
»Natürlich nicht.«
»Aber es klang bei dir so.«
»Weißt du«, sagte er sehr behutsam, »ich habe den Eindruck,
daß du immer mit Gott und aller Welt und besonders natürlich
mit den Menschen, die du liebst, in voller Harmonie leben
willst.«
»Ja, das stimmt. Aber ich kann nichts Falsches darin sehen.«
Die Lichter von Bad Eysing tauchten vor ihnen auf, der Verkehr
auf der Straße wurde lebhafter, und er zog seine rechte Hand
zurück und legte sie ans Steuer.
»Um des lieben Friedens willen«, sagte er, »verzichtest du,
deine Rechte durchzusetzen. Das hast du schon immer getan.
Als dein Mann noch lebte, hast du dich ihm gefügt, und jetzt
fügst du dich deinen Kindern.«
»Wenn du wüßtest, wie es in der Ehe meiner Eltern zugegangen
ist, könntest du mich besser verstehen. Streit von morgens bis
abends und dann . . . das schreckliche Ende.« Mit Überwindung
fügte sie hinzu: »Meine Mutter hat sich das Leben genommen.«
»Armer Liebling.« Jetzt war er betroffen. »Das hast du mir nie
gesagt.«
»Alle in Eysing wissen es.«

13

»Aber ich bin nicht von hier, und niemand hat es an mich herangetragen.« Er löste jetzt doch wieder die Hand vom Steuer und strich ihr sanft über die Wange. »Jedenfalls bin ich froh, daß ich es jetzt weiß.«

Er hätte ihr gerne klargemacht, wie groß der Unterschied zwischen ständigen Reibereien und dem klaren Anspruch auf das eigene Recht war. Aber er unterließ es, weil ihm bewußt wurde, daß er mit seinem eigenen Egoismus und seiner Eifersucht genauso an ihr zerrte wie ihre Kinder.

»Ich denke immer, daß es besser ist, mehr an die Wünsche und das Wohl der anderen zu denken ... dadurch werden sie es dann auch tun ...«

»Man könnte meinen, du lebtest auf dem Mond!« rutschte es ihm heraus.

Sie zuckte zusammen.

»Tut mir leid«, fügte er rasch hinzu, »ich wollte dich nicht verletzen. Aber wann haben deine Kinder je an dich gedacht?«

»Oh, Ralph verwöhnt mich, er besucht mich, so oft er kann ... und Roberta hilft mir im Haus ...«

»Du weißt genau, daß ich das nicht meine.«

»Sie sind eben noch Kinder. Aber wenn sie erst erwachsen sind, werden sie begreifen, wie sehr ich mich bemüht habe, sie glücklich zu machen, und sie werden für mich dasein ... sie werden nicht wie andere Kinder froh sein, dem Elternhaus zu entrinnen.«

Er hatte nicht das Herz, ihr ihre Illusionen zu zerstören, und er wußte auch, daß jedes weitere Wort jetzt gegen ihn sprechen würde. Kein Wort konnte stark genug sein, sie zu überzeugen.

Sie fuhren durch die hell erleuchtete Innenstadt; die letzten Kinovorstellungen waren beendet, und es waren noch viele Leute, besonders Jugendliche, unterwegs.

»Wollen wir noch einen Schluck trinken?« fragte er.

Sie schüttelte den Kopf. »Du weißt doch!«

»Ja, ich weiß!« sagte er resigniert.

Als er nach dem Rathausplatz rechts einbog, reagierte sie sofort. »Wohin fährst du?« fragte sie und richtete sich auf. »Die Akazienallee liegt geradeaus.«

»Keine Angst, ich will dich nicht entführen. Ich möchte dir nur einen Abschiedskuß geben, und das können wir doch nicht vor deinem Haus.« Er parkte und nahm sie in die Arme.

Sie erwiderte seine Küsse, aber er spürte ihre Ungeduld. In Gedanken war sie schon nicht mehr bei ihm, und er gab sie frei. Aber als sie die Tür öffnete, versuchte er sie zurückzuhalten.

»Was soll das? Ich bringe dich doch selbstverständlich.«

»Nein, laß mich. Ich gehe jetzt zu Fuß. Es sind ja nur noch ein paar Schritte.«

»Aber es ist doch nichts dabei, wenn ich dich zur Haustür fahre.«

»Das nicht. Aber vielleicht ist es auch mal ganz gut, wenn ich zu Fuß nach Hause komme!«

»Du übertreibst deine Vorsichtsmaßnahmen!«

Aber sie war schon ausgestiegen. »Ich will jetzt einfach noch ein paar Schritte gehen.« Plötzlich wurde ihr bewußt, daß er sich verletzt fühlen könnte; sie beugte sich noch einmal ins Innere des Wagens und gab ihm einen raschen Kuß. »Bis bald, Dieter! Wir telefonieren dann wieder, ja?«

»Wenn Roberta in der Schule ist«, sagte er nicht ohne Bitterkeit, dann fügte er in verändertem Ton hinzu: »Keine Sorge, Julia, ich liebe dich sehr . . . trotz deiner Marotten.«

Sie warf ihm eine Kußhand zu, bevor sie sich abwandte und davonschritt – sehr schlank, trotz des Pelzmantels, mit geradem Rücken, den Kopf erhoben.

Er mußte gegen den Impuls ankämpfen, ihr nachzufahren, um sich zu überzeugen, daß sie sicher und unbelästigt nach Hause kam. Es war ihm, als zöge sie ganz allein in den Kampf gegen eine Welt, die sie nicht verstand.

Die Akazienallee, auf der das schöne alte Haus, das Julia von ihrer Mutter geerbt hatte, früher einmal einsam gestanden hatte, war im Lauf der letzten Jahre zu einer breiten Straße geworden. Es gab gepflasterte Bürgersteige zu beiden Seiten und dazwischen eine asphaltierte Fahrbahn. Zum Glück war sie ruhig geblieben, weil sie nicht dem Durchgangsverkehr diente. Die Häuser, solide gebaut, standen in angemessenem Abstand voneinander und in großen Gärten. Die Akazienallee war eine vornehme Straße, in der sich reiche Pensionäre angesiedelt hatten, um so das ganze Jahr über die Heilmittel des Bades genießen zu können. Hier lagen weder Geschäfte noch Restaurants, aber das Kurhaus war zu Fuß in einer knappen Viertelstunde zu erreichen, die Innenstadt in zwanzig Minuten. Die milch-weißen Laternen auf ihren altehrwürdigen gußeisernen Pfählen leuchteten sie nicht voll aus.

Julia fürchtete sich nicht, auch wenn die Häuser zumeist schon im Dunkel lagen und es allein ihre Schritte waren, die auf dem Pflaster klapperten.

Es war Ende Oktober. Die Luft war nach einem sonnigen Tag winterlich frisch geworden, und aus den Gärten kam ein Geruch von welkendem Laub und verblühten Astern.

Keinen Augenblick dachte sie an Gefahr, und dennoch schlug ihr Herz höher, als ihr eigenes Haus vor ihr auftauchte. Die Lampe über dem Eingang brannte, und aus den Fenstern des unteren Stocks fiel helles Licht bis auf die Straße hinaus.

Sofort fiel ihr wieder ein, daß die Kasts, die seit Jahren zur Miete wohnten, heute abend eine Party gaben. Auch sie und Dieter Sommer waren eingeladen gewesen, aber sie hatten es vorgezogen, die seltenen Stunden, die sie ganz für sich haben konnten, nicht mit anderen zu teilen. Agnes Kast war ihre Freundin, die einzige wirkliche Freundin, die sie hatte, aber die Menschen, die sie eingeladen hatte, Geschäftsfreunde ihres Mannes, Handwerker zumeist, waren ihr fremd.

Sie stieg die drei breiten Stufen hinauf und schloß so leise wie möglich auf, obwohl sie sich selber sagte, daß diese Vorsicht übertrieben war; bei dem Stimmengewirr, Gelächter und Gläserklirren würde bestimmt niemand auf die Haustür achten. Aber sie wußte auch, daß Agnes ihr Schicksal mit großer Anteilnahme verfolgte. Es war nicht auszuschließen, daß sie auf ihre Heimkehr gewartet hatte und aus der Wohnung geschossen kam, sobald sie sie hörte.

Aber Julia war durchaus nicht zu einem Schwatz aufgelegt, sondern hatte jetzt nur noch den Wunsch, sich von Robertas Wohlergehen zu überzeugen und sie so schnell wie möglich in die Arme zu schließen.

Auch die kleine Halle, in altmodischem Luxus mit weißen und schwarzen Marmorplatten ausgelegt, erstrahlte in hellem Licht; offensichtlich hatte Günther Kast zu Ehren seiner Gäste stärkere Birnen in die Jugendstil-Deckenlampe eingeschraubt. Die

Wohnungstür war, wie Julia mit einem raschen Blick feststellte, nur angelehnt. Obwohl sie sich albern vorkam, streifte sie rasch die Schuhe ab und schlich auf Strümpfen die Treppe hinauf.

In ihrer Wohnung hörte sie männliche Stimmen, die sie erschreckten, bis ihr klar wurde, daß sie aus dem Fernseher kamen, den Roberta zur vollen Lautstärke aufgedreht hatte.

Ohne ihren Mantel auszuziehen, betrat sie rasch das Wohnzimmer. Roberta war von der Tür her nicht zu sehen; sie hockte in einem der schweren Ledersessel, aber es war unmöglich, daß sie bei diesem Lärm eingeschlafen war.

»Hallo, Liebling!« rief Julia munter. »Da bin ich wieder!«

Es kam keine Antwort.

Julia lief zu dem Sessel, beugte sich über ihre Tochter und gab ihr einen raschen Kuß.

»Hallo, Julia«, sagte Roberta mit gespieltem Desinteresse.

Julia nahm die Fernsteuerung, die auf der Sessellehne lag. »Ein bißchen leiser, ja?« bat sie.

»Wenn es denn sein muß.«

»Ist der Film interessant?«

»Nein, überhaupt nicht.«

»Dann können wir ja ausstellen!« Julia schaltete ab. »Wieso bist du überhaupt noch auf? Du solltest längst im Bett sein.«

»Du weißt doch, daß ich nicht einschlafen kann, solange du nicht zu Hause bist.«

»Du hättest es wenigstens versuchen können.«

»Wo ich doch weiß, daß es zwecklos ist.«

Julia hatte keine Lust auf eine Auseinandersetzung, deshalb lenkte sie ein. »Ist auch nicht so wichtig, morgen ist ja Samstag.« Sie knipste die Stehlampe an, ging hinaus, zog sich den Mantel aus und hing ihn über einen Bügel in der Garderobe. Dabei warf sie unwillkürlich einen Blick in den Spiegel. Ihre Augen strahlten, und ihre Wangen waren leicht gerötet. Sie wirkte jung und frisch, und sie fragte sich, ob das von der Liebe oder von dem kurzen Spaziergang kam.

Dann hörte sie, daß Roberta sich in der Küche am Kühlschrank zu schaffen machte.

»Hast du noch Hunger?« rief Julia und folgte ihrer Tochter.

»Nur Durst!«

Als sie in die Küche trat, war Roberta gerade damit beschäftigt, eine Flasche Cola zu öffnen. Julia verbot sich, sie zu tadeln. Es war ja ihre eigene Schuld, daß sie, trotz besseren Wissens, immer wieder Cola und auch, wenn nur in beschränktem Maße, Süßigkeiten ins Haus brachte. Aber sie konnte ihrer Tochter nicht jeden Wunsch abschlagen. Dabei wäre es für Roberta viel besser gewesen, sich an die vitaminreiche, kalorienarme Kost zu halten, die Julia ihr zu den Mahlzeiten vorsetzte, und die sie auch mit ihr teilte.

Robertas Problem war ihre Figur. Sie hätte ein hübsches Mädchen sein können mit ihrem runden Gesicht, dem hellblonden langen Haar und der klaren Haut, aber sie hatte Speck auf den Hüften, und das, obwohl Julia mit ihr im Sommer wie im Winter häufig Tennis spielte. Dazu kam, daß sie ständig mürrisch dreinschaute. Wahrscheinlich glaubte sie, eine Miene der Überlegenheit zur Schau zu tragen, aber auf ihre Mitmenschen wirkte sie abweisend.

Julia bedauerte sie, ließ es sich aber nie anmerken; auch jetzt sagte sie nur: »Dann werde ich noch ein Glas Wein mit dir trinken.«

Sie holte sich eine Flasche französischen Weißwein aus dem Kühlschrank, Muscadet de Sèvre, ihre Lieblingsmarke, und schenkte sich ein Glas ein. Gern hätte sie sich jetzt eine Zigarette angezündet, aber die Versuchung war gering, da sie keine im Haus hatte. Um Robertas willen hatte sie sich das Rauchen abgewöhnt, nachdem das junge Mädchen angefangen hatte, auch einmal ziehen zu wollen. Julia wollte ihr kein schlechtes Beispiel geben und sie schon gar nicht zum Rauchen verführen oder auch nur anregen.

»Na, wie war's?« fragte Roberta, nahm einen langen Schluck und schenkte sich gleich wieder ein.

»Schön!« sagte Julia. »Wollen wir nicht lieber reingehen?«

»Wie du meinst.«

»Im Wohnzimmer ist es doch gemütlicher . . . vor allem sind die Sessel bequemer.«

»Dir tut wohl der Po weh vom langen Sitzen?«

»Nein, das gerade nicht.«

»Diese harten Stühle . . . die sind einer der Hauptgründe, warum ich Konzerte hasse.«

Sie gingen ins Wohnzimmer, und Julia löschte hinter ihnen das Küchenlicht.

Roberta warf sich in einen Sessel, wobei sich ihr Nachthemd – sie hatte sich schon für die Nacht zurechtgemacht – bis zu den dicken Oberschenkeln hinaufschob. Julia stellte fest, daß es ihr zu eng oder zu kurz geworden war und daß sie ihr dringend neue Nachthemden oder Schlafanzüge besorgen mußte. Aber sie sprach es nicht aus.

»Also, erzähl mal!« Roberta sah ihre Mutter über den Rand des Glases hinweg erwartungsvoll an. »Wie war das Konzert?«

»Seit wann interessierst du dich für Konzerte?« fragte Julia ausweichend.

»Ist der Pianoplayer wirklich so toll, wie er auf den Plakaten aussieht?«

»Das ist doch ganz unwichtig. Es kommt auf die Musik an.«

»Stimmt ja gar nicht.« Roberta nuckelte an ihrem Glas. »Auch das Aussehen und das Auftreten ist wichtig, sagt Fräulein Nolte, wenn man als Solist Karriere machen will.«

»Darüber habe ich noch gar nicht nachgedacht«, gab Julia zu, »vielleicht hat sie sogar recht.«

»Also sag schon: Wie war er?«

»Ich habe nicht darauf geachtet«, log Julia und suchte verzweifelt, das Thema zu wechseln. »Du, hör mal, wie wär's, wenn du dich jetzt ganz rasch hübsch machen würdest? Wir könnten noch ein Stündchen zu Kasts gehen.«

»Was sollen wir da?«

»Na eben . . . feiern. Mit den anderen lustig sein.«

»Mit den Deppen?«

»Du kennst doch nur die Kasts, und die sind . . .«

»Ach, geh mir weg mit denen! Bist du denn nicht am liebsten mit mir zusammen?«

»Doch, natürlich.«

»Dann erzähl schon endlich, wie es heute abend gewesen ist! War Tante Lizi auch da? Mit ihrem neuen Typen?«

Plötzlich ertrug es Julia nicht länger. »Wenn ich ganz ehrlich sein soll . . .« begann sie zögernd und mit einem Lächeln, das um Verzeihung bat.

»Nun sag bloß, darauf hättest du auch nicht geachtet!«

»Ich war gar nicht im Konzert!«

»Nicht!« Roberta riß die Augen auf. »Bist du zu spät gekommen? Aber warum hast du das denn nicht gleich gesagt?«
Da Roberta offensichtlich nichts begriff, geriet Julia in Versuchung, einen Rückzieher zu machen. Aber sie kämpfte dagegen an. Sie wollte endlich Klarheit zwischen sich und ihrer Tochter schaffen. Wenn die schöne Harmonie, die im allgemeinen zwischen ihnen herrschte, auf einer großen Lüge aufgebaut war, konnte sie nichts taugen.
»Ich war mit Dieter Sommer zusammen«, bekannte sie.
»Ausgerechnet!« Roberta stellte das Glas hart auf den Tisch. »Wo?«
»Ich habe ihn besucht.«
»In seiner Wohnung?«
»Ja.«
»Und dafür hast du dich so fein gemacht?«
»Nicht dafür. Sondern damit du glauben solltest, ich ginge ins Konzert. Ich wollte dir nicht weh tun, Liebling! Bitte, versteh doch!«
Roberta sprang hoch. »Du hast mich also allein gelassen . . . nur um mit diesem Typen zusammenzusein!«
»Du wolltest mich ja nie ins Konzert begleiten«, verteidigte Julia sich schwach.
»Das ist doch keine Entschuldigung!«
»Ich glaube nicht, daß ich mich bei dir zu entschuldigen brauche.«
»Nicht! Obwohl du mich nach Strich und Faden belogen hast?«
Auf Robertas runden Wangen bildeten sich hektische rote Flekken.
Unwillkürlich dachte Julia, daß sie auf erstaunliche Weise einer eifersüchtigen Ehefrau glich. »Jetzt hör mich doch mal in Ruhe an, Robsy«, bat sie und streckte die Hand nach ihr aus, um sie an sich zu ziehen.
Aber Roberta wich zurück. »Das hätte ich nie von dir gedacht!« schrie sie.
»Das hat sich alles so entwickelt«, sagte Julia, »du weißt, Dieter Sommer und ich kennen uns schon seit vielen Jahren. Ich hätte immer so sehr gewünscht, wir alle könnten gute Freunde sein. Aber Ralph und du, ihr habt ihn von Anfang an abgelehnt . . .«
»Und das mit Recht!«

»Mit welchem Recht?« fragte Julia, jetzt wirklich verwundert.

»Weil er ein Unsympath ist . . . und weil er dir nachstellt!«

»Er liebt mich!«

»Ach was! Das kann jeder sagen.«

»Ich weiß, daß er mich liebt.«

»Na und? Ich liebe dich auch . . . ich liebe dich viel, viel mehr!« Robertas Gesicht verzerrte sich, und sie brach in wildes Schluchzen aus. »Ach, Julia . . . Julia . . .« Sie warf sich ihrer Mutter in die Arme.

Julia zog sie auf den Schoß, wie sie es so oft getan hatte, als das Mädchen noch kleiner gewesen war. Jetzt war sie schwer geworden, nicht mehr das leichte kuschelige Etwas, sondern eine drückende Last. Dennoch floß Julias Herz über vor Liebe und Erbarmen, als Roberta sich verzweifelt an sie klammerte.

»Bitte, mein Liebling«, sagte sie und streichelte sie sacht, »nun reg dich doch nicht so auf! Du weißt genau, daß du für mich das Liebste auf der Welt bist. Niemand steht meinem Herzen näher als du . . . du und natürlich auch Ralph.«

»Dann versprich mir, daß du nie, nie wieder . . .«

»Nein, das kann ich nicht.«

»Dann liebst du mich auch nicht!«

»Robsy, wie kannst du denn so unvernünftig sein! Du bist doch jetzt schon ein großes Mädchen. Warte mal ab, in ein paar Jahren wird ein junger Mann kommen, mit dem du gern zusammensein möchtest. Nun stell dir mal vor, wenn ich dir dann so eine Szene machen würde!«

»Nie, nie, nie!«

Julia spürte, wie Robertas heiße Tränen auf ihr Seidenkleid tropften. Flüchtig schoß es ihr durch den Kopf, daß sie wohl Flecken geben würden. Sie haßte sich wegen dieses egoistischen Gedankens und zog ihre Tochter noch enger an sich. »Du hast recht, das würde ich nie tun, denn ich weiß, daß jeder Mensch . . .«

»Nie wird ein junger Mann kommen!« Roberta riß ich los und sprang auf. »Und wenn einer käme, wär's mir auch egal. Ich würde mich gar nicht um ihn kümmern. Ich brauche keinen. Ich will nur mit dir zusammensein.«

»Aber Robsy, das wäre doch ganz unnatürlich.«

Roberta starrte Julia aus schwimmenden Augen an. »Du möchtest mich also los sein? Sag's nur! Du spekulierst darauf, daß ich mit irgendeinem Kerl abzische, nur damit du mit diesem dämlichen Steißtrommler zusammensein kannst!«

»Robsy, ich bitte dich! Was sind das für Ausdrücke!«

»Das ist die Wahrheit!«

»Herr Sommer hat noch niemals irgend jemanden verhauen . . .«

»Aber er ist trotzdem bloß ein blöder Pauker! Und du willst mich seinetwegen loshaben.« Roberta versuchte, sich mit den Fäusten die Tränen aus den Augen zu reiben.

»Aber davon kann doch keine Rede sein, Liebling! Ich möchte bloß hin und wieder ein paar Stunden mit ihm zusammensein . . . ohne daß ich dich deshalb belügen muß.«

»Du liebst mich nicht wirklich.«

»Das ist doch Quatsch. Du weißt, daß ich nur für dich lebe.«

»Dann laß den dämlichen Kerl sausen!«

»So kommen wir doch nicht weiter, Robsy . . .«

»Ich will auch gar nicht weiterkommen! Ich will, daß alles so bleibt, wie es war. Hatten wir es denn nicht schön miteinander? Immer haben wir uns gut verstanden, und seit Ralph weg ist, erst recht. Den hast du immer vorgezogen, das weißt du selber ganz genau! Aber ich habe nicht gemuckt. Endlich ist er weg, und jetzt kommst du mit diesem grauenhaften Typen an!«

Julia konnte einen schweren Seufzer nicht unterdrücken. »Robsy«, sagte sie, »wenn ich nicht wüßte, daß du jetzt sehr aufgeregt bist, könnte ich ernstlich böse werden. Aber ich glaube, es war mein Fehler. Ich hätte dieses Gespräch nicht anfangen dürfen . . . nicht jetzt, mitten in der Nacht. Ich mache dir einen Vorschlag: Gehen wir schlafen! Morgen früh sieht alles schon ganz anders aus.«

Roberta schniefte. »Das glaubst du doch selber nicht!«

Julia stand auf. »Jedenfalls werden wir beide in besserer Verfassung sein.«

»Ich nicht! Bildest du dir etwa ein, ich könnte schlafen?!«

»Nimm ein paar Tropfen Baldrian!«

»Baldrian!« höhnte Roberta.

Julia räumte die Gläser ab. »Baldrian wirkt beruhigend und kann nichts schaden.«

»Nie hätte ich gedacht, daß du so lieblos sein kannst!« Roberta
stampfte mit dem Fuß auf.
»Ich versuche nur vernünftig zu sein. Bitte, Robsy, Liebling,
mach doch nicht so ein Theater!«
»Immer habe ich dir vertraut! Immer habe ich geglaubt, daß du
mich liebst! Jetzt machst du alles kaputt und verlangst, ich soll
das einfach so hinnehmen. Aber da hast du dich geschnitten,
verlaß dich drauf! Ich werde nicht einfach zusehen, wie du mich
und dich und auch Ralph unglücklich machst . . .«
»Geh jetzt zu Bett, Robsy! Wir sprechen morgen weiter.«
»Ich will, daß du mir jetzt . . . jetzt sofort versprichst . . .«
»Nein, und das ist mein letztes Wort!«
»Du wirst schon sehen, was du davon hast!«
Wie eine Megäre sauste Roberta an der Mutter vorbei und verschwand ohne ein »Gute Nacht« in ihrem Zimmer.
Als die Tür hinter ihr zuknallte, mußte Julia lächeln. Es war eine
schreckliche Auseinandersetzung gewesen, die erste, die sie
und Roberta je gehabt hatten. Dennoch war sie froh, daß jetzt
wenigstens die Wahrheit heraus war.
Sie war entschlossen, für ihre Liebe zu kämpfen.

Ralph kam am frühen Samstagnachmittag.
Julia hatte ihn halb und halb erwartet, denn er besuchte sie fast
jedes Wochenende, immer mit einem Koffer voll schmutziger
Wäsche, vor allem Oberhemden, und mit einem kleinen Ge-
schenk: Blumen, Parfüm, einem Tüchlein, Seife oder einer an-
deren Überraschung.
Sie riß die Tür auf, kaum daß er geklingelt hatte, und er nahm
sie mit einer fast altmodischen Grandezza in die Arme und
küßte sie auf beide Wangen.
Dann hielt er sie von sich entfernt und musterte sie liebevoll:
»Gut siehst du aus, Julia!«
»Du aber auch!«
Tatsächlich hatte er sich aus einem hübschen Jungen zu einem
ausnehmend gutaussehenden jungen Mann entwickelt. Die
Wimpern seiner grünen, schrägstehenden Augen waren nicht
mehr so gebogen wie in seiner Kinderzeit, aber immer noch seidig, dicht und dunkel. Das braune, leicht gelockte Haar fiel ihm
in einer weichen Tolle in die hohe Stirn, das Kinn wirkte ener-

gisch, und der hübsch geschnittene Mund war immer zu einem meist etwas spöttischen Lächeln bereit. Unter dem Humphrey-Bogart-Mantel, den er jetzt auszog, trug er eine braune Cordsamthose, darüber ein offenes beiges Hemd und einen Pullunder, der in einem vorwiegend lindgrünen Muster gestrickt war.

»Und wie geht's dir?« fragte sie.

»Blendend.«

»Auch in der Lehre?« erkundigte sie sich ein wenig zweifelnd, nicht, weil er je geklagt, sondern weil sie so viel lieber gesehen hätte, daß er sein Abitur gemacht hätte, als nach der Mittleren Reife auszusteigen.

»Aber ja!« Er legte seinen Arm um ihre Schultern. »Wartest du immer noch auf eine Katastrophe?«

»Sag doch so was nicht!«

»Ist es denn nicht wahr?«

»Nein, ich finde nur, daß du dich einfach zu früh ins Berufsleben gestürzt hast! Noch ein paar Jahre Schule . . .«

». . . und ich wäre völlig verblödet! Nein, Julia, glaub mir, ich habe es richtig gemacht. Nicht daß es immer nur Spaß wäre, aber es ist interessant. Ich bin jetzt in der Abteilung Kreuzfahrten . . . sie lassen mich in alle Abteilungen hineinriechen, weißt du.«

»Dann paß nur auf, daß du dir nicht den Geruchssinn verdirbst!«

Er lachte und drehte sich in der kleinen Diele um seine Achse. »Wo steckt denn Robsy?«

»Auf ihrem Zimmer.«

»Warum?«

»Erwartest du jedesmal ein großes Empfangskomitee?« Sie nahm den Koffer. »Geh ins Wohnzimmer! Ich setze Kaffeewasser auf.«

Er nahm ihr den Koffer wieder aus der Hand. »Laß das! Der ist doch viel zu schwer für dich. Ich bringe ihn selber ins Bad.«

Seine Hilfsbereitschaft tat ihr wohl, aber sie konnte sich des Gedankens nicht erwehren, daß ihm die Arbeit, die sie mit seinen Oberhemden hatte – er brauchte jeden Tag ein frisches, manchmal auch zwei, und immer mußten sie aus Baumwolle sein –, gar nichts auszumachen schien. Allerdings hatte sie sich auch noch nie über die endlose Bügelei beklagt, und die Wahrheit war, daß sie es gerne für ihn tat. Nie hatte sie ihm den Vorschlag gemacht, sie doch einfach in eine Wäscherei zu bringen, denn sie war, wie auch er selber, überzeugt, daß man es dort nicht gut genug für seine Ansprüche machen würde.

Als sie das Kaffeetablett gerichtet hatte, saß er, die langen Beine von sich gestreckt, im Lieblingssessel seines früh verstorbenen Vaters, mit dem er, einmal abgesehen von der Größe, allerdings nicht die geringste Ähnlichkeit hatte. Eher war es Roberta, die, wenn sie die jugendliche Rundlichkeit der Wangen einmal verloren haben würde, nach ihrem Vater kam.

»Gut, mal wieder zu Hause zu sein«, sagte er.

»Das könntest du immer haben.«

»Und jeden Tag nach München fahren? Nein, danke. Das wäre mir denn doch zu strapaziös.«

Sie hätte ihm sagen mögen, daß er sich ja auch eine Lehrstelle in Bad Eysing hätte suchen können. Aber sie hatte sich inzwischen damit abgefunden, daß es ihm in der Kleinstadt nicht mehr paßte, und sie verstand es auch. Roberta hatte ihr gesteckt, daß man hinter seinem Rücken über seine homoerotischen Beziehungen munkelte. Sie selber glaubte zwar nach wie vor nicht daran, war außerstande, es sich vorzustellen, begriff aber, daß schon der Verdacht genügen mußte, um ihm das Leben schwerzumachen.

Da sie schwieg, fuhr er fort: »Und hier arbeiten? Ausgeschlossen. Zeig mir hier in Eysing einen Betrieb, der sich mit dem ABR vergleichen könnte!«

»Schon gut. Niemand macht dir Vorwürfe. Du hast deine Entscheidung getroffen, und ich habe sie akzeptiert. Jetzt kann ich nur hoffen, daß du sie nie bereuen mußt.«

»Sei nicht so pessimistisch.«

»Bin ich ja gar nicht. Bloß . . . man ist als Mutter eben besorgt, wenn die Kinder allzu früh aus dem Haus gehen.«

»Du hast ja immer noch Robsy.«

»Ja, natürlich.«

»Und mich hast du doch auch nicht wirklich verloren! Meinst du, ich käme sonst so oft?«

»Es geht ja nicht um mich, Ralph, sondern um deine Zukunft. Wenn dir wirklich im Amtlichen Bayerischen Reisebüro die Arbeit gefällt, und wenn du dich in der Großstadt wohl fühlst, dann kommt es gar nicht darauf an, daß ich ein bißchen darunter leide.«

»Leidest du denn?« fragte er betroffen.

Sie dachte nach und sagte ehrlich: »Nein. Jetzt nicht mehr.«

»Dann ist doch alles gut.«

»Ja, Ralph!« Sie strich ihm im Vorbeigehen, während sie den Tisch deckte, zärtlich über das weiche Haar – nur ganz leicht, denn sie wußte, er haßte es, wenn man seine Frisur durcheinanderbrachte. »Es ist alles in Ordnung . . . aber versprich mir eines: Wenn du Schwierigkeiten haben solltest, wendest du dich sofort an mich, ja?«

Er lächelte zu ihr hoch und dachte, daß sie der letzte Mensch wäre, den er mit seinen Sorgen belasten würde, sagte aber, um sie nicht zu beunruhigen: »Verlaß dich drauf!« Dann wechselte er bewußt das Thema. »Du hast dir ja noch gar nicht angesehen, was ich dir mitgebracht habe!« Er lenkte ihren Blick auf ein kleines, in weiß und goldenes Papier verpacktes Päckchen.

»Was ist es?«

»Mach's auf! Nicht so zaghaft! Reiß das Papier doch ruhig entzwei. Man kann ja doch nichts mehr damit anfangen.«

Sie tat es, und zum Vorschein kam ein schwarzlackiertes, mit silbern hingepinselten Blattornamenten geschmücktes Kästchen. Vergebens versuchte sie es zu öffnen.

»Es ist nichts drin«, belehrte er sie, »du mußt an der Kurbel drehen.«

Erst jetzt entdeckte sie die kleine Kurbel an der Seite, drehte sie und entlockte dem Kästchen einige Töne. »Eine Spieldose!« rief sie.

»Du hast es erfaßt!« Er nahm ihr das Kästchen aus der Hand, drehte die Kurbel rasch und gleichmäßig; eine Melodie erklang.

»Warte! Das kenn' ich doch!« rief sie. »Das ist der ›Clou‹, nicht wahr?«

»Meine musikalische kleine Mutter«, bemerkte er mit liebevollem Spott.

Unwillkürlich blickte sie zu dem Platz, wo das Klavier gestanden hatte. Sie hatte es verkauft, weil sie den Anblick nicht mehr ertragen konnte, nachdem er seine Übungen aufgegeben hatte. Sie hatte soviel Hoffnungen in seine musikalische Begabung gesetzt.

Auch ohne daß sie es aussprach, wußte er, woran sie jetzt dachte. »Ich liebe die Musik immer noch, Julia«, erklärte er, »und ich gehe sooft wie möglich ins Konzert, das heißt, soweit es meine als Azubi noch recht beschränkten Finanzen erlauben.«

»Wenn du Geld für Konzertkarten brauchst . . .« erbot sie sich sofort.

»Nicht von dir, Julia!« wehrte er ab.

Der Wasserkessel pfiff. Julia lief in die Küche.

»Ich hole Robsy!« rief er ihr nach.

Als Julia wenige Minuten später ins Wohnzimmer zurückkam, saßen ihre großen Kinder beide am gedeckten Tisch, Ralph in lässiger Haltung, Roberta mit ungewohnt würdevollem Gesicht, als müßte sie sich zwingen, gute Miene zum bösen Spiel zu machen.

Julia goß Kaffee ein. »Holst du, bitte, die Platte mit dem Kuchen, Robsy?« bat sie und sagte zu Ralph: »Ich habe Streuselkuchen gebacken, den magst du doch so gern.«

»Und wenn ich nun nicht gekommen wäre?«

»Hätten Robsy und ich ihn allein essen müssen . . . oder wir hätten ein paar Stücke zu Tante Agnes gebracht oder Tante Lizi und Leonore eingeladen. Irgendwie wären wir schon damit fertig geworden.«

»Du darfst nicht immer so fest damit rechnen, daß ich jedes Wochenende komme«, sagte er ernsthaft.

»Das tue ich ja auch gar nicht! Ich bereite mich nur für alle Fälle vor. Wenn du dir angewöhnen könntest, vorher anzurufen . . . sagen wir donnerstags . . . wäre es natürlich besser. Dann wüßte ich rechtzeitig Bescheid.«

»Aber wie soll ich denn immer schon donnerstags wissen, was ich am Wochenende vorhabe?«

»Aber dann beklag dich, bitte, auch nicht, wenn immer alles für dich bereit ist. Oder wäre es dir lieber, du kämst hier an und fändest das Nest leer?«

»Ich weiß nicht!« Er griff sich ein Stück Kuchen, noch ehe Roberta die Platte auf den Tisch gestellt hatte. »Wer weiß, vielleicht wäre es mal eine erfrischende Abwechslung.« Er biß in den Kuchen. »Lecker, lecker! Julia, du bist und bleibst unübertrefflich.«

Sie genoß das Lob. »Morgen mittag gibt es Rehmedaillons«, kündigte sie an.

»Pech für mich! Dann bin ich leider nicht mehr da.«

Die Enttäuschung traf sie wie ein Schlag. Aber sie schwieg, um Ralph nicht zu belasten.

»Das ist so«, erklärte er, »ein Freund hat mich mit dem Auto gebracht. Das ist für mich doch viel bequemer, als mit dem Zug zu fahren. In zwei Stunden treffen wir uns vor dem Kurhaus, und dann fährt er mich nach München zurück.«

Julia sagte immer noch nichts.

»Es tut mir leid, Julia«, fuhr er fort, »aber du mußt das verstehen! Wenn ich erst einmal selber einen Wagen habe . . .«

»Du brauchst sie nicht zu trösten!« platzte Roberta dazwischen. »Sie ist froh, wenn sie dich los ist . . . genau wie mich!«

Ralph blickte von Roberta zu Julia, die mit eiserner Miene dasaß, und wieder zu Roberta. »Ich verstehe immer nur Bahnhof!«

»Sie hat einen Freund!« verkündete Roberta herausfordernd. »Dieter Sommer!«

Ralphs Irritation löste sich in einem Gelächter. »Ach den! Der war doch immer schon hinter ihr her!«

»Aber es ist nicht so harmlos, wie du denkst! Sie war bei ihm! In seiner Wohnung!«

»Und woher willst du das wissen? Hast du ihr nachspioniert?«

»Sie hat es mir selber gesagt!«

Jetzt wandte Ralph sich seiner Mutter zu. »Ist das wahr, Julia? Nein, ich kann's nicht glauben. Du hast Roberta ärgern wollen, nicht wahr?«

»Du kennst sie schlecht!« rief Roberta. »Von wegen ärgern! Erst hat sie mich sogar belogen! Sie hat behauptet, sie ginge ins Konzert. Und dann . . .« Ihre Augen füllten sich mit Tränen, und sie konnte nicht weiter sprechen.

Ralph verstand immer noch nicht, oder er wollte nicht verstehen. »Herrgott, ihr Weiber! Man darf euch doch nicht allein lassen!« Angewidert schob er den Teller mit dem angebissenen Kuchenstück von sich fort.

»Ja, eben, wärst du nur geblieben! Bei dir hätte sie sich das nicht getraut. Du warst immer ihr Liebling. Aber auf mich nimmt sie keine Rücksicht.«

Julia hätte sich am liebsten die Ohren zugehalten, aber sie spürte, daß sie eingreifen mußte. »Jetzt ist es aber genug«, sagte sie mit einer Stimme, die so gepreßt war, daß sie ihr selber fremd klang.

»Das könnte dir so passen!« schrie Roberta. »Wir haben gerade erst angefangen!«

»Komm, komm, Robsy«, mahnte Ralph, »nicht dieser Ton. Das Ganze kann doch nur ein Mißverständnis sein. Wir werden das schon klären.«

»Dieter Sommer liebt mich schon seit langem«, sagte Julia mühsam.

»Na und? Jeder, der dich kennt, muß dich lieben!« behauptete Ralph.

»So ist es denn doch nicht.«

»Ganz genau so ist es! Seit Vater tot ist, waren dauernd irgendwelche Knacker hinter dir her. Aber du hast dir aus keinem was gemacht. Und jetzt ausgerechnet diesen Flachpfeifer?«

Julia straffte die Schultern und blickte ihrem Sohn in die Augen. »Er ist ein guter, liebenswerter Mensch ... er ist klug und hat Humor ...«

»Jetzt behaupte nur noch, daß du ihn liebst!«

»Vielleicht tu ich das wirklich.«

»Du hast immer gesagt, daß du nur uns liebst!« fauchte Roberta.

»Ich liebe euch beide mehr als alles andere auf der Welt ...«

»Na also!« Ralph lehnte sich zufrieden zurück.

»... aber ich liebe Dieter auch!« fuhr Julia unbeirrt fort. »Auf eine andere Weise als euch. Ihr seid meine Kinder ... er ist ein Mann.«

»Und das ist Grund genug für dich, mit ihm ins Bettchen zu hüpfen!« Ralphs Gesicht verzog sich verachtungsvoll.

»Du hast kein Recht, so mit mir zu reden!« versuchte Julia ihn zurechtzuweisen. »Was geht es dich an, wenn ich jemanden liebe!«

»Aber doch nicht ausgerechnet diesen Pauker!«

»Diesen Steißtrommler!« ergänzte Roberta.

29

»Für mich ist er gut genug! Oder meint ihr, ich sollte auf einen Astronauten warten? Einen Picasso? Einen Karajan?«

»Du brauchst auf niemanden zu warten«, erklärte Ralph, »du hast ja uns.«

»Aber wie lange noch? Du bist schon ausgezogen, und Roberta . . .«

»Ich werde immer bei dir bleiben«, versicherte das Mädchen, »immer!«

»Das glaubst du jetzt!«

»Nein, ich weiß es. Ich mache mir nichts aus Jungen. Sie sind dumm und ungeschickt und eingebildet. Wir beide könnten es so schön miteinander haben . . . wir hatten es doch so schön!«

»Aber Robsy! An unserem Zusammenleben ändert sich doch nichts, auch wenn ich hin und wieder mal Dieter Sommer besuche. Du hättest ja nichts davon gemerkt, wenn er mir nicht zu dumm geworden wäre, dich dauernd anzulügen.«

»Also heiraten will er dich nicht?« fragte Ralph mit ausdrucksloser Miene, hinter der er seine Hinterlist zu verbergen suchte.

»Doch, natürlich. Aber mir gefällt mein Leben so, wie es ist. Ich will es gar nicht ändern.« Ehrlich fügte sie hinzu: »Jedenfalls vorläufig nicht.«

»Du wartest nur darauf, daß ich endlich abzische!« schrie Roberta mit tränenerstickter Stimme.

»Das ist einfach nicht wahr!« verteidigte Julia sich.

»Mir gefällt das nicht!« erklärte Ralph. »Mir gefällt das ganz und gar nicht. Die Vorstellung, daß du mit diesem Kerl . . .« Er brach ab. »Grauenhafter Gedanke!«

»Vielleicht gefällt mir auch manches nicht, was du tust!« schlug Julia zurück.

»Ich kann tun und lassen, was ich will! Ich bin kein kleiner Junge mehr.«

»Und ich bin eine erwachsene Frau!«

»Für mich warst du immer ein Engel.«

»Dann hast du mich falsch gesehen. Ich bin eine Frau aus Fleisch und Blut . . . eine Frau wie jede andere.«

»Nein, das bist du nicht. Mach dir nichts vor, Julia. Vielleicht möchtest du es sein, aber du bist es nicht. Du bist viel zu schade dazu, daß dieser Urtyp sich an dir verlustiert.«

»Was hast du nur gegen Dieter Sommer? Er war doch immer anständig zu dir. Als du noch auf der Schule warst . . .«

»Das hat doch damit nichts zu tun! Ja, als Lehrer war er ganz recht. Aber ich ertrage es einfach nicht, daß er seine schmierigen Pfoten an dich legt.«

Julia holte tief Atem. »Wenn du mich wirklich lieb hättest, Ralph, würdest du versuchen, mich so zu sehen, wie ich wirklich bin. Du würdest mir das bißchen Glück gönnen, das mir das Leben bietet.«

Roberta sprang so heftig auf, daß der Stuhl nach hinten umkippte. »Wir bieten dir also nichts!«

»Also nur ein bißchen Glück«, registrierte Ralph, »das hatte ich mir gedacht. Nicht die ganz große Liebe, sondern nur ein Abklatsch. Darauf müßtest du doch wirklich verzichten können . . . uns zuliebe.«

»Aber ich will es nicht«, sagte Julia aufgebracht und in die Enge getrieben, »verdammt noch mal . . . ich will es nicht! Mit welchem Recht verlangt ihr dauernd Opfer von mir?«

»Nicht dauernd«, korrigierte Ralph sanft, »sondern nur das eine.«

»Weil wir dich lieben! Verstehst du das denn nicht, Julia?« rief Roberta. »Wir lieben dich und wollen dich nicht mit einem fremden Mann teilen!«

»Ihr beide seid ganz große Egoisten. Weiter nichts.« Julia stand auf. »Ich habe diese Auseinandersetzung satt. Robsy, sei, bitte, so lieb und räume ab. Dir, Ralph, wünsche ich eine gute Rückfahrt.« Mit hocherhobenem Kopf verließ sie den Raum.

Hinter ihrem Rücken hörte sie Ralph sagen: »Das war aber mal ein gemütliches Kaffeestündchen!«

In ihrem Zimmer hätte Julia sich am liebsten auf die Couch geworfen, den Kopf in die bunten Kissen vergraben und ihren Tränen freien Lauf gelassen.

Aber sie tat es nicht, weil sie wußte, daß diese Reaktion kindisch gewesen wäre; sie war kein junges Mädchen mehr, sie war eine erwachsene Frau. Doch sie schloß die Tür hinter sich ab, denn sie wollte ungestört bleiben, um nachdenken zu können.

Zum ersten Mal in ihrem Leben fühlte sie sich nicht wohl in ih-

31

rem geschmackvoll eingerichteten Zimmer. Der kleine Tisch mit der runden Platte und den zierlichen Sesseln, die Bücherwände, der Handarbeitstisch aus Rosenholz und die goldfarbenen Vorhänge schienen ihr eine Heiterkeit und Harmonie auszustrahlen, die es in Wahrheit gar nicht gab.

Am liebsten hätte sie die schöne alte Meißner Vase, in der ein Strauß später, rostroter Astern blühte, von der Konsole genommen und auf dem Boden zerschmettert.

Sie fühlte sich eingesperrt, vom Leben ausgesperrt, und das Schlimmste war, daß sie selber dieses Gefängnis um sich geschaffen hatte.

Vor wenigen Wochen hatte sie im Kurtheater Ibsens Drama »Nora oder das Puppenhaus« gesehen. Daran mußte sie jetzt denken. Die Heldin hatte es satt gehabt, weiter in dem Puppenhaus zu leben, das ihr Mann errichtet hatte. Sie aber, Julia, lebte in einem Puppenhaus, das sie selber erbaut hatte, für sich und ihre Kinder. Hier hatte sie die beiden vor der rauhen Wirklichkeit, vor Schmutz, Bösartigkeit und Gemeinheit schützen wollen, aber auch vor der Leidenschaft, der Dämonie der Liebe. Sie hatte sich zur Gefangenen und zur Gefängniswärterin ihrer Kinder gemacht.

Ralph war ausgebrochen. Er hatte die Freiheit und den Kampf gewählt. Aber er wollte nicht zulassen, daß sein Puppenhaus zerstört wurde. Für ihn sollte es unversehrt bleiben, so daß er sich immer wieder hierher flüchten konnte, wenn auch nur in Gedanken. Er weigerte sich, sie als Frau zu akzeptieren. Für ihn sollte sie immer nur Mutter bleiben – nein, er sah sie nicht einmal als Mutter, die ihre Kinder mit Lust empfangen und unter Schmerzen geboren hatte, sondern als ein edles geschlechtsloses Wesen, einen Engel!

Roberta klammerte sich mit allen Fasern ihres Herzens an sie, weigerte sich, erwachsen zu werden, schnürte ihr mit ihrem Besitzanspruch die Luft ab und wollte ihr keinen Atemzug der Freiheit gönnen.

Julia trat ans Fenster. Dämmerung senkte sich über den Garten und löschte die letzten herbstlichen Farben. Die kahlen Zweige der Büsche und Bäume bewegten sich gespenstisch im Abendlicht. Als Julia das Fenster weit öffnete, drang frische kühle Luft herein und füllte ihre Lunge.

Sie spürte auf einmal, daß sie es hier, in der Stille ihrer vier Wände, nicht länger aushalten konnte. Sie öffnete den Kleiderschrank und riß ihren Trenchcoat vom Bügel, schlüpfte hinein und öffnete – sich selber hassend, weil sie es leise tun mußte – die Tür. Aus dem Wohnzimmer hörte sie die erregten Stimmen ihrer Kinder. Sie nahm ihre Schlüssel und stürzte aus der Wohnung.

Die Haustür wurde von außen geöffnet, noch ehe sie sie erreichte.

Sie trat zurück, um nicht mit Agnes Kast zusammenzustoßen, die mit einem Korb Flaschen über dem Arm hereinkam.

»Hallo, Julia!« grüßte die Freundin, und der fröhliche Klang ihrer Stimme stand im Gegensatz zu ihrem besorgten Blick. »Du gehst aus?«

Julia nickte stumm.

»Ich dachte, Ralph wäre gekommen!«

»Ist er auch.«

»Und du willst trotzdem . . .?«

»Nur Luft schnappen.«

»Krach mit den Kindern?«

Julia nickte wieder.

»Soll ich dich begleiten? Ich muß nur eben die Flaschen . . .«

»Danke, nein! Ich will nur ein bißchen laufen . . .«

Agnes verstand sofort, daß sie allein sein wollte. Julia stürmte an ihr vorbei auf die Straße.

Erst als sie das Haus ein gutes Stück hinter sich gelassen hatte, wurde ihr bewußt, daß sie die Freundin nicht sehr nett behandelt hatte. Agnes fiel ihr oft lästig durch die Anteilnahme, die sie an ihrem Leben zeigte. Aber sie war eben doch der einzige Mensch, der sich für sie und ihre Sorgen interessierte, ohne etwas von ihr zu wollen oder zu erwarten. Ohne Agnes hätte sie die Jahre nach dem Tod ihres Mannes sehr viel schwerer durchgestanden. Es tat ihr leid, daß sie sie so kurz abgewimmelt hatte. Aber sie wußte auch, daß sie sich deswegen keine Gedanken zu machen brauchte. Zu den besten Eigenschaften von Agnes zählte, daß sie, selbst wenn sie sich gekränkt fühlte, niemals nachtragend war.

Julia lief die Akazienallee entlang bis zum Kurpark; sie lief in leichtem Trab weiter über die schlecht erleuchteten Wege.

Wenn ihr Menschen begegneten, wich sie ins Dunkel zurück. Sie wollte niemanden sehen, niemanden treffen, mit niemandem reden – nicht einmal mit Dieter Sommer. Sie gab sich der trügerischen Hoffnung hin, daß die körperliche Anstrengung sie von ihrer Last befreien würde.

Aber als sie endlich erschöpft stehenbleiben mußte, um Atem zu holen, war sie so unglücklich wie zuvor. Sie begriff, daß es kein Davonlaufen geben konnte. Sie mußte den Kampf durchstehen. Langsam, mit schleppenden Schritten trat sie den Heimweg an.

Als sie die Wohnungstür öffnete, trat ihr Ralph in der kleinen Diele entgegen.

Mit lächelnder Unschuldsmiene fragte er: »Schon zurück?«

»Es hat den Anschein.«

Er lachte. »Na, jedenfalls hast du deinen Sinn für Humor wiedergefunden.«

»Ich weiß nicht, was an meiner Situation komisch sein sollte.«

Er half ihr aus dem Mantel. »Einiges . . . wenn du es als Außenstehender betrachten könntest.«

»Aber das kann ich eben nicht. Ich stecke mittendrin.«

»Das tun wir alle. Wir stecken immer in irgendwelchen Konflikten. Ist dir das noch nicht aufgefallen?«

»Ich glaube nicht, daß das sein muß.«

»Doch, Julia. So ist das Leben.«

Sie sah ihn an. »Wieso bist du noch nicht fort?«

»Ich hab's mir anders überlegt.«

»Und dein Freund?«

»Den habe ich versetzt.«

»Ist das nicht ziemlich . . . unhöflich?«

»Wenn es um Sein oder Nichtsein geht, spielen Manieren kaum eine Rolle. Außerdem habe ich ihm abgesagt.«

»Vielleicht hast du recht«, sagte sie müde.

»Bestimmt sogar.«

Sie warf einen Blick in den Garderobenspiegel. Ihre Wangen waren leicht gerötet, und ihr Haar hatte sich zerzaust, aber ihre Augen hatten den Glanz verloren; sie wirkten sehr dunkel und abgrundtief traurig.

Ralph blickte ihr über die Schulter. »Wir könnten Geschwister sein, wie?«

»Nein!« erwiderte sie kurz und fügte mit sanfterer Stimme hinzu: »Möchtest du etwas essen?«

»Robsy und ich haben uns gedacht, daß du Hunger haben würdest. Wir haben schon alles gerichtet.«

Der Tisch im Wohnzimmer war gedeckt, mit den hübsch gestickten Sets, die sie von ihrer Mutter geerbt hatte. Kerzen brannten in gläsernen Haltern, und sogar die Butter in der offenen Dose war zu einer vielblättrigen Rose geformt worden.

»Hübsch«, sagte sie ohne Begeisterung.

»Robsys Werk.«

»Und wo steckt sie?«

»Hat sich hingelegt.«

»Schon?« Julia blickte auf ihre Armbanduhr. »Es ist noch keine neun.«

»Sie war müde. Nach all den Aufregungen. Wahrscheinlich hat sie die letzte Nacht kaum geschlafen.«

»Kann sein.«

Er zog, ganz Kavalier, den Stuhl zurück, damit Julia sich setzen konnte, und nahm ihr gegenüber Platz.

»Du hast doch hoffentlich nichts dagegen, daß ich eine Flasche Wein aufgemacht habe?« Er hatte sie tatsächlich in den silbernen Kübel gestellt, den Julia seit Jahren nicht mehr benutzte. »Mit Wein schmeckt alles besser. Findest du nicht auch?« Er schenkte sich zuerst einen Schluck ein, nahm die Kostprobe und sagte mit Kennermiene: »Ganz ausgezeichnet!« Dann erst füllte er ihr und dann sein Glas, hob es ihr entgegen: »Auf unsere Liebe!«

Sie stieß mit ihm an, ohne jedoch den Trinkspruch zu erwidern. All die kleinen Happen, die sie für seinen Besuch und das Wochenende vorbereitet hatte – Fleischsalat, Zunge, eingelegte Pilze, Scampis und verschiedene Käse –, schmeckten ihr wie Stroh, während er selber mit gutem Appetit und scheinbar unbekümmert aß.

Als sie abräumen wollte, sagte er rasch: »Laß nur! Das mache ich!« Mit der Geschicklichkeit eines Kellners stapelte er das gebrauchte Geschirr auf ein Tablett.

»Pack die Reste wieder ein und tu sie in den Eisschrank!«

»Na klar, Julia! Für was hältst du mich?«

In wenigen Minuten war er zurück. Julia saß immer noch am

Eßtisch. Er nahm die Kerzenleuchter, stellte sie auf den niedrigen Tisch in der Sitzecke und räumte auch die Gläser und den Kübel mit der Weinflasche um. Sie rührte sich nicht vom Fleck.

»Nun komm schon, Julia!« drängte er mit überlegener Freundlichkeit. »Machen wir es uns doch gemütlich.«

»Mir ist nicht nach Gemütlichkeit zumute.«

Er ließ sich in den Lieblingssessel seines Vaters sinken. »Aber wir können schlecht miteinander reden, wenn du da drüben sitzt und ich hier.«

»Das ist ein Komplott«, sagte sie.

»Was soll das heißen?«

»Das weißt du genau. Du und Robsy, ihr habt ein Komplott gegen mich geschmiedet. Du bist hier geblieben und verwöhnst mich, um mich weich zu kochen.«

»Aber, Julia!« sagte er mit mildem Vorwurf. »Wie kannst du so etwas Häßliches von uns denken? Du und Robsy, ihr habt Krach, und da ist es doch wohl meine Pflicht als Sohn und Bruder, die Wogen wieder zu glätten.« Er stand auf, ging zu ihr hin und zog sie vom Stuhl hoch. »Nun komm schon, liebe Julia, sei nicht trotzig!«

»Du sprichst mit mir, als wäre ich ein Kind.«

»In mancher Beziehung bist du es auch.« Er nahm sie fest in seine Arme. »In mancher Beziehung bist du ein bißchen weltfremd, das solltest du selber wissen.«

Seine Nähe tat ihr wohl, und am liebsten hätte sie den Kopf an seine Brust gelegt – er war inzwischen ein gutes Stück größer als sie – und hätte sich ausgeweint. Aber sie fürchtete, daß er genau darauf spekulierte und nahm sich zusammen.

»Vergiß nicht, ich habe einige Jahre mehr auf dem Buckel als du«, sagte sie und löste sich von ihm.

»Aber was für Jahre! Du hast doch gelebt wie in einem Schneckenhaus.«

Sie stand hoch aufgerichtet vor ihm. »Wenn du das so siehst, solltest du auch verstehen, daß ich endlich heraus möchte!«

»Aber das kannst du nicht, Julia! Du kannst dein Gehäuse so wenig abstreifen wie eine Schnecke. Wir anderen können nur versuchen, dir das Leben so schön wie möglich zu machen.«

»Sagte der Wärter, als er dem Gefangenen ein Radio in die Zelle stellte.«

Er lachte. »Dein Humor . . . das ist etwas, das ich so besonders an dir liebe.« Er legte den Arm um sie und führte sie zu einem der Ledersessel. »Jetzt mach es dir endlich bequem! Es wird nichts davon besser, wenn wir uns hier gegenüberstehen und uns anknurren wie zwei bissige Hunde.«

Julia ließ sich in den Sessel drücken und schwieg.

Ralph nahm ihr gegenüber Platz, schlug die Beine übereinander, wobei sich zeigte, daß selbst die Farbe seiner Socken auf das Lindgrün seines Pullunders abgestimmt war. »Also«, begann er in leicht gönnerhaftem Ton, »wie lange läuft es schon mit diesem . . .« Er zögerte kurz, und es war ihm anzumerken, daß er einen häßlichen Ausdruck unterdrücken mußte, bevor er ergänzte: ». . . diesem Sommer?«

»Du weißt genau, daß ich ihn kennengelernt habe, als du die schlimme Rauferei auf dem Schulhof hattest. Das war in deinem fünften Schuljahr. Danach kannst du es dir ausrechnen.«

»Seitdem hat er dir nachgestellt, wie?«

»Du siehst das falsch oder du drückst es falsch aus. Er war mir all die Jahre ein guter verläßlicher Freund.«

»Mit dem permanenten Hintergedanken, dich ins Bettchen zu kriegen!«

Es wurde ihr bewußt, wie sehr er sich verändert hatte, seit er in München lebte; früher hatte er niemals über solche Dinge gesprochen und sich schon gar nicht so ausgedrückt. »Du bist sehr anders geworden«, sagte sie.

Er lächelte schwach. »Man wird eben erwachsen. Aber, bitte, lenk nicht ab. Wann hast du ihm nachgegeben?«

»Was spielt das für eine Rolle? Und was geht es dich an? Du hast kein Recht, mich zu verhören.«

»Ich fühle mich für dich verantwortlich.«

»Du scheinst die Rollen zu verwechseln. Du bist nicht mein Vater, und ich bin kein junges Mädchen mehr . . . ganz davon abgesehen, daß man wohl heutzutage selbst einem Schulmädchen nicht mehr so kommen darf.«

»Verzeih mir«, lenkte er überraschend ein, »es fällt mir schwer, den richtigen Ton zu treffen.«

»Das merkt man«, sagte sie mit einem Sarkasmus, der gar nicht ihrer Art entsprach.

Er lachte, nahm ihre beiden Hände und beugte sich zu ihr vor. »Liebe, geliebte Julia . . .«

Sie riß ihre Hände los. »Warum willst du mir mein Glück nicht gönnen?«

»Weil es zu teuer erkauft ist. Ich kenne diese Art von Glück, Julia. Es endet immer mit Enttäuschung, Ernüchterung und Leid. Das ist nichts für dich. Ich will dich davor bewahren.«

»Es ist mein Leben, Ralph!«

»Da irrst du dich. Dein Leben sind wir, Robsy und ich. All die Jahre warst du nur für uns auf der Welt . . . und erzähl mir jetzt nicht, daß du nicht glücklich gewesen wärst.«

»Doch, das war ich. Aber du bist nun fort . . .«

»Stimmt ja gar nicht. Ich sitze hier, ganz nah bei dir, und ich werde immer dasein, wenn du mich brauchst.«

»Aber du, du brauchst mich nicht mehr, das ist der Unterschied! Und lange wird es nicht mehr dauern, bis auch Robsy ihr eigenes Leben leben will, wenn sie das jetzt auch noch nicht weiß.«

»Dann warte wenigstens so lange, bis es soweit ist.«

»Ich habe lange genug gewartet.«

Er seufzte, nahm einen Schluck Wein und zündete sich eine Zigarette an.

»Gib mir auch eine!« bat sie.

Er reichte ihr sein silbernes Etui – sie hatte es ihm zum letzten Weihnachtsfest geschenkt – und gab ihr Feuer. »Daß du dir Robsys wegen das Rauchen abgewöhnt hast«, meinte er großzügig, »war sicher übertrieben.«

»Ich wollte sie nicht in Versuchung führen.«

»Aber was für ein Vorbild du ihr jetzt gibst, das ist dir egal. Merkst du denn nicht, daß sie todunglücklich ist? Daß sie sich von dir verlassen fühlt? Daß du sie geradewegs in die Arme irgendeines Halunken treibst?«

Die Zigarette schmeckte nicht; Julia drückte sie aus. »Dadurch, daß ich sie hin und wieder mal ein paar Stunden allein lasse?«

»Dagegen wäre nichts einzuwenden. Sie hat ja auch nie was dagegen gehabt, nicht wahr? Niemand verbietet dir, deine Freundinnen zu besuchen, Skat zu spielen, in Lizis Boutique zu helfen . . .«

»Wie außerordentlich gnädig von euch!«

Er ließ sich nicht beirren. ». . . aber ein Mädchen in diesem Alter, wo die erotische Phantasie gerade einsetzt, braucht eine anständige Mutter.«

»Das bin ich also nicht?«

»Nicht, wenn du immer wieder zu deinem Liebhaber verschwindest. Stell dir nur die Bilder vor, die sie sich davon macht! Die eigene Mutter . . . nackt in den Armen eines fremden Mannes . . . beim Geschlechtsverkehr . . .« Er erschauerte.

»Es ist nichts Schlechtes daran, wenn zwei Menschen sich lieben.«

»Vor der Kirche jedenfalls ist es Sünde . . .«

»Seit wann bist du so fromm?«

». . . und was Gott von der geschlechtlichen Liebe hält, hat er wohl deutlich durch den Platz gezeigt, an dem er ihre Organe angebracht hat.«

»Ralph!«

»Ist dir das Bumsen wirklich so wichtig, daß du Robsy . . . und auch mich . . . dadurch unglücklich machst?«

»Du siehst mein Verhältnis zu Dieter Sommer ganz falsch . . .«

»Ach nein, tue ich das?«

». . . es kommt uns doch nicht darauf an . . . auf das, na, du weißt schon.«

»Um so besser, dann laß es.«

»Bitte, bitte, Ralph! Versuch mich doch zu verstehen! Ich bin eine erwachsene Frau. Vielleicht bin ich wirklich ein bißchen naiv, da hast du recht. Gerade deswegen brauche ich einen männlichen Partner, einen Menschen, mit dem ich reden, dem ich mich anvertrauen kann, der mir zuhört . . .«

»Du hast doch mich!«

»Nein, dich habe ich eben nicht mehr. Machen wir uns doch nichts vor. Und falls du immer noch wissen willst, wann genau es mit mir und Dieter Sommer angefangen hat: im vorigen Herbst, als du nach München gezogen bist. Hättest du mich nicht verlassen, wäre es wohl nie passiert!«

Er wurde sehr blaß; seine Hand, die die Zigarette hielt, zitterte.

»Ich wollte dir das nicht sagen, verzeih, Ralph, aber deine Verständnislosigkeit hat mich dazu gezwungen. Dich trifft überhaupt keine Schuld. Du hast getan, was du tun mußtest. Heute weiß ich, daß es unumgänglich war. Du mußtest deinen eigenen Weg gehen. Vielleicht war es etwas früh . . . aber ob nun früher oder später, das macht keinen Unterschied. Eines Tages hättest du mich allein gelassen, und daß es früher geschah, war vielleicht sogar besser. Es ist eine ganz normale Entwicklung. Ich mache dir wirklich keinen Vorwurf. Aber verstehst du denn nicht, daß der Umgang mit einem halbwüchsigen Mädchen einfach zu wenig für mich ist? Ja, sie ist lieb und nett und gut, aber eben doch noch ein Kind. Und wen habe ich denn außer ihr? Bekannte, ja, Agnes . . . und vielleicht noch Lizi. Kannst du glauben, daß das einer erwachsenen Frau genügt?«

»Ich könnte nach Hause zurückkommen«, sagte er.

»Ja, das könntest du, und ich würde es dir sogar zutrauen.«

»Du weißt, ich habe bald meinen Führerschein. Irgendein fahrbarer Untersatz wird sich schon finden, und mit dem Auto ist es nur eine gute Stunde bis München.«

»Das ist kein technisches Problem, Ralph. Es gibt genug Eysinger, die in München arbeiten, das haben wir immer gewußt. Aber du wolltest hier raus, nicht wahr? Es war dir alles zu eng und zu klein und zu spießig geworden. Daran hat sich inzwischen doch nichts geändert.«

»Ich werde es ertragen.«

»Aber du würdest unglücklich sein. Ich würde immer das Bewußtsein haben, daß du mir ein Opfer bringst. Dieter ist gern mit mir zusammen. Er will es wirklich. Er würde viel darum geben, wenn wir miteinander leben könnten. Unsere gestohlenen Stunden sind ihm zu wenig.«

»Du liebst ihn also?«

»Das ist zwar die falsche Schlußfolgerung aus dem, was ich dir klarzumachen suche, aber sie stimmt. Ja, ich liebe ihn. Man kann nämlich einen Mann lieben, und trotzdem auch die eigenen Kinder.«

Ralph drückte seine Zigarette aus, hob die schlanken Hände und ließ sie mit einer resignierenden Geste fallen. »Was kann ich dann noch sagen?«

»Du hast recht. Jedes Wort erübrigt sich. Wenn du mich wirklich liebtest, wie du so oft behauptet hast, würdest du dich nicht gegen mich stellen. Du würdest Dieter akzeptieren . . .«

»Nur das nicht!«

». . . und du würdest mir helfen, Robsy zur Vernunft zu bringen. Du könntest es nämlich. Du bist der große Bruder. Du hast Einfluß auf sie.«

Ralph gab sich noch nicht geschlagen. »Ich mache dir einen anderen Vorschlag! Du und Robsy, ihr kommt nach München. Wir nehmen zusammen eine Wohnung . . . das wird nicht ganz einfach sein, aber irgendwie wird es sich schon machen lassen . . .«

»Du siehst wieder nur das technische Problem!«

». . . wir werden zusammenleben, und es wird alles wieder wie früher sein.«

»Nein, Ralph, das ist unmöglich. Ich bin nicht mehr die Frau, die ich war, und du bist kein kleiner Junge mehr. Du lebst in deiner eigenen Welt. Das wird mir jedesmal, wenn du hierher kommst, deutlicher. Du brauchst mich nicht mehr, das ist der wesentliche Punkt. Ich glaube, ich habe das schon einmal gesagt, aber ich kann es nicht oft genug wiederholen: Ob in Bad Eysing oder in München, in Hamburg oder New York, du brauchst mich nicht mehr. Wo auch immer auf der Welt, wir würden nicht mehr miteinander, sondern nebeneinanderher leben. Das weißt du so gut wie ich.«

»Ja, Julia«, sagte er plötzlich, »du hast recht.«

»Wirst du mir also helfen?«

»Ich werd's versuchen.«

»Das ist nicht genug. Du mußt es wirklich wollen!«

»Ja, Julia!«

Sie streckte ihre Hand aus und berührte ihn sanft. »Das ist lieb von dir, Ralph.«

»Ich soll Robsy also klarmachen, daß dieser . . . daß Dieter Sommer über kurz oder lang hier einziehen wird?«

»Natürlich nicht. Das möchte ich ihr nicht zumuten . . . und auch dir nicht, da ihr beide ihn so völlig ablehnt. Es würde auch zuviel Gerede geben . . . hier in der kleinen Stadt. Er könnte sich das als Studienrat gar nicht erlauben.«

»Und wenn du ihn heiratest?« fragte er und beobachtete sie mit niedergeschlagenen Augen unter seinen dichten Wimpern her.

»Du meinst, Robsy würde ihn als Stiefvater eher akzeptieren?«

»Ich weiß nicht . . .«

»Und du? Würdest du es lieber sehen als dieses . . . dieses doch im Grunde schlampige Verhältnis?«

»Du hast also schon daran gedacht?«

»Das liegt auf der Hand.«

Er gab sein Spiel auf und wurde ehrlich. »Tu's nur nicht, Julia, ich warne dich!«

»Wovor?«

»Als Ehemann würde er sein wahres Gesicht zeigen!«

»Jetzt bitte ich dich aber, Ralph! Ich kenne ihn nun schon so viele Jahre . . .«

»Bis jetzt hat er sich eben noch zusammengenommen. Aber er ist Lehrer, vergiß das nicht. Diese Typen wollen, daß alles immer genauso läuft, wie sie es sich vorstellen. Er würde dir Vorschriften machen. Das bist du nicht mehr gewohnt, Julia. Er würde sich in Robsys Erziehung einmischen, auch wenn er dir jetzt hoch und heilig das Gegenteil beteuert. Er kann einfach nicht anders.«

»Das glaube ich nicht.«

»Aber es wird so kommen, ich weiß es. Deine Erziehungsmethoden sind nicht gerade konventionell. Du versuchst immer nur alles mit Liebe und Verständnis zu erreichen . . .«

»Und was ist falsch daran?« fiel sie ihm ins Wort.

»Nichts. Aber denk einmal an all die Leute, die es dir immer wieder einzureden versucht haben. Die konntest du abwimmeln, weil es sie im Grunde nichts anging. Aber wenn er erst einmal mit dir verheiratet ist, hat er auch ein Recht dazu . . . und er ist genau der Typ, der anfangen wird, die bewußten ›strengen Seiten‹ aufzuziehen.«

»Warum ereiferst du dich so? Ich habe ja gar nicht vor, ihn zu heiraten.«

»Hoffentlich nicht! Denk doch auch mal an das finanzielle Problem! Du würdest von ihm abhängig.«

»Nicht ganz. Mir bliebe ja immerhin noch die Miete.«

»Trotzdem wäre es höchst unvernünftig von dir, wenn du seinetwegen zigtausend einfach durch den Kamin jagen würdest.«

»Ja, die schöne Pension! Irgendwann mal hat Agnes gesagt, es wäre besser für mich, wenn ich sie nicht bezöge. Vielleicht hat sie sogar recht gehabt. Ist es nicht schrecklich, daß diese verdammte Pension mein ganzes Leben beherrscht?«

»Du bist sehr ungerecht! Du verdankst ihr deine Freiheit. Nur weil du die Pension hattest, konntest du immer tun und lassen, was du wolltest, und kannst es auch heute noch.«

»Aber ich besitze nicht die Stärke, sie einfach aufzugeben!«

Er lächelte sie liebevoll an. »Doch, Julia, die hast du . . . und die entsprechende Unvernunft dazu. Du wärst imstande, deine Pension mit einer großen Geste einfach aufzugeben . . . für eine Ehe, für ein geordnetes Familienleben und einige andere dumme Illusionen. Bitte, versprich mir, daß du es nicht tust! Oder wenigstens . . . wenn du arg in Versuchung kommst . . . vorher mit mir darüber redest!«

»Aber ich habe gar nicht vor . . .«

»Dir traue ich alles zu . . . nach dem, was ich heute über dich erfahren habe. Also versprich mir . . .«

»Ja«, sagte Julia, »in die Hand. Jede Veränderung in meinem Leben werde ich vorher mit dir bereden.« Sie hielt ihm die offene Hand hin. »Beruhigt?«

Er schlug ein. »Nicht ganz, Julia. Ich hatte so fest auf dich gebaut. Aber jetzt weiß ich, daß du unberechenbar bist . . . wie alle Frauen.«

»Wäre es nicht gerechter zu sagen . . . wie alle Menschen?«

»Ja, vielleicht.« Er stand auf und küßte sie auf die Schläfe. »Sei mir nicht böse, ich gehe jetzt schlafen. Mir brummt der Schädel. Ich muß erst mal mit allem fertig werden.«

»Und morgen knöpfst du dir Robsy vor?«

»Ja, Julia.«

Auch sie war völlig erschöpft, denn sie hatte keine Übung darin, zu kämpfen, ihren Standpunkt und ihren Anspruch durchzusetzen. Jetzt fiel es ihr schwer, sich zu entspannen. Sie blieb sitzen und versuchte ruhiger zu werden, trank noch ein Glas Wein und ließ Ralph Zeit, ausgiebig das Bad zu benutzen.

Es drängte sie, Dieter Sommer anzurufen und ihm zu erzählen, was geschehen war. Aber wenn auch das alte Haus solide gebaut war, so hätten die Kinder doch hören können, daß sie telefonierte, wenn auch nicht mit wem und was sie sagte. Aber sie hätten sich – zumindest Ralph, von dem sie wußte, daß er wach war – leicht einen Reim darauf machen können. Sie wollte ihm das nicht antun.

So räumte sie denn, als es in der Wohnung still geworden war, nur noch auf und machte sich für die Nacht zurecht.

Danach trieb es sie, nach Roberta zu sehen. Das große Mädchen schlief wie ein Baby; sie lag auf der Seite, die Knie angezogen, eine Faust vor den Mund gepreßt. Julia hätte sie gern geküßt. Aber sie tat es nicht, aus Angst, sie zu wecken.

Sie vertraute ihrer Stärke nicht sehr. Hätte Roberta die weichen Arme um sie geschlungen, sich an sie gepreßt und sie unter Tränen beschworen, um ihretwillen zu verzichten, hätte Julia vielleicht doch nachgegeben.

Es wäre besser, den Kampf am nächsten Tag weiterzuführen, wenn sie frisch und ausgeruht war.

Auf Zehenspitzen verließ Julia das Zimmer ihrer Tochter. Die Tür ließ sie, um Roberta durch das Geräusch des Schließens nicht zu stören, nur angelehnt.

Ralph hielt sein Versprechen.

Gleich nach dem Frühstück erklärte er: »Ich habe Lust auf einen kleinen Bummel durch das gute alte Eysing. Kommst du mit, Robsy?«

Roberta, die den ganzen Morgen schweigsam und verschlossen gewesen war, schüttelte stumm den Kopf.

»Nun komm schon!« drängte Ralph. »Mach nicht so ein Gesicht. Die frische Luft wird dir guttun.«

»Geh doch alleine.«

»Aber ohne dich macht es keinen Spaß!« behauptete er. »Ich möchte mich an der Seite meiner hübschen Schwester sehen lassen.«

»Ich bin noch gar nicht angezogen . . .«

»So lange warte ich. Oder hast du etwa was Besseres vor?«

Roberta fiel so schnell nichts ein. Dann sagte sie lahm: »Ich wollte meine Schallplatten ordnen.«

»Das kannst du immer noch! Also auf, auf! Mach dich schön!« Er wandte sich augenzwinkernd an Julia: »Kommst du auch mit?«

Da sie wohl wußte, daß er mit seiner Schwester allein sein wollte, lehnte sie rasch ab. »Ich werde aufräumen und einen

Waffelteig machen. Ihr habt doch sicher nachher Lust auf Waffeln? Das Mittagessen lassen wir ausfallen, ja?«
»Klingt hervorragend!« Er nahm sie in die Arme und küßte sie auf beide Wangen.
»Es ist gut, daß es dich gibt«, sagte sie.
Julia kam sich fast glücklich vor, als die beiden miteinander die Wohnung verließen. Als Ralphs Zimmer, dessen Fenster zur Straße lagen, blickte sie ihnen nach. Roberta, kleiner und gedrungener als ihr Bruder, mußte zwei Schritte machen, wenn er nur einen brauchte. Sie hatte die Hände tief in die Taschen ihres grauen Schafpelzmantels gebohrt, und ihr glattes hellblondes Haar schimmerte im fahlen Sonnenlicht. Ralph, den Kragen seines Trenchcoats hochgeschlagen, schlenderte unnachahmlich lässig. Wie wohlgeraten sie doch beide waren. Julia war sicher, daß sie die Opfer, die sie ihnen gebracht hatte, nie bereuen würde. Das Gefühl, daß eine gute Lösung bald bevorstand, überwältigte sie. Sie mußte mit jemandem darüber reden.
Aber als sie Dieter Sommers Nummer wählte, kam niemand an den Apparat. Zuerst war sie sinnlos enttäuscht, aber dann beruhigte sie sich wieder.
Wie konnte sie annehmen, daß er am Sonntagmorgen zu Hause wäre. Um diese Zeit ging man in Bad Eysing in die Kirche, spazieren oder zum Frühschoppen in den »Goldenen Hirsch«; es gab auch eine Anzahl Bürger, die diese drei Tätigkeiten miteinander vereinigen mußten.
Vielleicht war es sogar besser, daß sie ihn nicht erreichte. Noch war ja nichts entschieden. Sie war drauf und dran, zu Agnes Kast hinunterzulaufen. Aber plötzlich hatte sie Angst, ihre Hoffnungen zu zerreden.

Es wurde Nachmittag, bis Ralph und Roberta nach Hause kamen. Julia lief ihnen, kaum daß sie das Geräusch des Schlüssels hörte, in der kleinen Diele entgegen.
Roberta hatte geweint, das war deutlich zu sehen; ihre Augen waren verschwollen, die Bindehaut gerötet, und ihre Wangen hatten eine dunkle Farbe, die nicht allein auf die frische Luft zurückzuführen war. Ralph dagegen trat selbstsicher und vergnügt auf, half seiner Schwester aus dem Mantel und zwinkerte Julia dabei zu.

45

»Entschuldigt mich, bitte«, murmelte Roberta und verschwand in ihr Zimmer.

»Mach dir keine Sorgen, Julia«, sagte Ralph rasch, »es ist alles okay.«

Julia nahm ihm Robertas Mantel ab und hängte ihn über einen Bügel. »Sie wirkt verstört.«

»Klar doch. Es hat sie hart getroffen. Sie hat sich eingebildet, sie würde dich nach meinem Abgang bis ans Ende aller Tage allein für sich haben.«

»Und? Was hast du ihr gesagt?«

»Ich mußte ziemlich brutal werden, wie du dir denken kannst.«

»Hoffentlich hast du sie nicht zu sehr verletzt.«

Er hatte seinen Mantel abgelegt und aufgehängt, nun legte er den Arm um ihre Schultern und drückte sie leicht an sich. »Julia, jetzt weiß ich wirklich nicht mehr, was du willst! Man kann nicht kämpfen, ohne den anderen zu verletzen. Ich bin für dich in die Schlacht gezogen, und ich mußte es tun.«

»Sie scheint so . . . unglücklich.«

»Natürlich ist sie das. Sie hat geheult wie ein Schloßhund. Du hast doch wohl nicht erwartet, daß sie vor Freude jauchzen würde, weil sie dich mit einem Liebhaber teilen muß? Aber sie wird sich auch wieder beruhigen.«

»Bist du sicher?« fragte Julia zweifelnd.

»Aber ja. Uns allen bleibt doch kein anderer Ausweg, als uns mit den Tatsachen des Lebens abzufinden. Niemand kann erwarten, daß es immer so läuft, wie man selber will.« –

Ralph schien recht zu behalten.

Als der erste Löffel Teig im Waffeleisen zischte, erschien Roberta in der Küche.

Sie hatte das Gesicht gekühlt, und nur ihre geröteten Augen verrieten noch ihren Kummer. »Das riecht ja phantastisch!« rief sie munter.

Julia war tief gerührt. »Oh, Robsy, mein Liebling!« Sie wollte das Mädchen in ihre Arme nehmen. Roberta wehrte ab, mit einem schwachen Lächeln, das eher ein Zucken der Lippen war. »Ist schon gut, Julia! Kriege ich auch Kaffee?«

»Ja, aber nur einen verdünnten. Du weißt, daß du sonst nicht schlafen kannst.«

»Keine Sorge. Ich werde schlafen wie nie.« Sie zog sich einen Stuhl an den Tisch.

Die Küche war klein, und sie saßen eng beieinander. Aber sie hatten hier immer gern gegessen, seit der Vater tot war. Amtsgerichtsrat Robert Severin hatte Wert auf eine gewisse Förmlichkeit gelegt, während Julia und die Kinder die zwanglose Gemütlichkeit liebten. Sie tranken Kaffee, knabberten die heißen, knusprigen Waffeln und plauderten über alles Mögliche, wobei sie es wie auf Verabredung vermieden, alle Konflikte und Probleme zu berühren.

»Ach, bin ich glücklich, daß wir wieder einmal alle beisammen sind!« sagte Julia aufseufzend. »Es ist wie in den alten Zeiten!«

Ralph warf einen Blick auf seine flache, elegante Armbanduhr. »Aber leider nur fast! Ich habe gerade noch Zeit für eine Zigarette . . . dann muß ich los.«

»Schon?«

Ralph lächelte seine Mutter um Verständnis bittend an. »Man darf Freundschaften nicht zu sehr strapazieren. Ich habe mich für heute um fünf Uhr mit meinem Freund verabredet.«

»Was ist das für ein Freund?« wollte Roberta wissen.

»Er arbeitet bei Touropa.«

»Und?«

»Was . . . und?«

»Ist er so alt wie du? Sieht er gut aus?«

Julia freute sich über Robertas Interesse.

»Er ist ein paar Jahre älter als ich, und er verdient entsprechend mehr«, erklärte Ralph. »Er ist ganz nett. Das ist aber auch alles. Dein Typ ist er bestimmt nicht. Wenn ich mal einen jungen Mann treffe, der dir gefallen könnte . . .«

»Du weißt genau, daß ich mit Jungens nichts zu tun haben will!« erwiderte Roberta hitzig.

»Sag lieber: noch nicht. Aber das wird sich ändern, verlaß dich drauf . . .«

»Nie!«

Ralph ließ sich nicht unterbrechen. ». . . und dann wirst du froh sein, daß du einen großen Bruder hast.«

»Bildest du dir etwa ein, dann wäre ich auf dich angewiesen?«

»Nun hört doch auf, euch zu streiten!« mahnte Julia, aber insgeheim begrüßte sie diese geschwisterliche Rangelei, die ihr zu beweisen schien, daß sich alles wieder normalisiert hatte.

»Darf ich die Kleine denn nicht ein bißchen pieksen?« fragte Ralph lachend.

»Wozu?« gab Julia zurück. »Wir ärgern dich doch auch nicht.«

»Wahrscheinlich bin ich nicht das geeignete Objekt.«

Julia hätte daraufhin beinahe gesagt, daß sie ihn für verletzlicher hielt, als er zugeben mochte. Aber sie unterdrückte diese Bemerkung, weil sie es tatsächlich haßte, jemandem weh zu tun oder ihn gar bloßzustellen.

»Du hast ja recht«, lenkte Ralph von sich aus ein und legte seine Hand auf ihren Arm. Ihr seid wirklich nett, du und Robsy, alle beide. Hier ist für mich der einzige Platz auf der Welt, wo ich meine Beine unter den Tisch stellen kann und nicht auf der Hut sein muß. Danke.«

»Nichts zu danken!« gab Julia lächelnd zurück. »Wir sind nun mal so . . . nicht wahr, Robsy?«

Das Mädchen nickte nur.

Ralph ließ sein Etui aufspringen und bot Julia eine Zigarette an. Sie hätte gern zugegriffen, lehnte aber mit einem Blick auf Roberta dankend ab.

Er bediente sich selber. »Deshalb möchte ich auch nie erleben«, sagte er und blies den Rauch durch die Nase, »daß eines Tages hier ein Typ auftaucht, der . . .«

»Aber, Ralph, das haben wir doch schon besprochen! Nie! Nie wird hier jemand einziehen . . . und nie werde ich euch einen Stiefvater präsentieren. Hast du gehört, Robsy?«

»Ralph hat mir das auch schon erzählt.«

»Na, siehst du!«

»Aber jetzt zweifelt er selber daran.«

»Das war nur so ein dummes Gerede von mir!« sagte Ralph rasch. »Ich wollte nur ausdrücken, wieviel ihr beide und das hier . . .« Er machte eine kreisende Geste mit der Hand, die die Zigarette hielt. ». . . mir bedeutet.«

»Du hast aber was ganz anderes gesagt!«

»Wofür ich mich offiziell entschuldigt habe.« Er sah seine Mutter an. »Das war wirklich blöd von mir.«

»Schon gut«, sagte Roberta, »ist ja auch egal.«

Julia war bestrebt, das Thema zu wechseln. »Warum bringst du

deinen Freund eigentlich nicht mal mit, Ralph?« fragte sie.
»Warum läßt du dich nicht wenigstens hier von ihm abholen?«
»Ach, er ist im Grunde ein langweiliger Kerl. Ihr würdet nichts
von ihm haben.«
»Aber es wäre doch nett, wenn wir ihn kennenlernen würden,
schon weil er ein Freund von dir ist.«
»Aber so befreundet sind wir nun auch wieder nicht.«
»Immerhin befreundet genug, daß er dich nach Bad Eysing
bringt und auch wieder abholt.«
»Er ist bloß einer aus meiner Clique, Julia, einer, der sich aus-
nutzen läßt, und ich nutze ihn aus, verstehst du?«
»Das klingt nicht sehr menschenfreundlich.«
»Das ganze Leben ist nicht sehr menschenfreundlich, Julia.
Zum Glück weißt du nur wenig davon.« Er drückte seine Ziga-
rette aus. »Also, ich muß los! Bitte, bleib sitzen . . . begleitet
mich nur nicht hinaus!« Er küßte seine Mutter auf die Schläfe.
»Ihr wißt, ich liebe keinen großen Bahnhof. Mach's gut, Robsy,
und sei vernünftig.«
Sie lächelte zu ihm hoch. »Ich bin niemals vernünftiger gewe-
sen.«
»Gut, das zu hören.«
»Dein Koffer mit der sauberen Wäsche steht in der Diele.«
»Du bist die Beste!« Schon im Aufbruch warf er Julia und Ro-
berta je eine Kußhand zu. Gleich darauf hörten sie die Woh-
nungstür hinter ihm zufallen.
»Nun ist er weg«, sagte Roberta.
»Er ist doch ein reizender Junge«, meinte Julia.
Nach einer kleinen Pause fragte Roberta: »Aber du liebst ihn
nicht mehr wie früher, nicht wahr?«
»Wie kommst du darauf?«
»Man merkt es.«
»Nein, Robsy, du irrst dich. Er ist mein einziger Sohn. Wie
könnte ich je aufhören, ihn zu lieben? Aber unsere Beziehun-
gen haben sich natürlich gewandelt. Er ist erwachsen geworden. Er braucht mich nicht mehr.«
»Nur noch für die Wäsche.«
Diese Bemerkung verletzte Julia, aber sie ließ es sich nicht an-
merken. »Auch das wird eines Tages vorbei sein«, erklärte sie
gefaßt.

49

»Unsere Beziehungen haben sich auch geändert«, sagte Roberta.

»Ja, und sie werden sich weiter entwickeln. Das ist nur natürlich. Du bist jetzt kein Baby mehr, sondern ein junges Mädchen. Doch ich liebe dich immer noch genauso stark wie früher. Irgendwann wirst du eine junge Frau sein, und . . . vielleicht . . . können wir dann Freundinnen werden.«

»Sind wir das nicht jetzt schon? Sind wir das nicht seit langem?«

Julia hatte nicht das Herz, ihr zu erklären, daß zu einer Freundschaft, wie sie sie sich vorstellte, eine gewisse Gleichheit der Erfahrung und der Reife gehörte, die es zwischen ihnen noch nicht geben konnte.

»Doch«, sagte sie statt dessen, »du hast recht. Aber wenn du erst erwachsen bist, wirst du mich noch besser verstehen.«

»Ja«, murmelte Roberta mit niedergeschlagenen Augen, »vielleicht.«

Julia legte ihr die Hand auf den Unterarm. »Auf alle Fälle werden wir noch viele, viele Jahre zusammenbleiben.«

Jetzt sah Roberta auf, und der Blick ihrer großen braunen Augen war abgründig. »Glaubst du?«

»Ich bin sicher.«

»Aber wozu brauchst du dann einen Freund?«

»Ich brauche ihn gar nicht. Es macht mir nur Spaß, ihn zu haben.«

»Das begreife ich nicht.«

»Weil du noch zu jung bist. Gerade das versuche ich dir klarzumachen. Werde erst einmal älter, und du wirst sehen . . .«

»Aber ich habe gar keine Lust, älter zu werden.«

»Wie dumm von dir! Die schönsten Jahre liegen ja noch vor dir.«

»Darüber kann man geteilter Meinung sein.«

»Nur, wenn man das Leben noch nicht kennt. Ich erinnere mich genau, wie glücklich ich war, als ich deinen Vater kennenlernte, so glücklich und verliebt . . . ganz aus dem Häuschen . . .«

»Wie heute?«

»Nein! Hast du wirklich den Eindruck, daß ich aus dem Häuschen bin? Nein, heute ist das etwas ganz anderes. Mein Leben ist ja im Lot. Dieter Sommers Liebe ist etwas . . . Zusätzliches.

Aber damals . . . du weißt, die Ehe meiner Eltern war schlecht, es gab ständig Streit, Drohungen, Vorwürfe, Eifersuchtsszenen, und ich habe sehr darunter gelitten. Die Liebe deines Vaters machte mich nicht nur wahnsinnig glücklich, sie bot mir auch die Möglichkeit, zu Hause auszubrechen.«

»Siehst du, und darum ist das alles nichts für mich. Ich will gar nicht ausbrechen. Es soll alles so bleiben, wie es ist.«

»Aber nichts im Leben kann bleiben, wie es mal war. Alles wandelt sich, entwickelt sich. Auch wenn man glücklich in seinem Elternhaus ist, kommt einmal der Tag, wo man es verläßt.«

»Das will ich aber nicht.«

»Mußt du ja auch nicht, Liebes. Die Entscheidung liegt bei dir. Ich jedenfalls werde immer für dich dasein.«

Roberta runzelte die Stirn. »Trotz deiner Männergeschichten?«

Julia lachte. »Willst du mich ärgern? Dieter Sommer ist der erste Mann seit all den Jahren . . .«

»Aber es waren immer welche um dich herum.«

»Auch nicht immer, und außerdem haben sie mir nichts bedeutet.« Sie begann das Geschirr zusammenzustellen. »Sag mal, meinst du wirklich, daß das ein gutes Thema für einen gemütlichen Sonntagabend ist? Ich dachte, Ralph hätte dich überzeugt?«

»Doch, das hat er.«

»Dann wollen wir rasch mit diesem Gerede Schluß machen. Wie wäre es mit einer Partie Sechsundsechzig?«

»Daran liegt dir doch gar nichts.«

»Na, hör mal, du weißt doch, wie gern ich Karten spiele!«

»Ja, Skat. Dagegen ist Sechsundsechzig doch nur was für Kinder . . . oder für alte Leute.«

»Hör mal, ich habe eine Idee! Wie wäre es, wenn ich dir Skat beibringen würde?«

»Nein, danke.«

»Aber warum nicht? Du könntest einspringen, wenn Tante Agnes oder Tante Lizi mal verhindert wären.«

»Dazu wird es doch nicht kommen.«

Nach einigem Hin und Her einigten sie sich dann auf Halma. Sie spielten bis sieben Uhr, sahen die Nachrichten im Zweiten Programm, danach einen Film für junge Leute und anschließend einen schwedischen Kinofilm im Ersten Programm.

Julia war froh, daß Roberta anschließend erklärte, müde zu sein und sich schlafen legen wollte. Gewöhnlich war sie an Feiertagen, wenn sie spät aufgestanden war, schwer ins Bett zu bringen. Julia blieb noch eine Weile ohne Fernsehen im Wohnzimmer sitzen und dachte nach. Bevor sie sich in ihr Zimmer zurückzog, sah sie noch einmal nach ihrer Tochter.
Roberta hatte schon kleine Augen, aber sie schlief noch nicht. Julia beugte sich über sie und küßte sie. »Ich bin so froh, daß wieder alles zwischen uns in Ordnung ist!«
»Ich werde dir nicht mehr im Weg stehen!«
»Aber das tust du doch sowieso nicht . . . wenn du mein großes, vernünftiges Mädchen bist.«
»Das bin ich.«
»Dann schlaf gut . . . bis morgen früh!«
»Telefonierst du noch mit . . . mit . . .«
»Nein, nein! Ich lege mich jetzt auch schlafen!« Julia hatte zwar halb und halb vorgehabt, Dieter Sommer anzurufen, aber um Roberta nicht noch mehr zu beunruhigen, verzichtete sie.

Später, als Julia schon im Bett lag, bedauerte sie es, nicht doch zum Hörer gegriffen zu haben. Es hätte ihr wohlgetan, mit jemandem über alles, was sich in den letzten zwei Tagen ereignet hatte, reden zu können. Jetzt war es zu spät.
Sie konnte ihre Gedanken nicht zur Ruhe bringen. Satzfetzen schwirrten ihr unaufhörlich durch den Kopf. Alles, was sie gesagt hatte, was Ralph dazu gemeint und was Roberta behauptet hatte, ging ihr immer wieder durch den Kopf, und das Schlimmste war, daß sie nicht mehr genau wußte, ob das alles auch wirklich so gesagt worden war, wie sie sich jetzt erinnerte, und ob sie es richtig aufgefaßt hatte.
Nun bereute sie, das Gespräch mit Roberta am Kaffeetisch abgebrochen zu haben. Vielleicht wäre es doch besser gewesen, ihre Tochter alle Bedenken äußern zu lassen, die sie gegen ihre Liebe zu Dieter Sommer hatte. Vielleicht hätte sie selber noch einmal alle Argumente aufzählen sollen, die dafür sprachen. Vielleicht war es einfach Feigheit gewesen, daß sie nicht weiter darüber hatte reden wollen.
Aber sie war so sicher gewesen, daß Ralph seine Schwester überzeugt hatte.

Doch wie konnte sie das sein? Ralph war ja in seinem innersten Herzen auch gegen diese Verbindung. Wie konnte er Roberta dafür gewinnen, wenn er selber nur halb gewonnen war?

Das Bewußtsein bedrückte sie, daß es ihre Sache gewesen wäre, offen mit Roberta zu reden – daß es falsch gewesen war, statt dessen Ralph vorzuschicken.

Als sie zu Bett gegangen war, hatte sie sich noch darüber gefreut, in der Klärung ihrer persönlichen Beziehungen mit den Kindern einen ganzen Schritt weitergekommen zu sein. Jetzt, in der Stille der Nacht, überfielen Zweifel sie schwer wie Alpträume.

Dabei wußte sie sehr gut, daß nächtliche Grübeleien nie etwas helfen konnten. Bei Tageslicht sahen die Dinge immer ganz anders aus. Aber sie konnte ihren Zweifeln mit der Vernunft nicht Einhalt gebieten.

Endlich – es war schon weit nach Mitternacht – entschloß sie sich, eine Schlaftablette zu nehmen. Sie tat das selten. Es erschien ihr immer wie eine Kapitulation. Grundsätzlich war sie der Meinung, daß ein gesunder Mensch ohne Tabletten auskommen mußte.

Aber jetzt ertrug sie es nicht länger. Sie dachte auch, daß sie ausgeschlafen den möglichen Schwierigkeiten, die am nächsten Tag auf sie zukommen könnten, besser gewachsen sein würde. Daß Roberta den Kampf nicht so leicht aufgeben würde, dessen war sie sicher.

Julia knipste das Nachtlicht an, nahm den kleinen Schlüssel zum ›Medikamentenfach‹ des Badezimmerschranks aus der Nachttischschublade und huschte – auf bloßen Füßen, um Roberta ja nicht zu wecken – ins Bad.

Sie pflegte das Abteil mit den Medikamenten seit jeher abzuschließen. Als die Kinder noch klein waren, hatte sie gefürchtet, sie könnten im Spiel oder aus Neugier an irgendwelche Dragées gehen und sich vergiften. Später war Ralph lange krank gewesen, und sie hatte verhindern wollen, daß er zu Schmerztabletten griff, die ihm der Arzt nicht verordnet hatte. In den letzten Jahren tat sie es nur noch aus Gewohnheit, denn Tabletten zum Aufputschen oder zum Beruhigen, wie sie Roberta vielleicht hätten reizen können, besaß sie gar nicht.

Als sie das Licht im Bad anknipste, merkte sie sofort, daß etwas nicht stimmte. Der weißlackierte Schrank, der Kosmetika enthielt, Toilettenrollen und Handtücher zum Wechseln, Reinigungsmittel für Bad, Klosett und Becken und eine Wärmflasche, wirkte wie immer. Erst als sie den kleinen Schlüssel in die Tür zum Medikamentenabteil stecken und ihn drehen wollte, spürte sie, daß er nicht griff. Statt dessen ließ sich die Tür ohne weiteres öffnen.

Erst war Julia nur erstaunt, dann betrachtete sie das Schloß und stellte fest, daß es aufgebrochen war – mit einem Meißel, einem Schraubenzieher oder auch nur mit einem Instrument aus dem Nageletui. Jedenfalls war Gewalt angewendet worden.

Eine Schrecksekunde lang stand sie wie gelähmt.

Dann griff sie in den Schrank, riß alles heraus, was sie im Medikamentenabteil aufbewahrte und fegte es in das darunter liegende Waschbecken. Es war wenig genug, nur das, was man in einem normalen Haushalt braucht, und in Sekundenschnelle wußte sie, was fehlte: ihre Schlaftabletten. Es war ein Päckchen mit zwanzig Tabletten gewesen, von denen sie vielleicht zwei oder drei genommen hatte. Wo konnte es sein? Ihr erster Gedanke war: Ralph. Aber sie verwarf ihn sogleich wieder. Ralph konnte sich selber Tabletten verschreiben lassen, und wenn er ihre gewollt hätte, würde er sie ihr abgeschmeichelt haben. Für einen Diebstahl – wenn sie ihm den überhaupt zutrauen konnte – hätte er ihren Schlüssel benutzt. Niemals würde er ein Schloß aufbrechen.

Also Roberta!

Sie stürzte in das Zimmer ihrer Tochter und sah sofort, daß sie recht hatte. Der Atem des Mädchens ging röchelnd, ihr Gesicht war fleckig und ihr Haar schweißverklebt. Das war kein gesunder Schlaf. Julias Verdacht wurde bestätigt durch das aufgerissene Tablettenpäckchen, dessen Fetzen auf dem Boden lagen. Auf dem Nachttisch stand ein leeres Wasserglas.

»Robsy, wie konntest du!« Sie riß Roberta hoch, schüttelte sie und schlug ihr auf die Wangen.

Das Mädchen erwachte nicht.

Julia raste zum Telefon. Sie hatte die Nummer des Arztes schon halb gewählt, als sie wieder auflegte. Man würde Roberta ins Krankenhaus bringen und ihr den Magen auspumpen. Bestimmt konnte sie gerettet werden. Aber in der kleinen Stadt würde ein solcher Zwischenfall nicht unbemerkt bleiben. Der Makel würde ein ganzes Leben an Roberta hängen bleiben. »Das ist die, die versucht hat, sich das Leben zu nehmen!« würde es noch heißen, wenn ein junger Mann sie seinen Eltern vorstellen wollte.

Nein, das durfte sie Roberta nicht antun.

Sie rannte zu ihrer Tochter zurück, versuchte noch einmal sie wachzurütteln.

Diesmal reagierte das Mädchen. »Laß mich!« lallte sie.

Julias Gedanken rasten. Konnte man von siebzehn oder achtzehn Tabletten überhaupt sterben? Ein erwachsener Mensch bestimmt nicht, aber Roberta war ja noch ein Kind. Sie durfte sie nicht einfach weiterschlafen lassen. Es mußte etwas geschehen.

Sie versuchte, Roberta aus dem Bett zu reißen. Aber das Mädchen war zu schwer für ihre Kräfte. Roberta war fast so groß wie sie selber und wog mehr als sie.

Wenn Ralph nur noch dageblieben wäre! Nein, besser nicht. Es wäre nicht schön für ihn gewesen, seine Schwester in diesem Zustand zu sehen.

Aber sie brauchte Hilfe. Julia rannte wieder zum Telefon und wählte die Nummer von Kasts.

Das Telefon läutete eine ganze Weile – eine Ewigkeit, wie es Julia schien –, bis sich eine verschlafene Männerstimme meldete: »Kast, Heizungstechnik und Installationen . . .«

»Hier ist Julia . . . bitte, gib mir Agnes!« Julia kam gar nicht auf den Gedanken, sich für die nächtliche Störung zu entschuldigen.

Endlich kam Agnes an den Apparat; ihre Stimme schien von weit her zu kommen. »Ja, was gibt's?«

»Agnes, bitte . . .« mehr brauchte Julia nicht zu sagen.

Sofort war Agnes hellwach. »Ich komme rauf!«

Julia legte auf, öffnete die Wohnungstür, um sich dann gleich wieder um Roberta zu bemühen. Es gelang ihr, das schwere Mädchen in eine halbsitzende Stellung hochzuschieben. Als sie die Wohnungstür zufallen hörte, wendete sie sich um.

»Was ist passiert?« fragte Agnes. Ihr Gesicht war grau und schlecht abgeschminkt, der himmelblaue Perlonmantel fleckig und die Pantoffeln ausgetreten.

Aber für Julia war sie in diesem Augenblick schon wie ein rettender Engel. »Schlaftabletten«, sagte sie.

»Wieviel?«

»Siebzehn oder achtzehn.«

»Halb so wild.«

»Ich kriege sie nicht hoch.«

»Sie sollte kotzen.«

»Ja, ich weiß . . . deshalb will ich sie auch ins Bad bringen.«

»Bürgerliche Vorurteile. Sie kotzt hier so gut wie anderswo. Steck ihr den Finger in den Hals.«

»Du meinst . . . ich soll . . ?«

»Was denn sonst?«

»Und wenn ich sie verletze?«

»Das ist doch jetzt ganz egal. Warte, ich hole eine Schüssel!«

Als Agnes ihr die Schüssel reichte, tat Julia, wie sie ihr geheißen hatte, auch wenn es sie große Überwindung kostete. Robertas willenloser Zustand – sie hielt den Mund halb offen – erleichterte es ihr.

»Nicht so zaghaft!« befahl Agnes. »Kitzel sie tüchtig!«

Julia spürte Robertas Zäpfchen, als sie den Zeigefinger tief in den Hals steckte.

Das Mädchen röchelte stärker und begann endlich zu würgen.

»So ist's richtig!« freute Agnes sie an. »Mach weiter!«

Roberta erbrach.

Agnes versuchte ihr die Schüssel vorzuhalten, aber ein Teil des Erbrochenen landete dennoch auf der Bettdecke. Roberta schlug um sich.

»Na, siehst du, sie kommt schon wieder zu sich.«

»Und was nun?«

»Dasselbe noch einmal! Alles muß raus.«

Julia wiederholte die Prozedur, und förderte noch einen Schwall übelriechenden Mageninhalts heraus. »Und was jetzt?« fragte sie und wischte sich die Hand an der ohnehin besudelten Decke ab. »Ein Glas Milch?«

»Nein, Kaffee. Wann kann sie es getan haben?«

»Vor zwei Stunden.«

»Dann hat sie schon 'ne Menge von dem Zeug im Blut. Wir müssen sie richtig wachkriegen. Ich setze Wasser auf.«

Agnes verschwand, und wenig später hörte Julia sie telefonie-
ren. »Hast du etwa den Arzt . . .?« fragte sie, als Agnes wieder
auf der Schwelle erschien.
»Für was hältst du mich? Nein, ich habe Lizi alarmiert.«
»Wozu?«
»Sie kann uns helfen. Drei Personen schaffen immer mehr als
zwei. Ich fürchte, das wird eine lange Nacht.«
»Aber Lizi . . .«
»Keine Sorge. Sie ist verschwiegen wie ein Grab.«
»Mir ist das alles so entsetzlich unangenehm.«
»Aber doch nicht unseretwegen. Wozu hast du uns denn?«
Roberta ließ sich hinuntergleiten. »Will schlafen«, murmelte
sie.
Agnes riß sie hoch. »Kommt gar nicht in Frage, mein Fräulein!
Mach die Augen auf! Es ist Zeit aufzustehen.«
»Will aber nicht.«
»Kinder, die was wollen, kriegen ein paar auf die Bollen. Mo-
mentchen, mein Wasser kocht!« Agnes lief in die Küche und
kam wenig später mit der Kaffeekanne und einem Milchkänn-
chen zurück, in das sie jetzt Kaffee schenkte. »Ich habe ihn nach
Großmütterchens Art gemacht . . . Kaffeemehl in die Kanne
und kochendes Wasser drauf.«
»Warum hast du keinen Pulverkaffee genommen?«
»Der hier ist stärker! Ich stell ihn mal einen Moment in kaltes
Wasser. Verbrühen wollen wir sie denn doch nicht.«
Als der Kaffee abgekühlt war, versuchten sie ihn gemeinsam
Roberta einzutrichtern. Agnes hielt den Kopf, und Julia setzte
ihr das Milchkännchen wie eine Schnabeltasse an die Lippen.
Roberta setzte sich zur Wehr. Sie schlug mit ziellosen Bewe-
gungen um sich und traf schließlich das Kännchen. Die braune
Brühe ergoß sich über das Bett.
»Das schadet jetzt auch nichts mehr!« stellte Agnes trocken fest.
»Aber laß uns lieber einen Augenblick warten, bis Lizi kommt.
Ich wußte ja: zu dritt schaffen wir es besser. He! Nicht einschlafen, junge Dame! Das könnte dir so passen! Du ziehst dir besser was über, Julia! Nicht wegen der Schicklichkeit . . . aber es
hat keinen Sinn, wenn du dich jetzt auch noch erkältest. Lauf
runter und mach schon die Haustür auf . . . ich werde Robsy so
lange wachhalten.«

57

Als Julia die Haustür öffnete, hatte Lizi Silbermann gerade ihr kleines Sportauto geparkt. Sie stieg aus, und Julia stellte fest, daß sie, zur nachmitternächtlichen Stunde aus dem Schlaf gerissen, dennoch das Wunder fertiggebracht hatte, elegant und gepflegt auszusehen. Sie trug eine lange schwarze Hose und einen seidig schimmernden weißen Pulli, darüber eine offene Breitschwanzjacke; das schwarze Haar hatte sie sich mit einem roten Band aus der Stirn gebunden.

»Lieb, daß du gleich gekommen bist!« sagte Julia.

Lizi nickte ihr schweigend zu und kam ins Haus. Erst als die Tür hinter ihr zugefallen war, fragte sie leise: »Wo brennt's denn?«

Julia hatte plötzlich Angst, daß die halbwüchsige Christine Kast etwas von der nächtlichen Aufregung miterleben könnte, und flüsterte: »Bitte, komm erst mit nach oben!«

Sie eilten die Treppe hinauf.

»Also, was ist?« fragte Lizi, in der Wohnung angekommen.

»Roberta ist krank.«

»Sollte man da nicht lieber einen Arzt . . .?«

»Sie hat Schlaftabletten genommen.«

»Ach, du heiliger Schreck! Warum denn dieses?« Lizi ließ ihre Breitschwanzjacke achtlos zu Boden gleiten.

»Ich erzähl's euch später.«

»Und was kann ich dabei tun?«

»Komm schon her und hilf uns, das kleine Scheusal zu bändigen!« rief Agnes aus Robertas Zimmer.

»Eine schöne Schweinerei«, sagte Lizi, als sie das besudelte Bett sah und wich unwillkürlich einen Schritt zurück.

»Nun werd jetzt bloß nicht zimperlich! Hat deine Leonore sich etwa niemals vollgekotzt?«

»Aber doch nicht so!«

»Willst du nun anpacken oder nicht? Für Diskussionen haben wir keine Zeit.«

»Wartet eine Sekunde! Ich zieh mich nur rasch aus.«

»Recht so. Du hast dich ja auch aufgedonnert, als ginge es zu einer Party.«

»Ich habe einfach das erste Beste genommen, was mir in die Finger fiel!« verteidigte sich Lizi, schlüpfte aus Hose und Pulli und zeigte sich ungeniert in einem schwarzen Höschen und ohne Büstenhalter. Trotz der ernsten Situation stellten die Freundinnen fest, daß sie immer noch eine sehenswerte Figur hatte, sehr lange schlanke Beine, eine schmale Taille und einen festen Busen.

Julia brachte ihr rasch einen Bademantel. Dann machten sie sich zu dritt ans Werk. Mit vereinten Kräften hievten sie Roberta aus dem Bett, schleppten sie in die Küche und setzten sie auf einen Stuhl. Agnes hielt ihr den Kopf, Lizi die Arme, und Julia flößte ihre den Kaffee ein. Als sie die Hälfte des starken Gebräus geschluckt hatte, mußte sie noch einmal brechen.

»Recht so!« sagte Agnes unbarmherzig. »Immer raus damit!«

Roberta ging es sichtlich besser. »Laßt mich los!« wimmerte sie. »Ich will nicht mehr!«

»Ich glaube, ihr könnt sie jetzt wirklich loslassen«, meinte Julia, »sie weiß schon wieder, was sie tut.«

»Hoffentlich hat sie das je gewußt!« bemerkte Agnes.

»Du wirst schön brav trinken, Robsy, nicht wahr?«

»Es schmeckt so bitter!«

»Ich tu dir jetzt Sahne und Zucker hinein, dann wird es bessergehen.« Julia machte sich daran, den Trank zu veredeln.

Die Freundinnen gaben Roberta frei.

»Aber warum soll ich denn!« protestierte das Mädchen.

»Damit du wieder frisch und munter wirst!« sagte Agnes.

Julia gab ihr eine Tasse, aber obwohl Roberta die Hände danach streckte, war sie noch unfähig, sie zu halten und zum Mund zu führen. Julia gab ihr schluckweise zu trinken. Diesmal behielt Roberta den Kaffee bei sich.

»Ich glaube, es reicht«, sagte sie, als Roberta die Tasse geleert hatte.

»Kann ich jetzt endlich schlafen?« bat Roberta; ihre Zunge war immer noch schwer.

»Kommt nicht in die Tüte!« erwiderte Agnes. »Jetzt stellen wir dich erst einmal ins Bad und brausen dich ab.«

Willenlos ließ Roberta sich das beschmutzte Nachthemd über den Kopf ziehen. Daran erkannte Julia, wie krank sie tatsächlich immer noch war. In letzter Zeit war sie sehr schamhaft geworden, und in normalem Zustand hätte sie sich den Freundinnen ihrer Mutter niemals nackt und pummelig, wie sie war, gezeigt.

Jetzt fand sie nicht die Kraft zu protestieren, ja, hatte vielleicht nicht einmal den Wunsch dazu.

»Schafft ihr es allein?« fragte Julia. »Dann mache ich schon sauber.«

»Gute Idee«, gab Agnes zurück.

Sie führten das torkelnde Mädchen ins Bad.

Julia putzte erst die Küche, dann Robertas Zimmer und bezog das Bett neu. Sie nahm ein frisches Nachthemd aus dem Schrank, Kniestrümpfe und Robertas Bademantel und brachte die Kleidungsstücke ins Bad. Lizi und Agnes waren gerade dabei, Roberta abzuwaschen. Das Mädchen wirkte schon wacher.

»Kann ich jetzt ins Bett?« fragte sie.

»Nein, nein«, wehrte Agnes ab, »erst werden wir noch ein bißchen spazieren gehen.«

»Warum?«

»Weil es gesund für dich ist!«

Sie zogen Roberta an, die es sich wie eine Puppe gefallen ließ, dann stützten sie sie links und rechts und gingen mit ihr auf und ab – durch die kleine Diele, das Wohnzimmer, wieder in die Diele und wieder ins Wohnzimmer zurück.

Roberta jammerte ständig, daß sie müde sei und schlafen wolle.

Aber Agnes entgegnete: »Was sein muß, muß sein!«

»Das hast du dir selber zuzuschreiben!« warf Lizi ihr vor.

Julia sagte: »Sei tapfer, mein Liebling, du mußt doch wieder ganz gesund werden.«

Alle zehn Minuten lösten sich die Frauen ab, so daß immer eine zwischendurch ausruhen konnte. Aber sie gaben nicht auf, so sehr Roberta auch bettelte und obwohl sie sich absichtlich schwer machte.

Erst als gute zwei Stunden vergangen waren, entschied Agnes: »So, ich glaube, es ist genug! Wir bringen sie zu Bett.«

»Aber jetzt kann ich überhaupt nicht mehr schlafen!« behauptete Roberta.

»Um so besser. Dann bleibst du eben wach!«

Sie brachten Roberta in ihr Zimmer und verfrachteten sie, ohne ihr die Strümpfe auszuziehen, in ihr Bett. Wie sie nicht anders erwartet hatte, war Roberta wenig später eingeschlafen. Ihre Atemzüge gingen schwer, aber ihre Gesichtsfarbe war wieder normal. Julia ließ die Nachttischlampe brennen und die Tür einen Spalt breit offen.

»Wenn ich nur wüßte, wie ich euch das danken kann!«

»Indem du uns einen guten Bohnenkaffee machst . . . mit Filter, versteht sich«, sagte Agnes.

»Und uns dazu einen Cognac spendierst«, fügte Lizi hinzu.

Aber sie ließen Julia dann doch nicht allein in der Küche, sondern halfen ihr. Das erwies sich auch als nötig, denn Julias Hände zitterten, und die Knie waren ihr weich vor Erschöpfung und Aufregung.

Als sie dann bei Kaffee und Cognac gemütlich in Julias Wohnzimmer saßen, während die schmutzige Wäsche schon von der Maschine bearbeitet wurde, schienen die vergangenen Stunden nur ein Spuk gewesen zu sein. Das warme Licht der Stehlampe verbreitete Behaglichkeit. Agnes hatte eine Schallplatte aufgelegt – Mozarts »Kleine Nachtmusik« –, und die Nerven der Frauen begannen sich zu entspannen.

»Warum hat sie das nur getan?« fragte Lizi.

»Wegen Dieter«, erklärte Julia.

Lizi und Agnes zeigten keine Überraschung. Sie waren die einzigen, die schon lange gewußt hatten, wie eng Julias Verhältnis zu dem jungen Studienrat geworden war.

»Hat sie es rausgekriegt?« fragte Agnes.

»Nein. Ich habe es ihr gesagt.« Als die Freundinnen schwiegen, fügte sie heftig hinzu: »Ich konnte es nicht länger ertragen . . . diese ewige Heimlichtuerei, versteht ihr denn nicht?!«

»Reg dich ab, Herzchen!« sagte Agnes. »Niemand macht dir einen Vorwurf. Es war klar, daß es früher oder später herauskommen mußte. Es ist bestimmt besser, daß sie es jetzt weiß.«

»Wie gut das ist, habt ihr ja erlebt«, sagte Julia bitter.

»Daß sie nicht ohne weiteres einverstanden sein würde, war abzusehen«, meinte Lizi.

»Aber daß sie so reagieren würde!«

»Ziemlich dramatisch, stimmt. Aber nachdem ihr das nichts genutzt hat, wird sie sich mit den Tatsachen abfinden.«

»Glaubt ihr wirklich?«

»Was bleibt ihr denn anderes übrig«, sagte Agnes.

»Ich weiß nicht.« Julia erschauerte. »Ich habe Angst.«

»Du darfst jetzt bloß nicht weich werden.«

»Das sagst du so.«

»Aber du liebst doch Dieter, nicht wahr?« forschte Lizi.

»Das wißt ihr.«

»Aber dann gibt's doch überhaupt keine Debatte!« rief Agnes.

»Du tust, als wenn immer nur die Liebe im Leben das Entscheidende wäre!«

»Sagst du das, weil ich mich mit Günther arrangiert habe?«

»Ja, auch deswegen.«

Julia und Lizi wußten, daß Günther Kast seine Frau jahrelang betrogen hatte. Nach vielen kleinen Seitensprüngen, über die Agnes hinweggesehen oder von denen sie wirklich nichts gewußt hatte, war es zu einem leidenschaftlichen Verhältnis mit einer Dorfschullehrerin gekommen. Er hatte sich nur deshalb nicht zu einer Scheidung durchringen können, weil er die Teilung seines Vermögens nicht hatte in Kauf nehmen wollen. Erst als seine Geliebte ihm, seiner ewigen Versprechungen müde, den Laufpaß gegeben hatte, war er reumütig zu seiner Frau zurückgekehrt, und Agnes hatte ihn wieder bei sich aufgenommen. Er hatte ein Ladengeschäft in der Stadt eröffnet, so daß er nicht mehr so viel als Heizungsinstallateur unterwegs sein mußte, und sie half ihm beim Verkauf, da die Söhne aus dem Haus waren und Christine, gleichaltrig mit Roberta, schon sehr selbständig geworden war.

»Ich will nicht behaupten, daß ich ihn noch heiß und innig lieben würde . . . wer kann das schon verlangen nach all den Jahren und nach allem, was er mir angetan hat? Aber bei Lichte besehen ist er doch ein guter Knochen, und mit ihm verheiratet zu sein und ein Geschäft zu haben, ist immer noch viel besser als allein zu leben, geschieden zu sein und womöglich bei fremden Menschen arbeiten zu müssen.«

»Aber du bist nicht deiner Liebe gefolgt!« hielt Julia ihr vor.

»Weil ich keine hatte. Ich bin nicht wie du, Julia. Mir sind die Männer nie nachgelaufen, und es ist nicht damit zu rechnen, daß sich jemals noch einer für mich interessieren wird . . . außer Günther, denn ich bin seine Frau.«

»Du siehst doch gar nicht übel aus!« Lizi tat sich einen Schuß Cognac in ihren Kaffee. »Wenn du dich besser pflegen und herrichten würdest . . .«

»Was dann? Vielleicht könnte ich noch irgendeinen alten Knak-
ker hinter dem Ofen vorlocken. Aber was soll mir das? Einen
feschen jungen Mann kann ich bestimmt nicht mehr reizen. Da
bleibe ich doch lieber bei Günther und habe ein ruhiges Leben.«

»Glaub nur nicht, daß ich dich nicht verstehe!« Lizi zündete sich
eine Zigarette an.

»Gib mir auch eine!« bat Julia.

Lizi hielt ihr ihr Päckchen hin und gab ihr Feuer. »Das war auch
so ein Fehler, daß du dir deiner Tochter wegen das Rauchen abgewöhnt hast! Man darf sich nicht zum Sklaven seiner Kinder
machen.«

Julia hatte keine Lust, jetzt darüber zu debattieren. »Wir sprachen über Agnes«, erinnerte sie.

»Ach ja! Ich wollte sagen: Ich verstehe Agnes sehr gut. Irgendwann ist die Zeit der Abenteuer, die Sehnsucht nach der großen
Liebe und . . . und . . . und . . . vorüber. Dann möchte man, jedenfalls als Frau, Ordnung in sein Leben bringen. Männer bleiben, meiner Erfahrung nach, länger kindisch.«

Julia lachte und fand es verwunderlich, daß sie das trotz allem
schon wieder konnte.

»Und wie willst du dein Leben in Ordnung bringen, Lizi?«
fragte Agnes. »Edgar heiraten?«

Lizi war seit Jahren geschieden, und die Freundinnen wußten,
daß sie ein Verhältnis mit einem verheirateten Mann in München hatte, der sie sporadisch besuchte.

»Aber nicht doch!« wehrte Lizi ab. »Ich würde niemals einen
Geschiedenen nehmen. Da hängt doch immer noch die andere
Familie dran.«

Agnes und Julia wechselten einen Blick; beide dachten, daß Lizis Freund sich schon längst hätte scheiden lassen können,
wenn er es gewollt hätte, aber sie sprachen es nicht aus.

»Aber dann . . .«, drängte Agnes.

»Wartet es ab! Ihr werdet vielleicht noch eine Überraschung erleben. Auf alle Fälle muß man wissen, was man will. Ich hoffe,
Julia, du bist dir darüber klar.«

»Ja«, sagte Julia.

»Ich will mich nicht in dein Leben einmischen, aber ich finde,
du solltest Dieter Sommer heiraten. Pfeif was auf deine Pen-

63

sion. Du brauchst geordnete Verhältnisse, und für Robsy wäre das auch das Beste.«

»Nun laß doch, Lizi!« sagte Agnes. »Meinst du, Julia hätte sich das nicht schon selber überlegt?«

»Ich wollte ja auch nur meine Meinung sagen.«

»Die kennt sie . . . deine und meine Meinung, und die von Dieter Sommer und allen möglichen anderen Leuten. Aber sie kennt auch die von Robsy.«

»Ach was. Robsy ist ein Kind. Sie hat sich zu fügen. Wenn meine Leonore mir so käme . . .«

»Bitte, hört auf damit!« rief Julia. »Bitte! Ich kann es nicht mehr hören . . . nicht heute nacht!«

»Sehr verständlich, Herzchen«, sagte Agnes, »überhaupt . . . ich glaube, es ist Zeit, daß wir die Sitzung schließen. Morgen fehlt uns der Schlaf.« Sie drückte ihre Zigarette aus und stand auf. Auch Lizi erhob sich.

Julia machte keine Anstalten, die Freundinnen zurückzuhalten. »Ich bin euch so dankbar, daß ihr gekommen seid. Ohne euch wäre ich einfach aufgeschmissen gewesen.«

Agnes tätschelte ihre Wange. »War doch Ehrensache.«

Als die Freundinnen sie verlassen hatten, ging Julia noch einmal in Robertas Zimmer. Das Mädchen schlief tief und fest, mit offenem Mund, aber ihre Hautfarbe war rosig und gesund.

Julia betrachtete sie voller Liebe. Erst jetzt wurde ihr bewußt, wie verzweifelt Roberta gewesen sein mußte, daß sie bereit gewesen war, ihr Leben wegzuwerfen – so jung und doch entschlossen zu sterben. Tiefes Mitleid erfüllte sie. Sie drückte ihr einen sanften Kuß auf die Stirn und glättete die Decke.

Dann, als sie endlich wieder selber in ihrem Bett lag, konnte sie natürlich nicht einschlafen. Es war wohl doch keine gute Idee gewesen, zu so später Stunde noch Kaffee zu trinken.

Es war ihr einfach nicht möglich, sich zu entspannen, also versuchte sie bewußt wachzubleiben und nachzudenken. Doch ihre Gedanken drehten sich im Kreis, ohne eine Lösung zu finden. Sie wußte nur, daß sie Dieter Sommer nicht verlieren wollte.

Erst als der graue Tag dämmerte, fielen ihr die Augen zu.

Julia erwachte spät, so spät, daß sie erschrak. Es war elf Uhr vorbei.

Mit einem Satz war sie aus dem Bett und stürzte in Robertas Zimmer, von panischer Angst erfaßt, das Mädchen könnte verschwunden sein. Aber Roberta war da und schlief immer noch, das runde Gesicht sehr rührend und kindlich.

Julias erster Impuls war es, sie zu wecken, aber dann überlegte sie es sich anders, ging ins Bad, zog sich an und bereitete das Frühstück. Roberta hatte es überstanden, daran war nicht zu zweifeln. Natürlich würde sie die nächsten Tage nicht in die Schule gehen können, aber das war nur gut so, denn so würden sie beide wieder einmal Zeit füreinander haben.

Erst als sie selber eine Tasse Kaffee getrunken hatte, ging sie mit dem Frühstückstablett wieder in Robertas Zimmer. Sie stellte das Tablett auf dem Tischchen ab, setzte sich zu Roberta auf die Bettkante und sagte zärtlich: »Robsy, Liebling, wach auf! Es ist schon spät . . . Zeit zum Frühstück!«

Roberta reagierte nicht.

Julia rüttelte sie, erst sanft, dann energischer, bis ihre Tochter endlich die Augen aufschlug.

»Bin noch so müde«, murmelte Roberta schlaftrunken.

»Das glaube ich dir gerne. Aber du kannst nicht immerzu weiterschlafen. Ich habe dir dein Frühstück gemacht . . . und sicher mußt du auch mal Pipi machen! Komm, ich helfe dir!« Sie schlug die Bettdecke zurück, brachte Roberta zum Sitzen und dann dazu, ihre Beine auf den Boden zu stellen.

Auf dem Weg zum Bad stützte sich das Mädchen schwer auf sie. Julia ließ sie allein, nachdem sie sie auf das Klo gesetzt hatte, lief wieder in ihr Zimmer, um das Laken straff zu ziehen und die Kissen aufzuschütteln.

Als sie ins Bad zurückkam, saß Roberta, wie sie sie verlassen hatte; ihre Augen waren geschlossen.

»Nicht gleich wieder einschlafen, Liebling!« rief Julia. »Doch nicht hier! Komm, steh auf, laß dir die Zähne putzen . . . doch, du kannst stehen, wenn du nur willst! Halt dich am Waschbecken fest.« Sie putzte Robertas Zähne, ließ sie den Mund ausspülen und wusch ihr das Gesicht. »So, jetzt fühlst du dich doch schon besser, nicht wahr? Jetzt darfst du auch wieder in dein Bettchen!«

»Bin so müde«, sagte Roberta.

»Kein Wunder! Aber ein bißchen mußt du doch noch wach bleiben.«

Julia führte Roberta, die jetzt schon ein wenig sicherer ging, zu ihrem Bett zurück, stopfte ihr ein zweites Kissen in den Rücken, so daß sie aufrecht sitzen konnte, und stellte ihr das Tablett auf die Knie. »Ich habe dir einen schönen, süßen Tee gemacht . . . komm, trink mal!«

Aber Roberta machte keinen Versuch, die Tasse zu nehmen. Julia wußte nicht, ob sie dazu nicht fähig war, oder ob sie es einfach nicht wollte. Jedenfalls mußte sie ihr die Tasse an den Mund halten, so daß das Mädchen nur zu schlucken brauchte. Auch die gezuckerte Pampelmuse ließ sie sich Löffel für Löffel einfüttern. »Du stellst dich an, als wärst du erst zwei!« sagte sie mit zärtlichem Spott.

»Damals warst du noch lieb zu mir!«

»Red keinen Unsinn! Ich bin heute noch genauso lieb! So, dein Knäckebrot ißt du aber selber . . . sonst nehme ich es wieder mit fort.«

Roberta sackte zusammen, als wollte sie gleich wieder einschlafen, blinzelte aber begehrlich auf das mit Butter und Honig bestrichene Brot und griff schließlich doch zu.

Julia stellte es mit Erleichterung fest. »Na, siehst du, es geht doch!« Sie holte Waschlappen und Handtuch, um Robertas Gesicht und Hände zu säubern, nachdem sie gegessen hatte. »Was wünschst du dir denn zum Mittagessen?«

»Weiß nicht.«

»Ich werde dir eine gute, starke Bouillon machen . . . mit Markklößchen, einverstanden?« Julia nahm das Tablett auf und wandte sich zur Tür.

»Geh nicht! Bitte!« rief Roberta ihr mit überraschend klarer Stimme nach.

Julia drehte sich zu ihr um. »Aber wieso denn nicht? Ich kann mich doch nicht den ganzen Tag an dein Bett setzen.«

»Das sollst du ja auch nicht! Nur nicht fortgehen!«

Julia fiel auf, daß ihre Tochter den Ton eines kleinen Mädchens anschlug. »Nur für eine knappe Stunde«, erklärte sie, bemüht streng zu sein.

»Bitte, bitte nicht!«

»Aber warum denn nicht? Du schläfst ja doch, und wenn du nicht mehr schlafen kannst oder willst, dann nimm dir ein Buch vor die Nase.«

»Ich habe Angst.«

»Es gibt nichts, vor dem du dich fürchten müßtest.«

»Das sagst du so.«

Julia zögerte. Sie fragte sich, ob Roberta Angst vor sich selber hatte, davor, etwas Unüberlegtes zu tun, oder Angst, daß sie sich mit Dieter Sommer treffen könnte. »Hör mal«, sagte sie, »ich glaube, wir beide müßten uns einmal ausführlich unterhalten.«

Roberta streckte die Arme nach ihr aus. »Ach ja, Julia, laß uns miteinander reden.«

»Nicht jetzt. Deine Augen werden schon wieder ganz klein, und ich muß mich um das Essen kümmern.«

»Aber du brauchst doch gar keine Bouillon zu kochen! Mach einfach eine Dose auf . . . und bleib hier.«

»Auf alle Fälle scheint es dir schon wieder viel besser zu gehen . . . wenn du so tolle Ideen hast.«

»Nein. Ich fühle mich ganz schlecht, und wenn du gehst . . . vielleicht werde ich sterben.«

»Unsinn. Woran denn?«

»Weiß nicht.« Roberta erschauderte und zog sich die Decke hoch bis zum Kinn.

Julia wußte, daß dies ein Erpressungsversuch war, dem sie nicht nachgeben sollte. Aber der Schock der vergangenen Nacht steckte ihr noch in den Gliedern. Es war nicht von der Hand zu weisen, daß Robertas Herz durch den Mißbrauch der Tabletten angegriffen sein konnte. Die Vorstellung, daß sie das Mädchen tot im Bett finden könnte, wenn sie zurückkam, war mehr, als Julia ertragen konnte.

»Na schön, du Quälgeist«, gab sie nach, »dann rufe ich eben Tante Agnes an und bitte sie, uns ein schönes Stück Fleisch und Knochen mitzubringen.«

»Danke, Julia.«

»Es eilt ja auch nicht mit dem Essen«, fügte Julia hinzu, als müßte sie sich vor sich selber entschuldigen, »wir haben ja gerade erst gefrühstückt.« Jetzt verließ sie endgültig das Zimmer.

»Bitte, Julia«, rief Roberta ihr nach, »laß die Tür auf . . . wenigstens einen Spalt.«
Julia tat es.

Am Abend erschien Ralph. Er stand so völlig unerwartet vor der Wohnungstür, daß Julia ihn Sekunden fassungslos anstarrte. Seit er in München lebte, hatte er sie noch nie unter der Woche besucht. Sein Lächeln gefror unter ihrem Blick. »Was ist los?« fragte er. »Willst du mich nicht reinlassen?«
Ein schrecklicher Verdacht stieg in ihr auf. »Du weißt es also«, sagte sie tonlos.
»Ich ahne nicht, wovon du sprichst.«
»Du willst dich vergewissern, ob es geklappt hat!«
Er schob sich an ihr vorbei in die Wohnung. »Was, um Himmels willen? Drück dich deutlicher aus.«
»Robsy hat einen Selbstmordversuch gemacht.«
Er wurde blaß. »Das kann doch nicht wahr sein!«
»Jetzt tu nicht so! Du hattest es doch erwartet! Vielleicht habt ihr es sogar abgesprochen!«
»Bist du verrückt geworden?« Er packte sie bei den Schultern und schüttelte sie. »Traust du mir so was zu?«
Sie wurde schlaff in seinen Armen. »Ich weiß nicht mehr, was ich denken soll . . .«
»Was ist passiert? Erzähl mir! Wo ist Robsy? Wie geht es ihr? Sie ist doch nicht etwa . . .«
»Nein, ich bin noch rechzeitig . . .« Hilflos lehnte sie ihren Kopf an seine Schulter und berichtete die ganze schlimme Geschichte.
»Arme, arme Julia! Dieses verrückte kleine Ding, dieses egoistische Biest . . . wie konnte sie nur! Und du hast tatsächlich geglaubt, daß ich . . .?«
»Nur für eine Sekunde. Ich bin so fertig, Ralph, daß ich gar nicht mehr weiß, was ich denken soll. Du hast doch gestern mit ihr gesprochen . . .«
»Ja, und ich war fest überzeugt, daß ich sie zur Vernunft gebracht hätte! Wenn sie nur eine Andeutung in dieser Art gemacht hätte, würde ich es dir doch erzählt haben!«
»Verzeih mir, bitte! Ich weiß nicht mehr, wo mir der Kopf steht.«

»Ich bin bloß gekommen, weil ich meine Armbanduhr verges-
sen habe. Aber vielleicht ist es ganz gut so. Ich werde mir die
Kleine mal vorknöpfen.«
»Schimpf nicht mit ihr, Ralph, bitte nicht. Das hat keinen Sinn.
Wir müssen viel gnädiger zueinander sein . . . wir alle!«

Es dauerte drei Tage, bis Roberta wieder aufstand, und sie hätte
es auch dann noch nicht getan, wenn Julia sich nicht geweigert
hätte, ihr das Essen länger ans Bett zu bringen.
»Morgen gehen wir ein Stück spazieren«, sagte sie, als sie bei
ihrer ersten gemeinsamen Mahlzeit nach der Krankheit wieder
zusammen in der Küche saßen, »und übermorgen kannst du
zur Schule.«
»Ich fühle mich aber noch ziemlich schlapp.«
»Gerade deshalb wird es Zeit, daß du dich wieder an ein normales Leben gewöhnst.«
Roberta stocherte auf ihrem Teller herum und sah ihre Mutter
von unten herauf an. »Du kannst mich wohl nicht schnell ge-
nug loshaben?«
»Sag doch so was nicht! Ich möchte einfach, daß du wieder ge-
sund wirst und in der Schule nicht allzuviel versäumst.«
»Ach, die Schule . . . als wenn die wichtig wäre.«
»Doch, das ist sie. Du willst doch das Abitur machen, denke ich,
und später studieren . . .«
»Damit du mich dann endgültig los bist!«
»Nein!«
»Gib's doch zu! Das erhoffst du dir! Ich in München, und du
hier hast freie Bahn für deinen . . . deinen Liebhaber.«
Robertas Vermutung war nicht aus der Luft gegriffen, und ge-
rade deshalb kränkte sie Julia sehr.
»Siehst du, jetzt wirst du sogar rot!« rief Roberta triumphie-
rend.
»Weil du mich verletzt hast. Ich will nicht, daß du studierst, da-
mit ich freie Bahn habe, sondern damit aus dir was wird. Hast
du mir nicht immer erzählt, du möchtest Ärztin werden?«
»Ach das!« Roberta machte eine abwertende Bewegung mit ihrer Gabel.
»Ist das nicht mehr dein Ziel?«
»Ich will nicht allein nach München. Glaubst du, ich hätte Lust,

in irgendeiner dummen Bude herumzusitzen? Mutterseelenallein?«

»Das ist doch Unsinn. Du wirst im Handumdrehen Anschluß finden . . . wie Ralph.«

»Ich bin nicht wie Ralph.«

»Das sicher nicht. Aber du bist jung und hübsch . . .«

»Jetzt willst du mich auch noch verkuppeln.«

»Du drehst mir jedes Wort im Mund herum, und du tust es mit Absicht.« Julia hätte am liebsten den Teller von sich geschoben. Die Rouladen, die sie so liebevoll bereitet hatte, schmeckten ihr nicht mehr. Sie mußte sich zum Essen zwingen.

»Ich soll mit irgendeinem Kerl losziehen, damit du dich mit deinem Typen amüsieren kannst.«

»Langsam wird es mir aber zu bunt!«

»Dann sag du doch einmal, wie du dir unsere Zukunft vorstellst! Sag du es doch!« Roberta starrte ihre Mutter herausfordernd an.

Julia sah, daß nicht nur Wut aus ihren Augen sprach, sondern auch Angst. »Wir brauchen uns ja nicht zu trennen, wenn du in München studierst«, sagte sie und haßte sich selber wegen ihrer Unaufrichtigkeit.

»Meinst du etwa, ich soll jeden Tag hin und her fahren?«

»Wir könnten uns ja auch in München eine kleine Wohnung mieten . . .«

Robertas Spannung löste sich. »Das würdest du wirklich tun?«

»Warum nicht? Ich könnte dir den Haushalt führen . . . und mit dir lernen, wie jetzt.«

»Und . . . was würde mit dieser Wohnung? Unserer Wohnung hier?«

»Die vermieten wir . . . oder behalten sie, kommt ganz darauf an, wieviel uns die Wohnung in München kostet.«

»Ach, Julia, wirklich, das ist wundervoll!« Roberta sprang auf und gab ihrer Mutter einen raschen Kuß. »An so was habe ich nie gedacht.«

»Jedenfalls siehst du, daß du allen Grund hast, tüchtig zu lernen. Es ist zwar die Frage, ob der Numerus clausus noch in Kraft ist, wenn du soweit bist . . .«

»Mach dir nur deshalb keine Sorgen! Wenn ich weiß, daß du mit mir kommst, strenge ich mich eben tüchtig an . . . und du hilfst mir ja. Weißt du was? Ich werde gleich heute nachmittag eine aus meiner Klasse anrufen und sie fragen, was wir inzwischen durchgenommen haben.«

»Gute Idee. Aber jetzt setz dich erst mal und iß weiter, sonst wird alles kalt.«

Roberta nahm wieder Platz und machte sich, jetzt gelöst und mit gutem Appetit, über den Rest ihrer Roulade her. »Und was wird dein Liebhaber dazu sagen?« fragte sie mit vollem Mund.

»Darüber mache ich mir jetzt noch keine Gedanken.«

»Solltest du aber!«

»Warum?«

»Weil ich es besser finde, du machst jetzt gleich Schluß mit ihm.«

Julia war es, als würde ihr der Bissen im Hals stecken bleiben; sie schluckte mühsam. »Roberta, ich bitte dich . . .«

»Ist das etwa zuviel verlangt?«

»Ja. Du bist eine schreckliche Egoistin. Ich tue doch alles für dich.«

»Dann gib ihn auf!«

»Aber, Liebling, jetzt hör mal, was nimmt er dir denn? Dir kann es doch egal sein, ob ich ins Konzert gehe oder . . .«

Roberta blickte sie mit zusammengekniffenen Augen an. »Er nimmt mir deine Liebe.«

»Das ist einfach nicht wahr.«

»Doch ist es wahr! Selbst wenn du mit mir zusammenbist, bist du nicht ganz bei mir. Du denkst dauernd an ihn. Lauerst auf den Moment, wo du ihn heimlich treffen kannst . . . oder wenigstens anrufen.«

»Wenn ich diese Heimlichkeiten nicht so satt hätte, hätte ich dir ja gar nichts erzählt.«

»Ich glaube nicht, daß es deshalb war, sondern weil du nicht oft genug mit ihm zusammensein konntest. Du hattest dir gedacht, wenn ich es erst weiß, dann brauchst du keine Rücksicht mehr auf mich zu nehmen. Ja, genau so hast du dir das ausgedacht.«

»Ach, Roberta!« Angewidert schob Julia nun doch ihren Teller von sich. »Ich weiß gar nicht mehr, was ich zu alldem sagen soll.«

71

»Höchst einfach. Versprich mir, daß du Schluß mit ihm machst.«

»Du weißt nicht, was du da von mir verlangst.«

»Also doch. Du liebst ihn mehr als mich. Es ist dir egal, ob ich unglücklich bin, wenn du nur mit ihm zusammensein kannst.«

»Ja, ich bin gern mit ihm zusammen . . . aber ich möchte auch nicht, daß du ungücklich bist.«

»Aber beides kannst du nicht haben . . . oder doch: wenn ich nicht mehr bin. Tote sind doch nicht unglücklich, oder?«

»Selbstmord ist eine schwere Sünde«, sagte Julia, »wenn du dir das Leben nimmst, kommst du geradewegs in die Hölle.«

»Dort kann es auch nicht schlimmer sein als das Leben hier!« Roberta sprang auf, warf die Serviette zerknüllt auf den Teller und stürzte zur Tür.

»Aber, Robsy, Liebling, bleib! Wir wollen doch in Ruhe über alles reden!«

»Ich will nicht mehr!« rief Roberta wild. »Wozu hat das einen Sinn? Du weißt, wie mir zumute ist . . . aber das kümmert dich nicht!« Sie rannte aus der Küche.

Julia hörte, wie sie die Tür ihres Zimmers hinter sich abschloß.

Einen Augenblick lang saß sie wie erstarrt. Es war bei ihnen durchaus nicht üblich, die Türen hinter sich abzuschließen. Sie selber hatte es vielleicht zwei- oder dreimal getan, wenn sie sich sehr aufgeregt hatte, und für eine Weile ungestört bleiben wollte. Ralph pflegte bei solchen Gelegenheiten eine Schallmauer von Musik um sich aufzubauen, die Tür zu seinem Zimmer aber offenzulassen.

Jetzt, zum ersten Mal, hatte Roberta sich eingeschlossen.

Es dauerte eine Weile, bis Julia diese Tatsache verarbeitet hatte und sich wieder bewegen konnte. Sie stand auf, räumte ab, spülte und trocknete das Geschirr. Die mechanischen Handhabungen wirkten wohltuend auf sie, gaben ihr die trügerische Sicherheit, daß das Leben doch normal verlief. Danach goß sie sich eine Tasse Kaffee auf und trank ihn ohne rechten Genuß. Sie ging zu Robertas Tür und lauschte. Kein Geräusch drang heraus.

Sie ging in ihr eigenes Zimmer, versuchte zu lesen, konnte sich aber nicht konzentrieren und klappte das Buch wieder zu. Im

Wohnzimmer begann sie die Kissen aufzuschütteln, empfand ihre Betätigung sinnlos und gab sie wieder auf.

Vom Fenster aus blickte sie in den herbstlichen Garten hinunter. Es war windstill, und die Sonne stand niedrig. Die letzten Astern kränkelten im Bett, und Büsche und Bäume waren bereits fast entlaubt. Welke Blätter häuften sich, wie immer, wenn das Jahr zu Ende ging, an bestimmten, windgeschützten Stellen.

Plötzlich überkam Julia große Lust zu laufen. Seit Roberta krank war, hatte sie die Wohnung nicht mehr verlassen. Es mußte herrlich sein, durch den herbstlichen Kurpark zu gehen.

Das Läuten des Telefons riß sie aus ihren Gedanken. Sie hatte den Apparat in die Diele verlegen lassen, als Ralph das ehemalige Studierzimmer seines Vaters bezogen hatte.

Zögernd nahm Julia den Hörer ab und meldete sich.

»Grüß dich, Julia!« sagte Dieter Sommer am anderen Ende der Leitung; seine Stimme klang so unbeschwert, daß es ihr wehtat.

»Lieb, daß du anrufst«, gab sie zurück.

Er stutzte sofort. »Hör mal, du bist mir doch nicht etwa böse?«

»Warum sollte ich?«

»Ich hätte mich eher abmelden sollen, ich weiß, aber ich hatte Haufen von Klassenarbeiten zu korrigieren . . .«

»Du brauchst dich gar nicht zu entschuldigen. Ich verstehe es doch.«

»Aber du klingst so . . .« Er unterbrach sich. »Bist du mir wirklich nicht böse?«

»Absolut nicht, Dieter.«

»Ist irgend etwas passiert?«

»Ja, eine ganze Menge.« Sie war den Tränen nahe und kam sich albern vor.

»Doch nichts Schlimmes?«

»Ich habe es den Kindern gesagt, Dieter.«

»Du hast . . .? Allen Ernstes?«

»Ja.«

»Also, das finde ich großartig! Und . . . wie haben sie es aufgenommen?«

»Schlecht.«

»Das war vorauszusehen. Aber wenigstens wissen sie es jetzt.«

»Ja, Dieter.«

»Ich weiß, daß das alles andere als einfach für dich ist. Ich kenne ja die beiden. Aber jetzt sind wir doch endlich ein gutes Stück weiter gekommen.«

»Hoffentlich.«

»Was heißt das? Du hast es ihnen gesagt, und sie haben es begriffen . . . also sind wir doch weiter!«

»Ich verstehe, daß du es so siehst.«

»Aber ich verstehe nicht, was eigentlich mit dir los ist. Ich habe den Eindruck, du hältst etwas hinter dem Berg. Sei nicht so kurz angebunden. Erzähl endlich!«

Unwillkürlich blickte Julia über die Schulter zu Robertas verschlossener Tür. »Ich kann nicht.«

»Aber du bist doch allein . . . oder? Roberta müßte doch um diese Zeit noch in der Schule sein.«

»Nein.«

»Nicht? Ist sie etwa krank?«

»Ja.«

»Ach, du lieber Himmel! Das sieht ihr ähnlich . . . sich ins Bett zu legen und dich in Angst und Schrecken zu versetzen.«

»So war es nicht, Dieter.«

»Wie denn? Was sagt der Arzt?«

»Ich habe keinen Arzt zugezogen.«

»Das ist ein Fehler. Laß sie sofort untersuchen, und du wirst sehen . . .«

»Nein, Dieter. So einfach ist das alles nicht. Wenn ich nur wüßte . . .«

»Hör mal, wir müssen uns sehen. So bald wie möglich. Ich habe jetzt noch eine Stunde . . . verdammt, da läutet schon die Glocke! Aber danach bin ich frei. Könntest du nicht . . .«

»Wie gerne! Aber ich weiß nicht . . .«

»Du mußt mir alles erzählen, Julia! Vielleicht kann ich dir helfen. Treffen wir uns beim Kurhaus, ja? In einer Dreiviertelstunde . . .«

»Ich weiß nicht . . .«

»Du mußt!«

»Ich werd' es versuchen . . .«

»Also bis nachher. Ich muß jetzt . . . Himmel, ich kann die Bande nicht . . . also bis . . .«

Die Verbindung brach ab.

Julia stand da, den Hörer in der Hand. Sie empfand heftige Sehnsucht nach Dieter. Aber dieses Gefühl war nicht so stark, die Sorge um Roberta aus ihrem Herzen zu bannen. Es wird ihr eine Lehre sein, wenn ich sie jetzt einfach allein lasse, dachte sie, aber gleichzeitig fürchtete sie auch, daß sie die Härte dazu nicht aufbringen würde.

Aber sie wollte es schaffen. Sie zog ihren Mantel an – nicht den Pelz, denn sie wollte kräftig ausschreiten und wäre darin ins Schwitzen geraten, sondern ihren hellbeigen Tuchmantel –, steckte die Schlüssel ein und trat an Robertas Tür.

»Robsy . . .?«

Keine Antwort.

»Robsy!« Diesmal nannte Julia den Namen des Mädchens energischer.

Aber sie hatte keinen Erfolg.

Kräftig pochte Julia an die Tür. »Robsy, nun melde dich doch! Du bist wach, ich weiß es!«

Roberta rührte sich immer noch nicht.

»Na schön, wie du willst! Ich gehe jetzt ein bißchen spazieren, ja? In zwei Stunden bin ich wieder zurück. Hast du mich verstanden? Hoffentlich hast du bis dahin ausgeschmollt!«

Julia stand noch einen Augenblick, wartete, lauschte. Aber nichts war zu hören. Sie drehte sich auf dem Absatz um, summte, eine Sorglosigkeit vorzutäuschen, eine kleine Melodie, öffnete die Wohnungstür und ließ sie hinter sich hörbar ins Schloß fallen. Als sie die Treppenstufen hinunterlief, fühlte sie sich befreit. Es war ihr, als hätte sie eine endgültige Entscheidung getroffen.

Die breite Straße war leer bis auf einige Schulkinder, die lärmend nach Hause kamen. Die Hausfrauen hatten ihre Einkäufe längst erledigt und standen jetzt am Herd oder aßen schon mit ihren Familien. Die Herbstsonne spendete zwar kaum noch Wärme, dafür aber ein goldenes, leicht diffuses Licht, das die Dinge verzauberte. Wieder einmal mehr freute Julia sich, daß sie hier in Bad Eysing lebte, und nicht in einer lauten Großstadt.

Sie schritt kräftig aus und begann, als sie den Kurpark erreicht hatte, fast zu laufen, nicht, um schneller bei Dieter Sommer zu sein – sie wußte, daß er noch im Gymnasium war –, sondern aus Freude an der Bewegung. Es war schön, nicht mehr eingeschlossen zu sein.

Aber je weiter sie sich von ihrem Haus entfernte, um so intensiver kehrten ihre Gedanken dorthin zurück. Was mochte Roberta mit sich anfangen? Vielleicht hatte sie geweint und war dann eingeschlafen. Vielleicht dachte sie jetzt auch in Ruhe nach und kam zu der Einsicht, daß ihre Mutter ein Recht auf die Liebe eines Mannes hatte. Vielleicht aber – und bei dieser Vorstellung blieb Julia unwillkürlich stehen –, vielleicht aber tat sie wieder etwas Unvernünftiges und versuchte, ihrem Leben ein Ende zu setzen.

Man brauchte keine Tabletten, um sein Leben zu zerstören, ein Strick, ein Schal würden genügen. Es gab scharfe Messer in der Küche, mit denen ein zu allem entschlossener Mensch sich die Pulsadern öffnen konnte. In der Putzkammer standen Reinigungsmittel, von denen ein Schluck genügte, um sich umzubringen.

Ohne recht zu wissen, was sie tat, wandte Julia sich um und machte sich auf den Heimweg. Erst ging sie noch langsam, weil die Sehnsucht nach Freiheit und Liebe sie fesselte. Dann aber wurde ihre Angst um Roberta immer heftiger, bis sie schließlich lief, ja raste, um nur ja so schnell wie möglich wieder nach Hause zu kommen.

Dann, als sie die Akazienallee entlangrannte, entdeckte sie die gedrungene, kleine Gestalt ihrer Tochter, die ihr auf einem Fahrrad entgegen kam. Der Anblick war so überraschend, daß Julia die Augen schloß und sie wieder öffnete, um sicher zu sein. Aber es war Roberta, unverkennbar. Sie trug den Schafsledermantel, und ihr blondes, glattes Haar schimmerte im Sonnenlicht. Auch sie mußte jetzt die Mutter erkannt haben, aber sie radelte ihr entgegen, ohne ihr Tempo im mindesten zu verlangsamen.

Julia sprang auf die Fahrbahn und packte die Lenkstange mit beiden Händen. »Robsy! Was fällt dir ein?«

Roberta mußte abspringen. »Ich will fort«, sagte sie mürrisch.

»Wohin?«

»Egal, wohin.«

»Was soll das heißen? Du kannst doch nicht einfach in die Welt hinausfahren?«

»Ich will weg von dir.«

»Du mußt verrückt sein!«

Roberta versuchte, der Mutter das Lenkrad aus den Händen zu reißen. »Laß mich!«

»Nein, das werde ich nicht. Du kommst jetzt mit mir nach Hause.«

»Dann gehe ich zu Fuß!« Roberta machte ihre Drohung wahr und marschierte los.

Julia ließ das Fahrrad fallen und packte sie beim Arm. »Schluß jetzt!« befahl sie. »Genug mit dem Theater. Die Nachbarn werden ja schon aufmerksam.«

»Die Nachbarn!« schrie Roberta. »Ausgerechnet! Aber was sie von dir und diesem Steißtrommler halten, das ist dir egal!«

Ehe Julia noch wußte, was sie tat, hatte sie ausgeholt und ihrer Tochter mit der flachen Hand kräftig ins Gesicht geschlagen.

Roberta war so verdutzt, daß sie nicht einmal aufschrie. Sie starrte ihre Mutter nur aus weit aufgerissenen Augen an und hob dann die Hand, um die schmerzende Wange abzutasten.

Julia war mindestens so verblüfft wie ihre Tochter. Das war das erste Mal, daß sie einem ihrer Kinder gegenüber so in Wut geraten war. Sie hätte es nicht für möglich gehalten, daß ihr das passieren konnte. »Entschuldige«, sagte sie, »aber ich glaube, das hattest du verdient.«

Roberta sagte gar nichts.

»Also . . . gehen wir!« Julia hob das Fahrrad auf und schob es in Richtung des Hauses.

Ihre Tochter folgte ihr wie ein verprügelter Hund.

Im Hausflur stellte Julia das Fahrrad ab und sah erst jetzt, daß Roberta ihre Schulmappe auf den Gepäckträger geschnallt hatte. »Wolltest du deine Schulbücher mitnehmen?« fragte sie erstaunt.

Roberta schwieg immer noch.

Julia löste die Mappe und gab sie ihrer Tochter. »Mach auf!« forderte sie.

Widerwillig gehorchte das Mädchen, und ein zusammenge-knüllter Schlafanzug kam zum Vorschein.

»Du hast aber an alles gedacht!« sagte Julia sarkastisch. »Ein Schlafanzug ist wirklich sehr wichtig, wenn man im Freien übernachten will. Was hast du sonst noch?« Sie griff in die Tasche. »Zwei Höschen zum Wechseln . . . immerhin . . . und ein Portemonnaie!« Sie öffnete die Geldbörse. »Fünfzig Mark! Hast du die gespart . . . oder hast du die mir geklaut?«

Endlich tat Roberta den Mund auf. »Mit dir rede ich überhaupt nicht mehr«, sagte sie. Aber sie folgte der Mutter widerstandslos in die Wohnung.

Oben angekommen, sagte Julia: »Es tut mir wirklich leid, Robsy! Ich weiß, ich hätte dich nicht ohrfeigen dürfen . . . noch dazu auf der Straße. Aber du hast mich derart in Rage gebracht . . .«

Roberta wandte sich ab; ihr Mund war verkniffen.

»Wo willst du hin?« Julia packte sie beim Arm.

Das Mädchen versuchte sich loszureißen. »Auf mein Zimmer!«

»Kommt gar nicht in Frage! Wir beide haben miteinander zu reden!«

»Über was denn?«

»Über dich und mich und wie es weiter gehen soll! Ach, Robsy, mach mir doch nicht alles noch schwerer.«

»Laß mich in Ruh.«

»Das kann ich nicht, wenn du in einem solchen Zustand bist!«

Mutter und Tochter kämpften regelrecht in der kleinen Diele miteinander, aber noch war Julia stärker und behielt die Oberhand. Als Roberta, wild um sich schlagend, um sich aus Julias Griff zu befreien, die Mutter in den Magen traf, erschrak sie denn doch und gab auf.

Julia war sehr blaß geworden. »Du tust mir weh!«

»Und du? Und du? Was tust du?« rief Roberta, machte aber keinen Versuch mehr fortzulaufen.

»Ich habe mich schon entschuldigt.«

»Wegen der Watschen? Aber das war doch das wenigste. Du liebst mich nicht mehr . . . ich bin dir nur noch im Wege. Du willst mich loshaben.« Robertas Erstarrung löste sich in heißen Tränen.

Julia nahm sie erschüttert in die Arme. »Aber, Liebling, davon ist kein Wort wahr. Das redest du dir doch alles nur ein. Wie oft soll ich dir das denn noch sagen.«

»Ich glaub dir nicht . . . ich kann dir nicht mehr glauben.«

»Ich schwöre dir: Du bist das Liebste, das ich auf der Welt habe.« Julia wiegte Roberta hin und her, als wäre sie noch ein kleines Kind.

»Dann schick ihn fort . . . schick diesen Kerl fort!«

»Er ist kein Kerl . . . er ist immerhin ein Lehrer!«

»Ein ganz großes Arschloch ist er!« stieß Roberta schluchzend hervor.

Julia begriff, daß sie in einem Zustand war, in dem man nicht vernünftig mit ihr reden konnte. Mit sanfter Gewalt führte sie sie in ihr Zimmer, half ihr aus dem Mantel und dann aus den Kleidern. »Leg dich ins Bett«, sagte sie, »und weine dich erst mal aus. Ich bin gleich wieder da.« Im Vorbeigehen zog sie unauffällig den Schlüssel ab und ließ ihn in ihre Manteltasche fallen.

Während sie die Mäntel draußen aufhing, überlegte sie, was jetzt zu tun war. Sie wußte es nicht. Ein Blick in den Spiegel zeigte ihr, daß sie sehr blaß war, die Augen waren schwarz vor Erregung, das Haar zerzaust, und sie sah selber wie ein verstörtes Kind aus. Sie wäre jetzt gern allein geblieben, hätte versucht, sich zu beruhigen und noch einmal alles durchzudenken. Aber sie wagte es nicht, Roberta länger als unbedingt nötig ohne Aufsicht zu lassen.

Also kehrte sie in Robertas Zimmer zurück.

Das Mädchen lag auf dem Bett, und aus ihren weit offenen, geröteten Augen strömten ihr die Tränen über die Wangen. Es war ein Anblick, der Julia ins Herz schnitt.

Sie setzte sich zu ihrer Tochter auf die Bettkante, ergriff ihre Hand und wartete ab, bis die Tränen allmählich zu versiegen begannen. Es dauerte lange. »Wir haben uns doch immer gut verstanden«, sagte sie endlich, »wir müßten doch über alles reden können.« Sie nahm ein Taschentuch und trocknete Roberta sanft das Gesicht. »Ich weiß, daß es schwer für dich ist, mich mit einem anderen Menschen zu teilen . . . aber kein Kind auf der Welt hat die Mutter ganz für sich allein. Da ist immer noch ein Vater da . . . Geschwister . . .«

»Aber kein fremder Mann!« stieß Roberta schluchzend hervor.

»Jetzt tu nicht so! Du kennst Dieter Sommer genauso lange wie ich . . . er ist alles andere als ein Fremder.«

»Ich mag ihn nicht.«

»Das ist weidlich bekannt. Du lehnst ihn ab, ich weiß es. Aber du brauchst ihn ja auch gar nicht zu mögen. Du wirst nie etwas mit ihm zu tun haben.«

»Aber ich will auch nicht, daß du etwas mit ihm tust!«

Julia zog ihre Hand zurück. »Wenn du mich wirklich gern hättest, Robsy, würdest du auch mal an mein Glück denken.«

»Wir waren doch immer glücklich, bevor er sich eingedrängt hat.«

»Aber jetzt bin ich todunglücklich, weil du so gar keine Einsicht zeigst.«

»Denkst du etwa, ich bin glücklich?«

»Ich weiß, daß du leidest, Liebling. Deshalb müssen wir zusammen einen Weg finden, unser Problem zu lösen. Es hilft nichts, wenn wir ganz unvernünftige Dinge tun. Bitte, sieh das doch wenigstens ein. Das mit den Schlaftabletten war ganz schlecht . . . du hättest sterben können . . .«

»Aber ich wollte ja sterben! Warum hast du mich nicht gelassen?«

»Das kann doch nicht dein Ernst sein, Liebling! Du kannst dein Leben doch nicht einfach wegwerfen. Es ist ein Geschenk Gottes, für das man dankbar sein muß, das man hegen und pflegen sollte. Dir stehen noch so viele glückliche Jahre bevor . . .«

»Wenn du mich nicht mehr lieb hast . . .«

»Aber ich habe dich lieb, mehr als alles in der Welt!«

»Dann mach Schluß mit diesem Kerl!«

Julia seufzte; sie war am Ende ihrer Kräfte. »Vielleicht muß ich das wirklich tun, wenn es dich so unglücklich macht. Laß mir nur ein bißchen Zeit, ja? Und versprich mir, daß du nie wieder so etwas Unvernünftiges tun wirst . . . nie mehr Tabletten nehmen, und nie mehr weglaufen, versprich es mir!«

Roberta schwieg.

»Wenn du mir das nicht versprichst, kann ich meines Lebens ja nicht mehr froh werden. Ich muß ständig in Angst und Schrecken leben.«

»Ich lebe auch in Angst und Schrecken.«

»Aber ich habe dir versprochen, daß ich die Situation ändern werde, also versprich du mir auch, daß du diese unvernünftigen Dinge läßt.«

Roberta sah sie nur an.

»Versprich es mir!« drängte Julia.

»Das kann ich nicht!«

»Natürlich kannst du, wenn du nur willst.«

»Aber ich will es gar nicht!«

»Robsy!«

»Ich will, daß wir so wie früher leben. Daß du nicht mehr zu ihm gehst . . . und nicht mehr an ihn denkst . . . daß du nur für mich da bist.«

»Du bist eine Egoistin.«

»Und du etwa nicht?«

»Robsy, ich verlange ja nichts anderes, als daß du mir ein biß-chen Zeit läßt . . . daß du aufhörst, mich unter Druck zu set-zen . . .«

»Damit du weiter mit diesem Kerl . . . na, du weißt schon was . . . kannst.«

»Auf das ›du weißt schon was‹ kommt es doch gar nicht an!«

»Dann laß es doch.«

Verzweifelt suchte Julia nach Worten, mit denen sie dem ver-stockten Mädchen ihre Gefühle deutlich machen konnte, ohne sie allzusehr zu verletzen. »Dieter Sommer war mir all die Jahre ein so guter Freund.«

»Aber du brauchst keinen Freund! Du hast ja mich . . . und da ist auch noch Ralph!«

»Ihr seid meine Kinder . . .«

». . . und deine besten Freunde! Hast du uns das nicht oft und oft gesagt? Ich habe ja auch keinen Freund . . . nicht einmal eine Freundin außer dir.«

»Vielleicht ist das ein Fehler, vielleicht solltest du . . .«

»Nein! Ich brauche keine Freundin, solange ich dich habe . . . und an Jungen bin ich überhaupt nicht interessiert, das weißt du genau.«

»Du bist ein solcher Kindskopf.«

»Nein, bin ich nicht. Ich weiß eine Menge vom Leben. Liebesge-schichten . . . pah! Die gehen doch immer schief. Ich meine, nicht nur die von Romeo und Julia, sondern überhaupt. Da braucht man sich doch nur umzusehen. Erst sind beide Feuer und Flamme, dann wird es dem einen fad, der andere wird eifersüchtig, und schon zanken sie sich und beleidigen sie sich, bis nichts mehr von der großen Liebe übriggeblieben ist. Selbst eine Ehe bedeutet doch im Grunde gar nichts. Spätestens nach ein paar Jahren geht er fremd, sie leidet oder macht es ihm nach. Also ... was soll das Ganze? Und Freundschaften unter Mädchen ... noch schlimmer! Kaum taucht ein Junge auf, der sich für eine von beiden interessiert, da geht auch die schönste Freundschaft in die Binsen. Also komm mir bloß nicht mit so etwas!«

Julia war überrascht über den Redefluß ihrer gewöhnlich eher schweigsamen Tochter. »Ich wußte gar nicht, daß du dir so viele Gedanken machst«, sagte sie.

»Ich bin doch nicht blöd.«

»Nein, Liebling, das bist du wirklich nicht. Du willst doch auch studieren, vielleicht Jura und Rechtsanwältin werden.«

»Ich tue alles, was du willst.« Roberta sprach die Forderung, die hinter diesem Angebot stand, nicht aus, aber dennoch war sie unüberhörbar.

»Du sollst nicht mir zuliebe irgendeinen Beruf ergreifen, sondern nur den, der dir wirklich Freude macht ... in dem du glaubst, etwas leisten und erreichen zu können.«

»Sicher, Julia, aber ich halte mich an deinen Rat. Du kennst mich besser als sonst jemand. Und ich habe Vertrauen zu dir.«

»Das ist auch ganz richtig so«, sagte Julia und fühlte sich sehr elend.

Roberta richtete sich auf und ergriff ihre beiden Hände. »Julia, was ist bloß in dich gefahren! Wir beide könnten doch glücklich miteinander sein bis ans Ende unserer Tage. Wir könnten so friedlich zusammenleben. Ich werde das Abi machen und dann studieren. Später, wenn ich erst Geld verdiene, können wir uns leisten, was wir wollen. Reisen machen, die ganze Welt sehen, nur wir beide ganz allein. Gib diesem Macker einen Tritt gegen's Schienbein ... und alles ist wieder gut.«

»Das hat er nicht um mich verdient.«

»Ach was. Du bist immer viel zu duldsam. Er ist doch genau wie alle anderen Männer. Warum willst du das nicht einsehen? Jetzt spielt er noch den Superverliebten, aber nach einer Weile wird er dich fallenlassen wie eine heiße Kartoffel.«

Julia schüttelte nur sacht den Kopf.

»Doch, Julia, das kennt man doch! Und dann wirst du ganz allein sein.«

»Du wirst mich nicht trösten?«

»Nein. Ich werde nicht mehr dasein.«

»Das finde ich aber ziemlich lieblos von dir.«

»Nein, Julia, das darfst du nicht sagen. Ich bin nicht lieblos . . . ich liebe dich so sehr. Und gerade deshalb kann ich es nicht ertragen . . . nein, wirklich, ich kann es nicht aushalten, wenn du dich mit diesem . . . diesem . . .« Mühsam verschluckte sie eine häßliche Bemerkung. ». . . mit deinem . . . Freund triffst.«

»Du verlangst ein . . . ein schreckliches Opfer von mir!«

»Es ist doch nur zu deinem Guten, Julia! Glaub mir, du wirst ohne ihn viel glücklicher sein. Wir werden beide glücklich sein . . . so wie früher. Bitte, bitte, bitte, liebe, liebe Mutti . . . laß ihn stehen!«

Daß Roberta sie plötzlich »Mutti« nannte, rührte Julia mehr als alles andere. Sie wußte, daß die Vorstellungen ihrer Tochter von einem Zusammenleben mit ihr bis in alle Ewigkeit nur Träume waren, an die Roberta sich wahrscheinlich klammerte, weil sie für sich selber noch keinen anderen Weg sah. Aber dieser Anruf »Mutti« machte ihr bewußt, daß sie noch ein Kind war, gerade erst in der Vorpubertät, ein Kind, das den einzigen Halt in ihrem Leben in ihrer ungeteilten Liebe sah. Es wäre ihr zu grausam erschienen, jetzt all diese unvernünftigen Hoffnungen zu zerschlagen; sie hatte nicht die Kraft dazu.

»Nun gut«, sagte sie erschöpft, »wenn du darauf bestehst . . .«

Roberta richtete sich auf und warf ihr die Arme um den Hals. »Oh, Mutti, liebste, beste Julia, das werde ich dir nie vergessen! Du wirst sehen, jetzt wird alles wieder gut!«

Julia hielt sie ganz fest und spürte, daß ihr auch aus dieser kindlichen Umarmung Glück zuströmte; ihre kleine Tochter brauchte sie, sie war ihr eigenes Fleisch und Blut, und kein Mensch auf der Welt konnte ihr näher stehen.

Nach einer Weile bog Roberta sich zurück und vergewisserte sich: »Versprochen? Ist das wirklich ganz fest versprochen? Du wirst ihn also nie wiedersehen?«

»Zumindest noch einmal. So sang- und klanglos, wie du es dir vorstellst, kann ich ihn nicht verabschieden. Ich bin ihm eine

Erklärung schuldig.« Als Roberta eine Schnute zog, fügte sie beschwörend hinzu: »Das mußt du doch einsehen!«

Roberta begriff, daß sie den Bogen nicht überspannen durfte. »Natürlich, Julia«, erklärte sie mit gespielter Großmut, »was sein muß, muß sein.«

»Ich werd's so bald wie möglich hinter mich bringen.«

»Aber danach wirst du ihn nie mehr wiedersehen?«

»Ich kann ihm nicht gut auf der Straße ausweichen . . . und wir verkehren in den gleichen Kreisen . . .«

»Red nicht drum herum! Du weißt sehr gut, was ich meine! Du wirst dich nicht mehr mit ihm verabreden? Ihn nicht mehr besuchen?«

»Nein.«

»Auch nicht mit ihm zusammen verreisen?«

»Aber, Liebling, wie kannst du so etwas fragen? Unser ganzer Krach ist doch nur entstanden, weil ich keine Heimlichkeiten mehr vor dir haben wollte. Ich hasse das. Was hätte es für einen Sinn, wenn ich jetzt wieder damit anfangen würde? Du würdest es spüren, mißtrauisch und unglücklich sein, und gerade das will ich nicht. Und bildest du dir etwa ein, ich könnte glücklich sein, wenn ich dich belügen müßte?«

»Nein, Julia, natürlich nicht.«

»Du mußt ganz einfach Vertrauen zu mir haben.«

»Habe ich ja, jede Menge. Ich habe immer Vertrauen zu dir gehabt! Gerade deshalb bin ich ja so aus der Haut gefahren, als du mir sagtest . . .« Roberta hielt mitten im Satz inne. »Aber das ist ja jetzt vorbei, nicht wahr? Wir brauchen gar nicht mehr darüber zu reden.«

»Richtig, Robsy«, sagte Julia und wußte doch, daß es in ihrem Herzen längst nicht überstanden war, sondern daß ihr das Schlimmste noch bevorstand.

In der Diele klingelte das Telefon.

Mutter und Tochter sahen sich an.

»Das wird er sein«, gestand Julia, »wir waren verabredet.«

»Aber du bist nicht gegangen?«

»Nein. Ich kriegte plötzlich Angst um dich.«

»Das war sehr gut, denn sonst wäre ich schon längst über alle Berge.«

Eine Weile schwiegen sie und lauschten dem Läuten.

»Geh ran!« drängte Roberta endlich. »Sag ihm, was los ist!«
»Das kann ich nicht . . . nicht jetzt. Ich bin viel zu kaputt.«
»Dann triff eine neue Verabredung mit ihm . . .«
Julia schüttelte den Kopf; sie fühlte sich außerstande, jetzt ein
Wort mit dem Geliebten zu wechseln.
»Soll ich . . .?« Roberta war schon im Begriff aufzustehen.
Julia hielt sie mit sanftem Druck zurück. »Laß nur, Liebling.«
Sie warteten, bis das Läuten verstummte.
»Aber du wolltest es ihm doch klarmachen!«
»Das werde ich auch. In den nächsten Tagen. Wenn ich mich ei-
nigermaßen erholt habe.«
Roberta machte ein Gesicht, als fühlte sie sich jetzt doch ein we-
nig schuldbewußt, weil sie ihrer Mutter so erbarmungslos zu-
gesetzt hatte. »Arme Julia!« sagte sie, und dann, mit veränder-
ter, ganz vergnügter Stimme: »Weißt du was? Ich werde dir
jetzt einen Kaffee kochen! Nein, laß mich das machen, ich kann
das sehr gut. Und du legst dich inzwischen ein bißchen hin, ja?
Soll ich dir ein paar Plätzchen dazu servieren? Oder lieber einen
Cognac?«
»Dann schon lieber einen Cognac!« sagte Julia und fügte in Gedanken hinzu: Obwohl der auch nicht helfen kann!
Aber sie sprach es nicht aus!

Es dauerte Tage, bis Julia sich zu einem Treffen mit Dieter Sommer aufraffen konnte. Ihre Sehnsucht nach ihm war stärker
denn je. Aber sie fürchtete die quälende Auseinandersetzung.
Es war ihr auch, als würde der Bruch mit ihm erst endgültig,
wenn sie es ihm gesagt hatte, und immer noch lebte die schwache Erwartung in ihr, das Ende ihrer Beziehung aufschieben
oder sogar vermeiden zu können.
Roberta gab sich heiter, unbekümmert und liebevoll. Julia hatte
Mühe, sich auf sie einzustellen. Sie konnte die Hoffnung nicht
begraben, daß ihre Tochter eines Tages sagen würde: Was soll
eigentlich der ganze Quatsch! Geh doch zu deinem Freund,
wenn du es möchtest. Der kann unser gutes Verhältnis doch gar
nicht stören. Aber nichts dergleichen kam über Robertas Lippen, und Julia wagte nicht einmal eine Andeutung in dieser
Richtung. Sie hatte ihr Versprechen gegeben und wollte Roberta nicht enttäuschen, indem sie es zurücknahm.

85

Am Donnerstagmorgen rief Dieter Sommer an – er pflegte immer nur anzurufen, wenn Roberta nicht zu Hause war –, und wieder fand Julia eine Ausrede, um sich nicht mit ihm zu treffen.

Nach dem Mittagessen erzählte sie Roberta tastend davon.

Aber Roberta reagierte anders, als sie erhofft hatte. »Wovor kneifst du eigentlich?« fragte sie. »Stoß ihm doch endlich Bescheid!«

»Das ist nicht so einfach.«

»Du hast wirklich ein besonderes Talent, die Männer hinzuhalten.«

»Du tust mir unrecht.«

»Ach wo. Das hast du doch all die Jahre sehr gut verstanden. Glaub nicht, daß ich dich nicht beobachtet habe. Ich habe auch gar nichts falsch daran gefunden. Aber in diesem Fall . . . du willst doch mit ihm Schluß machen. Also tu es auch.«

»Es fällt mir nicht leicht, jemanden zu verletzen.«

»Quatsch. Der Sommer hat doch ein dickes Fell . . . muß er ja haben, sonst könnte er sich als Pauker gar nicht durchsetzen.«

»Im Privatleben ist er ganz anders.«

»Gibt's ja gar nicht. Man ist, wie man ist. Den wirft's bestimmt nicht um, daß du nichts mehr von ihm wissen willst.« Roberta, die abtrocknete, während die Mutter spülte, sah sie, einen Teller in der Hand, von unten her lauernd an. »Höchstens du selber kannst es nicht ertragen.«

Julia mochte keine neue Diskussion über dieses Thema führen.

»Gut«, sagte sie, »wenn er das nächste Mal anruft, werde ich mich mit ihm verabreden.«

»Warum telefonierst du nicht selber?«

»Das war zwischen uns nie üblich.«

»Um so besser. Dann merkt er gleich, daß etwas passiert ist.«

Julia schwieg und begann, das ohnehin blanke Spülbecken noch blanker zu polieren.

»Los, mach schon! Oder willst du dich drücken?«

Julia warf ihrer Tochter einen Blick zu.

»Sieh mich nicht an wie ein waidwundes Reh!« sagte Roberta.

»Wenn es dir so unangenehm ist, sage ich es ihm.«

»Das bringst du fertig!«

»Warum auch nicht? Mit dem größten Vergnügen, nur . . . mir wird er vielleicht nicht glauben.«
»Nein, sicher nicht.«
»Mich hat er ja nie leiden mögen.«
»Das bildest du dir nur ein.«
»Du solltest bloß mal erleben, wie er mich in der Schule behandelt! Mit äußerster Vorsicht, sage ich dir . . . wie eine Zeitbombe, die jeden Moment explodieren kann.«
Julia lachte, obwohl ihr nicht danach zumute war. »Ein sehr treffender Vergleich!«
Roberta warf sich ihr, das Trockentuch noch in der Hand, in die Arme. »Ach, Julia, ich hab' dich so lieb!«
»Ich dich doch auch, mein Kleines!«
»Dann bring's hinter dich, bitte! Sicher kommt Ralph zum Wochenende. Dann soll das alles in Ordnung sein.«
Julia ließ sich dazu bewegen, Dieter Sommer anzurufen. Sie tat es in der Hoffnung, daß er nicht zu Hause sein würde.
Aber er meldete sich sofort. »Julia! Wie schön!«
Die freudige Erregung in seiner Stimme tat ihr weh. »Können wir uns treffen?« fragte sie kurz; es irritierte sie, daß Roberta neben ihr stand und womöglich sogar seine Worte mithörte.
»Ist etwas passiert?«
»Einiges.«
»Du klingst nicht heiter.«
»Bin ich auch nicht!« Sie fing einen verletzenden Blick von Roberta auf und fügte hastig hinzu: »Das heißt, bei mir ist alles in Ordnung.«
»Gott sei Dank! Also wann? Kommst du heute abend zu mir?«
»Nein, das geht nicht.«
Eine kurze Pause entstand. »Aha«, sagte er dann.
»Könnten wir uns vielleicht heute nachmittag treffen?«
»Ich habe zwar einen Haufen Arbeiten zu korrigieren . . .«
Roberta schickte einen Blick gen Himmel.
»Das könntest du dann ja heute abend tun!« sagte Julia sanft.
Roberta hielt sich die Hand auf den Mund, um ein Gelächter zu unterdrücken.
»Also wann? Und wo?«
»Um vier. Im Kurcafé.«
Dort hatten sie sich noch nie getroffen, und Dieter Sommer

schwieg, um über diesen ungewohnten Vorschlag nachzudenken. »Also ... bis dann«, sagte Julia rasch und legte auf.

»Bravo, Julia!« rief Roberta. »Gut gemacht!«

»Es war keine Zirkusnummer.«

»Kam mir doch so vor. Eine Art Balanceakt. Soll ich dich begleiten?«

»Du möchtest dabeisein?« Julias Augen wurden groß.

»Davon habe ich nichts gesagt. Aber ich könnte dich hinbringen ... und auf dich warten.«

»Nein, danke. Ich bin ja kein kleines Kind mehr.«

Roberta schob die Unterlippe vor. »Ich hab's doch nur gut gemeint.«

»Weiß ich ja!« Julia strich ihr liebevoll über das glatte blonde Haar. »Aber das ist wirklich überflüssig. Ich komme so rasch wie möglich nach Hause.«

»Bestimmt?«

»Was denkst du denn? Daß ich mich aus lauter Verzweiflung in die Mangfall stürzen werde?«

»Daß du dich wieder überreden läßt.«

»Nein«, sagte Julia fest, »du kannst dich auf mich verlassen.«

Das Kurcafé war, was Julia nicht erwartet hatte, sehr voll. In den letzten Jahren wurde Bad Eysing auch im Winter von vielen Badegästen besucht, und das Café war berühmt wegen seiner zehn Zentimeter hohen Torten. Ein Geiger und ein Pianist spielten sentimentale Weisen aus vergangenen Zeiten, die dem Geschmack des Publikums entsprachen, das vorwiegend aus reiferen Jahrgängen stammte.

Während Julia sich noch suchend nach einem freien Tisch umsah, kam Dieter Sommer durch die Drehtür herein. Er trug einen gefütterten Ulster und hatte um den Hals einen überlangen Schal aus grüner und roter Wolle geschlungen.

Seine Augen leuchteten auf, als er Julia entdeckte. »Da bist du schon! Ich hoffe, ich habe mich nicht verspätet?«

»Überhaupt nicht.«

Er reichte ihr seine Hand, und sie spürte, daß er sie am liebsten in die Arme genommen und geküßt hätte.

Unwillkürlich zog sie den Kopf ein wenig zurück.

Er erriet ihre Gedanken.

»Nur keine Angst, ich tu's nicht!« versicherte er lächelnd. »Ich weiß doch, was sich gehört.«

»Es ist nur . . .«

»Ich weiß doch«, sagte er zärtlich.

Er sah ihr tief in die Augen, und sie spürte schmerzhaft, wie sehr sie ihn liebte.

»Du siehst zauberhaft aus«, sagte er, »ein bißchen blaß um die Nase, aber zauberhaft.«

»Es ist schrecklich voll hier.«

»Ja, man kriegt kaum Luft. Gehen wir doch nach draußen.«

Auf der weiten Terrasse waren die Tische noch gedeckt, aber nur wenige Gäste saßen, dick eingemummt, im Licht eines trügerischen Sonnenscheins, der kaum wärmte. Sie suchten sich einen Platz nahe der Hauswand, die noch ein wenig von der Hitze des Sommers gespeichert zu haben schien. Die Scheiben der bodentiefen, oben gerundeten Fenster funkelten. Das Spiel von Geige und Klavier, das nur gedämpft durch die dicken Mauern drang, wirkte wie Geistermusik.

»Ja, der Sommer ist vorüber«, stellte der junge Studienrat fest.

»Unser Sommer«, sagte sie und ergriff seine Hand.

Er lächelte ihr ermutigend zu. »Kein Grund, melancholisch zu werden.«

Die Kellnerin trat an ihren Tisch; sie trug dicke Socken in den flachen Sandalen und eine graue Wolljacke über dem schwarzen Kleid mit der weißen Schürze.

Dieter Sommer bestellte für Julia Kaffee und Cognac, für sich selber eine Flasche Pils.

»Du hast dich in der letzten Zeit rar gemacht«, stellte er fest, als sie wieder allein waren.

»Es ging nicht anders.«

»Also . . . wieder einmal Robsy!«

»Du siehst das falsch, Dieter . . . natürlich auch Robsy . . . aber ich hatte einfach nicht die Kraft . . .«

»Du läßt dich von diesem Biest tyrannisieren.«

»Nein, Dieter.«

»Dann erkläre mir doch . . .«

»Das will ich. Deswegen bin ich ja gekommen!«

Die Kellnerin servierte Kaffee und Cognac, öffnete die Bierflasche und schenkte Dieter Sommer behutsam ein.

»Danke!« sagte er, als sie das Glas vor ihn hinstellte, wartete ungeduldig, bis sie gegangen war, und drängte dann: »Also . . .«

»Sie hat versucht, sich das Leben zu nehmen.«

Dieter Sommers Oberkörper bog sich unwillkürlich zurück. »Das darf doch nicht wahr sein!«

»Doch!«

»Wie denn?«

»Mit Schlaftabletten.«

»Aber zum Glück«, sagte er, und es zuckte um seine Mundwinkel, »bist du rechtzeitig dazugekommen.«

»Durchaus kein Grund, ironisch zu lächeln!« sagte sie heftiger, als sie wollte. »Es war wirklich Zufall! Ich konnte in der Nacht nicht schlafen, und nur dadurch habe ich entdeckt, daß der Apothekenschrank aufgebrochen war.«

»Wieviel hat sie denn genommen?«

»Die ganze Packung. Ich weiß nicht genau, wieviel Tabletten drin waren. Siebzehn oder achtzehn Stück.«

»Das ist doch einfach lächerlich! Merkst du denn nicht selber, wie lächerlich das ist? An einer so geringen Dosis stirbt doch kein Mensch.«

»Ich bin da nicht so sicher, Dieter. Sie ist ja noch ein Kind.«

»Sie ist kräftiger als du!«

»Du verstehst das nicht!« Sie rührte nervös in ihrer Tasse, obwohl der Zucker sich längst aufgelöst haben mußte. »Ob es nun geklappt hätte oder nicht, darauf kommt es gar nicht an. Sie wollte sterben . . . das ist der springende Punkt.«

»Ach was, sterben! Ein so junges Ding!«

»Aber so etwas kommt wieder und wieder vor . . . liest du denn keine Zeitungen?«

»In Fällen, in denen Kinder in einen Konflikt geraten, für den sie keine Lösung sehen . . . oder wenn ihnen das Gefühl für den Sinn des Lebens entglitten ist. Aber beides trifft doch nicht für Robsy zu!«

»Doch. Sie kann ohne meine Liebe nicht leben.«

»Deine Liebe! Aber die hat sie doch! In Wahrheit hast du doch deine Kinder immer mehr geliebt als mich.«

»Sie will meine Liebe nicht mit einem . . . einem Mann teilen.«

»Sie will dich tyrannisieren . . . dich völlig unter den Pantoffel kriegen!«

»Du bist voreingenommen, Dieter.«

»Nein, du! Weil es sich um deine geliebte Tochter handelt. Wenn etwas Ähnliches in einer anderen Familie passiert wäre, würdest du darüber lachen . . . wie ich!«

Sie sah ihn aus großen Augen an. »Findest du es wirklich komisch?«

»Wie du dich von deiner Tochter zum Narren halten läßt? Ja.«

»Dann«, sagte sie und stand auf, »gibt es nichts mehr zwischen uns zu besprechen.«

»Du lieber Himmel!« Er erhob sich ebenfalls und drückte sie auf ihren Stuhl zurück. »Nun sei doch nicht gleich eingeschnappt! Du mußt dir doch vorstellen können, wie aufgebracht ich bin. Meinst du, es ist angenehm für mich, daß meine Liebe durch die Intrigen dieses Mädchens gefährdet wird!«

»Sie intrigiert nicht, Dieter, versuch das doch zu verstehen . . . sie ist verzweifelt.«

»Weil sie fürchtet, die Kontrolle über dich zu verlieren.«

»Sie hat mich ja nie kontrolliert.«

»Oh, doch, Julia! Denk nach! Hast du ein einziges Mal zu ihr sagen können: Sieh zu, daß du rechtzeitig ins Bett kommst, ich geh' heute abend noch ein bißchen aus! Hast du das? Nein. Du hast immer Zweck und Ziel deines Ausgehens angeben müssen. Du hast sie anlügen müssen, um dich mit mir zu treffen.«

Darauf wußte sie nichts zu entgegnen; sie saß mit niedergeschlagenen Augen da und begann wieder in ihrer Tasse zu rühren.

»Laß das!« Er legte seine Hand auf ihre Rechte. »Du machst mich nervös. Sieh mich an.«

Sie hob die dunklen Augen zu ihm, und ihr Blick war so verzweiflungsvoll, daß er von Mitleid übermannt wurde.

»Julia! Liebes!«

Ihre Lippen zitterten, und sie brachte kein Wort hervor.

»Willst du denn nicht begreifen, daß Robsy eine ganz große Egoistin ist? Daß sie dich nur benutzt? Daß sie nur Angst hat, die Macht über dich zu verlieren?«

»Vielleicht hast du recht . . .«

91

»Ganz bestimmt sogar!« Er nahm das Cognacglas und führte es an ihre Lippen. »Da! Trink einen Schluck! So ist's recht!«

Sie nippte und eine leichte Röte stieg in ihre Wangen. »Selbst wenn es so wäre«, sagte sie, »es hilft mir ja nichts.«

»Erkenntnis der Realität ist immer nützlich.«

»Nein, Dieter. Robsy ist ja noch ein Kind. Sie sieht die Dinge ganz unrealistisch, deshalb reagiert sie auch unrealistisch. Als ich neulich mit dir verabredet war, wollte sie ausreißen ... wenn ich nicht doch noch umgekehrt wäre ...«

»Aber damit hat sie gerechnet!«

»Wie hätte sie das können?«

»Weil sie dich kennt! Deine Schwäche, deine Liebe, deine Überbesorgtheit!«

»Und wenn wir uns verpaßt hätten?«

»Hättest du sie schon wieder irgendwo aufgegabelt ... notfalls mit Hilfe der Polizei.«

»Aber genau das kann ich nicht riskieren, Dieter, um Robsy willen nicht. Wir leben hier in einer kleinen, kleinbürgerlichen Stadt. Zu Hause weglaufen und wieder eingefangen werden, gilt hier noch als Schande ...«

»Wer hindert dich daran wegzuziehen!«

»Niemand, Dieter. Aber damit wäre das Problem doch nicht gelöst. Ich kann nicht mit Robsy zusammen leben ... weder hier noch in einer Großstadt, wenn ich dauernd fürchten muß, daß sie durchdreht.«

»Dann gib sie in ein Internat!«

»Und wer könnte sie dort daran hindern, aus dem Fenster zu springen?«

»In einer anderen Umgebung würde sie auf andere Gedanken kommen ...«

»Vielleicht ... vielleicht aber auch nicht. Vielleicht würde sie sich auch abgeschoben und verraten vorkommen ... nur noch den einen Wunsch haben, mein Leben zu zerstören, wie ich ihres zerstört habe ...«

»Jetzt wirst du aber verdammt melodramatisch!«

»Nein, Dieter. Ich versuche nur, die Situation mit den Augen einer Dreizehnjährigen zu sehen. Ein Erwachsener kann sich vielleicht über einen Verlust mit Vernunftgründen trösten oder auch sein Schicksal hinnehmen. Aber nicht einmal alle Erwach-

senen können das. Geschieht es nicht täglich, daß jemand seine
Freundin umbringt, weil sie ihn verlassen will? Oder seine geschiedene Frau, weil sie mit einem anderen Mann zusammen
ist?«

»Du fürchtest doch nicht im Ernst, daß sie dich töten könnte?«

»Ich bin sicher, daß sie ihr Leben nicht deshalb kaputtmachen
will, weil sie es nicht mehr liebt. Dazu ist sie viel zu jung und
gesund und vital. Sie will es, um mich zu treffen . . . ich soll
mich schuldig fühlen, das ist ihr Ziel.«

»Aber wenn du das so klar siehst . . .«

». . . ändert es nichts an der Tatsache, daß sie es ganz ernst
meint. Es kann jeden Augenblick passieren, Dieter, versteh
doch. Selbst wenn ihr unsere Unterhaltung zulange dauert . . .
für ihre Begriffe . . . kann sie gleich wieder etwas Unvernünftiges unternehmen.«

»Aber . . . das ist ja die Hölle!« sagte er erschüttert.

»Ja, Dieter, ich glaube, das trifft's.«

Sie schwiegen beide.

Ein leichter Wind strich durch die Bäume des Kurparks, riß
braune Blätter ab, wirbelte sie in einem skurrilen Totentanz und
ließ sie dann sanft zu Boden gleiten.

Beide nahmen es nicht wahr.

»Was können wir tun?« fragte er.

»Wir müssen uns trennen, Dieter. Wir haben keine Wahl.«

»Aber es muß doch irgendeinen anderen Ausweg aus dieser
verfahrenen Situation geben.«

Sie lächelte schwach. »Meinst du nicht, daß ich mir nicht schon
den Kopf darüber zergrübelt hätte? Gerade deshalb wollte ich
dich nicht so bald sehen. Ich hatte immer noch eine schwache
Hoffnung, daß mir irgend etwas einfallen würde. Aber es gibt
nichts, das uns retten könnte.«

Er empörte sich. »Aber du liebst mich doch?«

»Ja«, entgegnete sie schlicht.

»Wie kannst du es dann zulassen, daß ein verwöhntes
Kind . . .«

»Sie ist meine Tochter, Dieter, und sie ist stärker als ich . . . gerade weil sie nur an sich denkt und keine Skrupel kennt.«

»In ein, zwei Jahren wirst du ihr nur noch im Wege sein! Allen
heranwachsenden Töchtern sind ihre Mütter im Wege!«

»Ich weiß.«

»Und trotzdem?«

»Ich möchte dich bitten, Dieter, von ganzem Herzen bitten, diese ein, zwei Jahre auf mich zu warten!«

»Nein«, sagte er spontan.

»Ist das wirklich so viel verlangt?«

»Zu viel, Julia.«

»Du hast so lange auf mich gewartet . . .«

»Ich warte immer noch! Ich warte darauf, daß du dich endlich entschließt, meine Frau zu werden.«

»In ein, zwei Jahren . . .«

». . . wird Robsy wahrscheinlich in irgendwelchen Schwierigkeiten stecken und dich besonders brauchen. Nein, Julia, du mußt dich hier und jetzt entscheiden . . . entweder für mich oder für deine Tochter.«

»Ich habe ja keine Wahl«, sagte sie müde.

»Doch, die hast du! Wirf den Ballast deiner eingebildeten Verpflichtungen über Bord! Zeig deiner Tochter, daß du ein freier Mensch bist, daß du das Recht auf deine Liebe hast . . . das Recht auf ein eigenes Leben! Jede Wette, es wird ihr nur guttun; sie wird zur Vernunft kommen!«

»Und wenn nicht?«

»Du mußt es wagen!«

»Ich bin keine Spielerin, Dieter, und selbst wenn ich es wäre . . . der Einsatz wäre mir zu hoch.«

»Wenn du mich liebtest . . .«

»Ach, Dieter, du weißt doch, daß ich das tue . . . vielleicht weißt du nicht einmal, wie sehr! Ich liebe dich von ganzem Herzen. Es wird entsetzlich für mich werden. Nur deshalb habe ich den Mut, dich zu bitten . . .«

»Nein, Julia, ich lasse mich nicht noch einmal zurückstoßen.«

»Aber das tue ich doch gar nicht. Ich versichere dir, daß es keinen anderen Mann in meinem Leben gibt . . . daß es keinen geben wird . . .«

»Das genügt mir nicht. Du mußt dich zu mir bekennen.«

Sie sah an ihm vorbei in den herbstlichen Park, in dem der Wind die Blätter von den Bäumen riß, eines nach dem anderen, mit tödlicher Methodik. »Ach, Dieter, wie grausam du bist . . . wie grausam ihr doch alle seid . . .«

»Du fürchtest stets die Konsequenzen. Es ist ein Fehler, niemandem weh tun zu wollen. Am Ende verletzt du alle, die dich lieben.«

»Ich weiß, daß ich dir weh tue . . . aber bestimmt weniger als mir selber . . .«

»Du hättest Robsy einmal die Suppe auslöffeln lassen sollen, die sie sich selber aufgetan hat . . .«

»Wie das?«

»Nun tu nicht so, als ob ich dir das noch erklären müßte!«

»Ich habe tatsächlich keine Ahnung . . .«

Er stemmte die Hände auf den Tisch und beugte sich vor. »Als du sie mit der Schlafmittelvergiftung fandest, hättest du den Arzt alarmieren sollen . . . oder den Notruf. Man hätte ihr den Magen ausgepumpt. Das wäre nicht angenehm gewesen, aber heilsam. Danach wäre sie auf eine geschlossene Station gekommen und behandelt worden.«

Sie sah ihn an, als wäre er ihr von einer Minute zur anderen ganz fremd geworden. »Das hättest du wirklich richtig gefunden?«

»Ja.«

»Ich verstehe dich nicht mehr.«

»Weil du mich nicht verstehen willst. Deine Tochter spielt verrückt. Mit gutem Zureden ist ihr nicht zu helfen. Also muß sie geheilt werden.«

»Etwa mit Elektroschocks?«

»Wenn es nicht anders geht!«

»Ich habe dich immer für einen guten Pädagogen gehalten, Dieter . . . alle sagen, daß du das bist . . . aber jetzt muß ich doch an deiner Eignung zweifeln . . .«

»Danke . . . danke vielmals.«

»Du willst einen Menschen, nur weil dir seine Einstellung und seine Forderungen nicht passen, für geistig verwirrt erklären . . . womöglich einfach abschieben . . . einen Menschen, der uns braucht . . . unsere Liebe und unser Verständnis . . .«

»Mich braucht Roberta sicher nicht.«

»Wie wahr! Bist du überhaupt imstande, einem Menschen zu helfen?«

Er lachte gequält. »Sehr gut, nur weiter so! Weil du versagst, greifst du an.«

»Siehst du es wirklich so?«

»Ja.«

»Du tust mir leid.«

»Ich habe Jahre um deine Liebe gekämpft . . .«

». . . und du hast sie bekommen! Jetzt, wo ich dich um ein biß-chen Geduld bitte, verweigerst du dich.«

»Ja, und mit gutem Recht. Verstehst du denn nicht, wie sehr du mein männliches Selbstgefühl verletzt?«

»Nie hätte ich geglaubt, etwas so Dummes von dir hören zu müssen! Begreifst du nicht, daß du mir als Mann und als Ge-liebter mehr, sehr viel mehr bedeutest . . . bedeuten mußt als ein halbwüchsiges Mädchen? Du hast mir so viel Glück ge-schenkt . . . und was kann Robsy mir geben? Aber ich darf mich nicht für das Glück entscheiden, solange es eine Pflicht gibt, die dieses Glück nicht erlaubt.«

Er schwieg lange. Dann sagte er: »Wie verbohrt du doch bist!«

»Aber, Dieter, uns bleibt ja noch jede Hoffnung! Laß uns die paar Jahre warten . . .«

»Ich werde nicht jünger.«

»Niemand wird das. Aber das ist doch ganz unwichtig. In zwei Jahren sind wir achtunddreißig. Was haben wir dann verlo-ren?«

»Zwei volle Jahre unseres Lebens.«

»Aber es werden uns noch mindestens vierzig gemeinsame Jahre bevorstehen! Ich werde dir immer noch Kinder schenken können . . .«

»Nein«, sagte er hart.

Sie war so verletzt, daß sie kein Wort mehr fand.

»Ich habe es satt, dein Hampelmann zu sein. Wenn du nur ahnst, wie ich mir vorgekommen bin . . . als dein heimlicher Geliebter . . .«

»Ich habe nicht gemerkt, daß du darunter gelitten hast«, sagte sie spröde.

»Weil du immer nur an dich denkst . . . und an deine Kinder, was für sie gut ist. Wie es in mir aussieht, war dir von Anfang an egal.«

Ihr Zeigefinger zeichnete Linien über die Tischdecke. »Ich habe dich in eine schiefe Stellung gebracht, das gebe ich zu. Aber ich hatte gehofft, du würdest dich darüber hinwegsetzen. Frauen müssen das so oft, und du bist ein Mann, also sollte es dir leichter fallen. Ich hatte gehofft, du würdest mich lieben . . .«

»Habe ich dir das nicht bewiesen?«

»Nein. Wenn du mich liebtest, würdest du auf mich warten. Ich wäre bereit, zehn Jahre . . . nein, bis an mein Lebensende Geduld zu haben, wenn du mich darum bätest.«

»Das ist alles blasse Theorie.«

»Ja, vielleicht.« Sie nahm einen Schluck Cognac, ihren Kaffee hatte sie nicht angerührt.

»Tatsache ist, daß ich dich heiraten will . . . am liebsten jetzt, sofort, und daß du, statt einzuwilligen, eine Trennung vorschlägst.«

»Das stimmt«, gab sie zu.

»Also, verstehst du, daß unsere Standpunkte unvereinbar sind?«

Sie sah ihn mit einem Blick an, der ihre Gefühle preisgab. »Wenn unsere Liebe nur stark genug wäre . . .«

». . . würdest du dich für mich entscheiden!«

»Gegen meine Tochter! Das ist unmöglich. Ich bin kein junges Mädchen mehr, ich bin nicht frei.«

»Und ich muß auch einmal an mich selber denken.«

»Wenn du es mußt, dann tu es. Aber merkst du nicht selber, daß das ein sehr schwaches Argument ist?«

»Ich habe dieses Single-Dasein satt! Ich will endlich eine Familie gründen . . .«

»Mit wem auch immer?«

Ihr sanftes, kaum merkliches Lächeln machte ihn rasend.

»Ja, mit wem auch immer!« schrie er so laut, daß sich die Blicke der anderen Gäste ihm zuwandten.

Es wurde ihm bewußt, daß er Aufmerksamkeit erregte, und er dämpfte seine Stimme. »Du scheinst dir einzubilden, daß du die einzige Frau auf der Welt bist . . . die einzige liebenswerte Frau, wollte ich sagen. Aber es gibt viele, die durchaus mit dir konkurrieren können . . . die jünger sind, sogar attraktiver . . . und ohne Wenn und Aber bereit sind zur Liebe und zur Ehe!«

»Na, dann . . . viel Spaß«, sagte sie mit einem Sarkasmus, der ihr selber weh tat. Sie stand auf.

Er ergriff ihre Hand und hielt sie zurück. »Julia, geliebte Julia, willst du es dir nicht doch noch einmal überlegen? Meinetwegen?«

»Nein«, sagte sie, »es ist vorbei.«

»Das ist doch nicht möglich! Etwas, das so viele Jahre gedauert hat . . .«

»Du hast verstanden, es in fünf Minuten kaputtzumachen. Gratuliere, Dieter. Ich hatte unsere Liebe für etwas Einmaliges gehalten . . . dieses Einmalige, das jede Liebe für die Liebenden ist. Du hast mir klargemacht, daß ich durchaus austauschbar bin. Nein, du brauchst dich nicht zu entschuldigen. Du hast mich verletzt, aber das macht nichts. Es gibt Schmerzen, die heilsam sind.«

»Julia, bitte, laß mich jetzt auch mal etwas sagen! Bitte, liebe, geliebte Julia . . . verzeih mir! Ich hatte das nicht so gemeint!«

»Aber du hattest ja recht. Du kannst eine andere Frau finden. Da es nicht das ganz große Gefühl ist, das du für mich empfindest, wirst du sicher jemanden wissen, der mich ersetzt oder noch übertrifft, der dich mich jedenfalls vergessen machen wird.«

»Das ist nicht wahr, Julia, glaub doch kein Wort davon!«

»Vielleicht hast du es nur im Zorn gesagt und wirklich nicht so gemeint. Aber wahr ist es doch. Ich habe ja auch meinen Mann sehr geliebt und ihn doch in deinen Armen vergessen. Aber Robsy . . . sie wird nie eine andere Mutter haben als mich. Ich weiß jetzt, daß ich mich richtig entschieden habe.« Sie befreite sich aus seinem Griff. »Ich danke dir. Du hast mir sehr geholfen.«

Sie stand auf und ging mit hocherhobenem Kopf, die Hände tief in die Taschen ihres dunkelbraunen Pelzmantels gesteckt, über die Terrasse davon, eine kleine, sehr einsame Gestalt.

Er mußte den Impuls unterdrücken, ihr nachzulaufen und sie zurückzuhalten. Doch er beherrschte sich. Aber er ließ sie nicht aus den Augen, bis sie hinter den glatten Stämmen der Bäume allmählich seinen Blicken entschwand.

Eine Epoche seines Lebens war unwiederbringlich vorbei, und das Gefühl übermannte ihn, daß das Glück zum Greifen nahe gewesen war, ohne daß er es hatte halten können.

Unter Julias Füßen raschelte das Laub. Das Geräusch weckte eine vage Erinnerung an ihre Kinderzeit.

Ihr Herz war erfüllt von tiefer Traurigkeit. Aber sie wußte, daß sie keinen anderen Weg hatte gehen können. Dieter Sommer war erwachsen, und er war stark. Er würde sich selber helfen können. Aber Roberta brauchte sie. Sie mußte sie vor den Dämonen schützen, die sie in den Abgrund zu reißen suchten.

Roberta saß vor dem Fernseher, als Julia die Wohnungstür aufschloß.
Julia warf einen kurzen Blick ins Wohnzimmer. Roberta hatte sich ein dickes Kissen auf den Boden gelegt; darauf hockte sie im Schneidersitz, die Ellbogen auf die runden Knie gestützt und das Kinn auf die Fäuste. Sie nahm das Heimkommen der Mutter nicht zur Kenntnis.
Obwohl es Julia durchaus nicht danach zumute war, jetzt mit ihrer Tochter zu sprechen oder sich gar wieder mit ihr auseinanderzusetzen zu müssen, fühlte sie sich doch durch ihre scheinbare Gleichgültigkeit verletzt. Müde zog sie ihren Mantel aus, hing ihn über einen Bügel und fuhr sich mit der offenen Hand durch das kurzgelockte, vom Wind zerzauste Haar. Sie hatte zu nichts Lust und wußte nichts mit sich anzufangen. Es war ihr, als wäre aller Glanz und alle Hoffnung aus ihrem Leben gewichen.
Eine Weile stand sie zögernd in der kleinen Diele, dann entschloß sie sich, sich in ihr Zimmer zurückzuziehen. Die Schatten der frühen Dämmerung erfüllten den Raum. Julia knipste nicht einmal das Licht an. Sie wollte sich in die Dunkelheit verkriechen, nichts mehr hören und nichts mehr sehen.
Als sie ans Fenster trat, um die Vorhänge zuzuziehen, stürmte Roberta herein.
»Julia!« rief sie. »Du bist schon zurück!«
»Hast du mich denn nicht kommen hören?«
»Doch, mir war so . . . aber der Film war gerade so spannend . . .«
Das Gefühl, daß ihr Opfer ganz sinnlos gewesen war, überwältigte Julia. Sie war nahe daran, in Tränen auszubrechen, aber sie faßte sich und sagte schärfer, als es sonst ihre Art war: »Wenn man dich nur den ganzen Tag vorm Fernseher sitzen ließe, wärst du vollkommen glücklich, nicht wahr?«
Roberta verstand die Anklage wohl, und ihr schoß das Blut in das helle, runde Gesicht.

99

»Ich war nur so furchtbar nervös«, verteidigte sie sich, »und ich wollte mich ablenken.«

»Das ist dir ja auch gelungen.« Julia knipste nun doch die Stehlampe an, ging hin und her, berührte mal diesen, mal jenen Gegenstand, ohne zu wissen, was sie tat.

»So setz dich doch«, bat Roberta.

Aber Julia konnte nicht ruhig bleiben. »Ist der Film jetzt zu Ende?« fragte sie.

»Ja.«

»Und ist er gut ausgegangen?«

»Aber ja! Es war doch ein amerikanischer Spielfilm.«

»Wie schön.«

Roberta war in der offenen Tür stehengeblieben. »Willst du nicht ins Wohnzimmer rüberkommen?« fragte sie.

Julia schüttelte den Kopf.

»Oder soll ich dir ein heißes Bad einlassen?«

»Jetzt?«

»Ja, warum nicht? Du siehst ganz verfroren aus.«

Erst jetzt wurde es Julia bewußt, daß ihr tatsächlich kalt war – kalt bis in das Mark der Knochen hinein. »Wir haben auf der Terrasse gesessen«, sagte sie.

»Was für ein Wahnsinn!« Roberta lief zu ihrer Mutter hin und nahm sie in die Arme. »Aber nur keine Bange, ich werde dich schon wieder warm kriegen!«

Die zärtliche Umarmung konnte Julias Verkrampfung nicht lösen. »Ach, Robsy«, sagte sie nur.

Roberta gab sie frei. »Arme Julia! Eine Erkältung hätte uns gerade noch gefehlt. Du nimmst jetzt ein Bad und schluckst ein Aspirin ... du wirst sehen, nachher fühlst du dich viel besser.«

Julia glaubte nicht daran, aber um Roberta nicht vor den Kopf zu stoßen, sagte sie ergeben: »Ja, vielleicht.«

Das Mädchen stürmte aus dem Zimmer, und gleich darauf hörte Julia Wasser in die Wanne plätschern. Es machte ihr unendliche Mühe, sich auszuziehen; ihre Finger waren steif und ungeschickt, sei es von der Kälte oder von der überwältigenden Lustlosigkeit, die sie überfallen hatte. Sie hatte nur den Wunsch, auf der Stelle tot umzusinken und Roberta, Dieter und Ralph, diese Menschen, die sie liebte, an denen sie sich aber ständig aufrieb, ihrem eigenen Schicksal zu überlassen. Schwach erinnerte sie sich an etwas, das Dieter gesagt hatte, und das jetzt ihrer eigenen Stimmung entsprach. Er hatte von Kindern gesprochen, denen der Sinn des Lebens verlorengegangen war. Aber das war etwas, das nicht nur Kindern passieren konnte. Sie selber hatte das Gefühl, vor einem gähnenden Nichts zu stehen.

Roberta kam herein, als sie gerade ihr Höschen abstreifte. »Süß siehst du aus, Julia!«

Als die Mutter nicht antwortete, fügte sie hinzu: »Wirklich, du hast eine tolle Figur . . . immer noch.«

Julia sah sie nicht an, denn sie fürchtete, ihr Blick könnte die Trostlosigkeit verraten, die sie empfand.

»Wenn ich aussähe wie du . . .« Roberta führte den Satz nicht zu Ende.

»Ja, was dann?« fragte Julia mechanisch.

»Ach, ich weiß nicht. Es würde mich sehr glücklich machen, glaube ich, zufrieden mit mir selber.«

»Mir wäre lieber, ich wäre schon alt und häßlich«, brach es aus Julia heraus.

»Ernsthaft?« Roberta riß die grauen Augen auf. »Aber warum?«

»Dann hätte ich endlich alles hinter mir.«

»Du weißt nicht mehr, was du sagst.« Roberta half ihrer Mutter in den weißen Bademantel, den sie aus dem Bad gebracht hatte. »Aber steh nicht länger so rum, sonst wird dir noch kälter.«

Sanft begann sie ihr die Oberarme zu massieren. »Sich bei dieser Kälte auf die Terrasse zu setzen . . . so eine Unvernunft.«

»Das Kurcafé war überfüllt.«

»Dann hättet ihr eben woanders hingehen sollen. Aber so was sieht dem ekligen Kerl nur zu ähnlich!«

»Mußt du immer auf ihm herumhacken?«

Roberta lachte unbekümmert. »Nein, Julia, jetzt nicht mehr, wo es aus ist.« Ihr Lachen erstarb. »Es ist doch aus . . . oder?«

»Aus und vorbei.«

»Ach, Julia!« Wieder nahm sie die Mutter in die Arme. »Ich bin ja so glücklich! Du mußt mir alles erzählen, ja?«

»Es gibt nichts . . .« wollte Julia abwehren.

Aber Roberta ließ sie nicht ausreden. »Doch, bestimmt! Aber

nicht jetzt! Nimm erst mal dein Bad, ja? Ich will schnell mal gucken, ob es schon eingelaufen ist!« Sie lief los, blieb in der Tür noch einmal stehen und wendete sich um: »Und nachher mache ich dir einen starken Tee, ja?« Dann war sie entschwunden.

Zu ihrer eigenen Überraschung merkte Julia, daß es ihr schon ein wenig besser ging. Die herzerfrischend rücksichtslose Freude ihrer Tochter begann ihr gefrorenes Herz aufzutauen.

Das Wasser hatte genau die richtige Temperatur, und Roberta hatte reichlich Badezusatz verwendet, so daß Julia in duftenden Schaum glitt. Sie streckte sich aus und versuchte, sich mit geschlossenen Augen zu entspannen.

Roberta setzte sich zu ihr auf den Beckenrand. »Ich habe dein Badetuch über die Heizung gehängt«, verkündete sie.

»Sehr schön«, murmelte Julia.

»Geht's dir allmählich besser?«

»Ich glaube schon.«

»Dann kannst du anfangen zu berichten . . .«

»Wolltest du nicht Tee kochen?« Julia blickte ihre Tochter aus halb geöffneten Augen an.

»Das hat Zeit«, entschied Roberta, »aber wenn du noch nicht sprechen willst . . .«

»Ich möchte nichts weiter als mich erholen.«

»Schon genehmigt. Soll ich dir Musik machen?«

»Nein!« Da ihr diese Ablehnung zu hart erschien, fügte Julia rasch hinzu: »Danke, nein!«

Roberta lachte. »Du brauchst mich nicht mit Glacéhandschuhen anzufassen! So empfindlich bin ich denn doch nicht.«

Julia schloß die Augen. Sie hatte den Wunsch, allein zu sein. Oder machte sie sich da etwas vor? War ihr Robertas menschliche Nähe nicht doch angenehm? Sie dachte daran, wie oft sie früher selber auf dem Beckenrand gesessen hatte, während Roberta badete. Es waren die Stunden gewesen, in denen sie sich beide besonders nahe gefühlt hatten. Im Bad hatte Roberta ihr von ihren kleinen Kümmernissen und großen Hoffnungen erzählt, offener und vorbehaltsloser als in jeder anderen Situation.

»Heute ist es gerade umgekehrt«, sagte Roberta in ihre Gedanken hinein.

»Was?« Julia riß die Augen auf.

»Früher hast du mir immer beim Baden Gesellschaft geleistet!«

»Das ist mir auch gerade eingefallen.«

»Gedankenübertragung! So was klappt nur, wenn man sich sehr gut versteht.«

»Meinst du?«

»Hättest du denn sonst Schluß gemacht?«

»Nein«, sagte Julia, »sonst hätte ich es nicht getan.«

»War es sehr schlimm?«

»Ziemlich.«

»Er war wütend, was? Sicher hat er dir den Vorschlag gemacht, mich in ein Internat zu stecken.«

»In eine psychiatrische Abteilung.«

Roberta brach in das Lachen der Siegerin aus. »Das sieht ihm ähnlich!«

»Du darfst ihm das nicht übelnehmen.«

»Wo werd' ich denn! Ich trage ihm bestimmt nichts nach . . . jetzt, wo wir ihn los sind.« Roberta wurde ernst. »Du hast es ihm mit allem Nachdruck gesagt, ja?« forschte sie.

»Ja.«

»Und er hat versprochen, auf dich zu warten?« Bei dieser Frage sah Roberta die Mutter nicht an.

»Nein.«

»Nicht?«

»Er hat das Junggesellendasein satt. Er will heiraten.«

»Wen?«

»Hat er nicht gesagt. Vielleicht weiß er es selber noch nicht.«

Roberta sprang auf. »Das sieht ihm ähnlich! Aus lauter Frust nimmt er sich jetzt die erste Beste! Ich habe also recht gehabt . . . er hat dich nie geliebt! Das habe ich immer gewußt.«

Julia hatte nicht die Lust und nicht die Kraft, ihrer Tochter zu widersprechen. »Ich glaube, es hat keinen Sinn, uns länger darüber zu unterhalten«, sagte sie müde.

»Und ob das Sinn hat! Julia, ich bitte dich . . . sieh der Wahrheit ins Gesicht! Du darfst jetzt nicht kneifen.«

»Was verstehst du schon unter Wahrheit?!«

»Daß er deiner nie wert war!«

»Große Worte.«

»Wenn du nur den Mut hättest, das zu begreifen, würdest du viel leichter drüber wegkommen.«

»Ich bin es ja schon.«

»Nein, du bist traurig. Das sehe ich dir doch an. Aber du hast gar keinen Grund, traurig zu sein. Wo er dich doch nie geliebt hat . . .«

»Wer sagt dir das?«

»Aber das liegt doch auf der Hand! Sonst hätte er nicht so schnell aufgegeben . . . er hätte um dich gekämpft!«

»Du vergißt«, sagte Julia und zwang sich die Augen zu öffnen, »daß ich entschlossen war, mit ihm Schluß zu machen. Ich hatte es dir ja versprochen, also hätte es ihm gar nichts genutzt . . .«

Roberta fiel ihr ins Wort. »Er hätte es trotzdem versuchen müssen! Ich habe ja auch um dich gekämpft! Er hätte nicht locker lassen dürfen . . . und wenigstens hätte er versprechen müssen, auf dich zu warten!«

»Bis wann?«

»Bis in alle Ewigkeit, wenn es hätte sein müssen.«

»Du siehst das Leben aus einer falschen Perspektive, Robsy. Die Menschen sind nicht so.«

»Sag lieber: Er ist nicht so. Ein Typ ohne Saft und Kraft. Ich habe ihn von Anfang an durchschaut.«

»Na schön, wenn du davon überzeugt bist.«

»Darauf kommt es doch nicht an, Julia . . . du mußt es einsehen!«

»Ich sehe es ein.«

»Nein, du tust nur so! In deinen Augen ist er immer noch der süße Schnuckiputz, dem du weh getan hast.«

Julia schwieg.

Aber Roberta war nicht zu bremsen. »Eine andere heiraten, irgendeine . . . so ein Verrat! Wie kann ein Mann an so was denken, den du geliebt hast!«

Wieder zog es Julia vor, nicht zu antworten.

»Du hast ihn doch geliebt!« insistierte Roberta. »Gib es zu! Nun red doch endlich, ich will dir doch nur helfen.«

Julia seufzte. »Ich weiß wirklich nicht, was ich zu dem allen sagen soll.«

»Zugeben, daß du ihn geliebt hast.«

»Das ist doch jetzt ganz gleichgültig.«

»Nein, ist es nicht. Du mußt dir über deine Gefühle klar werden.« Plötzlich wurde sie blaß. »Oder liebst du ihn etwa immer
noch? Hast du nur meinetwegen Schluß gemacht und liebst ihn
trotzdem weiter?«
Ihre Angst kam der Wahrheit so nahe, daß Julia sehr rasch impulsiv und aus dem Wunsch heraus, sie zu schützen, antwortete:
»Nein! Natürlich nicht! Was sind das für Ideen! Hätte ich ihn
wirklich geliebt, hätte ich mich nicht von ihm getrennt. Ich hätte
es gar nicht fertiggebracht. Es wäre mir ziemlich gleich gewesen, was du dazu gesagt hättest.«
Schon war Roberta beruhigt. »Na also!« triumphierte sie. »Ich
habe es doch gewußt!«
»Mein kluges großes Mädchen«, sagte Julia und konnte die Bitterkeit in ihrer Stimme nicht unterdrücken.
»Klar, daß du das nicht gern hörst«, erwiderte Roberta unbeeindruckt, »aber so ist's nun mal. Und daß du nicht seine große
Liebe warst, steht ja wohl auch fest. Vielleicht sträubst du dich
jetzt noch gegen diese Erkenntnis, aber eines Tages wirst du es
bestimmt einsehen.«
»Das tue ich jetzt schon«, behauptete Julia mit einem schwachen Lächeln.
»Du solltest mir ewig dankbar dafür sein!«
»Ach ja? Und wofür?« Julia nahm den dicken Badeschwamm,
preßte ihn zusammen und träufelte sich Wasser auf die unbe-
deckten Schultern.
»Daß ich dich vor einer Riesenenttäuschung bewahrt habe! Stell
dir bloß vor, du wärst mit ihm zusammengeblieben . . . hättest
ihn am Ende gar geheiratet . . . und wärst dann erst darauf ge-
kommen, daß er dich nicht wirklich liebt!«
»Entsetzlich«, sagte Julia mit ausdrucksvoller Miene.
»Eine Katastrophe!«
»Aber ich wäre um eine Erfahrung reicher geworden«, konnte
Julia sich nicht enthalten zu bemerken.
»Das bist du jetzt doch auch, Julia! Du hast ihn durchschaut . . .
Er hat dir sein wahres Gesicht gezeigt, und das verdankst du
nur mir!«
»Ich stimme dir in allen Punkten zu«, sagte Julia gezwungen,
»und damit wäre dieses Thema wohl endgültig vom Tisch.«

»Nimm's nicht zu schwer«, riet Roberta altklug, »Männer enttäuschen einen immer.«

»Woher du das weißt!«

»Man braucht bloß Augen und Ohren offenzuhalten! Theo hat Christine jetzt ja auch stehen lassen...«

»Wer ist Theo?«

»Der mit dem tollen Fahrrad. Du mußt ihn doch gesehen haben. Er ist alle Nase lang durch die Akazienallee gebraust. Er war ganz wild auf Tine, und sie...« Roberta stockte.

»Ja, was ist mit ihr?«

»Sie hat sich mit ihm getroffen, und sie hat mit ihm geknutscht. Sie hat sich was drauf eingebildet, verstehst du, weil er schon achtzehn ist. Und dann... von heute auf morgen... war es aus. Er läßt sich nicht mehr blicken.«

»Arme Tine!«

»Ach was, recht geschieht's ihr! Wie kann man nur so deppert sein... so hirnverbrannt, einem großen Jungen zu glauben! Die sind doch alle gleich. Erst versuchen sie die Mädchen aufs Kreuz zu legen, und wenn's nicht klappt, verlieren sie das Interesse. Wenn sie zum Ziel kommen, läuft es auf dasselbe heraus. Sie schlagen sich seitwärts in die Büsche.«

»Und meinst du...« fragte Julia vorsichtig, denn sie wußte, daß Agnes früher oder später auf dieses Abenteuer ihrer Tochter zu sprechen kommen würde, »...daß er bei Tine etwas erreicht hat?«

»Das denn doch nicht. Also... Petting vielleicht. Mehr aber auch nicht.«

»Bist du sicher?«

»Ziemlich. Sonst hätte es schon ein bißchen länger gedauert. Außerdem hatte sie Angst.«

»Gott sei Dank!«

»Freu dich nicht zu früh. Eines Tages wird sie bestimmt reinfallen. So wie die gebaut ist.«

Julia wußte, daß Roberta es der anderen von ganzem Herzen gönnte. Zwischen den beiden gleichaltrigen Mädchen, die im selben Haus aufgewachsen waren, hatte schon immer eine gewisse Animosität bestanden, die sich in letzter Zeit noch verstärkt hatte. Christine, die als kleines Mädchen mit Jungen gespielt hatte, laut und sportlich gewesen war, hatte sich schneller entwickelt als Roberta. Sie hatte ihren Babyspeck längst verloren, war stolz auf ihre langen Beine und ließ ihren großen Busen ungeniert unter knappen T-Shirts hüpfen. Agnes war in dauernder Sorge um sie. Aber Julia durchschaute auch, daß in Robertas ablehnender Kritik eine ganze Portion Neid versteckt war. Dennoch verzichtete sie darauf, sie zu tadeln, denn sie war erleichtert, daß sich das Gespräch einem anderen Thema zugewandt hatte.

»Gehen schon viele aus eurer Klasse mit Jungen?« fragte sie.

Roberta zuckte die breiten Schultern. »Sie versuchen es wenigstens. Jede hat einen, auf den sie spinnt.«

»Und du?«

»Ich doch nicht! Wie kannst du so etwas fragen! Mir können sie alle den Buckel runter rutschen, das weißt du doch. Ach, Julia, ich bin so froh. Jetzt werden wir uns ein schönes Leben machen, ja?«

Julia zwang sich zu einem Lächeln. »Apropos schönes Leben! Du hattest mir doch einen Tee versprochen!«

»Kriegst du! Ehrensache! Aber soll ich dir nicht lieber vorher das Haar waschen?«

Julia zögerte. »Ich weiß nicht . . .«

»Ach, komm . . . Haarewaschen tut doch immer gut. Gibt einem einen moralischen Auftrieb. Julia, bitte, laß mich, ja? Ich täte es so gern!«

»Einverstanden. Schaden kann's ja nichts.« Julia hielt sich die Nase zu und tauchte unter.

»Mensch, kannst du aber lange die Luft anhalten«, sagte Roberta beeindruckt, als sie wieder nach oben kam, »aber du bist ja auch eine prima Schwimmerin.« Sie kniete neben der Badewanne, öffnete die Plastikflasche, ließ sich Shampoon auf die flache Hand tröpfeln und rieb Julias Haar damit ein. »Es ist gar nicht schmutzig«, stellte sie fest, »schäumt prima. Einmal waschen genügt. Schade.«

»Sei doch nicht zu vergnügungssüchtig.«

Während Roberta ihr liebevoll den Kopf wusch, empfand Julia zu ihrem eigenen Erstaunen ein gewisses Wohlbehagen. Auch die Liebe ihrer Tochter war Glück – nicht das große Glück, das ihr Dieter geschenkt hatte, aber immerhin doch ein kleines Glück. Vielleicht würde dieses Zusammengehörigkeitsgefühl zwischen ihnen beiden, diese innige Zuneigung, mehr Bestand haben als eine Liebe zwischen Mann und Frau, deren Grundlage doch immer eine Leidenschaft war, die sich schnell verzehrte.

Am Freitagabend trafen sich Julia, Lizi Silbermann und Agnes Kast zu ihrer traditionellen Skatrunde. Sie hätte eigentlich diesmal in Lizis Wohnung über der Boutique stattfinden sollen, aber Julia hatte Roberta nicht beunruhigen wollen und die Freundinnen deshalb zu sich gebeten.
Sie kamen zu Fuß: Agnes, weil sie ohnehin im selben Haus wohnte, und Lizi, weil sie wußte, daß sie etwas trinken würde.
Roberta begrüßte die Freundinnen ihrer Mutter mit einer Mischung aus eingebildeter Überlegenheit und schlecht kaschierter Ablehnung. Sie nahmen es ihr nicht übel, denn sie waren es nicht anders gewohnt.
»Geh auf dein Zimmer und lies was Schönes!« riet Julia ihr. »Ich schaue später noch mal zu dir rein.«
Roberta zog einen Schmollmund.
»Du weißt, ich hätte auch fortgehen können«, sagte Julia.
»Wenn du Skat spielst, habe ich ja auch nichts von dir!«
»Du mußt ja auch nicht immer was von mir haben.«
»Setz dich zu uns und sieh zu«, meinte Lizi, »dann lernst du es vielleicht selber.«
»Ihr immer mit eurem langweiligen Skat!«
»Was möchtest du denn?« erkundigte sich Julia, während die Freundinnen sich die Mäntel auszogen.
»Fernsehen! Auf dem ersten Programm gibt's einen alten Spielfilm und auf dem zweiten einen Krimi!«
»Und wir belegen das Wohnzimmer mit Beschlag!« spottete Lizi. »So eine Tragödie!«
Roberta drückte sich im Türrahmen herum. »Ihr könntet doch in Julias Zimmer gehen...«
»Nein!« entschied Julia und kam sich dabei sehr stark vor. »Der Tisch dort ist viel zu niedrig.«
»Wenn du fernsehen willst«, sagte Agnes, »dann geh zu Christine hinunter. Die hockt den ganzen Abend vor dem Apparat.«

Roberta maulte noch eine Weile. Dann entschloß sie sich, das Angebot von Agnes anzunehmen und sich zu verziehen.

»Nimm die Dose Plätzchen mit runter«, rief Julia ihr nach, »und ein paar Dosen Cola.«

Das Mädchen tat, als müßte es sich diesen Vorschlag überlegen, griff dann aber doch zu und ging reich bepackt hinunter.

Die Freundinnen atmeten auf, als die Wohnungstür hinter ihr zufiel.

»Endlich allein!« rief Lizi mit parodistischer Übertreibung.

»Da redet man immer von der Freude, Kinder zu haben«, sagte Agnes, »aber niemand warnt uns vor der Plage, zu der sie sich dann entwickeln.«

Julia hatte das Gefühl, ihre Tochter in Schutz nehmen zu müssen. »Robsy ist sehr lieb«, behauptete sie, »sie macht mir viel Freude.«

»Gratuliere«, sagte Lizi sarkastisch.

»Es ist nur . . . sie ist noch ein bißchen durcheinander . . . ihr wißt schon, weswegen . . .«

»Wolltest du sie deshalb nicht allein lassen?« fragte Agnes.

»Ja.«

»Hat sie sich noch nicht abgefunden?«

Julia scheute sich die Wahrheit zu sagen. Unter den kritischen Augen der Freundinnen kam ihr das Opfer, das sie ihrer Tochter gebracht hatte, plötzlich lächerlich vor. Aber sie begriff auch, daß es keinen Sinn hatte, den anderen etwas vorzumachen und daß es besser war, jetzt sofort ein Geständnis abzulegen, als es hinauszuschieben. »Nein«, sagte sie, »ich konnte sie nicht dazu zwingen. Bitte, geht doch rein . . . macht es euch gemütlich, ich hole nur das Bier.«

Wenn sie gehofft hatte, daß das Thema damit erledigt wäre, hatte sie sich geirrt. Als sie, die Bierflaschen im Arm, ins Wohnzimmer kam, waren die Augen der Freundinnen voller Interesse auf sie gerichtet.

»Nun erzähl schon!« drängte Agnes. »Was ist passiert?«

»Sind wir zum Reden zusammengekommen oder um Skat zu spielen?«

»Raus mit der Sprache! Sonst können wir uns doch nicht konzentrieren!«

Julia blieb am Tisch stehen und öffnete eine der Flaschen. »Na ja«, bekannte sie, »ich habe nachgegeben. Was blieb mir denn anderes übrig?«

Agnes nahm ihr die geöffnete Flasche aus der Hand und schenkte ein. »Was soll das heißen?«

Lizi lehnte sich zurück und zündete sich eine Zigarette an. »Das liegt doch auf der Hand. Sie hat mit Dieter Sommer Schluß gemacht.«

»Nein!« rief Agnes ein wenig zu laut, so daß es fast wie ein Kreischen klang.

Julia schwieg und reichte Lizi die nächste Flasche.

»Nun sag doch!« rief Agnes. »Hat Lizi recht?«

»Ja.«

»Das kann doch nicht wahr sein!«

»Es ist wahr, Agnes . . . und nun, da ihr es wißt, brauchen wir kein Wort mehr darüber zu sprechen.«

»Du mußt verrückt sein, Julia, echt verrückt . . . diesem netten Menschen den Laufpaß zu geben! So jung bist du doch nun auch wieder nicht! Wie viele Chancen, glaubst du, hast du noch im Leben?«

»Darauf kommt es ja gar nicht an.«

»Nicht? Worauf denn sonst?«

Julia haßte in diesem Augenblick die Freundinnen, denn sie hörte aus ihren anteilnehmenden Worten nur zu gut eine gewisse Schadenfreude heraus.

»Ich verstehe dich schon«, sagte Lizi langsam und nahm einen kräftigen Schluck Bier, »ich hoffe bloß, daß du es nicht eines Tages schwer bereuen wirst.«

»Hoffst du das wirklich?« fragte Julia mit ungewohnter Aggressivität.

»Was denn sonst?« gab Lizi gelassen zurück.

»Hofft ihr nicht vielmehr beide, daß ich später einsam und allein dasitzen werde? Trübsal blase? Über mein verfehltes Leben nachdenke?«

Lizi lachte. »Du entwickelst Humor! Das gefällt mir!«

»Ich meine es absolut nicht komisch.« Julia setzte sich zu den anderen an den Tisch.

»Wie kannst du uns denn so etwas zutrauen?« fragte Agnes bestürzt. »Uns, deinen besten Freundinnen?«

»Laß nur, Agnes«, sagte Lizi, »ein Fünkchen Wahrheit steckt schon in ihrer Anklage. Wir finden doch immmer ein bißchen Trost darin, wenn es einem anderen Menschen schlechter geht als uns selber ... und es stört uns, wenn einer immerzu vom Glück verfolgt wird, selbst wenn wir ihn mögen.« Sie lächelte Julia zu. »Aber das darfst du nicht so persönlich nehmen, meine Liebe. Es entspricht einfach der menschlichen Natur.«

»Ich weiß, daß du deine Kinder immer vergöttert hast«, sagte Agnes, »aber daß du ihnen deine Liebe opfern würdest, das hätte ich dir denn doch nicht zugetraut.«

Julia fühlte sich in die Enge getrieben. »Was hätte ich denn anderes tun sollen?«

»Hart bleiben.«

»Das sagst du so. Aber wenn Robsy sich nun wirklich etwas angetan hätte? Wenn sie es noch einmal versucht hätte? Ich kann sie ja nicht dauernd beobachten.«

»Ich glaube nicht, daß sie das ernstlich vorhatte«, sagte Lizi.

»Aber wenn doch? Glaubst du, ich hätte danach noch eine Minute glücklich sein können? Mit dieser Schuld?«

»Kannst du es denn jetzt noch?« fragte Agnes. »Ohne deinen Freund?«

»Ich werd's versuchen. Jedenfalls ist er imstande, den Schlag zu verkraften. Robsy ist es nicht.«

»Na ja«, sagte Lizi und begann die Karten zu mischen, »und dann der Skandal.«

»Wovon sprichst du jetzt?« fragte Agnes.

»Von dem Skandal, den es gegeben hätte, wenn Robsy ... na ja, wenn sie auch nur von zu Hause weggelaufen wäre, weil ihre Mutter einen Geliebten hat. Ich verstehe Julia schon. Danach hätte sie sich begraben können ... oder zumindest fortziehen.«

»Ja, das war schon eine verdammte Zwickmühle«, gab Agnes zu, »es hat eben seine Schwierigkeiten, in einer Kleinstadt zu leben.«

»Vielleicht wäre es wirklich besser, ich zöge nach München«, meinte Julia nachdenklich.

»Nur das nicht!« rief Agnes spontan.

»Um dich heimlich mit deinem Freund treffen zu können?« forschte Lizi.

»Er ist nicht mehr mein Freund, und ich will ihn nicht mehr sehen . . . heimlich schon gar nicht.«

»Warum dann?«

»Um endlich frei zu sein!«

»Das kannst du nicht, solange Roberta sich an deinen Rockzipfel klammert. Ich bin nur froh, daß Leonore jetzt aus dem Gröbsten raus ist.«

»Aber du hast dich doch nie von ihr tyrannisieren lassen!« rief Agnes.

»Sie ist ein anderer Typ als Robsy . . . ihr kennt sie ja, sie ist von der trockenen nüchternen Sorte. Sie hat jetzt übrigens endlich ihre Lehre beendet.«

Die Freundinnen gratulierten.

»Wird sie zu dir in die Boutique kommen?«

»Das ist noch nicht raus. Momentan drängt es sie natürlich in die Großstadt. Aber ich nehme an, sie wird schon drauf kommen, daß sie es hier in Eysing, im eigenen Geschäft besser hat.«

»Du wirst sie schon dazu bringen, meinst du«, sagte Agnes. Lizi hob die Augenbrauen. »Soll das ein Vorwurf sein?«

»Nein, überhaupt nicht!«

»Dann können wir wohl endlich spielen!«

»Ja, das finde ich auch«, sagte Julia, froh, den Sturm überstanden zu haben, »sag mir was, Agnes!«

Agnes begann zu reizen, und zehn Minuten später hatten die Frauen ihre Probleme zwar nicht vergessen, aber sie waren auf angenehme Weise weit in den Hintergrund gerückt. Nur noch die Karten und ihr wechselhaftes Glück schienen von Wichtigkeit.

Julia hatte sehr darauf gehofft, daß Ralph sie über das Wochenende besuchen würde. Seine gewaschenen und gebügelten Hemden, seine Unterwäsche und seine Socken lagen schon säuberlich gestapelt in seinem Zimmer. Sein hellgrauer Flanellanzug, den er bei offiziellen Anlässen zu tragen pflegte, war aus der Reinigung gekommen. Julia hatte die Wäschezettel entfernt und ihn über einen Bügel gehängt. Natürlich hatte sie auch Leckerbissen für ihn eingekauft, Ochsenmaulsalat, den er besonders gerne aß, und Artischocken.

Unruhig und erwartungsvoll ging sie durch die Wohnung, nahm die Astern aus der Vase, beschnitt die Stengel und gab ihnen frisches Wasser, während ihr bewußt war, daß Roberta, scheinbar in ein Buch vertieft, sie belauerte.

Endlich, es war schon fünf Uhr vorbei, gab sie die Hoffnung auf. »Ich glaube, er kommt nicht«, sagte sie.

Sofort blickte Roberta auf. »Aber dann hätte er doch wenigstens anrufen können.«

»Du weißt doch, wie das bei ihm ist ... sie haben nur ein Telefon auf dem Stockwerk!«

»Trotzdem!«

»Ja, du hast schon recht. Sehr rücksichtsvoll ist das nicht von ihm. Aber schließlich ... er hatte doch nicht versprochen zu kommen.«

»Du erfindest immer Entschuldigungen für ihn.«

Julia strich ihrer Tochter im Vorbeigehen über das glatte blonde Haar. »Für dich etwa nicht? Das ist so Mütterart, weißt du.«

»Du bist viel zu gut zu ihm! Auch, daß du dir immer seine ganze Schmutzwäsche anhängen läßt ...«

»Aber das ist doch das einzige, was ich noch für ihn tun kann.«

»Pah! Ich an deiner Stelle wäre mir zu gut dazu!«

»Das ist Ansichtssache, mein Liebling.« Julia straffte die Schultern. »Jedenfalls hat es keinen Zweck, jetzt zu maulen ... wir müssen uns überlegen, wie wir uns allein die Zeit vertreiben.«

»Warum rufst du ihn nicht an?«

»Was sollte das für einen Sinn haben?«

»Dann erfährst du wenigstens, was los ist.«

Julia zögerte; Robertas Vorschlag war verlockend. Aber dann schüttelte sie den Kopf:

»Lieber nicht!«

»Und warum nicht?«

»Du weißt, wie es da zugeht!« Ralph wohnte in München in einem Jugendwohnheim. »Erst mal kriege ich bestimmt einen Fremden an den Apparat ... dann geht, wenn ich Glück habe, die Suche nach Ralph los ...«

»Na und?«

Julia mochte nicht zugeben, daß ihr für Ralph die Vorstellung unangenehm war, es würde durch das Wohnheim hallen: »Ein Anruf für Ralph Severin! Seine Mutter will ihn sprechen!« –

113

»Wer? – Seine Mutter?« – Also sagte sie nur: »Dann kann er ja auch nichts anderes erzählen, als daß er was Besseres vorhat, als nach Eysing zu kommen!«

Roberta ließ nicht locker. »Aber es würde dich doch freuen, mit ihm zu sprechen!«

»Nein, gar nicht.«

»Aber dann wüßtest du wenigstens, daß er gesund ist.«

»Ach, das nehme ich ohnehin an. Wenn etwas nicht mit ihm in Ordnung wäre, hätte er sich schon gerührt.«

»Das sagst du so. Aber du machst dir trotzdem Sorgen.«

Julia blieb vor ihrer Tochter stehen. »Was willst du eigentlich mit diesem Gespräch bezwecken?«

»Ich möchte einfach, daß du nicht dauernd an ihn denkst. Wir können es uns doch auch ohne ihn gemütlich machen.«

»Ja, ganz sicher. Dazu bin ich entschlossen.«

»Dann lauf aber auch nicht auf und ab wie . . . wie eine Löwenmutter, der man ihr Junges weggenommen hat.«

Julia lachte gezwungen. »Tu ich das? Zu dumm von mir. Aber du weißt, ich hatte diesmal mit seinem Besuch gerechnet.«

»Deshalb meine ich ja: Ruf an, dann weißt du Bescheid!«

»Ich will ihn nicht zwingen, sich eine Entschuldigung ausdenken zu müssen.«

»Genau das, was ich sage: Du bist viel zu rücksichtsvoll.«

Julia setzte sich zu ihrer Tochter. »Jetzt mache ich dir mal einen ganz anderen Vorschlag: Wir vergessen Ralph . . .«

»Das kannst du ja gar nicht!«

»Nein, vielleicht nicht. Aber so habe ich es auch gar nicht gemeint. Ich wollte sagen: Wir finden uns damit ab, daß er nicht kommt. Einverstanden? Jetzt höre ich dir erst noch mal deine unregelmäßigen Verben ab . . .«

»Am Samstagnachmittag! Ausgerechnet!«

»Warum nicht? Das ist doch eine sehr nützliche Beschäftigung, und dann können wir wenigstens sicher sein, daß sie sitzen! Danach spielen wir irgend etwas . . . wie wär's mit Halma? Dann machen wir uns was zu essen, und später sehen wir fern.«

»Ein umwerfendes Programm!«

Julia legte ihre Hände locker in den Schoß. »Ich warte auf Gegenvorschläge.«

Roberta grübelte mit gekrauster Stirn. »Was Besseres fällt mir auch nicht ein.«

»Na, siehst du.«

»Wir könnten nach München fahren. Ins Theater gehen.«

»Das hatte ich mir für diesen Winter sowieso vorgenommen. Aber heute würde es ein bißchen knapp mit der Zeit. Möchtest du sehr gern? Warum eigentlich nicht?« Julia sprang auf. »Ich werde mal im Kursbuch nachsehen!«

In diesem Augenblick klingelte es, und gleich darauf wurde die Wohnungstür aufgeschlossen. Julia lief ihrem Sohn entgegen. »Oh, Ralph! Wie schön, daß du doch noch kommst!«

Er setzte seinen Koffer ab und bot ihr die Wangen zum Kuß. »Ich weiß doch, was ich euch schuldig bin!«

»Wenn du damit sagen willst, daß du dich verpflichtet fühlst ...«

»Überhaupt nicht, Julia! Aber du solltest mich doch langsam kennen. Es wäre doch nicht meine Art, euch so sang- und klanglos sitzen zu lassen.« Er zog seinen gefütterten Dufflecoat aus und hängt ihn an die Garderobe.

Roberta kam aus dem Wohnzimmer und lehnte sich gegen den Türrahmen. »Du? Nicht zu fassen!«

»Wen hattet ihr denn erwartet? Doch nicht etwa diesen ...«

»Nein!« platzte Roberta heraus. »Mit dem Herrn Studienrat ist es aus!«

»Wirklich wahr?«

Julia sah mit Rührung, wie sein hübsches Gesicht aufleuchtete.

»Ja«, sagte sie, »ich habe mit ihm Schluß gemacht. Auf besonderen Wunsch einer einzelnen Dame.«

Er faßte sie um die Taille und drehte sie im Kreis. »Julia, du bist umwerfend!«

»Keine Ovationen! Ich hab's nicht gern getan ... und auch nicht freiwillig.«

»Aber jetzt bist du doch froh, daß es vorbei ist?«

»Worin soll da die Freude für mich bestehen?«

»Nun tu doch nicht so! Du mußt doch glücklich sein, daß du ihn los bist! Was kann dir der schon bedeutet haben?«

»Ja«, sagte Julia, »das ist die große Frage.«

»Um Himmels willen, mach nicht so ein Gesicht! Lach doch! Wir sind ja bei dir. Was willst du mehr?«

»Ich bin ja auch sehr froh . . .«

»Na also!«

»Warum kommst du jetzt erst?« fragte Roberta. »Julia ist schon auf dem Zahnfleisch spazierengegangen.«

»Ich mußte den Zug nehmen.«

»Und dein Freund?«

»Mit dem habe ich mich verkracht.«

»Weswegen?«

Ralph sah von seiner Schwester zur Mutter. »Ihr erwartet doch wohl nicht, daß ich euch das in Einzelheiten erzähle? Völlig belanglos. Lohnt sich nicht, ein Wort darüber zu verlieren.«

»Du hast gerade noch Glück gehabt, daß du uns erwischt hast. Wir wollten nach München fahren.«

»Ernstlich? Das nenne ich mal eine gute Idee. Ich verstehe nicht, warum du dir nicht schon längst ein Auto angeschafft hast, Julia. Dann wärst du viel beweglicher.«

»Du wärst es, willst du wohl sagen«, erwiderte sie lächelnd, »du würdest mich bestimmt davon überzeugen, daß du es viel dringender brauchst als ich.«

Er lachte. »Warum können wir nicht beide ein Auto haben? Laß nur, Julia, ich will dir nichts abschwätzen, wirklich nicht. Wenn ich erst meinen Führerschein habe, kriege ich auch mein Auto. Und um ehrlich zu sein, dich sähe ich gar nicht so gern am Steuer. Du bist nicht der Typ dazu.«

»Danke.«

»Du, das war keine Beleidigung, sondern ein Kompliment! Ich liebe dich so, wie du bist. Allen meinen Freunden schwärme ich von meiner wundervollen Mutter vor.« Er ging mit dem rechten Knie zu Boden, öffnete den Koffer und holte zwei in Seidenpapier eingeschlagene Päckchen heraus, linste erst in das eine und reichte es Julia: »Voilà!« – Das andere gab er Roberta.

Als sie das Papier zerrissen, kamen zwei Vierecktüchlein zum Vorschein, ein fliederfarbenes für Julia, ein rosa-weißes für Roberta.

Lächelnd richtete er sich auf, freute sich an ihren Entzückensschreien und Dankbezeugungen, dann winkte er ab: »Nun mal halblang, Mädchen . . . Es ist doch nur eine Kleinigkeit, gar nicht der Rede wert. Ich hoffe, ihr habt was zu essen für mich!«

Natürlich hatten sie, und im Nu war der Tisch gedeckt. Ralph aß mit dem Appetit eines jungen Feinschmeckers, der die Woche über auf Kantinenkost gesetzt ist. Er erzählte mehr als gewöhnlich von seiner Ausbildung im Reisebüro, karikierte die Mädchen in der Flugticketabteilung und gab Anekdoten aus der Fahrschule zum Besten.

Julia genoß das Beisammensein. Sie stimmte in Robertas herzliches Lachen ein und spürte, wie sehr sie ihre Kinder liebte. Dennoch blieb der Schmerz über ihr verlorenes Glück; sie trank mehr als gewöhnlich, aber er ließ sich nicht betäuben.

Es war fast wie damals, als ihr ihr Mann so plötzlich durch den Tod entrissen worden war. Es war unfaßbar für sie gewesen, daß er nicht mehr da war, und nahezu so unbegreiflich war es ihr, daß der Freund sie hatte gehen lassen. Sie litt sowohl unter dem Verlust als auch unter seinem Verhalten, das sie als Verrat empfand.

Als sie später schlaflos im Bett lag, begriff sie, daß sie mit diesem Schmerz leben mußte. Es gab keine Medizin, die ihn hätte heilen können. Nur die Zeit konnte ihr darüber weghelfen. Sie hatte es ja auch nach Roberts Tod geschafft, als sich ihr Leben von einem Tag auf den anderen völlig verändert hatte. Sie mußte Geduld mit sich selber haben. Einen anderen Weg gab es nicht.

Für den Sonntagmorgen hatte sie einen Dauerplatz in der Tennishalle gemietet. Diese Regelung war zwar nicht nach Robertas Geschmack, die lieber ausgeschlafen hätte. Aber Julia war der Überzeugung, daß ihr Bewegung besser tat als Schlaf.

Ausnahmsweise schloß sich Ralph ihnen an. Er hatte seinen alten Dreß herausgesucht, in dem man deutlich sah, wieviel größer und stärker, wieviel erwachsener er geworden war, seit er das Spielen aufgegeben hatte. Aber er sah dennoch gut darin aus – es war kaum vorstellbar, dachte Julia, daß er in irgendeinem Aufzug eine schlechte Figur abgeben könnte.

Sie spielte zuerst mit Roberta, wobei sie die Bälle so setzte, daß das Mädchen von einem Eck des Platzes und vom Netz wieder nach hinten laufen mußte, und ließ sich von ihren Empörungsschreien nicht beeindrucken. Danach, als Roberta sich gut eingespielt hatte, ließ sie sich von Ralph ablösen. Ralph spielte lässig und gänzlich unambitioniert, aber es wurde deutlich, daß er jedes Match mit der jüngeren Schwester gewonnen hätte.

Allmählich füllte sich die Tennishalle, und Julia empfand Mitleid mit ihrer Tochter, die so verbissen, mit rotem Gesicht und schweißnassem Haar kämpfte. Sie löste Roberta ab.

Mit Ralph zu spielen war für sie ein reines Vergnügen. Er war halb so alt wie sie und ein Mann. Sein Aufschlag kam wesentlich kräftiger als ihrer, aber es fehlte ihm die Routine und der spielerische Witz, den sie beherrschte. Sie schlugen sich lange Bälle zu, zwischendurch setzte sie manchmal einen Stoppball, um ihn zu necken, und freute sich, wenn er ihn im Spurt doch noch abfing.

Einige Zuschauer sammelten sich um ihr Spielfeld, nahmen Platz oder blieben stehen und klatschten sogar hin und wieder Beifall. Als die Stunde um war, begrüßten Julia und Ralph Bekannte, wechselten belanglose Worte mit ihnen, ließen sich aber nicht aufhalten, sondern schlüpften so bald wie möglich in ihre Mäntel und eilten nach Hause.

»Ihr wart ein unvergleichliches Paar«, bemerkte Roberta mit jenem Anflug von Eifersucht, den sie nur zu gut bei ihr kannten.

»Ich würde jedes Match gegen Julia verlieren!« behauptete Ralph.

Julia lachte. »Üben, mein lieber Junge, üben!«

»Wenn mir nur nicht die Zeit dazu fehlte!«

»Und auch die Lust, sei ehrlich. Sonst ließe sich doch leicht etwas für die Wochenenden arrangieren.« Sie hatte das Gefühl, schon zuviel verlangt zu haben, und fügte einschränkend hinzu: »Vielleicht für jedes zweite ... oder dritte!«

»Ich bin jederzeit freiwillig bereit, für Ralph zurückzutreten«, erklärte Roberta bissig.

»Kann ich nicht annehmen! Du brauchst doch dein Fitneßtraining!« neckte Ralph sie.

»Wir brauchen darüber wirklich nicht zu streiten«, meinte Julia, »man müßte mal überlegen ...«

»Nein, Julia, bitte nicht!« erklärte er entschieden. »Du weißt, ich arbeite die ganze Woche ...«

»Ich etwa nicht?« warf Roberta ein.

»Schule ist etwas anderes! Ich bringe einfach nicht die Kraft auf, mich dann samstags oder sonntags noch körperlich zu strapazieren.«

»Ein bißchen Sport täte dir gut«, sagte Julia, aber sie wußte schon, daß ihre Anregung vergebens war.

»Nun bin ich einmal mitgekommen, nur um dir eine Freude zu machen ... und jetzt verlangst du schon ...« quengelte Ralph.

Julia schnitt ihm das Wort ab. »Ich verlange gar nichts von dir, und das weißt du. Es war nur so eine Idee. Sprechen wir nicht mehr darüber.«

Sie wunderte sich, wie schnell die Kinder den Mißton vergaßen. Zu Hause angekommen, stürmten sie das Bad und setzten es unter Wasser, während Julia das Frühstück zubereitete. Sie konnte die Enttäuschung nicht so rasch verkraften. Es hatte ihr so viel Freude gemacht, ihre Kräfte mit Ralph zu messen, den schlanken, geschmeidigen Jungen beim Spiel zu beobachten und seine schrägen grünen Augen immer wieder vor Freude über einen gelungenen Ball aufleuchten zu sehen. Sie hatte die bewundernden Blicke der Zuschauer genossen und war sicher gewesen, daß auch er seinen Spaß daran hatte.

Jetzt aber mußte sie begreifen, daß ihm das alles gar nichts bedeutete. Er kam nur noch aus Pflichtgefühl nach Eysing, vielleicht auch der leckeren kleinen Mahlzeiten wegen und weil sie ihm die Hemden richtete. Aber er benahm sich wie ein Gast, und er war auch nur ein Gast. Er gehörte nicht mehr zu ihr und wollte nur noch seine Freiheit.

Julia verstand es. Sie hatte ihn niemals nach seinen Beziehungen zu anderen Menschen gefragt und niemals versucht, ihm Beschränkungen aufzuerlegen.

Aber warum hatte er ihr dann ihre Liebe nicht lassen können?

Er hatte nicht den Anflug eines Bedauerns gezeigt, als Roberta ihm eröffnet hatte, daß mit Dieter Sommer Schluß war, im Gegenteil, er hatte jubiliert.

Es gelang Julia, sich in eine Wut auf ihn hineinzusteigern, die fast stärker war als ihr Schmerz. Aber als er dann an den Frühstückstisch kam, in seinem kurzen roten Bademantel, die nackten Füße in Sandalen, das Haar noch feucht von der Dusche und das Gesicht so blank gewaschen, daß es unschuldig wie das eines Zehnjährigen wirkte, schmolz ihr Zorn dahin. Er war ihr Sohn, und ihr blieb keine Wahl; sie mußte ihn lieben.

Er legte ihr einen Arm um die Schultern und küßte sie auf die Wange. »Meine bezaubernde Julia, was machst du für ein Gesicht?«

»Ich habe nur überlegt, wenn du vielleicht lieber in München spielen würdest, unter der Woche, ich könnte dir einen Zuschuß geben.«

Er schüttelte lächelnd den Kopf. »Wo denkst du hin! Wenn jemand mit mir spielen will, soll er auch zahlen!«

Darauf erwiderte sie nichts, aber sie dachte über diesen Ausspruch lange nach.

Tage und Wochen vergingen. Julia hatte den Eindruck, daß die Zeit ihr davonlief, schneller und schneller, ohne daß es etwas gab, an dem sie sich hätte festhalten können.

Sie erinnerte sich, daß in ihrer Jugend die Monate zwischen dem beginnenden Herbst und dem Weihnachtsfest endlos gedehnt erschienen. Jetzt schien alles an ihr vorbeizurauschen.

Danach ging es dann schon wieder auf Ostern zu.

Dabei verlief ihr Leben so eintönig. Nichts geschah. Sie hatte ihren Haushalt, Tennis und Skat, im Winter Skilaufen, und sie arbeitete mit Roberta für die Schule, half hin und wieder in der Boutique aus, las, hörte Musik, sah fern. Eigentlich, dachte sie manchmal, war alles so langweilig. Trotzdem flog die Zeit nur so dahin.

Früher hatte sie jede Gelegenheit genutzt, um ins Kurtheater zu gehen, wenn dort ein Gastspiel stattfand. Nach dem Bruch mit Dieter verzichtete sie auch darauf, weil sie verhindern wollte, ihm zu begegnen. Sie wußte, daß es dumm von ihr war, denn sie brauchte sich nicht vor ihm zu schämen. Aber sie fürchtete, noch nicht die Kraft aufzubringen, ihm wie einem Fremden in die Augen zu sehen und Konversation mit ihm zu machen.

Einige Male in diesem Winter fuhr sie mit ihrer Tochter nach München. Aber das war umständlich, und sie tat es eigentlich nur, um Roberta eine Freude zu machen. Sie aßen dann teuer in einem guten Restaurant, besuchten anschließend ein Theater oder ein Konzert und fuhren mit dem Zug wieder nach Bad Eysing zurück.

Roberta spielte bei solchen Unternehmungen ganz die große Dame. Sie liebte es, wenn die Kellner ihr den Stuhl hinschoben, studierte mit Kennermiene die Speisekarte und suchte Wein aus, als ob sie etwas davon verstünde. Meist trug sie ein hellblaues, wadenlanges Seidenkleid, in dem sie, wie Julia fand, verkleidet aussah, aber das Mädchen fand sich selber sehr schön darin.

Ralph mochte sie auf ihren Ausflügen in der Großstadt nicht begleiten, und als Julia ihn einmal sehr gezielt nach dem Grund fragte, erklärte er, sie seien ihm zu »zickig«.

»Du bist sehr hart in deinem Urteil!« entgegnete Julia. »Als du so alt warst wie Robsy, hätte es dir auch bestimmt Spaß gemacht!«

»Du hast's genau erfaßt! Ich bin eben kein Küken mehr.«

Julia ließ es dabei bewenden. Sie hielt es für sinnlos, Ralph zu etwas zwingen zu wollen, was er nicht mochte, um so mehr, da Roberta sich ohne seine Gesellschaft sichtlich wohler fühlte. Sie belegte die Mutter bei solchen Gelegenheiten völlig mit Beschlag und plauderte viel lebhafter und angeregter, als es zu Hause ihre Art war.

»Wozu brauchen wir Ralph?« fragte sie, als er wieder einmal nicht mitkommen wollte.

»Nun, die Begleitung eines jungen Mannes ist doch immer angenehm! Noch dazu, wenn er so gut aussieht.«

»Aber nicht, wenn er bloß der Bruder ist.«

»Für dich ist er natürlich nicht interessant . . .«

»Für dich sollte er es auch nicht sein. Ich finde, wir unterhalten uns zu zweit viel besser. Laß ihn doch bei seinen Freunden.«

»Das tue ich ja auch. Aber manchmal finde ich es doch sehr schade.«

»Daß er nur mit diesen komischen Knaben rumzieht?«

»Woher willst du denn wissen, daß er das tut? Vielleicht hat er längst eine Freundin . . . ja, das ist es, er wird eine Freundin haben, die er nicht allein lassen mag.«

»Optimistin.«

»Wieso?«

»Na, daß du ihm eine Freundin zutraust. Jeder weiß doch, er ist schwul bis auf die Knochen.«

»Robsy! Das ist einfach nicht wahr!« Julia spürte zu ihrem

eigenen Entsetzen, daß sie rot wurde wie ein junges Mädchen.

»Nur, weil du blind vor Liebe bist, willst du es nicht zugeben.«

»Ich kann es einfach nicht glauben . . .«

»Was für Beweise brauchst du denn noch? Sieh ihn dir nur an! Vergleiche ihn mal mit anderen Jungen seines Alters! Die laufen in ausgefransten Jeans rum und er . . . immer wie aus dem Ei gepellt.«

»Das spricht nicht gegen ihn.«

»Ich finde doch.«

»Tut mir leid, aber ich kann in der allgemeinen Verwahrlosung der jungen Leute von heute nichts Positives sehen.«

»Sie legen eben keinen Wert darauf, nach außen Eindruck zu schinden. Sie geben sich lieber natürlich und haben's bequem, und kein Mädchen stört sich daran. Aber Ralph muß immerzu den feinen Pinkel spielen.«

»Er ist eben ein feiner Junge«, erklärte Julia mit Nachdruck, »er ist sensibler und intelligenter . . . er war immer anders als die anderen.«

»Jetzt gibst du es selber zu!«

»Nein! Im Gegenteil! Ich kann mir nicht vorstellen, daß er etwas Ordinäres tut . . . und das, was du andeutest, ist und bleibt in meinen Augen ordinär!«

»Was, glaubst du denn, tun Männer, wenn sie sich lieben?« Roberta sah ihrer Mutter aus weit aufgerissenen Augen forschend ins Gesicht.

»Robsy! Was ist das für eine Frage!«

»Ich will dich nicht ärgern, Julia, ich möchte es wirklich gern wissen.«

Julia dachte nach. »Sie sind zärtlich miteinander, denke ich.«

»Und?«

»Ich weiß es nicht, Robsy, wirklich nicht. Quäl mich nicht mit solchen Fragen.«

»Hast du denn nie was darüber gehört?«

»Nein! Und wenn doch, habe ich nicht darauf geachtet. Wahrscheinlich reicht meine Phantasie nicht so weit. Im übrigen ist das kein Thema für uns.«

»Wenn es mich aber doch interessiert«, maulte Roberta.

»Und wieso eigentlich? Du würdest mich doch auch nie über

die . . . Machenschaften von Prostituierten ausfragen? Darüber wüßte ich übrigens ebensowenig. Es geht uns auch nichts an, genauso wenig wie die Gepflogenheiten von Homosexuellen. Ralph hat mit so etwas nichts zu tun.«

»Aber, Julia . . .«

»Schluß jetzt!« erklärte Julia energisch. »Ich will nichts mehr davon hören.«

Aber sie wußte, daß Roberta immer wieder darauf zurückkommen würde, teils aus pubertärer Neugier, aber auch, um Ralph der Mutter gegenüber in ein schlechtes Licht zu setzen.

Dann war es ihr schon lieber, wenn Roberta ihre Zukunftspläne spann, obwohl weder Ralph noch ein anderer Mann eine Rolle darin spielten. Sie beide, Mutter und Tochter, waren die Hauptpersonen, und Julia wußte, daß es nur Träumereien sein konnten, aber sie ließ sich von ihnen rühren und manchmal sogar anstecken.

Einmal, auf der Rückfahrt nach Bad Eysing im behaglichen Erster-Klasse-Abteil des durch die Nacht brausenden D-Zuges, begann Roberta:

»Du, ich glaube, ich habe eine Idee!«

»Ja, Robsy?« fragte Julia freundlich, obwohl sie am liebsten die Augen geschlossen hätte, um das Konzert – Tschaikowskys Fünfte unter Celibidache – in sich nachklingen zu lassen.

»Wenn wir schon mal in München sind, warum müssen wir dann immer gleich nachts zurückfahren?«

»Meinst du, wir sollten im Hotel übernachten? Aber das würde viel teurer. Wir könnten dann nur noch seltener fahren.«

»Ein Hotel . . . das wäre auch unbequem.«

»Eben. Wir müßten dann Gepäck mitnehmen und so weiter . . . Ich finde es nach so einer Spritztour immer wieder schön, zu Hause zu landen.«

»Aber das könnten wir doch auch in München.«

»Wie das?« Unwillkürlich richtete Julia sich kerzengerade auf.

»Du hattest mir doch versprochen, daß wir eine Wohnung in München nehmen!«

Julia sank wieder ein bißchen in sich zusammen. »Ja, wenn du dein Abitur hast. Aber das ist ja noch Jahre hin.«

»Warum nicht jetzt? Sieh mal, Julia, dann könnten wir die Wochenenden zusammen in München verbringen und auch die Ferien . . . Wir könnten im Sommer in die Biergärten gehen oder ins Schwimmbad . . . im Winter langlaufen im Englischen Garten.« Als die Mutter nur stumm den Kopf schüttelte, fügte sie altklug hinzu: »München hat einen besonderen Freizeitwert.«

»Das will ich ja gar nicht ableugnen, aber den hat Bad Eysing auch.«

»Du hast mir versprochen . . .«

»Und ich werde das auch halten, wenn es erst so weit ist! Aber dann werden wir die Wohnung in Eysing wohl doch vermieten müssen. Zwei Haushalte nur für uns zwei beide, das wäre denn nun doch zuviel.«

»Bestimmt würde auch Ralph öfter zu uns kommen«, sagte Roberta listig, »wenn er nicht immer die weite Fahrt machen müßte.«

»Ralph kriegt bestimmt schon bald ein Auto. Dann ist es nicht mehr so weit.«

»Ach, Julia, eine Wohnung in München . . . nur eine klitzekleine . . . das wäre doch sooo schön!«

Julia seufzte. »Ich verstehe dich schon, Robsy, aber dazu ist es noch zu früh. Vorläufig bist du in Eysing besser aufgehoben.«

»Du hast Angst, ich könnte dauernd nach Schwabing rennen. Mich in Diskotheken rumtreiben? Drogen nehmen?«

»Davon habe ich kein Wort gesagt.«

»Aber gedacht hast du's, gib es zu! Jetzt sag mal, Julia, allen Ernstes, wie wenig kennst du mich eigentlich? Was traust du mir zu!«

»Ich kenne dich sehr gut, und ich habe volles Vertrauen zu dir . . .«

»Aber nach München läßt du mich nicht!«

»Das ist doch auch eine Kostenfrage.«

»Für dich nicht! Du kriegst dein Geld aus Vatis Pension und aus der Versicherung, und du hast das Haus! Du brauchst es doch bloß zu verkaufen, und wir können uns alles leisten, was wir wollen.«

»So leichten Herzens verkauft man ein Haus nicht, besonders dann nicht, wenn man es noch von seiner Mutter geerbt hat. Außerdem könnten wir Ralph nicht einfach übergehen, er müßte auch seinen Anteil bekommen . . .«

»Dann gib ihn ihm doch! Er soll ihn haben. Es bleibt bestimmt noch genug für uns beide.«

»Und später einmal? Wenn wir in eine wirkliche Notlage kommen? Oder wenn du dir eine Praxis eröffnen willst, sei es nun als Ärztin oder als Rechtsanwältin? Dann ist nichts mehr da.«

»Später! Später!« äffte Roberta sie nach. »Das ist doch frühestens in zehn Jahren.«

»Ich denke trotzdem jetzt schon daran, und das mußt du mir wohl gestatten. Deine Zukunft ist mir wichtiger als jetzt die Erfüllung eines Kinderwunsches.«

»Ich bin kein Kind mehr.«

»Aber du redest genauso daher! Kein erwachsener Mensch würde von mir verlangen, daß ich kurzum das schöne Haus verkaufe, um nach München zu ziehen.«

»Ich will ja gar nicht, daß wir ganz dort leben, sondern nur, daß wir eine klitzekleine Wohnung dort nehmen!«

»Und genau das ist für uns viel zu kostspielig, also schlag es dir aus dem Kopf.«

»Wenn Ralph dich darum gebeten hätte, hättest du es getan!«

»Nein, auch nicht!« behauptete Julia und wußte doch selber, daß sie nicht ganz ehrlich war; wenn Ralph damals, als er es nicht länger in der Kleinstadt ausgehalten hatte, ihr den Vorschlag gemacht hätte, den ganzen Haushalt nach München zu verlegen, hätte sie wohl nicht nein sagen können.

»Ein bißchen Geduld, Robsy«, sagte sie sanft und legte ihrer Tochter, die ihr im Abteil gegenübersaß, die Hand auf den Arm, »es muß nicht immer alles gleich hopp-hopp gehen. Wünsche sind am schönsten, solange man sie sich nicht gleich erfüllen kann. Wir beide haben ja ein Ziel: erst dein Abitur und dann die Wohnung in München. Du kannst doch nicht sagen, daß du dich in Eysing nicht mehr wohlfühlst?«

»Ach, alles ist so langweilig geworden.«

»Deshalb fahren wir ja so oft in die Großstadt und verreisen in den Sommerferien . . . vielleicht sogar Pfingsten . . .«

»Das ist nicht dasselbe!«

»Habe ich auch nicht behauptet. Aber auch in der Großstadt kann es einem auf die Dauer langweilig werden . . .«

»Glaube ich nicht!«

». . . mal davon abgesehen, daß alles in München teurer ist und wir uns viel weniger leisten könnten!«

»Und du auf deinen Skat verzichten müßtest!«

»Ja, das auch!« gab Julia offen zu. »Aber wir könnten uns auch nicht so oft den Tennisplatz mieten . . . wären im Winter nicht so rasch in den Bergen, und ein Schulwechsel, gerade jetzt, wo ihr die zweite Fremdsprache bekommen habt, wäre bestimmt auch nicht gerade günstig für dich!«

Roberta maulte noch eine Weile, aber als sie einsehen mußte, daß sie die Mutter nicht für ihren Plan gewinnen konnte, gab sie auf. »Es war ja auch nur so eine Idee!« sagte sie aufseufzend. »Hauptsache ist doch, daß wir beide immer zusammenbleiben, und das wollen wir, ja?«

»Versprochen«, sagte Julia.

»Und ich bin doch deine beste Freundin? Obwohl ich mich nicht für Skat interessiere?«

»Aber natürlich«, versicherte Julia, obwohl sie nicht daran glaubte, denn sie konnte in Roberta immer noch nicht die Freundin sehen, sondern nur die geliebte Tochter, »Skat hat mit Freundschaft ja gar nichts zu tun. Wir haben so viele gemeinsame Interessen . . . und ich habe dich sehr, sehr lieb!«

»Ich dich auch, Julia.«

Ralph schaffte die Fahrprüfung nicht auf Anhieb; er fiel beim erstenmal durch, was ihn sehr verletzte, obwohl er es mit kühlem Spott zu überspielen versuchte. Da er immer ein guter Schüler gewesen war, sich auch jetzt, als Lehrling, leicht tat, begriff er nicht, wie ihm dieser Mißerfolg hatte zustoßen können. Die Schuld daran gab er seinem bayrisch-derben Fahrlehrer, der ihm angeblich von Anfang an nicht wohlgesonnen gewesen war, und einem rücksichtslosen Prüfer, der ununterbrochen während der Fahrt bei geschlossenen Fenstern geraucht und sich so lebhaft mit dem Lehrer unterhalten hatte, als wäre Ralph gar nicht anwesend. Unvermittelt hatte er das Gespräch hie und da unterbrochen, um dem ohnehin immer nervöser werdenden Schüler Anweisungen zu geben, die ihn nur noch mehr verunsichern mußten.

Kurzum, Ralph war durchgefallen, und die Empörung seiner Mutter, die sofort davon überzeugt war, daß es sich nur um eine Ungerechtigkeit handeln könnte, tröstete ihn nur wenig. Roberta mimte Mitleid, hinter dem sich ihre Schadenfreude nur schlecht verbarg, was Ralph jedoch half, die Sache ins Scherzhafte zu ziehen. Die Kollegen am Arbeitsplatz behaupteten jedenfalls, daß es völlig unnormal gewesen wäre, beim erstenmal durchzukommen.

Jedenfalls schaffte es Ralph beim zweiten Anlauf. Er rief stolz bei Julia an und erschien auch schon am nächsten Wochenende, wie er es vorausgesagt hatte, im eigenen Auto. Es war ein dunkelgrünes VW-Kabriolett mit beigem Verdeck, von der Art, wie sie gar nicht mehr gebaut wurden, aber die altmodisch-sportliche Eleganz stellte manches moderne Auto in den Schatten.

Ralph hatte es gebraucht gekauft, spottbillig, wie er behauptete, und fuhr Mutter und Schwester, um es vorzuführen, nach Bad Feilnbach zum Kaffeetrinken. Julia und Roberta genossen die Ausfahrt, zu der er das Verdeck heruntergeklappt hatte, obwohl es dazu eigentlich noch zu kühl war. Aber es war doch angenehm aufregend, sich die Sonne ins Gesicht scheinen und den Wind um die Ohren blasen zu lassen. Julia dachte, daß manches für die Zukunft bequemer für sie werden würde – Ralph würde sie abends nach München holen und im Auto nach Hause bringen können, man würde gemeinsame Wochenendfahrten und Spritztouren unternehmen. Bei Kaffee und Kuchen, mit dem Blick auf den immer noch mit Schnee bedeckten Wendelstein, redete sie begeistert von den neuen Möglichkeiten, die ihnen das Auto eröffnete. Es dauerte eine ganze Weile, bis sie merkte, daß Ralph sie keineswegs darin ermunterte, nicht das leiseste Versprechen abgab, sondern mit einem amüsierten Ausdruck in den Augen schweigend zuhörte.

Die Rückfahrt verlief nicht mehr ganz so fröhlich. Roberta verlangte, daß das Verdeck wieder zugeklappt wurde; es war inzwischen merklich kühler geworden, und sie fror. Julia bat ihn, etwas weniger rasant zu fahren, da sich ihr Magen in den Kurven zu heben schien. Ralph tat, was sie von ihm verlangten, blieb ungemein höflich, aber er verabschiedete sich bald, nachdem sie nach Eysing zurückgekehrt waren.

Sie sahen ihm vom Fenster aus zu, wie er den Koffer in den Wagen wuchtete und sich ans Steuer setzte. Er winkte mit Grandezza zu ihnen hinauf und fuhr los, wieder viel zu schnell, wie Julia fand; gleich vom Stand aus gab er Tempo.

»Wahrscheinlich sind's nur Anfängerallüren«, sagte Julia und schloß das Fenster, »aber ich werde mich mit seiner Art von Fahrerei nur schwer befreunden.«

»Wirst wohl kaum Gelegenheit dazu haben«, bemerkte Roberta trocken.

Julia sah ihre Tochter an. »Wie meinst du das?«

»Sieht nicht so aus, als hätte er viel Lust, uns herumzukutschieren.«

Sofort hatte Julia das Gefühl, ihren Sohn in Schutz nehmen zu müssen. »Warum sollte er auch? Schließlich ist es sein Auto. Wir haben nichts dazu beigesteuert.«

»Na, ich finde doch, er hätte allen Grund, sich zu revanchieren, wo du ihn so verwöhnst.«

»Das tue ich doch gern!«

»Ich weiß!« Roberta verzog die Lippen. »Du genießt es, stundenlang dazustehen und seine Hemden zu bügeln.«

Julia versuchte, vor sich selber Rechenschaft abzulegen. Robertas Spott traf ins Schwarze. Ja, manchmal liebte sie es wirklich, mit dem heißen Eisen über die erstklassigen Stoffe zu fahren, die Kragenecken so sorgfältig zu glätten, daß sich auch an der Naht nicht das kleinste Fältchen bildete. Dabei sah sie ihn dann vor sich, ihren schönen geliebten Jungen, wie er mit beiden Armen in das frische Hemd fuhr und es mit seinen schlanken, bräunlichen Fingern zufrieden zuknöpfte. Oft aber auch, wenn ihr die Füße schmerzten und die Ungeduld an ihr riß, verfluchte sie sich, weil sie sich immer wieder zu dieser Arbeit hergab.

»Nein«, sagte sie.

»Was soll das heißen?«

»Daß ich das Hemdenbügeln durchaus nicht witzig finde.«

»Warum tust du es dann?«

»Weil ich es immer getan habe. Wenn ich es jetzt aufsteckte, müßte er glauben, daß ich mich nicht mehr für ihn interessiere.« Als sie merkte, daß das eine Antwort war, die Roberta nicht zufriedenstellen konnte, fügte sie rasch hinzu: »Deine Blusen bügle ich ja auch!«

»Aber ich lebe doch auch mit dir, Julia! Und ich helfe dir, wo ich

kann . . . Ich strenge mich ja auch in der Schule nur deinetwegen an . . .«
»Das höre ich gar nicht gern!« warf Julia ein.
». . . aber dein Verhältnis zu Ralph wird doch immer einseitiger!«
»Mag sein!« Julia zwang sich zur Fröhlichkeit. »Aber ich wette, jetzt werden wir ihn wieder häufiger sehen!«
»Um was?«
Julia blickte erstaunt. »Was meinst du?«
»Ich möchte wissen, um was du wettest! Ich wette nämlich dagegen.«
»Ach, laß doch, Robsy, du willst mir ja wieder mal nur die Laune verderben. Natürlich will ich nicht ernsthaft wetten. Ich nehme einfach an, daß er jetzt häufiger kommt!« Als sie Robertas Gesicht sah, fügte sie hinzu: »Aber wenn nicht, macht's auch nichts.«
Roberta legte ihr den rechten Arm um die Taille und gab ihr einen Kuß auf die Wange. »Damit, geliebte Julia, hast du mir aus der Seele gesprochen!« –
Roberta behielt recht. Ralph kam durchaus nicht öfter als früher nach Bad Eysing, sondern nur jedes zweite oder jedes dritte Wochenende. Aber – und das hatten weder Roberta noch Julia vorausgesehen – er blieb viel kürzer und nie mehr über Nacht. Er kam zum Sonntagmittagessen oder zum Samstagnachmittagskaffee, gab sich höflich, freundlich, ja, herzlich, erklärte aber nach spätestens zwei Stunden, daß es höchste Zeit für ihn sei aufzubrechen.
Dagegen war nichts zu machen, und Julia versuchte es auch gar nicht; der Gedanke, daß er nur aus Pflichterfüllung länger bleiben würde, obwohl es ihn fortdrängte, war ihr zuwider.
Außerdem pflegte er seine Besuche immer sehr korrekt telefonisch anzukündigen: »Wenn es euch recht ist, komme ich Sonntag auf einen Sprung vorbei, so gegen elf . . . doch, ich bleibe gern zum Essen! Könntest du nicht mal wieder einen Rehrücken machen? Also bis dann!«
Da er sich immer nur so kurz bei ihnen aufhielt, wurde er mehr und mehr zum Besucher, um den man Umstände machen mußte. Es war nett, ihn wiederzusehen, sich seine unverbindlichen Geschichten anzuhören und mit ihm zu lachen. Aber

wenn er sich dann verabschiedete, löste sich doch immer eine gewisse Spannung. Julia und Roberta brauchten keine Rücksichten mehr zu nehmen, sie durften es sich wieder behaglich machen, in ihre Hausanzüge schlüpfen und sein, wie sie waren.

Dennoch hielt sich Julia die Stunden frei, in denen er womöglich kommen würde, und war dann trotz allem enttäuscht, wenn er sich nicht anmeldete.

Es dauerte eine Weile, bis sie merkte, wie dumm das von ihr war, und sie entschloß sich, die Situation zu ändern.

Als er wieder anrief, sich kurz nach ihrem und Robertas Befinden erkundigte, mitteilte, daß es ihm gut ging und dann auf die nur allzu bekannte Manier anhob: »Also, wenn es euch recht ist, komme ich am Sonntag zum Mittagessen . . .« fiel Julia ihm ins Wort.

Sie wußte selber nicht, woher sie die Kraft nahm, aber sie erklärte mit fester Stimme: »Tut mir leid, Ralph, für Sonntagmittag haben wir ein Picknick geplant . . . mit Lizi, Leonore, Agnes und Christine . . .«

Er schwieg einen Augenblick und sagte dann mit unverhohlenem Spott: »Ach, ich verstehe. Ein Alte-Damen-Ausflug also!«

»Wenn du auch Robsy, Tine und Leonore als alte Damen bezeichnen willst . . . ja«, gab Julia beherrscht zurück.

»Entschuldige, Julia, ich hab's nicht so gemeint! Natürlich bist du keine alte Dame . . . noch lange nicht!«

»Ich habe dich schon richtig verstanden, Ralph«, gab sie mit ungewohnter Kühle zurück. »Jedenfalls sind wir Sonntagmittag nicht zu Hause.«

»Und wann kommt ihr zurück?«

»Wenn es kühl wird, nehme ich an, aber festlegen möchte ich mich da nicht. Du hast ja einen Schlüssel. Du kannst auf uns in der Wohnung warten.«

»Das finde ich ziemlich fad.«

»Du könntest baden . . . dich umziehen . . .«

»Bin ich jemals ungewaschen bei euch erschienen?«

»Das nicht. Aber ich dachte, bei uns hättest du es bequemer als in deinem Wohnheim.«

»Ich könnte ja auch die Koffer einfach nur austauschen.«

130

»Ja, das könntest du natürlich.«

Der Klang ihrer Stimme machte ihm bewußt, daß er mit diesem Vorschlag denn doch zu weit gegangen war. »Nein, ich warte auf euch!« verbesserte er sich. »Ich möchte euch doch auch gern sehen.« Nach einer kleinen Pause fügte er hinzu: »Aber ich habe für den Abend eine Karte für das Bob-Dylan-Konzert.«

»Dann komm Montag!« schlug sie vor. »Ich nehme doch an, daß du bis dahin noch ein frisches Hemd im Schrank hast?«

»Also gut. Montag. Ich fahre gleich nach der Arbeit raus.«

»Fein.«

»Aber über Nacht kann ich nicht bleiben.«

»Daran sind wir inzwischen schon gewöhnt.«

»Das mußt du doch verstehen, Julia! Ich müßte sonst am Dienstag in aller Herrgottsfrühe aufstehen.«

»Du brauchst dich nicht zu entschuldigen, Ralph, ich verstehe dich sehr gut.« Aus dem Gefühl heraus, vielleicht doch zu hart gewesen zu sein, fügte sie hinzu: »Wir machen dann ein nettes kleines Abendbrot.«

»Prima, ich hab' dich lieb!«

»Das will ich hoffen.«

Der Plan eines sonntäglichen Picknicks war zwar schon öfter erwogen, aber niemals ausgeführt worden, weil Julia sich den Tag immer für den Besuch ihres Sohnes hatte freihalten wollen. Sie hatte also Ralph gegenüber zumindest halb und halb gelogen. Um die Lüge nicht vollständig zu machen, blieb sie am Telefon und bemühte sich, das Picknick nachträglich zu organisieren.

Zuerst rief sie Agnes im Geschäft ihres Mannes an.

»Kommt Ralph diesmal schon am Samstag?« fragte Agnes sofort.

»Nein, er wollte zum Sonntagmittagessen kommen, aber es wurde mir zu dumm. Er muß endlich lernen, daß nicht alles nach seiner Pfeife tanzt.«

»Tapfer, tapfer!« sagte Agnes. »Dann brauchst du das Picknick also sozusagen als nachträgliches Alibi?«

»Stimmt.«

»Du mit deinem zartbesaiteten Gewissen!« Agnes lachte. »Aber auf mich kannst du rechnen. Ich mache mit. Ob ich allerdings

Tine für die Idee begeistern kann, weiß ich nicht. Sie ist augenblicklich wieder mal ein bißchen muffig.«

»Macht ja nichts! Ich meine, Hauptsache, du fährst mit.«

»Klar. Wir können den Kastenwagen nehmen, damit wir Bottles und Körbe unterbringen können.«

»Du bist ein Schatz! Ich rufe jetzt schnell mal Lizi an!« –

Auch Lizi Silbermann war für das Picknick sofort zu haben. »Endlich raffst du dich mal zu was auf!« sagte sie. »Wenn mir etwas zum Hals heraushängt, dann sind es diese langweiligen Sonntage!«

»Natürlich nur, wenn das Wetter sich hält«, sagte Julia einschränkend.

»Das hält sich bestimmt! Ich fürchte eher, daß du im letzten Moment umfällst!«

»Das traust du mir zu?«

»Ja! Falls dein über alles geliebter Sohn sich doch noch unerwartet melden sollte . . .«

»Hat er schon!« erklärte Julia nicht ohne Stolz. »Aber ich habe ihn versetzt . . . wegen des Picknicks.«

»Du machst dich, Schätzchen! Also . . . wann fahren wir los?«

»Nicht vor elf. Wir müssen uns nach dem Tennis ja noch umziehen und frisch machen. Sagen wir . . . elf Uhr vor meinem Haus.«

»Einverstanden.« –

Natürlich war auch Roberta über den unerwarteten Entschluß ihrer Mutter überrascht und erfreut – nicht, daß ihr selber an dem Picknick und dem Zusammensein mit den Freundinnen ihrer Mutter und deren Töchter gelegen gewesen wäre, sondern wegen Julias Haltung Ralph gegenüber.

»Du hast ihn tatsächlich ausgeladen!« jubelte sie. »Sehr gut, Julia, das war schon lange fällig! Man muß ihm diese Paschaallüren endlich austreiben.«

Sofort hatte Julia wieder den Wunsch, ihren Sohn zu verteidigen. »Jetzt übertreibst du aber, Robsy! So schlecht hat er sich doch auch wieder nicht benommen.«

»Noch schlechter! Kommt hierher, frißt in sich hinein und haut gleich darauf wieder ab. Wer sind wir denn, daß wir uns das gefallen lassen müßten?«

»Du siehst, ich tue es ja nicht mehr.«

»Das eben finde ich Spitze!« Sie legte die helle Stirn in Falten. »Werd' bloß nicht gleich wieder rückfällig!«

»Keine Sorgen, Robsy, ich glaube, die erste Absage war die schwerste. Sie hat mich eine Menge Kraft gekostet. Aber Ralph ist ja klug. Er hat schon gemerkt, woher der Wind weht.«

»Das wird ihn nur veranlassen, dich mit seinem schönsten Schmäh einzudecken...«

»Das wird er nicht! Im Gegenteil, er hatte sogar die Idee, seine frische Wäsche in unserer Abwesenheit abzuholen.«

Roberta lachte. »Da schau an! Was für ein Herzchen!«

»Aber er hat dann gleich ganz von selber umgeschaltet.«

»Ja, dumm ist er nicht. Er weiß schon, daß er alles denn doch nicht mit dir machen kann. Aber es wird ihm schon etwas einfallen, dich wieder zu umgarnen.«

Julia lächelte ihre Tochter liebevoll an. »Ich verspreche dir, ich falle nicht darauf rein. Ganz davon abgesehen, glaube ich gar nicht daran. Wir... das Zusammensein mit uns und auch die frischen Oberhemden... sind ihm gar nicht mehr so wichtig, daß er sich ein Bein dafür ausreißen würde.«

»Und das verkraftest du wohl nicht?«

»Es fällt schwer«, sagte Julia ehrlich. »Aber er ist jetzt erwachsen geworden, und wir müssen das akzeptieren.«

»Akzeptierst du etwa auch seinen Lebenswandel?«

»Von dem wissen wir ja gar nichts, Robsy! Bitte, fang jetzt nicht wieder damit an! Ich bin Ralph gegenüber hart geblieben. Das hast du doch immer gewollt. Also sei froh und glücklich, lob mich ein bißchen... aber fang nicht wieder damit an, auf ihm herumzuhacken!«

»Du hast ja recht«, sagte Roberta reuevoll, »warum sollen wir uns aufregen. So viel geht er uns ja gar nicht mehr an.«

Julia hätte ihr gern erwidert, daß Ralphs Schicksal, wie immer er sich ihr gegenüber aufführte, von Bedeutung für sie bleiben würde. Aber sie schwieg, weil sie es für besser hielt, das Gespräch zu beenden.

Am Samstagabend entlud sich ein heftiges Gewitter über Bad Eysing, und Julia und Roberta befürchteten schon, daß sie das Picknick, statt im Freien, unter Dach und Fach würden abhalten müssen.

Aber am Sonntagmorgen war der Himmel wieder klar. Ein kräftiger Ostwind hatte alle Wolken weggefegt, und obwohl es kühl war, als sie zum Tennisplatz liefen – sie spielten jetzt schon seit Wochen wieder im Freien –, konnten sie darauf hoffen, daß sich die Luft bis zum Mittag erwärmen würde.

Die Freundinnen waren pünktlich, und gegen die Voraussage von Agnes hatte sich auch ihre Tochter entschlossen mitzumachen. Christine trug knappe rote Shorts, die ihre langen, schon sommerlich gebräunten Beine zur Geltung brachten, und ein buntes Hemdchen, ohne Büstenhalter, unter dem sich ihre runden Brüste malerisch abzeichneten, als wären sie nackt.

»Sieht sie nicht schlimm aus?« flüsterte Roberta, die sich selber in der Beziehung noch kaum von den Jungen unterschied, der Mutter zu.

»Das ist nicht unser Bier«, gab Julia zurück, obwohl auch sie sich durch Christines allzu herausfordernden jugendlichen Sex gestört fühlte; aber sie war ehrlich genug sich einzugestehen, daß in ihrer Ablehnung auch eine gewisse Portion Neid gegenüber dieser unbekümmerten Jugendfrische liegen mochte.

Übrigens registrierte sie, daß auch Lizi einen kurzen, mißbilligenden Blick auf Christine warf.

»Ich bin nur froh, daß du nicht so herumläufst«, raunte sie Roberta zu, während sie die Rucksäcke im Auto verstaute.

Roberta trug Jeans und darüber einen langen Baumwollpulli, der ihre etwas zu breiten Hüften kaschierte.

Leonore, Lizis Tochter, jetzt schon Anfang zwanzig, war mit einem handbestickten, schwingend weiten Folklore-Rock aus der Boutique nach dem letzten Schick gekleidet. Sie hatte ihr von Natur aus aschblondes Haar kastanienrot gefärbt und sich sehr sorgfältig geschminkt. Aber selbst in dieser Aufmachung wirkte sie nicht anmutig und weiblich, wie sie es sich wohl gewünscht hätte, sondern eher hölzern und kostümiert. Ihre Mutter dagegen verstand es, in einem ganz einfach geschnittenen Hemdblusenkleid damenhaft, schön und attraktiv auszusehen. Agnes trug formlose Hosen und darüber eine noch formlosere Jacke; sie hatte sich achtlos geschminkt und das blondierte Haar aus der Stirn zurückgebunden. Julia hatte ein goldgelbes, ärmelloses Kleid mit angekraustem, sehr weit geschnittenem Rock gewählt und auf Lippenstift und Schminke gänzlich verzichtet. Sie waren ein bunter Haufen, und während sie sich begrüßten und mit gedämpftem Gelächter die Vorbereitungen zur Abfahrt trafen, war Julia sich bewußt, daß sie – wenn sich auch kein Fenster öffnete, denn dazu waren sich die Bewohner der Akazienallee zu gut – doch hinter mancher Gardine beobachtet wurden.

Agnes führte das große Wort. Sie bestimmte, daß Lizi ihren Sportflitzer stehenlassen sollte, da für alle genug Platz in ihrem Kastenwagen war und man sich so unterwegs am Steuer ablösen konnte. Sie arrangierte auch die Unterbringung des Gepäcks und verteilte die Plätze, aber sie tat es auf eine freundliche, gutmütige Art, so daß niemand sich geschulmeistert oder zurückgesetzt fühlen konnte. Agnes hatte ein angeborenes Talent zur Organisation, das von den anderen neidlos anerkannt wurde. Julia fiel auf, daß weder sie noch die schöne selbstbewußte Lizi je der Mittelpunkt des kleinen Kreises gewesen waren, sondern immer die ungepflegte, unhübsche, großmütige Agnes. Sie hatte es all die vergangenen Jahre verstanden zuzuhören, wenn eine der Freundinnen Kummer hatte oder sich in einem Anflug von Euphorie ihrer Erfolge brüsten mußte. Sie hatte es immer verstanden, Spannungen zu lösen und Mißverständnisse aus der Welt zu schaffen.

Unwillkürlich sagte sie: »Ich danke dir, Agnes!«, als sie sich zwischen die Freundinnen auf den Führersitz quetschte.

»Wofür?« fragte Agnes erstaunt.

»Ohne dich wäre das alles doch nicht möglich.«

»Ohne unsere Pritsche, meinst du?«

»Nein, das meine ich gar nicht«, sagte Julia und suchte nach Worten, mit denen sie ihre Dankbarkeit und Bewunderung ausdrücken konnte; aber es fiel ihr nichts Rechtes ein, und es war auch wohl nicht der passende Augenblick.

Aber Agnes schien zu ahnen, was sie empfand. »Nur nicht sentimental werden, Liebchen!« mahnte sie, ließ den Motor an, legte den ersten Gang ein und gab Gas.

Solange sie durch die Stadt fuhren und über die asphaltierte Ausfallstraße, verlief die Fahrt angenehm. Lizi kurbelte ein Fenster herunter, so daß der Wind Kühlung schaffte, und die drei Frauen plauderten munter, während sie hin und wieder die Mädchen im Laderaum kichern hörten.

Aber als sie dann auf die Bergstraße einbogen, begann das Auto zu rumpeln und zu stoßen und zu bocken. Sie wurden hochgeschleudert und gegeneinander geworfen.

»Verdammt! Ich hätte doch mit meinem eigenen Wagen fahren sollen!« rief Lizi.

»Das wäre deinem Autochen aber bestimmt nicht gut bekommen«, sagte Agnes besänftigend; sie chauffierte langsam und mit großer Vorsicht. »Das sind die Frostaufbrüche vom vorigen Winter.«

»Hat man die denn nicht repariert?« fragte Julia.

»Doch. Aber nur so larifari.«

»Schweinerei«, murrte Lizi.

»Du siehst, es hält das Volk nicht ab, in die Berge zu fahren!«

Tatsächlich war der Ausflugsverkehr, auch als es höher und höher hinauf ging, immer noch sehr lebhaft.

»Wenigstens scheint's die Busse abzuhalten«, meinte Julia.

»Seht ihr, so hat jedes Ding auch seine gute Seite!« behauptete Agnes.

»Du bist vielleicht ein Gemütsmensch! Aua!« schimpfte Lizi. »Jetzt ist's mir durch und durch gegangen.«

»Na und? Du tust gerade so, als wenn du im dritten Monat wärst.«

»Das zum Glück denn doch nicht.«

»Dann stell dich nicht so an!«

»Auch wenn man im dritten Monat ist«, sagte Julia, »schadet so eine Rumpelei, glaube ich, gar nichts. Ich habe mal gelesen, daß schwangere Frauen . . . ich glaube, es waren amerikanische Soldatenfrauen . . . die man im letzten Weltkrieg kreuz und quer über den Kontinent transportiert hat, nicht mehr Fehlgeburten bekamen als unter ganz normalen Umständen.«

»Stimmt schon«, gab Lizi zu, »was sitzt, sitzt. Als meine Leonore unterwegs war, habe ich alles Mögliche probiert . . . bin vom Tisch gesprungen, habe heiße Bäder genommen, Chinin geschluckt und was sonst noch alles. Aber nichts hat genutzt.«

»Wolltest du sie denn nicht haben?« fragte Julia ungläubig.

»Sieh mich nicht so an, als ob ich ein Ungeheuer wäre! Es war der denkbar ungünstigste Zeitpunkt. Ich bereitete mich gerade darauf vor, Miß Welt zu werden.«

»Aber es abzutreiben hattest du dann doch nicht das Herz«, stellte Agnes fest.

»Das Herz schon. Aber damals war so etwas noch sehr schwierig, und mein Freund war total dagegen. Er hätte mir auch niemals das Geld gegeben. Was blieb mir also übrig? Ich habe ihn geheiratet.«

»Welch tragisches Schicksal«, sagte Agnes mit gutmütigem Spott.

»Weiß Leonore das?« forschte Julia.

»Natürlich nicht. Das hätte noch gefehlt. Sie würde es mir bis ans Ende meiner Tage vorwerfen.«

Unter solchen Gesprächen gewöhnten sie sich an die Rumpelei des schlecht gefederten Wagens und achteten schließlich gar nicht mehr darauf.

Sie erreichten den Gasthof »Alpenblick«, ein sehr schönes, breit hingelagertes, in bäuerlich-bayerischem Stil errichtetes Anwesen, das nur im Gegensatz zu seinem Namen den Fehler hatte, daß es keine Aussicht auf die Berge bot, sondern man nur ins Tal schauen konnte. Der große Parkplatz war gerammelt voll. Die Serviererinnen, in hübschen blauen, weiß beschürzten Dirndln, waren dem Ansturm der Sonntagsgäste kaum gewachsen; dennoch bewegten sie sich ohne Eile zwischen Gartentischen und Sonnenschirmen auf der breiten Terrasse.

»Da lob ich mir, daß wir Proviant mithaben!« rief Lizi. »Wer hatte eigentlich die Idee?«

»Julia!«

»Nein«, wehrte Julia ab, »ich war's nicht! Jemand von euch hat mal ein Picknick vorgeschlagen . . . Ich habe nur gedrängt, es nun endlich auch zu verwirklichen.«

»Aber das war doch das Wichtigste«, sagte Lizi gnädig, »Ideen hat man viele . . . Träume, Hoffnungen, Ziele, Möglichkeiten, mit denen man spielt. Aber meist wird dann doch nichts draus, weil es einem an Energie fehlt.«

Die Straße war nach dem Gasthof noch schmaler geworden, ein nur noch einspurig befahrbarer Weg mit Ausweichstellen für entgegenkommende Fahrzeuge. Aber zum Glück kam um diese Tageszeit keines vom Berg herunter, und auch der Verkehrsstrom hatte sich aufgelöst. Vor ihnen fuhr nur eine Gruppe schwarz gekleideter und behelmter Motorradfahrer, die in einer

Kurve ihren Blicken entschwanden, und hinter ihnen quälte sich ein VW den Berg hinauf. Nach etwa zwanzig Minuten erreichten sie die Moseralm, und Agnes rangierte den Kastenwagen zwischen einer Reihe anderer Fahrzeuge ein.

Die Moseralm war früher, als es noch keine Straße für Autos gegeben hatte, ein sehr einsamer und idyllischer Platz gewesen, zu dem nur Wanderer hinaufgefunden hatten. Eine Sennerin hatte die Sommermonate Tag und Nacht hier in der Einsamkeit der Berge verbracht – vielleicht nicht gar so einsam, denn gesund und stark, wie sie für ihren Beruf sein mußte, hatten die Burschen aus den im Tal liegenden Dörfern den Weg zur Alm nicht gescheut. Jedenfalls erzählte man sich das. Die Wanderer waren mit frischer Milch und Butterbroten, die Burschen mit Liebe empfangen worden.

Jetzt graste hier oben nur noch Jungvieh, das nicht gemolken und betreut werden mußte, und eine junge Bäuerin kam bei schönem Wetter und an Feiertagen herauf, um die Ausflügler zu bewirten; Milch und Butter wurden nicht mehr auf der Alm gewonnen, sondern im Lieferwagen heraufgebracht.

Trotzdem war es immer noch sehr schön. Das Gras war von einem saftigen Grün, wie man es unten nicht kannte. Die Alm grenzte an einen lichten Mischwald, dessen Stämme sich im Kampf gegen die Stürme malerisch verkrümmt hatten, und die Felsbrocken zwischen ihnen waren gebleicht von Wind und Sonne. Hier oben war man dem Himmel ein ganzes Stück näher.

Die Frauen stiegen aus, dehnten und streckten sich, klappten die Hinterwand des Kastens auf und ließen die jungen Mädchen herabklettern.

»Hier gefällt's mir!« rief Roberta, sich wie ein Kreisel um sich selber drehend.

»Ja, laßt uns hierbleiben!« stimmte Christine ihr zu.

»Wo denkt ihr hin!« gab Agnes zurück. »Hier ist es doch noch viel zu bevölkert. Los, habt euch nicht. Schnallt die Rucksäcke auf. Ein kleiner Spaziergang wird euch guttun.«

Die Mädchen fügten sich, wenn auch nicht gerade begeistert. Agnes und Lizi nahmen den eckigen Weidenkorb zwischen sich und faßten ihn an beiden Griffen. Julia klemmte sich die zusammengerollten Decken unter die Arme.

Sie überquerten die Almwiese, vorbei an der schindelgedeckten Hütte, und kletterten in den Wald hinein. Agnes und Lizi immer voraus, denn sie kannten ihr Ziel. Julia war erst einmal dort gewesen.

Jetzt ging es sehr mühsam voran, und die Mädchen stöhnten. Einmal blieb Agnes stehen und rief zurück: »Denkt dran! Zurück geht es leichter!«

»Das nutzt uns jetzt doch auch nichts!« meuterte Christine.

Endlich hatten sie einen kleinen, moosbewachsenen Platz zwischen Felsbrocken und knorrigen Lärchen erreicht. Klares Quellwasser sprudelte durch ein schmales Bett über rund gewaschene Kiesel zu Tal. Über ihnen stieg die steile Bergwand in den wolkenlosen Himmel. Nach Süden lag die Aussicht auf die Hochries frei, im Norden erstreckte sich, leicht verschleiert, das Inntal.

Agnes und Lizi stellten den Weidenkorb ab, und Lizi breitete mit großer Gebärde die Arme aus.

»Na, hat sich das etwa nicht gelohnt?« rief Agnes triumphierend den anderen zu, die noch heraufächzten.

Niemand konnte ihr widersprechen; es war wirklich ein gesegnetes Plätzchen für ein Picknick in den Bergen.

Julia breitete die Decken aus, Lizi und Agnes öffneten den Korb und holten die Kühlboxen mit Wein, Bier, Limonade und Kartoffelsalat heraus. Die Mädchen setzten ihre Rucksäcke ab, verteilten Pappteller, Becher, Plastikbesteck und Papierservietten, gebratene Hähnchenteile, Frikadellen, bayerisch »Fleischlaberln« genannt, Tomaten und hart gekochte Eier.

Christine stellte ihr Transistorradio auf volle Lautstärke ein.

»Nicht doch!« rief Lizi entsetzt, und Julia unterstützte sie: »Oh, bitte nicht!«

»Mit Musik schmeckt alles besser«, trällerte Christine unbekümmert.

»Stell das Ding sofort ab!« befahl ihre Mutter. »Du hast wohl keinen Sinn für die herrliche Stille der Bergwelt!«

»Was ihr nur alle habt!« maulte Christine, gehorchte aber doch.

Sie lagerten sich im Kreis, je nach Gelenkigkeit mit untergeschlagenen Beinen oder, halb sitzend, auf die Ellbogen gestützt, aßen und tranken.

»Kaum zu glauben!« stellte Agnes mit vollem Mund fest. »Das sind doch lauter einfache Sachen . . .«

»Absolut kein Festmenü!« warf Julia ein.

». . . und trotzdem schmeckt es tausendmal besser als zu Hause!«

»Das kommt von der Plackerei, die wir damit hatten!« behauptete Roberta.

»Nein, von der wunderbaren Luft!« widersprach Julia.

»Weil's eben ein Picknick ist«, sagte Leonore philosophisch.

Sie ließen sich Zeit mit dem Essen, und als alle satt waren, gab es heißen Kaffee aus der Thermosflasche. Lizi und Agnes zündeten sich eine Zigarette an, und auch Julia griff ausnahmsweise zu. Da auch Christine und Leonore rauchten, erlaubte sie Roberta ebenfalls eine Zigarette. Es war mehr eine Ritualhandlung, denn in der frischen, von Sonne durchwärmten Luft schmeckten sie kaum etwas von dem Rauch, den sie in die Lungen sogen.

Danach wurde unter der Aufsicht von Agnes aufgeräumt, die Reste sorgfältig eingepackt, und auch das gebrauchte Geschirr und die Servietten kamen wieder in die Rucksäcke.

»Wenn wir gehen«, verkündete Agnes, »muß es so aussehen, als wären wir nie hier gewesen.«

Aber noch zeigte niemand Lust zum Aufbruch. Lizi zog ihr Kleid aus; darunter trug sie einen roten Bikini, der ihre Figur voll zur Geltung brachte, wenn man auch in dem überklaren Licht sah, daß ihre Oberschenkel nicht mehr ganz so straff waren wie die eines jungen Mädchens. Julia zog sich hinter einem Felsen um und kam in einem knappsitzenden weißen Badeanzug zum Vorschein. Agnes seufzte, daß sie an so etwas nicht gedacht hatte, zog sich dann aber kurz entschlossen Jacke und Hose aus und sonnte sich in Schlüpfer und Büstenhalter. »Hier sieht uns ja niemand«, sagte sie entschuldigend.

Roberta zog kurze blaue Shorts und ein dazu passendes Oberteil an, das mehr Busen ahnen ließ, als tatsächlich vorhanden war. Leonore mochte sich nicht freimachen; sie war sich ihrer blassen Magerkeit nur zu gut bewußt. Christine sonnte sich provozierend oben ohne.

Sie dösten friedlich in der Sonne und schreckten auch nicht auf, als sie das Knirschen von Steinen hörten.

»Eine Gams«, sagte Christine schläfrig.

»Wo?« Julia, die, gegen den Felsen gelehnt, dabei war, ihre Beine von den Zehen her einzuölen, blickte erwartungsvoll auf. Aber weit und breit war kein Tier zu sehen.

Statt dessen erschien das fröhliche, sonnenverbrannte Gesicht eines jungen Mannes an der Stelle, von der aus sie selber das Felsplateau erreicht hatten, und dann trat zentimeterweise seine ganze Gestalt in Erscheinung; breite Schultern in einem karierten Hemd, lederne Bundhosen, um die Hüften eine graue Wolljacke gebunden, graue gestrickte Strümpfe und Haferlschuhe.

Julia mußte gegen den Impuls ankämpfen, sich rasch zu bedecken, sagte sich aber, daß das albern wäre, und zwang sich, in ihrer Tätigkeit fortzufahren.

»Oh, entschuldigen die Damen!« sagte der Fremde. »Ich dachte, dies wäre ein Platzerl, das ich für mich allein entdeckt hätte!«

»Irrtum!« erwiderte Agnes und legte sich rasch ihre Jacke um. »Wir kommen schon seit Jahren hierher!«

»Wohl eine Schulklasse?«

Lizi blinzelte zu ihm hoch und schloß dann gleich wieder gelangweilt die Augen. »Sie haben's erfaßt!«

Der Fremde betrachtete so amüsiert und ungeniert Christines blanken Busen, daß das Mädchen errötete. Aber sie hielt seinem Blick stand und flatterte sogar kokett mit den Wimpern. Auch Roberta wurde rot, wenn auch ohne Grund. Leonore zog die Beine, die ohnehin von dem weiten Leinenrock voll bedeckt waren, noch näher an sich.

»Darf ich mich bei Ihnen ausruhen?« fragte der Fremde. »Sie wissen, der Aufstieg ist recht anstrengend.«

»Das müssen Sie unsere Lehrerin fragen!« erwiderte Christine keck.

»Und welche der Damen ist das?« Er trat einen Schritt auf Julia zu. »Sicher Sie, mein Fräulein!«

»Wie kommen Sie darauf?«

»Sie haben so etwas Respektables!«

Julia mußte gegen ihren Willen lachen. »Das hat mir noch kein Mann gesagt!«

»Das glaube ich Ihnen gerne!« Der Fremde setzte sich unaufgefordert neben Julia auf die Decke. »Bestimmt hat auch noch kein Mann Sie wirklich gekannt.«

»Ich muß Sie schwer enttäuschen!« Julia schraubte ihre Flasche mit Sonnenöl zu, weil ihr das Einreiben der Beine unter den neugierigen Augen des Fremden unangenehm war. »Ich bin eine nicht mehr ganz taufrische Witwe.«

»Die Witwe nehme ich Ihnen gerade noch ab! Dennoch sind Sie frisch wie der junge Morgen!«

Julia war irritiert, daß sich die Aufmerksamkeit des Fremden so ausschließlich auf sie richtete, und sie glaubte zu spüren, daß die anderen sich darüber ärgerten. »Merken Sie eigentlich nicht, daß Sie stören?« fragte sie.

»Das ist durchaus nicht meine Absicht!«

»Aber Sie tun es! Sehen Sie sich doch einmal um!«

Tatsächlich hatte sich die Szene seit dem Eintreffen des Fremden verändert. Agnes war aufgestanden und hatte sich hinter den Felsen verzogen, um sich anzukleiden. Im Vorbeigehen hatte sie Christine zugezischt, sich ihr Hemdchen überzuziehen, was das Mädchen denn auch, leicht beleidigt, getan hatte.

»Vielleicht ist's nicht mehr ganz so zwanglos wie vorher«, sagte der Fremde, »aber doch immer noch überaus gemütlich.«

»Das finden wir nicht«, sagte Julia. »Sie sollten besser weiterwandern.«

Der Fremde lächelte sie an. »Sie haben doch nicht etwa Angst vor mir? Schließlich sind Sie nicht allein.«

»Bitte, gehen Sie jetzt!«

»Aber wohin?«

»Hinauf oder hinunter . . . ganz wie Sie wollen!«

»Nicht, bevor Sie mir nicht gesagt haben, wann ich Sie wiedersehen kann!«

»Ich kenne Sie ja gar nicht.«

»Eben drum. Wir sollten uns kennenlernen, finden Sie nicht auch?«

»Sie sind wohl ein bißchen . . . spinnert . . .«

»Weil ich eine Fügung darin sehe, Sie hier gefunden zu haben?«

Jetzt hielt Roberta es nicht länger aus; sie sprang auf die Füße und schrie: »Lassen Sie Julia in Ruhe! Sie ist meine Mutter!«

Der Fremde lächelte sie ganz unbeeindruckt an. »Nanu, wen haben wir denn da?«

142

»Meine Tochter!« sagte Julia und: »Bitte, beruhige dich, Robsy!«

»Sieht aber gar nicht danach aus!« sagte der Fremde. »Wo haben Sie die kleine Wilde denn an Land gezogen?«

Jetzt mischte sich auch Christine ein – sicher nicht, um Roberta zu helfen, sondern weil es sie verletzte, daß der Fremde so ausschließlich von Julia angezogen war. »Wissen Sie, was Sie sind? Ein ausgesprochenes Patentekel!«

»Noch eine Tochter?« fragte der Fremde mit hochgezogenen Augenbrauen.

»Jetzt ist es aber genug.« Lizi gähnte unverhohlen, wenn auch hinter der vorgehaltenen Hand. »Entweder Sie verschwinden jetzt, Fremdling . . . oder . . .«

»Warum so ungesellig?«

»Wir sind nicht in die Berge geklettert, um Bekanntschaften zu machen.«

»Das unterstelle ich ja gar nicht. Auch ich hatte nichts anderes im Sinn, als Frieden und Einsamkeit zu suchen. Aber da es sich nun einmal so ergeben hat . . .«

»Nichts hat sich ergeben und nichts wird sich ergeben!« schrie Roberta. »Verzischen Sie sich!«

Der Mann blickte Julia an. »Wie unhöflich! Sie sollten Ihre Tochter wirklich besser erzogen haben!«

Julia hätte eine Antwort gewußt, aber sie verzichtete darauf und preßte die Lippen zusammen.

Agnes tauchte hinter dem Felsstück auf, wieder vollständig angezogen, und sagte, ohne den Eindringling auch nur eines Blickes zu würdigen: »Kommt, Kinder, brechen wir auf.« Sie schnupperte. »Die Luft hat sich verschlechtert.«

»Ja«, sagte Lizi, »ich rieche es auch.« Sie richtete sich auf und zog sich ihr Hemdblusenkleid über den Kopf.

»Geht das etwa auf mich?« fragte der Fremde.

Er sah Julia an, und sie erwiderte seinen Blick mit einem so leidenschaftlichen Flehen ihrer dunklen, weit auseinanderstehenden Augen, daß er aufsprang.

»Tut mir leid!« sagte er. »Das habe ich nicht gewollt. Machen Sie sich, bitte, meinetwegen keine Umstände. Ich verzieh mich schon. Das Gebirge ist ja groß genug.«

»Wenn Sie das nur einsehen«, sagte Lizi.

Der Fremde wandte sich noch einmal Julia zu. »Wenn ich mich wenigstens vorstellen dürfte . . .«

Julia schüttelte stumm den Kopf.

»Mein Name ist . . .«

»Nun hau'n Sie doch endlich ab, Mann!« schrie Roberta.

»Ich muß mich für meine Tochter entschuldigen«, sagte Julia leise.

»Da tun Sie gut dran!« Jetzt endlich überquerte der Fremde das kleine Plateau und machte sich an den Abstieg.

»Was fällt dir ein!?« empörte sich Roberta. »Der Kerl belästigt dich . . . und du entschuldigst dich noch!«

»Er hat mich doch gar nicht belästigt«, erklärte Julia mit fester Stimme.

»Sagen wir lieber so: er wurde lästig!« berichtigte Lizi. »Aber das war noch lange kein Grund, Robsy, sich so aufzuführen. Was denkst du dir dabei, hier herumzuschreien? Deine Mutter ist sehr wohl imstande, mit jedem Mann allein fertig zu werden.«

»Ist sie eben nicht! Ihr habt ja gerade erlebt, wie der sich auf sie gestürzt hat wie die Biene auf den Honigtopf!«

»Welch entzückender Vergleich!« Agnes lachte. »Nun regt euch bitte ab, Kinder. Es ist ja nichts passiert.«

»Ausnahmsweise! Aber wenn Julia allein gewesen wäre . . .«

Julia unterbrach ihre Tochter. »Du glaubst also nicht, daß ich auf mich selber aufpassen kann?«

»Du willst es ja gar nicht! Meinst du, wir hätten nicht gemerkt, wie du die Zudringlichkeit dieses Kerls genossen hast?«

»Meine liebe Robsy«, Lizi reckte und streckte sich, »du scheinst die weibliche Natur noch nicht zu durchschauen. Jede von uns schätzt zu jeder Zeit die Aufmerksamkeit jeden Mannes . . . schätzt sie doppelt, wenn sie entschlossen ist, auf keinen Annäherungsversuch einzugehen. Es gibt nichts Schöneres für uns, als die Gelegenheit, nein zu sagen.«

»Nun übertreibst du aber ein bißchen!« sagte Agnes. »Ist es nicht doch reizvoller, mal ja sagen zu dürfen?«

»Wann kommt das schon vor? Bei uns stinkbürgerlichen Frauen, meine ich?«

»Ja, eben drum.«

»Daß ihr es nur wißt«, schrie Roberta wütend, »ich finde euer

Benehmen zum Kotzen! Jetzt hört es sich gerade so an, als ob euch der Kerl doch ganz gut gefallen hätte.«

»Ja, warum denn auch nicht!« Lizi schlang die Arme um die Knie. »Was war denn an ihm auszusetzen? Nur der Augenblick war nicht günstig und die ganze Situation. Dieser Paris hatte schon seine Schwierigkeiten, als er unter drei reizvollen weiblichen Wesen wählen sollte, unser Unbekannter aber hatte gleich sechs zu Füßen liegen. Höchst ungeschickt von ihm, so deutlich zu zeigen, daß er sich nur für eine einzige interessierte.«

Julia wurde rot. »Purer Zufall! Ich lag gerade im entsprechenden Blickwinkel.«

»Streiten wir uns doch nicht!« versuchte Agnes zu vermitteln. »Ich fand ihn auch ganz nett. Bloß liebe ich es nicht, wenn ein Mann mich in der Unterwäsche überrascht. Das war mir einigermaßen peinlich. Hätte er sich im Café an meinen Tisch gesetzt . . . oder wäre er zu uns ins Geschäft gekommen . . . ich hätte mich bestimmt ganz gerne mit ihm unterhalten.«

»Ich fand ihn gräßlich!« beharrte Roberta.

»Ich auch!« stimmte Christine zu. »Ihr habt anscheinend nicht bemerkt, wie er mich gemustert hat! Ein anständiger Mensch hätte beiseite geschaut.«

»Sei du nur ruhig!« mahnte Agnes. »Du bist ja bloß enttäuscht, daß er nicht auf deine Reize geflogen ist.«

»Wie kannst du das sagen?«

»Weil ich dich kenne! Aber jetzt, Schluß damit. Die Frage ist: Bleiben wir noch oder brechen wir auf?«

»Ich bin dafür zu bleiben, bis die Sonne fort ist!« erklärte Lizi. »Wozu haben wir sonst die beschwerliche Klettertour auf uns genommen?«

Gegen diesen Vorschlag war nichts einzuwenden. Doch die Stimmung war verdorben. Julia versuchte sich zu entspannen, aber sie konnte es nicht. Der Fremde war ihr herzlich gleichgültig gewesen. Dennoch durchforschte sie ihr Gewissen, ob sie ihn nicht doch, wenn auch unbewußt, mit einem Lächeln, einem Blick, einer Geste auf sich aufmerksam gemacht haben könnte. Es wollte ihr nichts einfallen, aber es bedrückte sie, daß Roberta nicht mehr heiter war, sondern mit finsterem Gesicht dasaß und auf einem Lärchenzweig kaute.

Leise stand sie auf, hoffte, die Aufmerksamkeit der anderen

nicht zu erregen, und ging zu ihrer Tochter. »Hör mal, Liebling«, begann sie, »du kannst doch nicht ernstlich böse sein, weil . . .«

»Laß mich in Frieden!« fauchte Roberta sie an.

»Aber du bist ja gar nicht friedlich, Liebling!«

»Ich habe eine Idee!« erklärte die zurückhaltende Leonore unvermittelt. »Ich klettere noch ein Stückchen weiter hinauf. Kommt ihr mit? Robsy? Tine?«

»Au ja!« rief Christine. »Dann kann ich wenigstens Musik hören!« Sie kletterte hinter Leonore her.

Zu Julias Verwunderung schloß Roberta sich den beiden anderen an – sie, die bisher immer so ablehnend Christine gegenüber gewesen war.

Jetzt rief sie:

»Spitze! Lassen wir die Alten allein!« Auf allen vieren bemühte sie sich, den steilen Hang hinaufzukommen.

»Da hört ihr es«, sagte Lizi, »für die sind wir die Alten!«

»Wir sind's ja auch«, meinte Agnes, »im Vergleich zu dem jungen Gemüse. Nun guck nicht so verstört, Julia!«

»Tu ich das denn?«

»Genau wie das berühmte Huhn, dem die besagten Enten davonschwimmen.«

»Die haben keine Bergschuhe an.«

»Barfuß geht's immer noch am besten.« Agnes sprang auf und ging zu dem Weidenkorb. »Es muß doch noch Wein übrig sein!« Sie öffnete den Korb, fand eine noch halbvolle Flasche, zog den Korken und setzte sie an den Mund. Dann reichte sie sie Julia weiter.

»Mir auch, bitte!« rief Lizi.

Sie setzten sich zueinander, ließen die Flasche rumgehen und zündeten sich Zigaretten an.

»Endlich allein!« sagte Lizi. »Wir hätten die Kinder gar nicht mitnehmen sollen. Die machen doch bloß Ärger.«

»Ich zerbreche mir den Kopf, was ich falsch gemacht habe«, sagte Julia immer noch bedrückt.

»Du hättest nicht so jung heiraten sollen.«

Julia blickte erstaunt.

»Allen Ernstes!« sagte Lizi. »Du bist zu jung und zu reizvoll, um Mutter eines heranwachsenden Mädchens zu sein. Was du auch tust und läßt, sie ist eifersüchtig. Glaub mir, ich weiß, wovon ich spreche. Mit Leonore hatte ich ja das gleiche Problem. Es ist für ein Mädchen schwer zu ertragen, daß die Mutter attraktiver ist.«

»Sie will mich für sich allein haben.«

»Mach dir doch nichts vor. Sie will einen Mann für sich allein. Wenn der Fremde mit ihr geflirtet hätte, wäre alles in Butter.«

»Aber sie macht sich gar nichts aus Männern!«

»Das redet sie dir ein, vielleicht auch sich selber. Aber wir haben es ja alle eben miterlebt. Wenn das kein Ausbruch weiblicher Eifersucht war!«

»Sie wird die Angst nicht los, mich an einen Mann zu verlieren.«

»Obwohl du deinen Dieter ihretwegen aufgegeben hast? Nun mach aber mal einen Punkt.«

»Vielleicht hat Julia sogar recht!« mischte Agnes sich ein. »Vielleicht ist Robsy vorhin gerade klar geworden, daß Julia nur die Hand auszustrecken braucht, um einen anderen Freund zu finden.«

»Erstens will ich das gar nicht«, sagte Julia, »und zweitens . . . so einfach, wie du tust, wäre das doch auch wieder nicht.«

»Aber das durchschaut Robsy nicht.«

»Ich werde versuchen, es ihr klarzumachen.«

»Das ist doch albern, Herzchen!« sagte Lizi. »Du bist eine erwachsene Frau und niemandem Rechenschaft schuldig. Du hast ein Recht auf deine Affären. Das solltest du ihr lieber beibringen.«

»Womit wir wieder beim alten Thema wären!« stellte Agnes fest. »Es hat keinen Zweck, Julia einzureden, was sie tun soll, Lizi. Sie tut, was sie muß. Laß sie ihre Erfahrungen machen.«

»Von mir aus. Aber ist es nicht angenehm, daß wir die Blagen los sind? Nur schade, daß wir keine Skatkarten mitgenommen haben.«

»Also, Lizi, wirklich!« sagte Agnes leicht indigniert.

Aber dann stimmte sie in das Lachen der anderen ein.

Zu Hause gab es zwischen Julia und Roberta eine große Szene mit Vorwürfen, Verteidigungen, Beteuerungen, vielen Tränen und endlich einer leidenschaftlichen Versöhnung.

»Wir benehmen uns wie ein verrücktes Liebespaar«, sagte Julia unter Tränen lächelnd, als sie ihre immer noch heftig schluchzende Tochter in den Armen hielt.

»Ist das denn schlimm?« fragte Roberta mit erstickter Stimme.

»Sicher nicht. Aber Freundinnen sollten vernünftiger miteinander umgehen.«

»Aber du hast mich verraten! Heute nachmittag! Wie konntest du dich für mich entschuldigen!«

»Weil du aus der Rolle gefallen bist, Robsy! Ja, gut, ich hätte trotzdem mit dir gemeinsame Front machen sollen. Ich habe mich entschuldigt, und ich verspreche dir, ich werd's nie wieder tun. Benimm dich von nun an so schlecht, wie du willst . . . ich stehe immer auf deiner Seite!«

Jetzt lächelte auch Roberta. »So ist's richtig, Julia! Nichts und niemand soll uns je auseinanderbringen, schwöre mir das!«

»Bei allem, was mir heilig ist!« –

Nach dieser Auseinandersetzung wurde das Verhältnis zwischen Mutter und Tochter inniger denn je. Sie teilten jede Minute ihrer Zeit miteinander, außer Robertas Schulbesuchen, die sein mußten, und Julias Skatabenden, die sie sich nicht nehmen lassen wollte.

Es wurde ein recht angenehmer Sommer mit viel Tennis, Schwimmen und Wanderungen, den Julia an der Seite ihrer fröhlichen und umgänglichen Tochter verlebte. Sie wußte selber nicht, warum der Schmerz über den Verlust des Geliebten trotzdem nicht schwinden wollte, und warum sie manchmal von einem so starken Gefühl der Leere erfaßt wurde, daß es sie geradezu schwindelig machte.

In den großen Ferien unternahmen sie eine Kreuzfahrt mit der »Aquarius«, einem griechischen Schiff, die von Piräus aus durch die Ägäis führte. Günstigerweise fuhr Ralph zur gleichen Zeit mit Freunden durch die Bretagne, so daß Julia sich nicht um seine Wäsche sorgen mußte.

»Ein Glück, was?« bemerkte Roberta etwas spitz dazu. »Sonst hättest du dir die ganze Reise über Gewissensbisse machen müssen.«

Julia zwang sich ein Lächeln ab. »Nun übertreibst du aber.«

»Gar nicht«, behauptete Roberta, »ich kenne dich doch.«

148

»Anscheinend schlecht. Ich sähe durchaus keine Katastrophe darin, wenn Ralph mal vierzehn Tage lang seine Hemden in die Wäscherei bringen müßte.«

»Aber er vielleicht.«

»Wenn du mir so kommst, muß ich sagen, finde ich es jetzt direkt schade, daß Ralph und wir zur gleichen Zeit verreisen. Sonst hätte ich dir beweisen können . . .«

Roberta nahm sie in die Arme. »Aber, Julia! Nimm doch nicht immer alles gleich so ernst! Ich wollte dich ja nur ein bißchen necken.«

Julia ließ es dabei bewenden. Sie hatte auch bald andere Sorgen.

Unter einem Himmel, der eben doch blauer war als der bayerische, bei ruhigem Seegang und erstklassigem Service hätte die Kreuzfahrt durchaus erholsam und entspannend sein können. Julia und Roberta genossen es zunächst, im strahlenden Sonnenschein an Deck zu liegen, während eine leichte Brise sie kühlte. Sie konnten stundenlang an der Reling oder auf der Brücke stehen und die grünen und felsigen Inseln an sich vorbeigleiten sehen. Auch an den wechselnden abendlichen Veranstaltungen – Hutparade, Talentschau und Pferderennen – nahmen sie mit Vergnügen teil, wenn auch nur als Zuschauerinnen.

Aber da war etwas, mit dem Julia, als sie die Kreuzfahrt buchte, nicht gerechnet hatte. Es waren nur wenige alleinreisende Damen an Bord, junge noch weniger, und so kam es, daß sich, sobald sie sich in der Lounge oder an der Bar niederließen, über kurz oder lang stets einer der gerade dienstfreien Offiziere bei ihnen einfand, einer der Zahlmeister, der Funker oder gar der Kapitän selber. Die Herren waren höflich, aufmerksam, zuvorkommend, und es gab keine Möglichkeit sie abzuweisen. Sie sahen, jeder auf seine Weise, gut aus in ihren blendend weißen Uniformen, und es war offensichtlich, daß sie ein wenig Unterhaltung, Abwechslung oder auch einen kleinen Flirt suchten.

Für Julia wurde das zu einem wahren Balanceakt. Sie wollte die Herren weder ermutigen noch mochte sie sie brüsk abweisen. Sie war immer bemüht, Roberta in das englisch geführte Gespräch einzubeziehen und die Aufmerksamkeit auf sie zu lenken. Es war auch nicht so, daß das Mädchen übersehen worden

149

wäre. Aber sie gab schnippische Antworten und ärgerte sich, weil die Offiziere, die auch an den Umgang mit jungen Damen ihres Alters gewöhnt waren, nicht gekränkt waren, sondern nur lachten.

Simon, der Zweite Zahlmeister, schien sich sogar besonders für Roberta zu interessieren. Aber sie schenkte ihm nicht den Anflug eines Lächelns.

»Warum bist du nur so kratzbürstig?« fragte Julia, als sie sich eines Abends in der Kabine für das Dinner umzogen. »Dieser Simon ist doch nett . . .«

»Findest du vielleicht! Ich nicht.«

»Jedenfalls ist er reizend zu dir. Wollte er sich nicht mit dir in der Disco verabreden?«

»Er will doch nur über mich an dich herankommen. Hast du das etwa nicht gemerkt?«

»Unsinn. Die anderen versuchen das doch auch nicht.«

»Er ist eben schlauer! Er denkt, wenn er mich in die Disco lockt, kommst du bestimmt mit . . . Zu den anderen hast du ja gesagt, daß du lieber schlafen gehst.«

»Das stimmt ja auch.«

»Tu bloß nicht so! Du würdest doch liebend gern tanzen . . . bei soviel feschen Kavalieren.«

Tatsächlich wäre Julia gern in die Disco gegangen, nicht der Offiziere, sondern des Tanzens wegen, aber es schien ihr zu schwierig, das Roberta zu erklären. »Ich mache mir nicht soviel daraus!« behauptete sie und schnippte mit den Fingern.

»Aber wenn sie um dich herumschwenzeln, das hast du doch sehr gern.«

»Stimmt gar nicht. Ich wäre sehr viel lieber mit dir allein zusammen.«

»Warum schickst du sie dann nicht fort?«

»Wie könnte ich das, ohne absolut unhöflich und verletzend zu sein?«

»Dann sei doch ruhig absolut unhöflich und verletzend! Es kommt doch nicht darauf an. Wenn wir das Schiff verlassen, werden wir ohnehin keinen von den Typen je wiedersehen.«

»Eben deshalb besteht kein Grund, uns ihre Aufmerksamkeiten nicht gefallen zu lassen.«

»Für mich schon. Sie gehen mir auf den Wecker. Alle miteinander und besonders dein heißgeliebter Simon.«

Julia sah ihre Tochter nachdenklich an. »Weißt du, Robsy, bei allem Verständnis . . . ich kann mich nicht aufführen wie du, und jeden gegen das Schienbein stoßen, der mir nicht paßt. Dazu bin ich zu alt. Aber ich mache dir einen anderen Vorschlag: Wir können versuchen, ihnen aus dem Weg zu gehen.«

»Wie das?«

»Indem wir Lounge und Bar meiden. Wir werden uns in Zukunft nur noch auf Deck aufhalten und in unserer Kabine, in den Speisesaal gehen und uns abends im Aufenthaltsraum zu den anderen Passagieren setzen. Wir nehmen uns damit zwar selber ein Stückchen Freiheit, aber, na bitte! Wenn dir die Herren so zuwider sind, ist es die Sache wohl wert.«

»Das würdest du wirklich tun?«

»Ja, Robsy.« Julia zog sich aus. »Ich nehme jetzt eine Dusche.« Sie ging ins Bad, wandte sich dann aber noch einmal um: »Denk darüber nach und entscheide!«

Erst nach dem Dinner, als sie im Lift zum Oberdeck und damit zum Constellation Room hinauf fuhren – zufällig allein –, kam Roberta auf das Gespräch in der Kabine zurück, aber anders, als Julia erwartet hatte.

»War dir das, worüber wir vorhin gesprochen haben . . . du weißt schon . . . wirklich ernst?« fragte sie.

»Aber ja.«

»Du würdest mich also wirklich allein in die Disco lassen?« Julia gelang es, ihre Maske der Gleichmut zu bewahren. »Warum nicht?«

»Es würde dir also nichts ausmachen? Daß ich dich allein lasse, meine ich?«

»Nein!« behauptete Julia. »Ich werde dann, wie immer, um elf zu Bett gehen und noch ein wenig lesen.«

»Julia, du bist wunderbar!«

Und du bist unfair, hätte Julia beinahe entgegnet, aber sie beherrschte sich.

Im Salon fand an diesem Abend eine Varietévorführung statt. Julia und Roberta setzten sich an einen Tisch zu zwei älteren amerikanischen Ehepaaren, so daß Simon und der Funker, die nach einer Weile suchend durch den Raum schlenderten, keinen Platz bei ihnen finden und ihnen nur zulächeln konnten.

Roberta schien die Darbietung zu genießen; sie lachte viel und applaudierte lebhaft, während Julia sich gelangweilt und bedrückt fühlte und Mühe hatte, Interesse zu heucheln.

Ein Zauberer trat auf, zeigte die üblichen Kartentricks, produzierte eine Unzahl von bunten Seidentüchern aus Nase, Ärmeln, Mund und Ohren und bat dann eine Dame aus dem Publikum zu sich auf das Podium.

Einige der schon als exaltiert bekannten Passagiere meldeten sich. Aber der Zauberer, ein junger eleganter Mann im Smoking, sah über sie hinweg und forderte Julia auf.

Julia konnte erst nicht glauben, daß sie gemeint war, und schüttelte dann, heftig abwehrend, den Kopf.

Aber der Zauberer ließ nicht locker und streckte die Hand nach ihr aus. »Please, madam!«

Alle Augen richteten sich auf Julia. »Nein!« sagte sie. »Bitte nicht! No, I don't wish to come to the stage!«

»Julia, ich bitte dich, sei nicht zickig!« zischte Roberta ihr zu.

»Ich will aber nicht!«

Der Zauberer begriff, daß Julia sich nicht aus Koketterie sträubte, sondern daß ihre Ablehnung ernsthaft war, und wandte sich einer anderen Dame zu. Es war eine junge Frau namens Olga, die durch einen ungemein dicken blonden Zopf auffiel und mit einer sehr fröhlichen mexikanischen Gruppe reiste. Auch Olga wollte nicht sogleich, überwand dann aber unter den ermunternden Zurufen ihrer Freunde und des übrigen Publikums ihre Schüchternheit und kletterte nach oben.

Das Kunststück bestand darin, daß der Zauberer sie auf ein Brett plazierte, das von zwei Stuhllehnen gestützt wurde. Mit viel Hokuspokus hypnotisierte er sie – oder tat auch nur so –, jedenfalls blieb sie, als er das Brett wegzog, steif und ausgestreckt auf den Stuhllehnen liegen. Dann entfernte er auch noch den einen der Stühle, so daß sie jetzt fast schwebte.

»Ein Trick!« flüsterte Roberta ihrer Mutter zu.

»Dachtest du etwa, er könnte wirklich zaubern?«

Alle warteten darauf, daß er jetzt auch noch den anderen Stuhl wegziehen würde. Aber er tat es nicht, sondern er faßte

Olga bei den Händen, sprach auf sie ein und half ihr auf die
Beine.
Der Applaus war riesig, und Olga knickste errötend wie ein
junges Mädchen.
»Siehst du, es war gar nichts dabei!« sagte Roberta. »Das hättest
du auch gekonnt.«
»Wäre es dir denn recht gewesen?«
»Warum nicht?«
»Du haßt es doch, wenn ich im Mittelpunkt stehe.«
»Bei so was doch nicht.«
Aber Julia wußte es besser. Roberta hätte es bestimmt übelge-
nommen, wenn sie mit Beifall überschüttet worden wäre und
wenn ihr, statt Olga, der Erste Offizier mit einem Handkuß ei-
nen Strauß prächtiger Gladiolen überreicht hätte.
Gegen zehn Uhr war die Vorstellung beendet. Jetzt nahm eine
Band auf dem Podium Platz, und es konnte nach nostalgischen
Melodien getanzt werden. Die amerikanischen Ehepaare an Ju-
lias und Robertas Tisch verabschiedeten sich und zogen sich
zurück.
»Ich glaube, ich gehe jetzt auch«, sagte Julia und stand auf.
»Aber wieso denn? Die Disco öffnet doch erst um elf.«
»Ich weiß. Bleib du nur . . . oder willst du dich noch ein bißchen
frisch machen?«
»Vielleicht . . . später!«
»Ich schließe die Kabinentür jedenfalls nicht ab.« Julia musterte
Roberta, die sehr jung und sehr frisch aussah in dem weißen
Schlabberkleid, das ihre von Sonne und Wind gebräunte Haut
zur Geltung brachte. »Bleib nicht zu lange auf!« mahnte sie un-
willkürlich und ärgerte sich gleich darauf über sich selber, daß
sie diesen mütterlichen Ratschlag nicht hatte unterdrücken
können.
»Jetzt sag bloß nicht, daß du kein Auge zumachen kannst, bis
ich zurück bin!«
»Nein, das nicht. Ich wollte dich nur daran erinnern, daß wir
morgen sehr früh in Patmos anlegen werden.«
»Ach was . . . Patmos!« sagte Roberta mit einer wegwerfenden
Handbewegung.
Julia sah den Ersten Offizier zwischen den Tischen auf sie zu-
steuern und wandte sich rasch ab. Sie hatte noch nicht die min-

deste Lust, ins Bett zu gehen, aber sie suchte dennoch ihre Kabine auf. So gerne sie noch ein Glas getrunken, auf der Brücke oder an der Reling zum südlichen Himmel hinauf geblickt oder auch noch ein paar Worte mit einem der Offiziere geplaudert hätte, es war ihr den Ärger nicht wert, den sie dadurch mit Roberta bekommen konnte.

Aber sie nahm sich fest vor, daß dies die letzte Reise war, die sie mit Roberta zusammen unternahm. In Zukunft würde sie sie mit einer Jugendgruppe losschicken und allein verreisen oder auch zu Hause bleiben.

Natürlich konnte sie nicht einschlafen. Sie hatte keine Angst um Roberta, nein, das nicht. Es war ausgeschlossen, daß ihr hier an Bord irgend etwas passieren konnte. Sie gönnte ihrer Tochter sogar den Spaß. Aber es war ungewohnt, allein in der Kabine zu liegen und warten zu müssen. Ein Schlafmittel mochte sie auch nicht nehmen, denn die Ankunft in Patmos war für sieben Uhr früh angesetzt, und sie wollte den Landgang nicht versäumen.

Die Hände unter dem Kopf verschränkt, lag sie auf ihrem schmalen Bett, lauschte auf das Rauschen des Wassers und das sehr entfernte Dröhnen der Motoren und versuchte, das Beste aus ihrer Situation zu machen. Es war doch immerhin angenehm, nachts auf dem Meer unterwegs zu sein.

Ihr Zorn auf Roberta, der vorhin im Lift so heftig gewesen war, daß sie ihr am liebsten eine Ohrfeige verpaßt hätte, war längst verraucht. Sie hatte begriffen, daß sie selber Roberta das Stichwort gegeben hatte, sich selbständig zu machen, als sie behauptet hatte, sich aus einem Besuch in der Diskothek nichts zu machen. Sie hätte besser zugeben sollen, daß sie zwar sehr gern getanzt hätte, die Offiziere ihr aber nichts bedeuteten. Nur war es eben immer so schwierig, Roberta deutlich zu machen, um was es wirklich ging. Die Diskussionen mit dem Mädchen, ihre ewigen Eifersüchteleien waren zermürbend. Die schöne Harmonie, in der sie in der Heimat zusammenlebten, war nicht stark genug, fremden und neuen Einflüssen standzuhalten. Nein, sie würde nie wieder mit Roberta verreisen.

Aber sie mußte sich zugeben, daß die Kreuzfahrt das eigentliche Problem nicht hervorgerufen, sondern nur aufgedeckt hatte. Roberta war lieb und gut, anschmiegsam und guten Willens, solange sie ihre Mutter ganz für sich allein hatte; nur wenn ein Mann auftauchte, wurde sie unausstehlich.

Julia sah keinen Weg, dies zu ändern. Sie gab sich aber auch zu, daß Roberta wahrscheinlich sehr viel mehr unter der Situation litt als sie selber. Es mußte schrecklich für das Mädchen sein, immer und überall mit ihr verglichen und zurückgesetzt zu werden.

Wenn sie ihr nur klarmachen könnte, daß sich das in wenigen Jahren ganz von selber ändern würde. Dann würde Roberta ein blühendes junges Mädchen sein und sie, die alternde Frau, überall ausstechen.

Es war nicht so, daß Julia es nicht angenehm empfand, noch attraktiv zu sein, aber sie genoß die Sympathien, die sie erweckte, mit schlechtem Gewissen.

In dieser Nacht wünschte Julia sich, alt und unansehnlich zu sein, nur um Roberta glücklich und mit sich zufrieden zu wissen.

Jetzt konnte sie, wenn sie sich anstrengte, Fetzen der Discomusik zu sich herüberklingen hören. Sie konnte Roberta förmlich vor sich sehen, wie sie in ihrem weißen Kleid tanzte – ein bißchen täppisch und ungeschickt, wie bei allem, was sie tat, aber so ungemein jung und rührend. Inständig wünschte sie sich, daß Roberta Anklang fand und sich amüsierte. Vielleicht würde das sogar die Spannung zwischen ihnen lösen.

Am nächsten Morgen schlief Roberta so tief und fest, das runde Gesicht erhitzt, die Faust kindlich gegen den Mund gepreßt, daß Julia sich nicht entschließen konnte, sie zu wecken. So frühstückte sie allein und nahm an der Exkursion nach Patmos ohne sie teil.

Als einer der ersten Passagiere verließ sie das Schiff. Zum Glück warteten im Hafen – anders als in Santorini – keine Maulesel für den Aufstieg, sondern altertümliche Taxen. Julia quetschte sich zu einem deutschen Ehepaar mit halbwüchsigem Sohn hinein, sagte aber vorsichtshalber kein Wort, um nicht als Deutsche identifiziert zu werden. Das Taxi zog in weiten Bogen immer höher und höher, bis es endlich auf dem Marktplatz des Bergstädtchens hielt. Man stieg aus. Andere Taxen trafen bald darauf ein. Elena, die Dolmetscherin, hatte ein Tuch an einen

Spazierstock gebunden, den sie hoch hielt, damit alle ihr folgen konnten.

Julia hielt sich in einiger Entfernung von der ersten Gruppe. Da Roberta, für deren Bildung sie immer etwas zu tun müssen glaubte, nicht bei ihr war, sah sie keinen Anlaß, sich irgendwelche Erklärungen anzuhören. Das Städtchen gefiel ihr, auch ohne viel darüber zu wissen – weiße kleine Häuser an krummen Straßen gelegen, ein Andenkenladen neben dem anderen. Es mußte, dachte sie, ehe es Massentouristik gegeben hatte, einmal wunderbar gewesen sein, hier zu leben.

Das Kloster, zu dem Elena sie führte, thronte fast auf dem Gipfel des Berges Patmos; Julia kletterte bis auf den höchsten Turm. Steil fielen die weißen, armdicken Mauern auf der einen Seite zum Wasser, zur anderen in einen Innenhof hinab. Der Ausblick war umwerfend, das weite Meer wirkte wie ein blausilberner Spiegel; weit fort, in leichtem Dunst halb verborgen, lagen grüne Inselketten. Die Mönche griechisch-orthodoxen Glaubens mußten hier außerhalb der Saison, wenn wechselnde Schiffe nicht tagtäglich Massen von Touristen ausspuckten, in traumhafter Ruhe und Weltabgeschiedenheit meditieren können.

Von ihrem Ausguck aus entdeckte Julia, daß Elena mit ihrem Fähnchen sich wieder an den Abstieg machte, und beeilte sich, ihr nachzukommen, denn auf dem Kloster Patmos vergessen werden, wollte sie denn doch nicht.

Wieder stieg man in die Taxen, aber die Fahrt ging nicht, wie Julia erwartet hatte, zum Hafen hinunter, sondern sie hielten nach wenigen Kilometern.

»Und jetzt«, verkündete Elena mit weit tragender Stimme, »besuchen wir die Höhle, in der der Apostel Johannes jahrelang nur bei Wasser und Oliven gehaust und seine unheimlichen Visionen erlebt hat! Hier hat er sie niedergeschrieben, und sie sind als die Apokalypse des Johannes Teil der Bibel geworden . . . er beschreibt darin die letzten Tage der Menschheit!«

Elena bezahlte den Eintritt, und die Passagiere drängten sich ihr nach, einen schmalen Weg entlang, der schräg den Berghang hinunter führte. Die »Höhle des Johannes« war einigermaßen geräumig, aber so niedrig, daß nur ein Kind darin hätte stehen können. Das Lager des Johannes bestand aus glatten harten Felsen. Der Blick auf das weite Meer und die fernen Inseln hinaus aber war von einer umwerfenden Schönheit und Ruhe.

»Er muß Magendrücken gehabt haben«, sagte die deutsche Mutter des halbwüchsigen Jungen, »von den ewigen Oliven. Anders kann ich mir das nicht erklären, daß er ausgerechnet hier so schreckliche Gesichte gehabt hat!«

»Nun, die Ägäis ist nicht immer so ruhig«, erklärte Elena, »im Herbst und im Winter gibt es schreckliche Stürme.«

Julia hatte keine Lust, sich weitere Diskussionen anzuhören, und machte sich davon. Als sie die Straße erreichte, winkte ihr der Chauffeur ihrer Taxe zu. Sie faßte ihre Englischkenntnisse zusammen und fragte ihn, ob man auch zu Fuß zum Hafen kommen könnte. Er begriff sofort, musterte beifällig ihre geschnürten Leinenschuhe mit den flachen Absätzen und wies ihr einen Weg. Julia hatte ihn kaum eingeschlagen, als ein Bus, wahrscheinlich mit Passagieren der »Excelsior«, die nach der »Aquarius« im Hafen angelegt hatte, vor dem Weg zur Höhle hinab stoppte. Julia war froh, den anderen entkommen zu sein.

Der Weg war felsig und sehr schmal, kaum mehr als ein Ziegenpfad, aber sie nahm an, daß die Einwohner der Insel ihn benutzt hatten, so lange noch keine Straßen angelegt worden waren. Da sie an Wanderungen in den Bergen gewöhnt war, kam sie rasch voran und erreichte den Hafen vor den anderen Passagieren, die man womöglich oben noch zum Einkaufen geschickt hatte. Auch hier gab es Andenkenläden, und sie suchte sich eine schöne Postkarte von Patmos zur Erinnerung aus. Sie hatte gerade gezahlt, als sie von hinten angesprochen wurde.

»Mrs. Severin . . .«

Julia drehte sich um und sah sich Simon, dem Zahlmeister, gegenüber. »Oh, Mr. Simon«, sagte sie überrascht, »was machen Sie denn hier?« – Es war nicht üblich, daß Leute von der Besatzung mit an Land gingen.

Er erklärte ihr, daß er Ansichtskarten gekauft hätte.

»Für Ihre Familie?« fragte sie erstaunt, denn sie konnte sich nicht vorstellen, daß er von einer Reise, die er schon unzählige Male mitgemacht haben mußte, Ansichtspostkarten brauchen könnte.

Lächelnd zeigte er seine weißen, regelmäßigen Zähne. »Nein,

für die Passagiere!« Sein Englisch war nicht sehr gut, was Julia das Gespräch erleichterte, weil sie nicht fürchten mußte, sich zu blamieren. »Wir kaufen hier billig ein«, erklärte er, »an Bord verkaufen wir sie teuer.«

»Ach so. Ich verstehe.«

Er wies auf die einfachen Tische, die auf der Straße vor einer kleinen Bar standen. »Darf ich Sie einladen, Mrs. Severin! Zu einem Ouzo vielleicht?«

Julia zögerte.

»Es dauert noch eine gute Stunde«, sagte er, »bis das Schiff ablegt.«

»Ja, dann«, sagte Julia; tatsächlich hatte sie Lust auf den scharfen einheimischen Schnaps, der in seinem Geschmack an französischen Absinth erinnerte.

Sie suchten sich einen Tisch im Schatten und setzten sich. Simon nahm die Mütze ab und rieb sich mit einem Taschentuch über die Stirn. Julia blickte zum Schiff hinüber und vergewisserte sich, daß Roberta nicht an der Reling stand.

Ein Kellner in knöchellanger weißer Schürze stellte zwei Gläser mit Ouzo und eine Schale mit saftigen grünen Oliven vor sie hin. Julia und Simon tranken sich zu.

Er bot ihr sein Zigarettenpäckchen an, zog es aber sofort wieder zurück. »Entschuldigen Sie, ich vergaß ... Sie rauchen ja nicht!«

»Jetzt und hier dürfen Sie mir ausnahmsweise eine anbieten!«

Er gab ihr Feuer und bediente sich dann selber. »Schade, daß Sie gestern abend nicht in der Disco waren, Mrs. Severin.«

Julia inhalierte mit Genuß. »Ich fürchte, für solche Späße bin ich schon zu alt.«

»Nein, sind Sie nicht! Sie sollten einmal kommen in unsere Disco ... ganz alte Herrschaften amüsieren sich dort.«

»Wie beruhigend«, sagte Julia lächelnd.

»Nicht, daß Sie zu den alten Herrschaften gehören! Nein, Sie nicht!«

Er sah sie an, und sie stellte fest, daß seine Augen von undefinierbarer Farbe waren; sie wechselten von einem warmen Braun in ein schimmerndes Grün.

»Danke für das Kompliment!« Julia nahm einen Schluck Ouzo.

»Darf ich fragen, wieviel Jahre Sie haben? Ich meine, wie alt Sie sind?« fragte er unschuldsvoll.

Jetzt sah sie ihn an und lächelte. »Als wenn Sie das nicht wüßten!«

»Oh, wie meinen Sie?«

»Sie haben doch unsere Pässe! Sagen Sie mir jetzt nur nicht, Sie haben nicht hineingesehen.«

Anstandshalber errötete er ein wenig unter der gebräunten Haut, schlug die Augen nieder und wirkte auf einmal wie ein verlegener kleiner Junge.

»Doch, das haben wir«, gestand er.

»Nett, daß Sie es wenigstens zugeben.«

»Wir schauen auf das Alter in allen Pässen, nicht nur bei alleinreisenden Damen.«

Julia lachte. »So ähnlich habe ich mir das vorgestellt.«

»Sie sind nicht böse?«

»Warum sollte ich? Natürliche Neugier ist doch kein Vergehen.«

»Nein, ist es nicht? Ist so üblich, wissen Sie.« Er schwieg einen Augenblick und hob dann wieder den Kopf, um sie durchdringend anzublicken. »Ist es wahr, daß Sie haben zu Hause einen festen Freund?«

»Wie kommen Sie darauf?«

Er sagte nichts.

Julia gab sich selber die Antwort. »Robsy hat es erzählt, nicht wahr?«

»Sie ist ein reizendes Mädchen.«

»Ja, das ist sie.«

»Sie hat erzählt, daß Sie haben festen Freund und bald wieder heiraten werden.«

Julia überlegte sich die Antwort. Roberta hatte bestimmt geglaubt, mit ihrer Schwindelei das Interesse der Offiziere zu dämpfen. Aber Julia hielt nichts davon. Mit Gewißheit hatte keiner der Herren ernsthafte Absichten. Also würde der Gedanke an ihre baldige Heirat sie auch nicht abschrecken, sich um sie zu kümmern. Aber sie wollte ihre Tochter nicht bloßstellen. »Robsy hat viel Phantasie«, sagte sie ausweichend.

»Aber Sie haben einen Freund, nicht wahr?«

»Warum wollen Sie das wissen?«

»Nun ja, eine schöne Frau wie Sie . . . ein wenig geheimnisvoll . . .«

Julia sah sich nach einem Aschenbecher um, fand keinen, warf ihre Zigarette zu Boden und drückte sie mit dem Absatz aus.

»Ich kann nichts Geheimnisvolles an mir finden.«

»Nun, natürlich. Ich kenne Sie nicht sehr gut . . .«

»Eine Kreuzfahrt«, stellte Julia fest, »genügt nie, um sich wirklich kennenzulernen.«

»Aber es muß ja nicht bei einer Kreuzfahrt bleiben!«

»Wie meinen Sie das?« Julia merkte selber, daß sie ihn völlig verblüfft anstarrte.

»Im Winter wird die ›Aquarius‹ nicht eingesetzt. Ich könnte Sie leicht im Winter besuchen, Mrs. Severin.«

»Oh, nein!« entschlüpfte es Julia impulsiv.

»Und warum nicht? Ich bin nicht gebunden. Alle anderen . . . der Kapitän, der Funker, die Offiziere . . . sind verheiratet, haben Kinder. Aber ich bin frei.«

»Meinen herzlichen Glückwunsch«, sagte Julia, nicht ohne Spott über so viel Naivität.

»Ich bin frei . . . Sie sind frei! Warum also darf ich Sie nicht besuchen? Oder ist da doch ein anderer?«

»Mr. Simon!« Julia hätte jetzt gern noch eine Zigarette gehabt, steckte sich aber statt dessen eine Olive in den Mund.

»Mr. Simon«, begann sie dann noch einmal, als sie sie zerbissen und hinuntergeschluckt hatte, »ich lebe in einer sehr kleinen Stadt. Jeder kennt jeden. Es würde Aufsehen erregen, wenn dort eines Tages ein griechischer Zahlmeister auftauchte.«

»Ich werde nicht in Uniform kommen.«

»Trotzdem wären Sie ein Fremder . . . ein auffallender Fremder. Mr. Simon, haben Sie eine Schwester?«

»Zwei. Sie sind beide verheiratet.«

»Aber wenn sie noch unverheiratet wären . . . was würden Sie dazu sagen, wenn sie Besuch von einem Deutschen bekämen? Überhaupt Besuch von einem Mann?«

»Ich würde selbstverständlich im Hotel wohnen.«

»Wenn eine Ihrer Schwestern Witwe wäre und sie bekäme Besuch von einem Mann, der in einem Hotel absteigt? Wie würde Ihnen das gefallen?«

»Ich würde mit ihm reden.«

»Sehen Sie! Aber ich habe niemanden, der Sie zur Rede stellen würde. Ich muß ganz allein auf meinen Ruf achten.«

»In Griechenland sind die Sitten sehr streng.«

»Auch in Deutschland, Mr. Simon . . . wenn man nicht gerade in einer Großstadt wohnt, wo man sich alles erlauben kann.«

»Aber München ist nicht weit von Ihrer Stadt, nicht wahr? Ich könnte in München wohnen. Wir könnten uns sehen.«

»Ja. Vielleicht ein- oder zweimal. Würde sich Ihre weite Reise dafür lohnen?«

»Meine Absichten sind sehr ehrenhaft, Mrs. Severin. Eine Kreuzfahrt bietet nicht Platz für ernsthafte Absichten.«

Julia bereute, daß sie sich in diese Situation manövriert hatte; sie dachte, daß sie besser daran getan hätte, Simons Einladung auszuschlagen und geradewegs auf das Schiff zurückzukehren.

»Mr. Simon«, fragte sie, »wie alt sind Sie?«

»Vierzig Jahre.«

»Und Sie haben die Frau fürs Leben noch nicht gefunden?«

»Ich habe viele Frauen gefunden. Aber keine war die Richtige.«

»Ich bin es auch nicht. Tut mir leid. Ich mag Sie. Aber einmal von allem abgesehen . . . könnten Sie sich vorstellen, daß ich mich hier in Piräus niederlasse und darauf warte, daß Sie Freitagnachmittag nach Hause kommen?«

»Ich habe den ganzen Winter frei.«

»Ich spreche kein Wort Griechisch.«

»Ich könnte das Schiff verlassen und in Deutschland Arbeit suchen. Wir sind doch in der EG.«

»Aber Sie sprechen kein Wort Deutsch! Mr. Simon, glauben Sie mir, das Ganze wäre ein totgeborenes Kind.«

»A dead born child!« wiederholte er. »What means that?«

»Eine Idee, aus der nichts werden kann. Schlagen Sie sie sich aus dem Kopf. Lassen Sie uns die Kreuzfahrt genießen. Sie dauert ja nur noch wenige Tage.«

»Zu wenige Tage.«

Julia merkte, daß es nutzlos war, ihn überzeugen zu wollen; sie stand auf. »Ich möchte jetzt an Bord gehen, Mr. Simon! Haben Sie Dank für den Ouzo und die Zigarette. Wir sehen uns dann später.«

»Julia!« Er sprang auf und vertrat ihr den Weg.
Mit einer Kopfbewegung zum Schiff, an dessen Reling einige
der zurückgebliebenen Passagiere lehnten und auf die Heim-
kehrer warteten, sagte sie: »Wir wollen denen da oben doch
kein Schauspiel geben. Ich nehme an, das entspräche wohl auch
nicht Ihren Dienstvorschriften.«
»Verzeihen Sie, Julia!«
Sie lächelte ihn versöhnlich an. »Dazu besteht kein Grund. Bis
später dann!«
Er sah ihr nach, wie sie leichtfüßig über die abgeschliffenen
Pflastersteine lief, mit sehr geradem Rücken und hocherhobenem Kopf, und dann die steile Gangway hinaufkletterte.
Als sie oben angekommen war, stand er immer noch da, ohne
sich gerührt zu haben. Sie winkte ihm kurz zu, bevor sie seinen
Augen entschwand.

Julia suchte zuerst ihre Kabine auf, nahm eine Dusche, zog ihren weißen Badeanzug an, ein rostrotes Strandkleid aus Leinen
darüber, Sandalen an die Füße und nahm ihre Badetasche. Sie
war sicher, daß sie Roberta um diese Tageszeit auf dem Sonnendeck finden würde. Da war sie auch, in einem Liegestuhl
dicht beim Swimming-pool. Sie trug einen hellblauen Bikini,
hatte sich das blonde Haar aus dem Gesicht gebunden und hielt
ihr rundes, ölglänzendes Gesicht mit geschlossenen Augen der
Sonne entgegen.
Julia kämpfte sich zu ihr durch, aber Roberta öffnete auch dann
nicht die Augen, als ihr Schatten über sie fiel.
»Hallo, Liebling!« sagte Julia.
»Ach, du bist's!« Roberta blinzelte zu ihr hoch. »Na, wie
war's?«
»Sehr schön. Du hast was versäumt.«
»Doch nicht meine Schuld.«
»Hätte ich dich wecken sollen?«
»Warum hast du's nicht getan?«
»Ich habe es nicht übers Herz gebracht.«
»War auch besser so. Diese Inseln sind doch alle gleich.«
»Das kann man doch nicht sagen.« Julia setzte sich auf den
Rand des Beckens, weil neben Roberta kein Liegestuhl frei war,
und erzählte.

Roberta ließ sich nicht anmerken, ob sie zuhörte; sie hatte die Augen schon wieder geschlossen.

Julia überlegte, ob sie auch von ihrer Begegnung mit dem Zahlmeister berichten sollte, unterließ es dann aber doch, weil sie keinen unnötigen Ärger haben wollte. »Du bist inzwischen wieder um einen Ton brauner geworden«, sagte sie statt dessen.

»Gibt's schon Bouillon?« fragte Roberta.

Julia blickte zum Patio hinüber. »Ich glaube schon. Aber du solltest besser darauf verzichten, zumal du ja erst spät gefrühstückt hast.«

»Und du?«

»Ich auch.«

Das gute und reichliche Angebot an Speisen war eines der Dinge, die Julia – und Roberta erst recht – auf der Kreuzfahrt Schwierigkeiten machte. Sie mußten sich ständig beherrschen, um nicht ungehemmt zuzugreifen. Die meisten der anderen Passagiere nahmen es in Kauf, einige Pfunde Übergewicht mit nach Hause zu nehmen, nach dem Motto: »Schließlich haben wir dafür bezahlt.«

Julia stand auf.

»Wohin gehst du?« fragte Roberta schläfrig.

»Ich suche mir ein Plätzchen, wo ich mich langstrecken kann. Wollen wir den Lunch im Patio nehmen? Oder lieber im Speisesaal?« Sie hätte gern darauf verzichtet, sich zum Essen wieder umziehen zu müssen, aber da Roberta sich für den Speisesaal entschied, ergab sie sich darein.

Erst nach dem Essen – sie waren als letzte an den großen Tisch gekommen, und so blieben sie auch als letzte daran zurück – kam Julia auf die vergangene Nacht zu sprechen. »Es ist wohl sehr spät geworden gestern?« fragte sie nicht ganz aufrichtig, denn sie hatte Roberta in die Kabine zurückkehren gehört, sich aber schlafend gestellt.

»Ziemlich«, gab Roberta einsilbig Auskunft.

Julia bedankte sich beim Steward für den Kaffee, den er ihr brachte, und tat sich Sahne und Zucker in die Tasse. »Also war's nett?«

»Geht so.«

Julia lachte. »Also, Robsy, entweder war es lustig oder es war langweilig. Beides zugleich ist unmöglich. Hast du viel getanzt?«

»Das schon.« Plötzlich platzte Roberta heraus: »Alle haben nach dir gefragt!«

Julia rührte in ihrer Tasse. »Das ist ja auch nur natürlich, da wir sonst immer zusammen waren.«

»Alle haben gefragt, warum du nicht mitgekommen bist.«

»Und? Hast du es ihnen erklärt?«

»Sie wollten es nicht glauben! Sie konnten sich nicht vorstellen, daß du einfach zu müde warst.«

»Ist ja nicht weiter schlimm. Dann haben sie vielleicht gemerkt, daß ich mir nicht viel aus ihrer Gesellschaft mache.«

»Ja, vielleicht.« Roberta zerkrümelte ein Stück Weißbrot.

»Möchtest du noch eine Cola?« fragte Julia.

»Lieber später.«

»Ja, wir sollten machen, daß wir nach oben kommen. Willst du dich vielleicht schon umziehen?«

»Nein, Julia, ich . . .« Roberta stockte. »Wirst du mir auch nicht böse sein?«

»Das bin ich doch fast nie.«

»Ich habe ihnen erzählt . . . nur weil sie so neugierig waren . . . daß du einen festen Freund hast und bald wieder heiraten wirst! Ich hätte es nicht getan, Julia, wenn sie nicht ausdrücklich danach gefragt hätten. Sie wollten alles über dich wissen, und da habe ich mir gedacht, warum soll ich ihnen die Wahrheit auf die Nase binden!«

»Ja, warum auch«, sagte Julia und war froh, daß sie durch Simon auf dieses Geständnis vorbereitet war.

Roberta atmete auf. »Du bist mir nicht böse?«

»Ganz bestimmt nicht.« Julia lächelte ihr zu. »Es ist mir doch völlig schnuppe, was die über mich denken. Immer noch besser, sie glauben mich in festen Händen, als daß sie mich für ein Mauerblümchen halten.«

»Ausgerechnet dich!«

»Was hätten sie sich wohl gedacht, wenn du ihnen gesagt hättest, daß ich keinen Freund habe und nur für dich auf der Welt bin?«

Roberta überlegte. »Ach, Männer!« sagte sie dann. »Die verstehen ja doch nichts!«

In den ersten Tagen der Kreuzfahrt hatten Julia und Roberta das Gefühl gehabt, daß sie eine endlose Zeit vor sich hatten, und es war ihnen nicht schwergefallen, sich zu entspannen und stundenlang auf dem Sonnendeck zu faulenzen.

Aber als die Mitte der Zeit überschritten war und die Landung in Piräus näher und näher rückte, schien sich der Rhythmus an Bord zu verändern. Die Zeit raste nur so dahin. Noch einmal ins Wasser springen, Shuffleboard spielen – vielleicht schon zum letztenmal –, Tontaubenschießen, Umziehen und wieder Umziehen, die Haare waschen und die Nägel richten, noch einen Drink in der Bar, Exkursionen nach Ephesus und in Istanbul . . . Sollte man an den Rundfahrten teilnehmen oder war es besser, zum Strand zu fahren?

Sie bewunderten eine Schar Delphine, als sie immer wieder aus den Wogen aufsprangen und ins Wasser zurückglitten, und das Schiff eine Strecke begleiteten, aber es war nicht mehr das sorglose Entzücken wie beim ersten Mal, sondern der Gedanke kam auf: Vielleicht sind's die letzten, die wir zu Gesicht bekommen!

Robertas Verhältnis zu den Offizieren an Bord hatte sich entspannt. Jetzt kassierte sie den Anteil an Interesse, den sie ihr schenkten, einfach ein und ließ sich gern eine Cola und eine Limonade spendieren. Immerhin stand sie, wenn auch nur an der Seite ihrer Mutter, im Mittelpunkt. Sie bewunderte Julia, die in so leichtem Ton mit den Herren umging, unbefangen mit ihnen scherzte und sie doch auf Abstand zu halten wußte.

Nachher, in ihrer Kabine, lachten sie dann über das Auftreten jedes einzelnen, ihre Aussprüche, Gewandtheiten und kleine Verlegenheiten. Julia war sich bewußt, daß es nicht ganz fair war, die höflichen Aufmerksamkeiten entgegenzunehmen und dann darüber zu spotten. Aber sie hatte darin ein Mittel entdeckt, Roberta bei guter Laune zu halten. Und genau das war ihr wichtiger als alles andere.

Einmal sagte Roberta: »Weißt du was, Julia? Ich finde, wir sind schon richtige Emanzen.«

Julia lächelte nur dünn.

»Doch!« beharrte Roberta. »Wir schlagen uns allein durch die Welt und können über die Männer nur lächeln.«

»Na, wenn du es so siehst.«

Roberta seufzte. »Zu schade, daß alles schon so bald vorbei ist.«

»Ja, das finde ich auch«, sagte Julia.

Sie meinte es ernst. Die Abwechslungen dieser Reise hatten inzwischen ganz unmerklich den Schmerz um den verlorenen Geliebten gelindert. Jetzt konnte sie an ihn denken, ohne daß sich ihr Herz zusammenzog. Ihre große Liebe war zur Erinnerung geworden. Einmal, als sie vor dem Dinner mit Simon und dem Funker im Patio zusammensaßen, während die Lichter angingen und das warme Blau von Himmel und Meer noch intensiver zu werden schien, sagte sie: »Ich weiß nicht, was es ist, aber diese Reise war für mich wie Medizin.«

»Es ist bekannt«, entgegnete der Funker, »daß eine Seefahrt heilsam auf gebrochene Herzen wirkt!«

Simon griff das Stichwort sofort auf. »War Ihr Herz denn gebrochen, Mrs. Severin?«

Julia war froh, daß man in dem ungewissen Licht unmöglich sehen konnte, wie sie errötete. »Oh, nein!« behauptete sie. »Mein Herz ist aus Stahl.«

»Aber man hat es verletzt?«

»Mein lieber Mr. Simon, daraus besteht das Leben, nicht wahr? Man teilt Schläge aus, und man bekommt sie zurück. Ich kenne kein Rezept für ein schmerzfreies Existieren.«

»Das wäre ja auch höchst langweilig«, bemerkte der Funker.

Für den letzten Abend an Bord war das »Captain's Dinner« angesagt, und diese Aussicht bewirkte eine gewisse Unruhe unter den Passagieren. So mancher erhoffte für sich die Ehre, bei dieser Veranstaltung am Tisch des Kapitäns speisen zu dürfen. Aber die Chancen waren gering. Es waren fast zweihundert Passagiere an Bord, und am Tisch des Kapitäns war höchstens Platz für acht, denn natürlich würden auch die Offiziere und der Reiseleiter, ein junger Österreicher, dort sitzen.

Julia brachte gerade das Buch, das sie sich ausgeliehen hatte, in die kleine Bibliothek zurück, als Roberta mit hochrotem Kopf hereinstürmte.

»Da bist du ja! Ich habe dich überall gesucht!«

»Robsy, warum so aufgeregt? Du hast doch wohl nicht gedacht, ich könnte auf dem Schiff verlorengehen?«

»Das natürlich nicht, aber ... es ist etwas passiert!« Sie warf ei-

166

nen Blick auf die beiden jungen Damen, die die Buchtitel studierten, und sagte geheimnisvoll: »Ich muß dich unbedingt sprechen!«
Julia hatte den Roman in seine Reihe zurückgestellt.
»Unter vier Augen!« wisperte Roberta.
Die beiden jungen Frauen lächelten sich zu und zogen sich zurück.
»Gott sei Dank!« sagte Roberta und zog einen großen eleganten Umschlag vor, den sie bisher auf dem Rücken gehalten hatte.
»Da!« sagte sie. »Wir haben sie! Die Einladung zum Kapitänstisch! Lies nur ... Mistress und Miss Severin ... Dinner um einundzwanzig Uhr! Abendkleidung erwünscht ... Was sagst du jetzt?«
Julia las die Einladung. »Ich bin ein bißchen überrascht.«
»Stell dir nur vor! Ausgerechnet wir!«
»Liegt dir denn soviel daran?«
»Aber, Julia, das ist eine ganz große Ehre!«
»Und ich dachte immer, du machtest dir nichts aus den Herren.«
»Das ist doch was ganz anderes, Julia, ob sie zu uns kommen und mit uns flirten oder ob wir an den Tisch des Kapitäns geladen sind!«
»Also, ich könnte auf diese Ehre gern verzichten«, sagte Julia trocken, »wir müssen noch die Koffer packen, und außerdem ist es doch eine Umstellung, weil wir sonst immer am Dinner um sieben teilnehmen ...«
»Du wirst doch wohl nicht etwa absagen?« fragte Roberta bestürzt.
»Nur keine Angst, Robsy, ich glaube, das kann man gar nicht. Es wäre eine Beleidigung für den netten Käpten. Aber sag mal, warum machst du ein Geheimnis daraus? Es kann doch jeder wissen, daß wir ...«
Roberta fiel ihr ins Wort. »Eben nicht, Julia! Alle rätseln doch noch darüber, wer die Glücklichen sind. Wenn wir kein Wort verraten, werden wir heute abend unseren ganz großen Auftritt haben.«
Kindskopf! hätte Julia beinahe gesagt, aber sie freute sich doch über Robertas Begeisterung. »Jedenfalls wird es ein hübscher Abschluß!«

Das wurde es wirklich.

Es war schon erhebend, vom Chefsteward empfangen und durch den ganzen Speisesaal unter den neidvollen und bewundernden Blicken der anderen Passagiere zum Tisch des Kapitäns geführt zu werden. Julia und Roberta hatten sich, getreu der Kleidervorschrift, ihre langen Abendroben angezogen und waren froh, daß sie sie auf der bisherigen Fahrt noch nicht getragen hatten. Beide Kleider waren aus Seide, Julias schimmerte goldfarben und Robertas war weiß; dazu trugen sie hochhackige Sandalen und waren sich bewußt, mit ihrer braunen Haut und den frisch gewaschenen Haaren gut auszusehen.

Die Herren erhoben sich artig, als sie den Tisch erreichten. Um die Ehre voll zu machen, wurde Julia an die rechte, Roberta an die linke Seite des Kapitäns plaziert. Auf Julias anderer Seite saß der Zweite Offizier – der Erste tat an diesem Abend Dienst auf der Brücke –, Simon ihr schräg gegenüber, so daß er kaum Gelegenheit hatte, sich mit ihr zu unterhalten, sondern sie nur mit schmachtenden Blicken seiner grünbraun schillernden Augen beobachten konnte. Alle anderen Passagiere am Kapitänstisch waren Amerikaner.

Die Speisefolge übertraf alles, was sie bisher an Bord gegessen hatten; es gab unter anderem Schildkrötensuppe Lady Curzon, gratinierten Hummer und zartes, rosiges Roastbeef in dicken Scheiben mit vielerlei Gemüsen. Dazu spielte die Band ihre nostalgischen Weisen.

Der Kapitän, der selber Vater einer siebzehnjährigen Tochter war, beschäftigte sich freundlich und zwanglos mit Roberta, um sich zwischendurch wieder augenzwinkernd Julia zuzuwenden. Julia versuchte, ihm mit einem warmen Blick ihre Dankbarkeit auszudrücken und fühlte, daß er sie verstand.

Als die Stewards, flinker und beflissener als sonst – oder bedienten sie immer so fabelhaft am Tisch des Kapitäns? – abgeräumt hatten, erloschen alle Lichter im Saal. Der Koch erschien, sehr malerisch, in blendend weißer Schürze, die hohe, gefältete Mütze auf dem großen Kopf, an der Spitze seiner Mannschaft, und alle trugen riesige, mit Kerzen besteckte Eistorten vor sich her.

Die Kapelle spielte einen Tusch, und die Passagiere riefen »Ah« und »Oh!«

Der Zauber dauerte nur kurz, dann gingen die Lichter wieder an. In wenigen Minuten waren die Eistorten zerlegt und aufgetragen. Dazu wurde Champagner serviert. Die Stimmung wurde sehr ausgelassen und man stieß miteinander an. Die meisten der Passagiere setzten die bunten Kopfbedeckungen auf, die sie beim Eintritt in den Speisesaal erhalten hatten. Da der Kapitän, auf Würde bedacht und an dergleichen Schnickschnack allzu sehr gewöhnt, es nicht tat, verzichteten auch die Gäste an seinem Tisch darauf. Damen eilten herbei, um sich mit dem Kapitän, der es leicht gelangweilt, aber mit guter Miene über sich ergehen ließ, fotografieren zu lassen. Wahrscheinlich würden sie zu Hause behaupten, an seinem Tisch gespeist zu haben. Das verstärkte in Julia und Roberta das schöne Gefühl der Überlegenheit.

Als die Gläser geleert waren, ging man noch hinauf in den Salon. Julia tanzte mit dem Kapitän einen Walzer, und Simon versuchte das gleiche mit Roberta; aber da er kein besonders guter Tänzer war und sie keinen Walzer gelernt hatte, wurde nur eine improvisierte Dreherei daraus.

Danach verabschiedete Julia sich.

Natürlich protestierte Roberta, rief: »Jetzt schon?« und: »Gerade, wo es mal lustig ist!«

Aber Julia bestand auf ihrem Wunsch, denn die »Aquarius« sollte noch in der Nacht in Piräus landen und die Kabinen sehr früh geräumt werden. Sie schüttelte all ihren flüchtigen Freunden die Hand und bedankte sich, daß man ihr die Reise so angenehm gemacht hatte.

Simon wollte ihre Hand nicht freigeben und flüsterte beschwörend:

»We have to meet again!«

Aber Julia schüttelte nur lächelnd den Kopf und entzog sich ihm.

Der Kapitän, ganz Kavalier alter Schule, küßte ihr und auch Roberta die Hand.

Julia legte den Arm um ihre Tochter und führte sie hinaus.

Roberta war nicht mehr ganz sicher auf den Beinen, denn sie hatte mehr Champagner getrunken, als für sie gut war. »Ach, Julia«, sagte sie und legte den Kopf an die Schulter der Mutter, »war das nicht ein herrlicher Abend? War es nicht überhaupt eine wundervolle Reise? Das machen wir das nächste Jahr wieder, nicht wahr?«

»Es freut mich, daß du Spaß gehabt hast«, erwiderte Julia ausweichend – bis zum nächsten Sommer war es noch lange hin, und es hatte keinen Sinn, Roberta jetzt schon zu erklären, daß sie nicht gewillt war, sich in absehbarer Zeit wieder auf ein solch undankbares Abenteuer einzulassen.

Als sie am nächsten Nachmittag auf dem Flughafen München-Riem landeten, entdeckten sie Ralph schon, als sie ihre Koffer vom Fließband nahmen. Er winkte ihnen hinter der gläsernen Schiebetür mit zwei Rosen, einer roten und einer weißen, strahlend zu.

Draußen umarmten sich dann Mutter und Sohn.

»Wie lieb, daß du uns abholst, Ralph!« rief Julia.

Er lachte. »Gib zu, ihr wärt ganz schön sauer gewesen, wenn ich es nicht getan hätte!«

»Na klar«, sagte Roberta, »für was haben wir dich denn den Führerschein machen lassen?«

Ralph überreichte Julia die rote und Roberta die weiße Rose. Das Mädchen schnupperte an ihrer Blume und meinte: »Wie sinnig!«

»Gut seht ihr aus«, stellte Ralph fest, »braungebrannt und erholt, alle beide. Du wirst richtig hübsch, Robsy.«

»Der Kapitän hat mir die Hand geküßt.«

Ralph lachte. »Da sieh einer an! Der alte Schmecklecker.«

Auch er sah sehr gut aus, stellte Julia fest, in einem hellen Freizeitanzug, der die Bräune seiner glatten Haut hervorhob, und einem grasgrünen Hemd, das die Farbe seiner Augen unterstrich. Das braune Haar fiel ihm lockig und leicht in die Stirn, und seine weißen Zähne blitzten. Aber sie verlor kein Wort darüber, denn sie wußte, daß er, auch ohne daß man ihm schmeichelte, eitel genug war.

Er nahm Roberta die Eisenkarre mit ihrem Gepäck ab, schob sie aus dem Flughafengebäude hinaus und über die Fahrbahn. Auf der ersten Parkspur wartete sein Auto. Er wuchtete die Koffer hinein, öffnete die Türen, ließ Mutter und Schwester einsteigen und klappte das Verdeck hoch.

»Ein Glück, daß wir schönes Wetter haben«, sagte er, »sonst

wäre die Rückkehr in die Wirklichkeit für euch ziemlich schmerzlich ausgefallen.«

»Willst du behaupten, unsere Kreuzfahrt sei nicht wirklich gewesen?« erkundigte sich Roberta.

»Reisen sind das nie. Man begibt sich sozusagen in eine andere Welt. Das ist ja gerade der Reiz daran.« Er ließ den Motor an, schaltete, gab Gas und stieß rückwärts auf die Fahrspur.

»Da ist was Wahres dran«, sagte Julia, »so ähnlich habe ich es auch empfunden.«

»Eure Gedanken übersteigen mal wieder meinen Horizont«, beschwerte sich Roberta.

»Nimm's nicht tragisch, Kleines«, erwiderte er, »eines Tages wirst du auch so alt und weise sein wie wir zwei beiden!« Er legte den Arm um Julias Schulter.

Die Berührung tat ihr gut; dennoch sagte sie: »Bitte, leg beide Hände ans Steuer! Und fahr vorsichtig!«

»Ich weiß genau, was ich mir zutrauen darf!«

»Natürlich weißt du das!« schaltete sich Roberta vom Hintersitz her ein. »Aber du weißt doch auch wie Mütter sind ... überängstlich von Natur aus.«

Julia war ein bißchen gekränkt, aber sie zeigte es nicht, sondern tat so, als wäre sie mit dieser Beurteilung einverstanden. »Mag sein«, sagte sie, »also, bitte, Ralph, fahr mir zuliebe etwas konventioneller, als wenn du allein wärst. Ich bin während der ganzen Kreuzfahrt nicht seekrank geworden und möchte das jetzt, so kurz vor zu Hause, nicht noch nachholen.«

Daraufhin begnügte Ralph sich damit, auf der Autobahn ein Tempo von 110 Stundenkilometern einzuhalten, und Mutter und Schwester genossen die Fahrt, erzählten, was sie alles gesehen hatten, und ließen sich von Ralphs Erlebnissen in der Bretagne berichten, was er, wie immer, auf eine witzige und anekdotische Art tat.

Julia war glücklich mit ihren Kindern. Sie wurde immer stiller, weil sie es genoß, Ralph und Roberta um die Wette erzählen zu hören. Als sie die Autobahn verließen und auf die Bundesstraße abbogen, die in die Berge und nach Bad Eysing führte, verstummte sie ganz. Je mehr sie sich der Heimat näherten, desto ruhiger wurde sie.

171

Es war Ralph, dem ihr Schweigen auffiel. »Ist dir nicht gut, Julia?« fragte er besorgt.

»Oh, doch! Sehr sogar.«

»Warum sagst du dann nichts?«

»Man muß nicht immer reden. Ich höre euch lieber zu.«

»Den Schmarren, den wir verzapft haben!«

»Ich finde es interessant.«

Bad Eysing tauchte vor ihnen auf, der barocke Turm der katholischen Kirche und die einfache Spitze des protestantischen Kirchturms, die kupferne Kuppel des Kurhauses, die im Sonnenlicht glänzte. Sie durchquerten die altvertraute kleine Stadt und bogen in die Akazienallee ein.

»Endlich wieder zu Hause!« sagte Julia.

»Na, erlaube mal!« protestierte Roberta. »Du tust ja gerade so, als wenn wir aus der Verbannung heimkehrten! Ich hätte es noch einen ganzen Monat auf der ›Aquarius‹ ausgehalten.«

Julia verzichtete darauf, ihr vorzuhalten, wie unzufrieden und unglücklich sie sich die erste Zeit auf dem Schiff gefühlt hatte, und sagte nur: »Es ist trotzdem schön, nach Hause zu kommen.«

»Kann ich gar nicht finden.«

»Warte nur ab, bis du wieder in deinem eigenen Zimmer bist!«

Als sie ausstiegen, erbot sich Ralph, die Koffer nach oben zu bringen; er überließ Julia und Roberta nur das Handgepäck.

Agnes öffnete die Wohnungstür, als sie das Haus betraten. Sie umarmte Julia und Roberta und küßte sie herzlich auf die Wangen. »Da seid ihr ja wieder! War's schön? Ich komme nachher rauf, dann könnt ihr erzählen. Oh, Ralph hat euch abgeholt? Dann komme ich lieber morgen!«

»Morgen haben wir unseren Skat.«

»Worauf du dich verlassen kannst! Schlimm genug, daß wir eine Woche aussetzen mußten. Dann komme ich morgen eben etwas früher. Ich hab's nicht gern, wenn während des Spiels dauernd gequatscht wird.«

Julia wußte, daß die Freundin sie gern sofort besucht hätte. Aber sie verzichtete darauf, sie aufzufordern, weil sie, wie Agnes richtig erkannt hatte, lieber mit Ralph zusammenwar und sich auch plötzlich müde fühlte.

Die Wohnung war sauber und gelüftet, Agnes hatte sogar einen dicken Strauß früher Dahlien auf den Tisch gestellt. Julia und Roberta gaben ihre Rosen ins Wasser und nahmen von ihrem Heim Besitz.

Ralph mußte dreimal gehen, um das Gepäck, ohne sich zu überanstrengen, nach oben zu bringen. »Ich habe meinen Koffer auch gleich mitgebracht«, verkündete er und tupfte sich mit einem grünen Tüchlein den Schweiß von der Stirn.

»Ach ja, natürlich«, sagte Julia und kämpfte gegen den Verdacht, daß seine schmutzige Wäsche der Hauptgrund gewesen sein könnte, sie vom Flughafen abzuholen.

»Ich mach euch jetzt was zu essen«, schlug er vor, »damit ihr in Ruhe auspacken könnt.«

»Dann sieh mal in den Kühlschrank! Ich weiß gar nicht, was Agnes eingekauft hat.«

»Nicht nötig! Ich habe euch was besorgt!« erklärte er selbstgefällig. »Kümmert ihr euch nur um eure Sachen, ich mach das schon.«

Tatsächlich hatte er in weniger als einer halben Stunde eine vollständige Mahlzeit auf den Tisch gebracht: Steaks, Stangenweißbrot und einen Salat aus Orangen, Knoblauch, Zwiebeln, Oliven und Öl. Dazu hatte er eine Flasche leichten Rosé geöffnet.

»Was ist denn das?« Roberta schnupperte mißtrauisch an dem Salat.

»Probier nur! Schmeckt großartig!« Er tat seiner Schwester und seiner Mutter auf.

»Und was ist mit dir?« fragte Roberta. »Warum ißt du nicht selber was davon? Wenn er so gut ist.«

»Leider, leider«, erklärte er und goß Wein ein, »kann ich's mir nicht erlauben. Ich habe noch eine Verabredung.«

»Du willst fort?« Julia konnte ihre Enttäuschung nicht verbergen. »Noch heute abend?«

»Leider, leider!« Seine schrägen grünen Augen funkelten amüsiert. »Es wird mir wohl nichts anderes übrigbleiben.«

Julia hatte das Gefühl, als müßte ihr das Essen in der Kehle steckenbleiben. Aber dann verzehrte sie doch alles, was Ralph ihr auftischte, und mußte zugeben, daß es schmeckte, zwar ungewohnt, aber gut.

Nach dem Essen verabschiedete Ralph sich rasch.

Julia und Roberta packten ihre Koffer aus; sie warfen die schmutzige Wäsche in die Küche. Julia hatte erwartet, daß ein ganzer Haufen zusammenkommen würde. Aber als sie dann noch Ralphs Koffer geöffnet hatte, türmte sie sich buchstäblich zu Bergen.

»Was für ein Snob!« bemerkte Roberta, nicht ohne eine gewisse Hochachtung. »Der scheint doch tatsächlich sogar im Urlaub Oberhemden getragen zu haben!«

Plötzlich fühlte Julia sich den Tränen nahe. Das war die Rückkehr in die Wirklichkeit des Alltags, von der Ralph gesprochen hatte. Sie verachtete sich für ihre Verzweiflung. Was gehörte schon dazu, die Wäsche zu sortieren und in die Maschine zu stopfen. Sie erinnerte sich, daß ihre Mutter nach dem Krieg die Oberhemden ihres Vaters auf dem Herd gekocht hatte. Inzwischen war ja alles so einfach geworden, und dennoch wirkte dieser Berg Schmutzwäsche auf sie wie die traurigen Reste schöner Illusionen.

»Kommst du fernsehen?« fragte Roberta.

»Gleich. Ich will erst eine Partie auf den Weg bringen.«

»Aber das hat doch Zeit bis morgen!«

»Nein, Robsy, der Anblick schlägt mir jetzt schon auf den Magen. Ich will morgen früh nicht noch mal davorstehen.«

»Wenn du dein Temperament nicht zügeln kannst, na, bitte.«

Ralph kam eine Woche später kurz vorbei, um seine, wie immer, sorgfältig und liebevoll gebügelten Oberhemden abzuholen und einen neuen Schub schmutziger Wäsche zu bringen. Unwillkürlich verzog Julia das Gesicht.

»Sei nicht böse, Julia!« Er legte den Arm um sie und küßte sie auf die Wange. »Es ist auch bald Schluß damit!«

»Hast du dir etwa eine Freundin zugelegt?« neckte Roberta ihn.

»Wo denkst du hin? Die Mädchen von heute haben doch alle keine Lust mehr, einen Mann richtig zu versorgen.«

»Und Recht haben sie! Wie kommen wir denn dazu, euer Zeug in Ordnung zu halten? Macht's doch selber!«

Ralph grinste. »So weit käme das noch.«

»Also, was ist los mit dir?« fragte Julia. »Was hast du vor? Wieso willst du in Zukunft auf meine Dienste verzichten?«

»Ich ziehe um. Endlich komme ich aus diesem billigen Wohn-
heim heraus.«
»Und wohin?«
»Hört und staunt: in eine supervornehme Villa in Grünwald.«
»Hast du dir da ein Zimmer gemietet?« erkundigte sich Roberta.
»Und kannst du das überhaupt bezahlen?«
»Ich ziehe zu einem Freund«, sagte Ralph nur.
Roberta warf Julia einen vielsagenden Blick zu, den die Mutter
aber nicht erwiderte.
»Was für ein Freund?« fragte Julia. »Wo hast du ihn kennenge-
lernt? Und wie kommt er dazu, dich bei sich aufzunehmen?«
»Das klingt ja wie ein Verhör!«
Das Gespräch fand in der kleinen Diele statt. Ralph hatte nicht
einmal seinen Mantel ausgezogen, und jetzt machte er einen
Schritt zur Wohnungstür, als wollte er gleich wieder verschwinden. Julia packte ihn beim Arm. »Ich glaube doch, daß
ich das Recht habe, dir diese Fragen zu stellen.«
»Aber ja doch, Julia«, lenkte er ein, »reg dich nicht auf. Du hast
nur so eine penetrante Art, die Dinge zu dramatisieren. Also . . .
was möchtest du wissen?«
»Leg endlich deinen Mantel ab und komm mit ins Wohnzimmer. Soviel Zeit sollte doch schon sein.«
Ralph gehorchte, wobei sein hübsches Gesicht äußersten Un-
willen ausdrückte. Sie traten ins Wohnzimmer und setzten sich
auf ihre gewohnten Plätze. Unzählige Male hatten sie schon so
beieinander gesessen, aber Ralph brachte es fertig, eine Haltung einzunehmen, als wäre er hier ein Fremder, etwa ein Versi-
cherungsvertreter, der geschäftlich vorbeigekommen war, oder
ein Bekannter, entfernter Bekannter, der Grüße auszurichten
hatte. Julia schnitt es ins Herz.
Roberta dagegen schien die Situation zu genießen. »Also . . .
wo hast du ihn kennengelernt?«
»Keine Ahnung. Ich hab's mir nicht gemerkt. Ist das denn wichtig? Auf alle Fälle durch einen Freund . . . ja, ein guter Freund
hat uns bekannt gemacht.«
Roberta grinste. »Also noch ein guter Freund!«
Ralph funkelte sie an. »Halt du bloß deine Klappe!«
»Und wie kommt dieser Freund deines Freundes dazu, dich bei
sich aufzunehmen?« forschte Julia.

»Höchst einfach. Er hat Platz genug in seinem Haus.«

»Das ist kein Grund. Dein Zimmer hier steht doch jetzt auch schon seit Monaten leer. Trotzdem habe ich nie daran gedacht, einen Fremden einziehen zu lassen.«

»Das hast du ja auch nicht nötig.«

»Aber dein Freund?«

»Er braucht einfach mal jemanden, der ihn chauffiert ... oder das Auto wäscht ... oder im Garten mithilft.«

»Im Garten!« rief Roberta. »Dazu bist du gerade der Richtige!«

»Ich behaupte ja nicht, daß ich mich darum reiße. Aber für ein schönes Zimmer nehm ich das eben auf mich.«

»Und deine Hemden willst du in Zukunft auch selber bügeln?«

»Er hat eine Haushälterin.«

»Die wird sich aber freuen, wenn sie plötzlich zwei Herren bedienen muß!« rief Roberta.

»Sie wird gut bezahlt.«

Julia stand auf und schenkte sich ein Glas Cognac ein. »Du auch?« fragte sie Ralph.

Ralph schüttelte den Kopf.

»Der trinkt von nun an nur noch Nektar und Ambrosia«, spottete Roberta.

»Blödsinn. Aber ich muß noch fahren.« Er zündete sich eine Zigarette an.

Julia hätte ihn am liebsten gebeten, ihr eine abzugeben, aber sie verbiß sich den Wunsch. »Darf man auch den Namen deines Gönners erfahren?« fragte sie. »Gönner ... so sagt man doch?«

»Keineswegs! Er ist ein Freund, ein netter alter Knabe.«

»Wie alt?« wollte Roberta wissen.

Ralph dachte nach. »Weiß ich nicht. Hat er mir nicht gesagt. Spricht wohl nicht gern davon. Auf alle Fälle über vierzig.«

»Aha.«

»Blöde Ziege. Was soll dieses ›Aha‹? Du fängst an, mir auf den Wecker zu gehen!«

»Sprich nicht in diesem Ton mit deiner Schwester!« mahnte Julia; sie hatte sich wieder gesetzt und einen großen Schluck Cognac genommen. »Im übrigen bist du selber daran schuld, wenn dir dieses Gespräch nicht gefällt. Warum redest du nicht offen

mit uns? Statt dessen müssen wir jedes Wort aus dir heraus-
quetschen.«

»Warum laßt ihr mich nicht einfach mein eigenes Leben leben?«

»Aber das tun wir doch, Ralph. Wir wollen dir keineswegs hineinreden. Wir wollen nur wissen . . .«

Er unterbrach sie. »Also schön, er heißt Albert Klinger . . .
Doktor Albert Klinger, wenn ihr es genau wissen wollt, er
hat in Französisch und Literatur promoviert . . . und ihm gehört ein großes Herrenausstattungsgeschäft in der Theatinerstraße, dazu Filialen in Regensburg, Nürnberg und Ingol-
stadt.«

»Da hast du aber einen feinen Schnapp gemacht«, sagte Roberta.

»Was soll das?«

»Ich meine nur: Du hast Glück gehabt, einen so betuchten On-
kel für dich zu interessieren.«

Um zu beweisen, wie sehr er die Situation beherrschte, hatte er
den Aschenkegel seiner Zigarette lang werden lassen; jetzt
streifte er ihn ab. »Was heißt hier Glück«, sagte er, »ich habe
mich darum bemüht. Glaubt ihr etwa, es wäre ein Vergnügen
gewesen, in diesem Wohnheim zu hausen? Ständig hin- und
herflitzen zu müssen, nur um meine Wäsche anständig gebügelt zu bekommen?«

Julia suchte seinen Blick. »Er ist also gar kein Freund«, sagte sie,
»sondern nur jemand, den du ausnutzt.«

»Ach, du verstehst gar nichts, Julia!« Er zerdrückte die kaum
halb gerauchte Zigarette mit einer ungeduldigen Bewegung im
Aschenbecher. »Natürlich ist er ein Freund, sonst würde er sich
ja nicht um mich kümmern.«

»Und wie stehst du zu ihm?«

»Ich bin ihm dankbar. Wie sollte es anders sein? Einen besseren
Freund kann man sich gar nicht wünschen. Er ist intelligent,
kultiviert, hat Humor . . . ein gewisses savoir vivre . . .«

»Was?« fragte Roberta.

»Lebensart«, übersetzte Julia.

»Lebensart!« wiederholte Ralph. »Genau das! Ich bin zwar in etwas beengten Verhältnissen aufgewachsen . . . ziemlich klein-
bürgerlich, meine ich . . .«

»Oh, Gott!« Roberta schlug die Augen auf und sandte einen Blick zur Zimmerdecke.

Ralph ließ sich nicht aus dem Konzept bringen. ». . . doch eine gewisse Lebensart kann man euch nicht absprechen, jedenfalls im Vergleich zu den Typen, die sonst so frei rumlaufen.« Er stand auf. »Aber entschuldigt mich jetzt, nachdem ich euch Rede und Antwort gestanden habe.« Er trat hinter seine Mutter und küßte sie auf die Schläfe. »Du brauchst dir keine Gedanken zu machen, Julia! Albert ist wirklich sehr nett. Wenn du ihn erst kennenlernst . . .«

Sie hob den Kopf zu ihm und fiel ihm ins Wort: »Werde ich das denn?«

»Schon möglich!« sagte er zögernd und dann, in verändertem Ton: »Warum denn nicht! Ich denke, das wird sich arrangieren lassen!«

Nach dieser Kurzvisite ließ sich Ralph einige Wochen lang nicht mehr in Bad Eysing blicken. Julia litt; ihr war es, als hätte sie ihren Sohn jetzt erst endgültig verloren. Roberta spürte es wohl und versuchte sie abzulenken und zu trösten, konnte dabei aber ihre Freude an der Entwicklung der Dinge nur schlecht verbergen. Für sie hatte die Tatsache, daß Ralph einen reichen älteren Freund gefunden – ihn sich »geschnappt« hatte, wie sie es ausdrückte –, einen sensationellen Unterhaltungswert. Immer wieder wollte sie darauf zu sprechen kommen, aber Julia winkte ab.

»Wir wissen so wenig von Ralphs Leben«, pflegte sie zu sagen, »ich finde es lächerlich, darüber Spekulationen anzustellen . . . lächerlich, ja, und auch gemein.«

»Aber er hat selber zugegeben . . .«

»Bitte, Robsy, hör auf damit! Es ist doch kein Wunder, daß er sich in diesem primitiven Jugendwohnheim nicht wohl gefühlt hat und nach einer Möglichkeit suchte, da herauszukommen. Aber das besagt durchaus nicht . . .«

»Bei seiner Veranlagung!?«

»Schluß jetzt! Was weißt du schon von seiner Veranlagung!«

»Was alle wissen!«

»Dummes Gerede. Die anderen wissen noch weniger.«

»Du willst die Tatsachen einfach nicht sehen.«

»Und du scheinst mir eine verdorbene Phantasie zu haben.«
»So ist's recht!« schrie Roberta. »Dreh den Spieß nur um! Das
hast du immer schon fabelhaft gekonnt! Ralph ist also ein en-
gelsreiner Knabe . . . und ich, ich bin die Schlechte!«
Julia nahm ihre Tochter in die Arme. »So habe ich es bestimmt
nicht gemeint, Liebling. Du bist mein liebes, gutes, anständiges
Mädchen. Ich mag bloß nicht, daß du schlecht von Ralph
denkst. Ich mag dieses ganze Gerede nicht, und du fängst immer wieder damit an.«
Roberta rieb ihre Nase an Julias Haar. »Ich dachte bloß, es
würde dich interessieren.«
»Ich mag keinen Klatsch, und schon gar nicht über Menschen,
die ich liebe.«
Damit war dieses Thema, das Julia unbehaglich war, zunächst
wieder einmal erledigt. Tatsächlich aber war es ein Problem, das
sie Tag und Nacht verfolgte. Lange hatte sie Augen und Ohren
der Wahrheit gegenüber verschlossen. Aber nun mußte sie sich
zugeben, daß Ralphs homoerotische Neigungen nicht mehr zu
übersehen waren.
Ständig grübelte sie darüber nach, wie es zu dieser Entwicklung
hatte kommen können. War der frühe Tod seines Vaters
schuld? Hatte sie selber etwas falsch gemacht? Hätte sie ihn
nicht so nahe und zärtlich an sich binden dürfen? Hatte sie es
vielleicht durch ihre Perfektion soweit gebracht, daß kein
Mädchen in seinen Augen den Vergleich mit ihr bestehen
konnte?
Sie verteidigte sich vor sich selber, aber das brachte sie nicht
weiter. Ihr Unbehagen und ein unbestimmtes Schuldgefühl
blieben bestehen.
Noch hoffte sie – obwohl sie sich ihrer Selbstsucht schämte –,
daß Ralphs Pläne sich zerschlagen könnten, daß dieser Doktor
Klinger nicht zu seinem Angebot stehen und die Sache mit dem
Umzug platzen würde. Sie wünschte sich sehnlichst, ohne es jemandem zu gestehen, Ralph käme für immer nach Hause zurück. Hier hatte er ja sein schönes Zimmer, und warum sollte er
nicht täglich nach München fahren, wie es so viele andere Eysinger taten. Endlich hatte er ja zugegeben, daß es ihm im Jugendwohnheim nicht gepaßt hatte. Wenn nur dieser Doktor
Klinger aus seinem Leben verschwand, könnte alles wieder wie

früher werden, und sie hätte beide Kinder bei sich, für die sie leben könnte.

Auch als Ralph dann kommen wollte – an einem Samstagvormittag –, klammerte sie sich noch an die Hoffnung, die sie selber als irrational empfand. Aber er hatte am Telefon nichts davon gesagt, daß der Umzug bevorstand oder gar vollzogen worden war, sondern hatte sich höflich und etwas kurz gegeben, wie es seine Art war. Auf Julias Fragen hatte er gesagt: »Alles andere mündlich«, und »bis dann, Julia!«, und hatte eingehängt.

Julia, die samstags vormittags gewöhnlich in einem bequemen Hauskleid herumlief, konnte der Versuchung nicht widerstehen, sich für ihren Sohn schön zu machen, obwohl sie sich selber albern vorkam.

Beim Frühstück sagte sie zu Roberta:

»Sei so lieb und bring die Küche in Ordnung, ja? Ich möchte noch etwas einkaufen.«

Roberta durchschaute die Mutter nicht. »Aber wieso denn? Wir haben doch alles im Haus.«

»Ich habe vergessen, frische Krabben zu besorgen. Die magst du doch so gerne, und Ralph auch.«

»Glaubst du denn, daß er zum Abendessen bleibt?«

»Das ist doch egal«, log Julia, »wir beide brauchen doch auch etwas Gutes zu essen.«

Der Gang in die Stadt diente ihr zum Vorwand, sich ihr weißes ärmelloses Leinenkleid mit der dazugehörigen kurzen Jacke anzuziehen, dazu hochhackige Sandaletten, statt der flachen, schon ein wenig ausgetretenen Schuhe, die sie im Haus zu tragen pflegte. Sie tuschte sich die dichten, von Natur aus dunklen Wimpern, verzichtete dann aber doch auf die Benutzung eines Lippenstiftes, weil sie nicht angemalt wirken wollte. Aber sie legte ihre Kette aus rundgeschliffenen kleinen, dunkelroten Korallen und die dazu passenden Ohrringe an, die sie auf Mykonos erstanden hatte. Danach konnte sie feststellen, daß sie sehr gut aussah mit dem frischgewaschenen, leicht gelockten Haar und der immer noch sonnengebräunten Haut. Die winzigen Fältchen um die Augen störten nicht.

Sie steckte den Kopf durch die Küchentür und rief: »Bis gleich dann, Robsy!«

»Menschenskind, hast du dich fein gemacht!« bemerkte Roberta sofort. »Komm herein, laß dich ansehen! Willst du etwa den Fischhändler bezirzen?«

»Warum nicht?« entgegnete Julia lachend, während ihr Herz heftig schlug. »Vielleicht gibt er uns Prozente.«

In der Stadt trödelte sie, weil sie dachte, es könnte Ralph nur guttun, wenn er sie einmal nicht wartend zu Hause antraf. Sie hielt sich länger als gewöhnlich bei Bekannten auf, die sie zufällig traf.

Aber auf dem Heimweg konnte sie den Schritt nicht mehr bremsen; die Sehnsucht nach ihrem Sohn trieb sie voran.

Vor dem Haus in der Akazienallee stand ein schwerer dunkler Mercedes. Sie brachte ihn nicht mit Ralph in Verbindung, obwohl das Auto eine Münchner Nummer hatte.

Als sie die Wohnungstür aufschloß, rief sie: »Ist er noch nicht da?«

Ralph kam aus seinem Zimmer, hübsch, elegant und gepflegt wie immer. »Doch, ist er, Julia!« Er umarmte sie. »Und diesmal sogar ohne schmutzige Wäsche.«

Unwillkürlich warf Julia einen Blick auf seine Hemdkragen.

»So gut wie du bügelt die Alferts natürlich nicht«, erklärte er sofort, »aber für den Hausgebrauch langt es.«

»Bist du in dem Mercedes gekommen?«

»Ja. Albert hat ihn mir geliehen. Nur für heute.«

»Ist dein Auto denn kaputt?«

»Du denkst gleich an einen Unfall, wie? Aber sieh mich an!« Er breitete die Arme aus. »Hier stehe ich, heil und ohne Schrammen, und zum Glück kann ich von meinem Wägelchen dasselbe sagen.«

»Na, da bin ich aber froh!« Julia wandte sich ab, um ihre Gefühle zu verbergen.

»Wohin gehst du?«

»Ich will nur die Krabben in den Kühlschrank legen.«

»Krabben? Das klingt gut. Schade, daß ich gleich wieder fort muß.«

»Wann . . . gleich?« fragte Julia, ohne sich umzusehen, ganz darauf konzentriert, ihre Stimme in der Gewalt zu behalten.

»Sobald er seinen Krempel zusammengepackt hat!« rief Roberta über Ralphs Schulter. »Ich helfe ihm dabei.«

Julia verschwand in der Küche, verstaute die Krabben und trat ans Fenster; sie zwang sich tief durchzuatmen, um zur Ruhe zu kommen. Aber immer noch fürchtete sie, unvermittelt in Tränen auszubrechen.

»Julia, wo bleibst du denn?« Roberta war in die Küche gekommen. »Was machst du?«

»Ich schnappe frische Luft.«

»Aber du warst doch gerade erst spazieren!« Roberta lachte unbekümmert. »Willst du dir nicht angucken, was wir gemacht haben?«

»Doch. Ja. Natürlich.« Sie folgte Roberta in Ralphs Zimmer. Aber es war nicht mehr Ralphs Zimmer. Es war ein unpersönlicher Raum, ausgestattet mit messingbeschlagenen Mahagonimöbeln im Marinestil, die er sich einmal so sehr gewünscht hatte. Alle Bücher waren aus den Regalen entfernt, alle Poster von den Wänden genommen und aufgerollt, seine Steinsammlung lag in einem Wäschekorb und darauf der Silberrahmen mit dem Foto seines Vaters, auf dem Robert Severin so jung und unternehmungslustig wirkte, daß er gut und gern der Freund seines Sohnes hätte sein können. Ralphs Winteranzüge, seine Skihose und seine Pullover häuften sich auf dem Bett, und davor standen seine Skistiefel und seine Boots.

»Wir haben alles ausgeräumt«, verkündete Roberta mit Siegermiene, »jetzt müssen wir das Zeug nur noch hinunterschleppen.«

»Bei Albert habe ich endlich Platz für meine Sachen«, fügte Ralph hinzu.

Julia blickte von ihrer Tochter zu ihrem Sohn, und sie wunderte sich, wie die beiden so unsensibel sein konnten.

»Ich habe das Zimmer ja doch nicht mehr benutzt«, sagte Ralph und stieß mit dem Fuß gegen ein Häuflein unnützer oder schäbig gewordener Sachen, die er ausrangiert hatte, »jetzt steht es dir endlich ganz zur Verfügung.«

»Danke«, sagte Julia trocken.

»Zuerst nehmen wir den Korb!« bestimmte Roberta und bückte sich. »Wir können ihn in den Kofferraum ausleeren und dann für den nächsten Transport benutzen. Los, faß an, Ralph! Wenn du mithelfen willst, Julia . . .«

»Nein, ich glaube, das will ich lieber nicht.«

182

»Ist was, Julia?« fragte Ralph jetzt doch.

»Ich muß mit dir sprechen.«

»Jetzt?« fragte er gedehnt.

»Ja. Roberta kann inzwischen allein weitermachen.«

Julia trat ins Wohnzimmer, und Ralph folgte ihr.

»Gib mir, bitte, eine Zigarette!« verlangte sie und zog die Tür zu.

Ralph tat es und bediente sie mit seinem Feuerzeug, wobei er die Augenbrauen spöttisch verzog.

Sie setzte sich. Natürlich half ihr das Rauchen auch nicht, aber wenigstens waren ihre Hände beschäftigt. »Nimm doch Platz!«

Ralph zündete sich selber keine Zigarette an. Er schwang sich mit einem Bein auf eine Sessellehne, sehr darauf bedacht, den Eindruck zu erwecken, daß er in der nächsten Sekunde aufbrechen müßte. »Also . . . was gibt's?« fragte er ungeduldig.

»Ich glaube«, bekannte sie, »ich habe einen Fehler gemacht.«

»Du? Die Makellose?«

»Bitte, werde jetzt nicht albern. Hör mich an. Es war ein Fehler von mir, dich in dieses Jugendwohnheim ziehen zu lassen . . .«

»Aber das habe ich doch selber so gewollt!«

»Ich hätte wissen müssen, daß das nicht das Richtige für dich sein konnte. Du bist anders als andere Jungen, Ralph.«

»In Bad Eysing wäre ich bestimmt nicht geblieben.«

»Das steht jetzt nicht zur Debatte. Ich hätte dir ein Apartment mieten oder kaufen können, und ich kann das immer noch. Sollten wir das nicht in aller Ruhe überlegen? Ich könnte eine Hypothek auf das Haus aufnehmen und überhaupt, so was läßt sich doch über eine Bank finanzieren.«

»Doch nicht meinetwegen? Julia!« sagte er bestürzt.

»Nicht nur deinetwegen. Ein Apartment in München zu haben, ist immer gut. Später, wenn Roberta studiert, könnte sie es vielleicht übernehmen, aber bis dahin sind natürlich noch Jahre . . .«

Er unterbrach sie. »Bitte, Julia, mach dir keine Gedanken meinetwegen! Ob du für Robsy später was kaufst, ist mir egal. Aber ich brauche deine Hilfe wirklich nicht. Ich schaffe es ganz allein.«

»Nicht allein«, entgegnete sie beherrscht, »mit Hilfe deiner Freunde.«

Er sprang auf. »Was soll das?«

»Wir haben nie darüber geredet, Ralph, und es fällt mir auch jetzt entsetzlich schwer. Aber wir wollen uns doch nichts vormachen. Du machst dir nichts aus Mädchen.«

»Na und?«

»Du tendierst zu Männern.« Sie hob die Hand, als er sie unterbrechen wollte. »Laß mich jetzt mal ausreden! Ich bin keineswegs moralisch entrüstet, und ich verlange auch nicht, daß du dich änderst, falls das überhaupt möglich ist . . . Aber ich finde es mehr als ungut, daß du dich in Abhängigkeit von einem älteren Mann begibst. Das kann einfach nicht gut für dich sein.«

»Was verstehst du denn schon davon!«

»Ich bin in Sorge um dich, Ralph . . .«

»Ach was, das ist es doch gar nicht. Du bist eifersüchtig auf Albert, das ist alles. Als wenn es dir darum ginge, ob ich von jemandem abhängig bin, ausgerechnet du! Du wünschst doch nur das eine, daß ich von dir abhängig bleibe . . . möglichst bis ans Lebensende. Am liebsten möchtest du, daß ich nach Eysing zurückkehre. Aber weil du weißt, daß du damit bei mir auf Granit stößt, hast du dir das mit dem Apartment in München ausgedacht. Wie edel von dir! In Wahrheit aber, warum? Damit du deine Nase hineinstecken kannst! Nach dem Rechten sehen, nennt man das wohl. Du willst mich kontrollieren, nichts weiter!«

»Das ist nicht wahr!« Die Zigarette war herabgeglüht und verbrannte ihre Fingerspitzen; hastig drückte sie sie aus.

»Ich warne dich, Julia«, sagte er und war plötzlich nicht mehr der liebenswürdige, geschmeidige Junge, sondern ein harter, drohender Mann, »misch dich nicht in meine Angelegenheiten! Tu das nie wieder! Meine Neigungen, wie du sie so hübsch nennst, gehen dich nichts an!«

»Ich bin deine Mutter!«

»Aber ich bin ein erwachsener Mann! Ich kann tun und lassen, was ich will! Ich hab' dich lieb, Julia, wirklich . . . aber wenn du mir noch einmal mit diesem Thema kommst, nur ein einziges Mal . . . siehst du mich nicht wieder!«

Sie spürte, wie ernst es ihm damit war, und wußte nichts zu erwidern.

Er wurde weicher. »Versteh mich doch, Julia, ich kann über

184

diese Dinge nicht mit dir reden. Du hättest nie davon erfahren dürfen. Du lebst in einer anderen Welt, und das ist gut so ... bitte, laß mich in meiner. Mäkle nicht an mir herum!«
Sie versuchte etwas zu sagen, aber ihre Zunge gehorchte ihr nicht. »Versprich es mir!« drängte er.
»Ja, Ralph«, sagte sie mühsam.
»Dann ist ja alles gut, Julia!« Er beugte sich über sie und küßte sie leicht auf die Wange. »Habe ich dir übrigens gesagt, daß du heute besonders zauberhaft aussiehst?«
»Danke.«
»Mußt du mich so ansehen? Kannst du nicht wenigstens lächeln ... ein ganz klein bißchen?«
»Ich fürchte ... nein«, sagte sie mit starrem Gesicht.
»Du hast es immer schon fertiggebracht, daß man sich als Verbrecher fühlt.«
»Beschimpf mich nur, wenn es dir Freude macht.«
»Aber es macht mir keine Freude ... überhaupt keine! Ich möchte, daß du heiter bist, und nicht dasitzt wie eine Figur aus der griechischen Tragödie ... wie Niobe, der man alle ihre Kinder getötet hat!«
Es kostete sie ungeheure Anstrengung, aber sie brachte ein Lächeln zustande. »Witzbold!«
»So gefällst du mir schon besser!« sagte er erleichtert.
»Jetzt zieh endlich los! Worauf wartest du noch?«
»Ich weiß nicht ...«
Aber sie wußte es plötzlich. Er hoffte, sie würde jetzt beteuern, daß sie ihn über alles liebte und immer für ihn dasein würde, und es war genau das, was sie empfand. Doch sie wollte und sie konnte es ihm nicht sagen.
Von unten her tönte ein Hupsignal.
»Nun lauf schon!« drängte Julia. »Robsy wird ungeduldig!« Sie stand auf und schob ihn zur Tür. »Ich winke dir noch zu.«
Aber als er dann wirklich gegangen war, fühlte sie sich einer Ohnmacht nahe. Sie ging in sein Zimmer, kam aber nicht mehr bis zum Fenster, sondern war froh, daß sie sich bis zu seinem Bett tasten konnte, das noch immer bezogen und bereit war, ihn aufzunehmen.
Wieder wurde unten gehupt. Doch sie hatte nicht die Kraft aufzustehen. Ihr war dunkel vor Augen. Die Hände schlaff im

Schoß, wartete sie darauf, daß dieser Anfall von Schwäche vor-
übergehen würde. So fand Roberta sie, als sie wenig später her-
aufkam. »Julia«, rief sie, »warum hast du nicht . . .« Dann erst
erkannte sie den Zustand ihrer Mutter und unterbrach sich mit-
ten im Satz. »Du siehst ja entsetzlich aus!«
Julia versuchte zu sprechen, brachte aber keinen Ton über die
Lippen.
»Soll ich dir einen Cognac bringen?«
Selbst die Kraft, den Kopf zu schütteln, brachte Julia nicht auf.
Roberta stürzte davon und kam mit einem Glas Cognac zurück.
Schon der Geruch bereitete Julia Übelkeit. »Wasser!« stieß sie
mühsam hervor.
»Wasser?« fragte Roberta verschreckt, lief aber sofort in die Küche und kam mit einem Glas Wasser zurück. »Da, Julia, bitte!«
Julia versuchte das Glas zu nehmen, aber ihre Hände zitterten
so sehr, daß sie das Wasser verschüttete. Roberta hielt es ihr an
den Mund, und sie trank vorsichtig, in ganz kleinen Schlucken.
Auch danach war ihr kaum besser.
»Komm, Julia«, sagte Roberta energisch, »hier kannst du nicht
bleiben.« Sie zog ihre Mutter hoch, stützte sie und brachte sie
behutsam, Schritt für Schritt, in ihr eigenes Zimmer. »Ralph,
dieses Schwein!« schimpfte sie. »Er hätte doch wissen müssen,
was er dir antut! Aber nicht eine Spur von Rücksichtnahme!
Wozu auch? Der denkt doch immer nur an sich . . . hat immer
nur an sich selber gedacht. Aber du hast wer weiß was in ihm
gesehen.«
Sie half Julia aus Jacke und Kleid und führte sie zum Bett. »So,
leg dich hin, streck dich aus und mach die Augen zu! Moment
noch!« Sie zog ihr das Kopfkissen fort und legte es ihr unter die
Füße. »Du hast sicher eine Blutleere im Hirn, so habe ich es jedenfalls im Erste-Hilfe-Kurs gelernt. Keine Angst, das geht
gleich vorbei. Bleib ganz ruhig liegen, ich werde heute kochen.«
Sie beugte sich über die Mutter und küßte sie. »Und weine
nicht, Julia, bitte nicht! Er ist es gar nicht wert!«
Julia war erleichtert, als sie allein war; sie fühlte weder Kummer
noch Schmerz und war ganz außerstande zu denken. Alles, was
sie empfand, war eine grenzenlose Müdigkeit. Während sie in
einen nachtschwarzen Abgrund des Vergessens sank, hoffte

sie, nie mehr auftauchen zu müssen. Sie hatte nur den einen Wunsch, daß alles endgültig vorbei wäre.

Aber der Tod war noch weit und ließ sich nicht herbeikommandieren.

Als Julia erwachte, fühlte sie sich zu ihrer eigenen Verwunderung etwas erfrischt. Sie blinzelte. Zuerst wußte sie nicht, wo sie war und warum sie am hellen Tag geschlafen hatte. Dann fiel ihr alles wieder ein, aber merkwürdigerweise hatte das, was sie erlebt hatte, seinen Schrecken verloren.

Ralph war mit Sack und Pack ausgezogen. Sie verstand nicht mehr, wie sie das so hatte erschüttern können. Diese Entwicklung war doch seit langem vorauszusehen gewesen. Wäre es anders gekommen, hätte ein Wunder geschehen müssen, und wer glaubte schon an Wunder.

»Bist du wach, Julia?« fragte Roberta.

»Ja«, sagte Julia mit einer hellen, unpersönlichen Stimme, die ihr selber fremd in den Ohren klang.

»Und wie fühlst du dich jetzt?«

»Viel besser!«

»Siehst du! Das Blut mußte bloß in den Kopf zurück.«

»Das wird's wohl gewesen sein.«

»Du warst über zwei Stunden weg. Ich wußte nicht, ob du geschlafen hast oder ohnmächtig warst. Beinahe hätte ich einen Arzt geholt.«

»Gut, daß du es nicht getan hast.« Julia öffnete jetzt die Augen ganz und sah, daß Roberta mit einem Buch im Schoß im Sessel neben ihrem Bett saß. »Warst du die ganze Zeit hier?« fragte sie betroffen.

»Wo sollte ich denn sonst sein? Als ich aus der Küche kam und dich so sah . . . konnte ich dich doch nicht allein lassen . . . in diesem Zustand.«

»Das war sehr lieb von dir, Robsy.«

»Ach was. Reiner Egoismus. Ich habe ja nur dich auf der Welt, Julia, sonst niemanden.« Sie ließ das Buch zu Boden fallen, setzte sich auf die Bettkante und umarmte Julia heftig. »Bleib bloß gesund, Julia, hörst du? Laß mich nicht allein! Was sollte ich denn ohne dich anfangen?«

»Reg dich nicht auf, Liebling! Ich bin schon wieder ganz in Ordnung.«

»Bestimmt?«

»Ja, ganz bestimmt. Denk dir, ich habe sogar Hunger. Aber das Essen ist wohl inzwischen verbruzzelt?«

»Du unterschätzt meine hausfraulichen Fähigkeiten! Ich habe bloß den Salat gewaschen und abgetrocknet, die Soße gemacht, die Steaks präpariert . . . Gib den Startschuß, und wir können in zehn Minuten essen.« Roberta sprang auf.

»Tüchtiges Mädchen! Aber weißt du, ich möchte doch erst noch unter die Dusche.«

»Schon genehmigt. Ich komme mit und passe auf dich auf.« Julia richtete sich sehr langsam und sehr vorsichtig auf. »Das ist nicht nötig, Liebling! Ich bin ja nicht krank.«

»Und wenn du wieder einen Schwindelanfall kriegst? Nein, ich denke gar nicht daran, das zu riskieren. Weißt du denn nicht, daß im Bad mehr Unfälle passieren als auf der Autobahn?« Sie half ihrer Mutter aus dem Bett.

»Glaub' ich nicht.«

»Ist aber doch so, ich habe es irgendwo gelesen.«

Geduldig und folgsam ließ Julia sich ins Bad führen. Tatsächlich spürte sie, daß sie noch etwas weich in den Knien war. Robertas Fürsorge tat ihr wohl. »Du bist sehr lieb«, sagte sie.

»Unsinn! Das tue ich doch mit Vergnügen! Weißt du, worauf ich mich freue?«

»Erzähl's mir schon.«

»Auf später. Wenn du erst mal alt und krank bist, und ich dich pflegen darf.«

Und du keine Angst mehr haben brauchst, daß jemand ein Auge auf mich wirft, hätte Julia beinahe gesagt, aber sie verbiß es sich. »Herrliche Aussichten«, sagte sie statt dessen.

»Du wirst sehen, daß es wunderbar mit uns werden wird. Wir werden sehr glücklich sein!« Sie waren im Bad angekommen, und Roberta half Julia, sich ganz auszuziehen. »Ich weiß, jetzt bist du traurig, daß Ralph fort ist. Ich verstehe das auch. Aber im Grunde solltest du froh darüber sein. Er war doch immer nur ein Störenfried. Laß ihn mit seinem Albert glücklich werden! Soll ich dir nicht lieber ein Bad einlaufen lassen?«

»Nein, eine Dusche genügt mir.«

»Paß auf, daß du nicht ausrutschst!« Roberta führte ihre Mutter bis in die Duschkabine hinein und zog sich dann erst widerwillig zurück.

Julia brauste sich lange, erst heiß, dann kalt, und sie hatte dabei das Gefühl, einen Schmutz von ihrem Körper zu spülen, von dem ihr Verstand nichts wußte.

Als sie die Hähne abstellte und rosig glühend und mit nassem Haar auf den Badeteppich stieg, stand Roberta vor ihr, hüllte sie in ein angewärmtes Frottiertuch und rubbelte sie ab. »Wir müssen jetzt ganz fest zusammenhalten, Julia«, sagte sie beschwörend, »nichts und niemand darf mehr zwischen uns treten, hörst du? Jetzt weißt du, was von all den Typen zu halten ist. Ich bin der einzige Mensch auf der ganzen Welt, der dich wirklich liebt. Das darfst du nie vergessen.«

Wenn Julia geglaubt hatte, Robertas Fürsorge wäre nur einem vorübergehenden Überschwang zu verdanken gewesen, so sollte sie sich geirrt haben. Auch in den nächsten Tagen und Wochen war das Mädchen unentwegt um ihr Wohlergehen bemüht.

Vorbei waren die Zeiten, wo sie sich von ihrer Mutter hatte bedienen lassen. Jetzt half sie ihr im Haushalt, wo sie konnte, kümmerte sich um ihre eigene Kleidung, ja, sie wollte ihr sogar die Zehennägel schneiden, und wenn Julia das auch abwehrte, zwang sie sie doch immer wieder, auch tagsüber, Ruhepausen einzulegen.

Julia war dankbar und gerührt. Aber dieses Umhegtsein hatte auch etwas Beklemmendes. Immer wieder mußte sie gegen das Gefühl ankämpfen, daß Roberta einen Pflegefall aus ihr machen wollte.

Es hatte Zeiten gegeben, wo der Haushalt sie fast völlig in Anspruch genommen hatte. Jetzt, da Ralph sie nicht mehr brauchte und Roberta ihr jede schwere Arbeit abnahm, blieb kaum noch etwas für sie zu tun. Manchmal ertappte sie sich, daß sie stundenlang in einem Sessel saß und vor sich hinstarrte. Dann raffte sie sich erschrocken auf und suchte etwas, womit sie sich beschäftigen konnte. Aber wenn sie sich früher darauf gefreut hatte, in Ruhe ein gutes Buch lesen oder ein Symphoniekonzert hören zu können, so hatte das jetzt, da sie auf einmal viel zu viel Zeit hatte, keinen Reiz mehr für sie.

Zweimal in der Woche ging sie vormittags in Lizis Boutique, um dort auszuhelfen. Aber auch das machte ihr nicht mehr so viel Spaß wie früher. Es schien ihr, als würden alle Kundinnen immer jünger, nur sie selbst wurde immer älter.

Irgend etwas mußte geschehen, sonst würde sie allmählich durchdrehen.

Sie sprach mit niemandem darüber. Agnes und Lizi hätten sie nur ausgelacht, und Roberta hätte sie sowieso nicht verstanden.

Eines Morgens – Julia war allein im Laden und war gerade dabei, Pullover auszupacken, zu sortieren und auszuzeichnen – klingelte die Türglocke. Sofort ließ sie die angefangene Arbeit im Stich und wandte sich der Kundschaft zu. Sie sah sich einem Mädchen von etwa zwanzig Jahren gegenüber, sehr schlank, mit blondem, streichholzkurzem Haar und lustigen Sommersprossen auf Nase und Stirn.

»Kann ich Ihnen helfen?« fragte Julia lächelnd. »Oder wollen Sie sich erst mal in Ruhe umsehen?«

Das Mädchen wandte sich an ihren Begleiter, der sie um mehr als Kopfeslänge überragte. »Was meinst du, Dieter?«

Erst als der Name fiel, merkte Julia, wen das Mädchen im Schlepptau hatte – Dieter Sommer, den Mann, der ihr so viel bedeutet hatte. Sie war froh, daß es ihr gelang, Haltung zu bewahren und ihr Lächeln beizubehalten.

Auch Dieter erkannte sie sofort. Er hatte ja gewußt, daß sie von Zeit zu Zeit in der Boutique arbeitete und also damit rechnen können, sie hier anzutreffen. Aber er begrüßte sie nicht, und also tat auch Julia nichts dergleichen.

»Das kommt darauf an, ob du schon weißt, was du haben willst, Ini«, sagte er, ohne Julia anzusehen.

»Woher sollte ich? Du hast mich doch hierhergeschleppt . . . du wolltest mir etwas Hübsches kaufen!«

Julia schoß der Gedanke durch den Kopf, daß er die Konfrontation bewußt gesucht haben könnte, um ihr seine neue Freundin vorzuführen. »Dann würde ich sagen, schauen Sie sich erst einmal um«, erklärte sie mit gut gespielter Gelassenheit. »Hier haben wir die Röcke . . . dort Hosen und Latzanzüge! Aber wenn es ein Kleid sein soll . . .«

»Vor allem soll es schick sein!« verlangte Ini.

Julia musterte das Mädchen.

»Bei Ihrer Figur«, sagte sie, »können Sie alles tragen! Wenn auch vielleicht diese verspielten Sachen mit den Stickereien und den Rüschen da drüben nicht ganz zu Ihrem Typ passen würden.«

»Sie meinen, zu meinen Haaren?« Ini fuhr sich mit allen fünf Fingern durch ihren kurz geschnittenen Schopf.

»Aber Ini ist verspielt!« mischte Dieter sich ein. »Deshalb verstehe ich nicht . . .«

Seine Freundin unterbrach ihn. »Oh, sei ehrlich, du verstehst doch überhaupt nichts von weiblicher Garderobe!«

»Ich kann mich auch irren«, räumte Julia ein, »probieren Sie einfach an, was Ihnen gefällt, dann werden Sie selber sehen! Größe sechsunddreißig, nehme ich an?«

»Manchmal auch achtunddreißig.«

»Wie wäre es mit einem von diesen mexikanischen Kleidern? Sie sind verspielt . . . wirken aber, weil sie hochgeschlossen sind, auch irgendwie streng. So etwas könnte zu Ihnen passen.« Sie suchte eines der Kleider aus und hielt es hoch. »Dies zum Beispiel!«

»Oh, nein, nicht in Weiß! Das ist mit viel zu empfindlich!«

Julia hängte das Kleid wieder fort. »Rosa vielleicht?«

»Das ist mir zu babyfarben.«

»Hellblau würde sehr gut zu Ihren Augen passen!«

Es stellte sich heraus, daß die Dame Ini sehr schwer zu bedienen war. Sie gehörte zu den Typen, vor denen es jeder Verkäuferin graust. Sie wußte einfach nicht, was sie wollte, und sobald sie mit einem Modell zu liebäugeln begann, hatte Dieter etwas daran auszusetzen. Julia konnte bei aller Beherrschung nicht einmal umhin, ihm einen wütenden Blick zuzuschießen.

»Ein bißchen Geduld«, sagte er mit einem maliziösen Lächeln, »wir werden schon noch das Richtige finden.«

Innerhalb von zwanzig Minuten gelang es den beiden, das gesamte Sortiment durcheinanderzuwühlen. Julia konnte gar nicht so schnell wieder aufräumen, wie sie die Sachen von den Ständern und aus den Regalen rissen.

Lizi Silbermann kam aus dem Hinterzimmer und überblickte die Situation sofort. »Oh, Herr Sommer«, sagte sie zuckersüß, »wie reizend, daß Sie sich einmal bei mir blicken lassen!«

»Reiner Zufall«, gab Dieter, nicht eben höflich, zurück.

»Und die junge Dame kenne ich doch auch, glaube ich?«

»Ich arbeite in der Apotheke am Hauptplatz«, ließ Ini sich herbei zu erklären.

»Ach ja, dann! Dort pflege ich mir immer meine Schlaftabletten zu besorgen!«

»Was für eine Unsitte, regelmäßig Tabletten zu nehmen«, sagte Dieter streng.

»Jawohl, Herr Studienrat!« gab Lizi unbekümmert zurück und wandte sich an Julia. »Ich werde die Herrschaften weiter bedienen, wenn du nichts dagegen hast.«

»Danke, Lizi!« sagte Julia und fragte sich, ob das nicht allzu erleichtert geklungen hatte. Sie machte sich wieder an das Auspacken und Auszeichnen der Pullis und versuchte sich einzureden, daß nichts, was Dieter Sommer betraf, sie jetzt mehr anginge, konnte aber nicht verhindern, daß sie angespannt lauschte.

»Ich möchte etwas ganz besonders Hübsches für meine Braut«, sagte er, »es darf auch ruhig ein wenig extravagant sein! Das hat Ihre Verkäuferin wohl nicht richtig verstanden.«

»Oh, Sie sind verlobt!?« parierte Lizi. »Davon weiß man ja noch gar nichts in Eysing.«

»Die Zeiten sind vorbei, in denen man private Entscheidungen an die große Glocke hängt.«

»Jedenfalls gratuliere ich von Herzen! Wann soll denn die Hochzeit sein?«

»Schon bald«, sagte Ini rasch.

»Sobald wir eine geeignete Wohnung gefunden haben«, verbesserte Dieter.

»Ist Ihr Häuschen in der Feriensiedlung denn nicht geräumig genug?« fragte Lizi hinterhältig.

»Das sage ich ja auch immer!« rief Ini. »Für den Anfang sollte es doch genügen!«

»Nein«, knurrte er.

»Wenn dann erst ein Kindchen unterwegs ist, wäre doch immer noch Zeit, um . . .«

Er fiel Lizi barsch ins Wort. »Muß man, nur wenn man ein Kleidungsstück erstehen will, sich Ihre Ratschläge für alle Lebenslagen anhören, Frau Silbermann?«

»Nein, natürlich nicht! Entschuldigen Sie vielmals, Herr Sommer. Da ist wohl meine natürliche menschliche Anteilnahme mit mir durchgegangen.«

»Frau Silbermann hat es doch bestimmt nur gut gemeint, Dieter!«

»Hast du eine Ahnung!« murmelte er mit halber Stimme.

Julia lächelte über ihren Pullovern in sich hinein. Es war eine kleinliche Rache, das war ihr bewußt. Trotzdem genoß sie es, daß Dieter sich ärgerte.

Das anschließende Verkaufsgespräch dehnte sich noch eine gute Viertelstunde, bis Ini sich endlich für ein handbemaltes Sweatshirt entschied. Lizi tat es ihr in eine ihrer hübschen Tüten, verabschiedete das Paar mit herzlichen Worten und stieß einen Stoßseufzer aus, als die Tür hinter ihnen ins Schloß fiel.

»Wie ich solche Kunden liebe!« rief sie. »Den ganzen Laden durcheinanderzubringen, um dann mit einem popeligen Hemdchen abzuziehen!«

Julia kam sofort zu ihr, um ihr beim Aufräumen zu helfen. »Es war nicht ihre Schuld«, sagte sie, »er hat sie dauernd verunsichert.«

»Und wie er das hat! Ich hätte ihn erschlagen können.«

»Jedenfalls danke, daß du mir die beiden abgenommen hast.«

»Meinst du, ich lasse es zu, daß man dich demütigt?«

»Ich kann mir nicht vorstellen, daß er das gewollt hat.«

»Und ob, Liebchen! Nicht gerade als dienenden Teil der Menschheit . . . er weiß ja, daß du das gar nicht nötig hast . . . sondern als Frau, nach dem Motto: Sieh her, das ist deine Nachfolgerin! Ist sie nicht reizend? Und dazu fünfzehn Jahre jünger als du. Du wirst zugeben müssen, daß ich auf dich nie angewiesen war!«

Julia spürte einen Kloß im Hals, aber sie lachte. »Betätigst du dich mal wieder als Gedankenleserin?«

»Der Typ ist doch wahrhaftig nicht schwer zu durchschauen.«

»Ich verstehe gar nicht, was ihm eingefallen ist, ausgerechnet hier bei uns aufzukreuzen.«

»Genau das, was ich dir eben gesagt habe. Am liebsten hätte er seine Verlobung wahrscheinlich groß im ›Oberbayerischen Volksblatt‹ verkündet. Das kam ihm dann aber wohl selber albern vor. Aber alle Welt soll's wissen ... besonders du natürlich.«

»Er braucht sie ja nur zu heiraten.«

»Davor eben schreckt er doch noch zurück. Hast du unser Gespräch nicht mitgekriegt? Sie möchte lieber heute als morgen, aber er scheut noch vor der Hürde.«

»Du hast ihn ganz schön verärgert.«

»Das hatte er ja auch verdient. Geschmackvoll war sein Auftreten bestimmt nicht. Es wäre kein Wunder gewesen, wenn du die Fassung verloren hättest.«

»Habe ich aber nicht.«

»Stimmt. Du hast dich fabelhaft gehalten.«

»Ich weiß selber nicht, woher ich die Kraft dazu genommen habe. Soll ich dir was gesteh'n?«

»Spuck's nur aus, Schätzchen!«

»Ich bin froh, daß er heute hier war. Die ganze Zeit habe ich Angst davor gehabt, ihm einmal zufällig zu begegnen. Ich habe einen großen Bogen um all die Stätten gemacht, an denen er sich aufzuhalten pflegt. Jetzt ist auch das vorbei. Mir ist, als hätte ich eine Prüfung bestanden ... mindestens das Abitur.«

»Gratuliere«, sagte Lizi trocken.

Julia warf ihr über ein Kleid, das sie gerade auf den Bügel hing, einen forschenden Blick zu. »Nun sag schon, was du denkst!« Lizi tat erstaunt. »Ich! Was glaubst du denn, was ich denke?«

»Ich weiß es nicht. Aber ich hatte das Gefühl, daß du eben was sagen wolltest, es aber verschluckt hast.«

»Na ja«, gab Lizi zu, »vielleicht hatte ich wirklich Angst, zuviel zu sagen.«

»Warum?«

»Du weißt doch ... schlafende Hunde soll man nicht wecken.«

»Das Sprichwort kenne ich. Aber ich weiß wirklich nicht, was es in diesem Fall bedeuten soll.«

»Dann denk mal nach. Es liegt auf der Hand.«

»Ich weiß es wirklich nicht.«

»Dann wiederholen wir mal: Warum ist er hier aufgekreuzt?«

»Das hast du doch vorhin schon erklärt.«

»Er ist stantepede mit seinem Fräulein Braut hierhergerannt, um sie dir zu zeigen. Warum?«

»Um mich zu ärgern.«

»Richtig. Und warum will er dich ärgern? Weil ihm immer noch etwas an dir liegt.«

»Unsinn«, wehrte Julia ab und war froh, daß sie wenigstens nicht rot wurde.

»Überhaupt nicht! Wenn du ihm gleichgültig wärst, ergäbe dieses ganze Unternehmen nämlich keinen Sinn.«

»Nun«, sagte Julia, »deine Hypothese ist sehr schmeichelhaft für mich, aber selbst wenn sie der Wahrheit entspräche, ändert sie nichts daran, daß er für mich gestorben ist.«

»Schade, Schätzchen. Ihr habt so gut zusammengepaßt, und du brauchtest nur die Hand auszustrecken, um ihn zurückzuerobern.«

»Ich weiß, daß du es gut mit mir meinst, Lizi, aber es hat keinen Zweck. Es ist vorbei, glaub mir, endgültig vorbei.«

Julia erzählte ihrer Tochter nichts von der unvermuteten Begegnung mit Dieter Sommer. Sie machte sich Vorwürfe wegen dieses Mangels an Offenheit. Aber sie wußte nur zu gut, daß Roberta dieses Ereignis nur zum Anlaß genommen hätte, sich wieder einmal mehr über die Schlechtigkeit der Männer im allgemeinen und die Dieters im besonderen auszulassen und darüber, daß Julia froh und dankbar sein müßte, mit dem »Typen« Schluß gemacht zu haben. Roberta hatte es sich angewöhnt, ihrer Mutter jedes Detail ihrer täglichen Erlebnisse anzuvertrauen, herzlich uninteressante Erlebnisse zumeist, die Julia sich nur deshalb anzuhören vermochte, weil sie Roberta liebte. Sie zwang sich sogar dazu, sehr aufmerksam zu sein, denn Roberta konnte wütend werden oder sogar in Tränen ausbrechen, wenn sich herausstellte, daß Julia vergessen hatte, welches Mädchen auf welchen Jungen »spann«, oder daß eine aus der Klasse sich eine Dauerwelle hatte legen lassen oder ein Junge in den Stimmbruch gekommen war.

Julia begriff wohl, daß diese Belanglosigkeiten Robertas Leben ausmachten, aber sie sträubte sich innerlich dagegen, in diese Teenagerwelt hineingezogen zu werden. Vielleicht wäre das anders gewesen, wenn sie Robertas Schulkameraden wenigstens besser gekannt hätte. Aber immer, wenn sie vorschlug, doch diesen oder jene einmal einzuladen, winkte Roberta ab.

»Die würde dich doch nur langweilen«, hieß es dann oder: »Der hat doch absolut keine Manieren.«

Manchmal überkam Julia das Gefühl, daß Roberta sie völlig von ihrer Umwelt isolieren wollte. Auch von ihren Skatabenden sprach sie nur mit Verachtung und hätte sie wohl nur zu gern unmöglich gemacht, wenn sie nicht gespürt hätte, daß Julias Widerstand, wenn dieses Thema angesprochen wurde, allzu stark war.

Zu ihrem vierzehnten Geburtstag schenkte Julia ihr, nachdem sie lange mit sich gekämpft hatte, einen eigenen kleinen Farbfernseher. Sie hatte dabei schwere pädagogische Bedenken, weil sie befürchtete, daß Roberta dadurch in Versuchung kommen könnte, noch öfter als bisher vor der Mattscheibe zu hokken. Gleichzeitig gab sie sich aber auch der schwachen Hoffnung hin, daß ein eigener Apparat für Roberta Anlaß sein könnte, sich etwas mehr zurückzuziehen und ihr mehr Luft zu lassen.

Aber es stellte sich heraus, daß sich durch dieses Geschenk nichts am Leben von Mutter und Tochter änderte. Roberta benutzte den eigenen Fernseher nur, wenn Julias Freundinnen zu Besuch waren. Ansonsten blieb sie dem im Wohnzimmer treu und zwang, wie eh und je, Julia zu einer Einigung auf das gleiche Programm.

Immer häufiger überkam Julia das Gefühl, in der Enge ihrer Wohnung und der ständigen Gesellschaft ihrer Tochter erstikken zu müssen. Da der Haushalt sie kaum noch beanspruchte, gewöhnte sie sich daran, an den Vormittagen, wenn Roberta aus dem Haus war, lange Spaziergänge, ja, Wanderungen zu unternehmen. Sie ging nicht etwa gemächlich dahin, sondern schlug ein scharfes Tempo an, und wenn sie dann kurz vor der Mittagszeit nach Hause kam, fühlte sie sich wenigstens vorübergehend besser.

Ralph hatte sich seit seinem Auszug nicht mehr blicken lassen. Unmerklich traf das ein, was Roberta sich von jeher erhofft hatte: Ralph verlor mehr und mehr an Bedeutung für ihre Mutter, während sie selber ihrem Herzen immer näher kam.

Es gab schöne Stunden des Zusammenseins; die sorgsam bereiteten kleinen Mahlzeiten, das gemeinsame Hantieren in Küche und Haushalt, die Tennisstunden, Theaterbesuche, die ausgiebigen Plaudereien und hin und wieder auch das gemeinsame Lachen.

Julia schalt sich selber, daß sie sich so wenig glücklich fühlte. Robertas Liebe, ihr Vertrauen, ihre Zärtlichkeit taten ihr wohl, und doch empfand sie sie als allzu besitzergreifend.

Wenn sie ihr vorschlug, einmal allein fortzugehen, etwa ins Kino, bekam sie immer die gleiche stereotype Antwort: »Allein habe ich keine Lust.«

»Dann nimm Christine mit! Oder eine aus deiner Klasse!«

»Ach, die verstehen doch nichts. Wenn ich ins Kino gehe, möchte ich hinterher darüber reden, und das kann ich nur mit dir. Bitte, bitte, komm doch mit!«

Dann wurde Juli wieder weich, denn Robertas Anhänglichkeit war ja nicht nur belastend, sondern doch auch sehr schmeichelhaft. Sie empfand es als unnatürlich, aber doch auch sehr schön, die beste Freundin ihrer Tochter zu sein.

Agnes und Lizi mochte sie die Beklemmung, die sie manchmal überfiel, nicht anvertrauen, denn es wäre ihr wie ein Verrat an ihrer Tochter erschienen. Es gab überhaupt niemanden, mit dem sie darüber hätte reden können. Sie fühlte sehr deutlich, daß es ein erwachsener Partner war, der ihr fehlte. Mehr noch als die Liebe eines Mannes hätte sie eine wirkliche Freundschaft als Gegengewicht zu Robertas Besitzanspruch gebraucht. Hätte sie ihr ihre Liebe nicht zerstört, wäre alles besser gewesen.

Aber es hatte keinen Zweck, darüber zu grübeln, denn es war nun einmal geschehen und ließ sich nicht mehr ändern. Wichtiger als die Vergangenheit war die Zukunft. Sie fühlte sich von Robertas übergroßer törichter Liebe umfangen und gefangen, und sie sah kein Entrinnen, wußte aber, daß es so nicht weitergehen konnte.

Die Freundinnen machten sich Sorgen um Julia, aber sie sprachen nicht darüber, jedenfalls nicht zu ihr, weil sie wußten, daß mit Worten nicht zu helfen war.

An einem ihrer Skatabende bei Lizi sagte Agnes dann ganz nebenbei, während sie die Karten austeilte: »Habt ihr gehört, daß Frau Hering nun doch fortzieht?«

»Ja«, bestätigte Lizi, »und das, obwohl sie noch vor einem hal-

ben Jahr tausend heilige Eide geschworen hat, daß sie bleiben
würde.«

»Wer ist Frau Hering?« fragte Julia.

»Die mußt du doch kennen!« rief Agnes. »Das ehemalige Fräulein Sauselmann!«

»Die Protokollführerin vom Verkehrsverein?«

»Genau die! Doktor Kupesch wird sich schwertun, einen Ersatz
zu finden, denn zahlen können sie natürlich nichts.«

»Was interessiert uns der Verkehrsverein?« unterbrach Lizi das
Gespräch. »Kommt, laßt uns spielen!«

»Wieso zieht sie weg?« wollte Julia wissen.

»Zu ihrem Mann natürlich. Der arbeitet doch in Traunstein. Er
hat dort endlich eine größere Wohnung bekommen.«

»Hört auf damit!« verlangte Lizi. »Julia, ich sage dir was . . .
achtzehn . . . zwanzig . . . zweiundzwanzig . . . ja, ich versteige
mich sogar zu siebenundzwanzig . . .«

»Dann hast du ein schönes Spiel!«

»Das wollen wir erst mal abwarten«, sagte Agnes.

Es wurde noch dieses und jenes an diesem Abend geredet, aber
niemand erwähnte mehr Frau Hering. Dennoch blieb das kurze
Gespräch in Julias Gedächtnis haften.

Als sie sich von Lizi verabschiedet hatten – Mitternacht war
längst vorbei – und heimgingen, wagte Julia die Frage, die ihr
schon den ganzen Abend im Kopf herumgegangen war:
»Meinst du nicht, daß das was für mich wäre? Der Posten beim
Verkehrsverein?«

»Wie kommst du darauf?« wollte Agnes wissen.

»Ach, nur so. Ich muß ja kein Geld verdienen, da wäre ich
doch . . . Oder glaubst du, das wäre zu schwer für mich?«

»Wieso schwer?«

»Weißt du genau, was da verlangt wird?«

»Das liegt doch auf der Hand! Die Protokollführerin muß bei
den Sitzungen anwesend sein, sich Notizen machen und später
ausarbeiten, was für Vorschläge gemacht worden sind, und so
weiter und so fort. Traust du dir das zu?«

»Steno und Schreibmaschine kann ich.«

»Ja, und du bist auch sonst ein kluges Kind. Die Frage ist nur,
ob du dir das wirklich zumuten willst.«

»Ich habe soviel Zeit«, erwiderte Julia unbestimmt.

»Soviel ich weiß, geht es auf diesen Sitzungen ziemlich rund.«

»Wieso das?«

»Du kennst doch die Menschen hier! Alles Egoisten.«

»Das sind sie wohl überall auf der Welt.«

»Stimmt. Bloß hast du bisher nie was mit ihnen zu tun gehabt. Du mußtest dich nicht mit solchen Problemen beschäftigen wie Geldangelegenheiten . . .«

»Nötig habe ich die Arbeit im Verkehrsverein ja auch nicht.«

»Du verstehst mich nicht.«

»Drück dich doch, bitte, deutlicher aus.«

»Ich bemühe mich, Liebchen. Also, die Sache ist doch so. Der Verein hat eine bestimmte Summe im Jahr zur Verfügung. Wie hoch die ist, weiß ich nicht. Jedenfalls kassiert er Mitgliedsbeiträge und Spenden und kriegt einen Zuschuß von der Stadt. Im Vorstand sitzen zehn bis zwölf Figuren; Leute, die besonders am Blühen und Gedeihen von Bad Eysing interessiert sind . . . oder die es wenigstens vorgeben. In Wahrheit will natürlich jeder so viel wie möglich für sich aus dem Pott herausholen.«

»Aha«, sagte Julia, die immer noch nicht ganz sicher war, ob sie verstand.

»Bloß Doktor Kupesch vertritt wirklich das Allgemeinwohl. Da prallen natürlich die Wünsche und Meinungen aufeinander, es wird gekämpft, gestritten und intrigiert.«

»Klingt hochinteressant.«

Agnes musterte im Licht einer Straßenlaterne das Profil der Freundin. »Ob das wirklich das Richtige für dich ist? Solltest du dich nicht lieber bei der Volkshochschule einschreiben?«

»Für einen Kurs in Ikebana?« Julia lachte. »Die Kunst des Blumensteckens?«

»Es gibt da doch auch noch 'ne Menge anderer Sachen! Sprachen, Volkskunst, Philosophie . . .«

»Weißt du, Agnes, gelernt habe ich in meinem Leben genug. Seit Robert nicht mehr ist, habe ich mich mit allem Möglichen beschäftigt. Jetzt möchte ich endlich mal etwas tun.«

Agnes schwieg eine Weile. »Dann versuch's«, sagte sie endlich, »warum nicht? Wenn's dir zu dumm wird, kannst du ihnen den Krempel ja immer noch vor die Füße werfen.«

»Danke.«

»Wofür?«

»Für deinen guten Rat.«

»Das ist doch gar nichts. Aber ich mache dir ein Angebot: Wenn du anfangs mit dem Protokoll nicht zurechtkommst, werde ich dir helfen . . . so weit ich kann, heißt das. Aber zu zweien geht es wahrscheinlich leichter, als wenn man allein, mit unleserlichen Notizen, vor einem leeren Blatt Papier sitzt.«

Julia mußte wieder lachen. »Du verstehst es, meine Zukunft in rosigen Farben zu schildern!«

»Ich möchte dich nur vor Illusionen bewahren . . .«

»Nochmals Dank, Agnes. Für alles. Aber mein Entschluß steht fest: Gleich Montag gehe ich zu Doktor Kupesch.«

»Ruf lieber vorher an.«

Julia küßte Agnes auf die Wange. »Auch diesen Rat werde ich beherzigen.«

Sie hatten das Haus in der Akazienallee erreicht und verabschiedeten sich leise im Treppenhaus. Als Julia die Wohnung betreten hatte, ging sie zuerst in Robertas Zimmer. Das Mädchen schlief tief und fest. Liebevoll zog Julia ihr die Decke zurecht. Anscheinend hatte Roberta sich von ihrem Fernseher in den Schlaf wiegen lassen. Der Apparat lief immer noch und gab ein disharmonisches elektronisches Geräusch von sich. Julia stellte ihn ab.

Sie war so aufgekratzt, daß sie nicht sogleich zu Bett gehen mochte. Sie holte eine Flasche Bier aus dem Eisschrank, nahm sie mit in ihr Zimmer und setzte sich ans Fenster. Trotz aller Warnungen der Freundin hatte sie das Gefühl, daß sich ihr eine Tür geöffnet hatte, die sie nur noch weiter aufzustoßen brauchte.

Jeder in der kleinen Stadt kannte Dr. Max Kupesch, so auch Julia, wenn auch nur vom Sehen und von einigen flüchtigen Begegnungen her. Er war Schriftsteller, Journalist und Heimatforscher, Nachkomme einer alteingesessenen Eysinger Familie und lebte in kinderloser, aber dennoch – oder deshalb – ausgesprochen harmonischer Ehe mit einer ehemaligen Schauspielerin.

Als Julia ihn am Montagmorgen anrief, klopfte ihr das Herz ganz unvernünftigerweise, und sie war ein wenig atemlos.

Dr. Kupesch war höflich, wenn auch sehr zurückhaltend. »Julia

Severin?« wiederholte er. »Ja, natürlich weiß ich, wer Sie sind.«

»Ich möchte Sie gerne sprechen wegen...« Julia verbesserte sich: »....in Ihrer Eigenschaft als Vorsitzender des Verkehrsvereins.«

»Können Sie mir am Telefon sagen, was Sie auf dem Herzen haben? Oder wollten Sie zu einer unserer nächsten Sitzungen kommen?«

»Ich möchte Sie lieber persönlich sprechen, Herr Doktor Kupesch. Ich werde Sie bestimmt nicht lange aufhalten.«

»Wann?«

»So bald wie möglich. Jedenfalls vormittags, wenn meine Tochter in der Schule ist.« Julia kam diese Erklärung ein wenig albern vor.

Eine kleine Pause entstand, und Julia überlegte schon, ob sie nicht gleich am Telefon ihren Vorschlag unterbreiten sollte – was sie ursprünglich nicht vorgehabt hatte –, um so Dr. Kupeschs Interesse zu wecken.

Aber da sagte er auch schon: »Wie wäre es mit übermorgen? Das ist der Mittwoch. Um elf Uhr?«

Julia wäre lieber zu einer früheren Stunde gekommen. Dennoch sagte sie: »Wunderbar! Ich werde pünktlich sein!«

Als sie den Hörer auflegte, fühlte sie sich beschwingt: der erste Schritt war getan.

Liebend gern hätte sie Roberta von ihrem Plan erzählt – sie sehnte sich nach einem Menschen, mit dem sie alles bereden konnte –, aber sie tat es dann doch nicht. Sie litt darunter, ein Geheimnis vor ihrer Tochter zu haben, aber sie fürchtete zu sehr, daß sie sich wieder querstellen würde.

Außerdem war ja auch noch nichts entschieden. Sie wollte nicht von Roberta ausgelacht oder bemitleidet werden, wenn sie unverrichteter Dinge von Dr. Kupesch zurückkäme.

Deutlicher denn je zuvor spürte sie, daß von einer wirklichen Freundschaft zwischen ihr und ihrer Tochter keine Rede sein konnte. Doch sie suchte die Schuld nicht bei sich. Es lag daran, daß Roberta zwar alles Verständnis der Welt für sich selber verlangte, aber nicht bereit war, ihre Mutter zu verstehen.

Trotzdem war Julia in den nächsten Tagen ganz besonders liebevoll, weil sie eben, was auch immer ihre Vernunft ihr sagte,

ein schlechtes Gewissen wegen ihrer Geheimniskrämerei
hatte.

Roberta merkte nichts.

Am Mittwochmorgen war Julia viel zu früh für ihren Ausgang
fertig. Sie hatte sich wie eine berufstätige Frau gekleidet, obwohl sie nicht genau wußte, wie man in einer solchen Position
auszusehen hatte. Jedenfalls hatte sie ein sportliches Kostüm
aus braunem Kammgarn gewählt, das sie zu einer maisgelben
Baumwollbluse und flachen Schnürschuhen trug. Obwohl sie
ziemlich blaß war und sich selber nicht sehr gefiel, verzichtete
sie darauf, sich zu schminken.

Unruhig lief sie in der längst aufgeräumten Wohnung hin und
her, konnte die Zeit nicht erwarten und griff dann doch zu ihrer
Tasche und den Handschuhen.

Als sie zehn Minuten vor elf am Hauptplatz ankam, wo Dr. Kupesch in der örtlichen Redaktion der Tageszeitung ein Büro
hatte, mußte sie überlegen, ob sie jetzt schon hinaufgehen
sollte, entschloß sich aber, noch eine Weile spazierenzuge-
hen.

Im Vorbeigehen musterte sie sich in einer Schaufensterscheibe
und hatte plötzlich das Gefühl, sich zu fein gemacht zu haben.
Es wäre vielleicht besser gewesen, in einem einfachen Kleid
und Regenmantel, ein Einkaufsnetz in der Hand, bei Dr. Kupesch hereinzuschauen. Am liebsten wäre sie wieder nach
Hause gegangen und hätte sich umgezogen. Aber dafür reichte
die Zeit nicht aus.

Ihr kam die Idee, eine Schallplatte mit den neuesten Hits zu
kaufen, über die Roberta sich bestimmt freuen würde. Als sie
sie ausgesucht und bezahlt hatte, war es elf Uhr vorbei. Aber
mit der Tüte in der Hand kam sie sich wenigstens etwas lässiger
vor.

Die Redaktion der Tageszeitung war im dritten Stock eines alten Hauses sehr bescheiden untergebracht. Die Etagentür stand
offen, und als Julia eintrat, hob ein Mädchen, das hinter einer
Schreibmaschine saß, den Kopf und blickte sie fragend an.

Julia grüßte und sagte, daß sie zu Dr. Kupesch möchte.

»Die zweite Tür gleich gegenüber«, erwiderte das Mädchen und
klapperte weiter auf ihrer Maschine.

Julia ging das Geräusch durch und durch. Sie empfand es plötzlich als Anmaßung, sich überhaupt um den Posten zu bewerben.

Dr. Kupesch hatte hinter einem großen, mit Akten, Zeitungen und allen möglichen Papieren beladenen Schreibtisch gesessen und stand auf, als Julia nach kurzem Klopfen eintrat. Er war ein großer, hagerer Mann mit einem weißen, vollen Haarschopf und sehr hellen grauen Augen hinter einer Nickelbrille.

»Ah, Frau Severin!« sagte er und zeigte mit der Hand in Richtung eines mit Leder bezogenen, inzwischen reichlich abgewetzten Stuhls, um sich sogleich wieder zu setzen.

Julia grüßte und nahm Platz. Sie stellte ihre Handtasche und die Schallplatte neben sich auf den Boden und hatte einige Mühe, eine gute Haltung einzunehmen, denn sie war es nicht gewohnt, vor einem Schreibtisch zu sitzen.

Indessen erkundigte Dr. Kupesch sich nach ihrem Befinden und fragte nach ihren Kindern, aber dies alles so zerstreut und offensichtlich nur aus Höflichkeit, daß Julias Antworten entsprechend nichtssagend ausfielen.

Sie hatte den Eindruck, ihn von Wichtigerem abzuhalten, und entschloß sich, zur Sache zu kommen, noch bevor er sie danach fragte. »Ich habe gehört, daß Frau Hering nach Traunstein übersiedelt«, sagte sie.

»Ja, die gute Frau Hering. Sie verläßt uns jetzt. Sehr unangenehm. Aber da kann man nichts machen.«

»Sie haben also noch keinen Ersatz?« Julia mußte den Impuls bekämpfen, an ihrem Rocksaum zu zerren.

»Nein, leider nicht. Den werden wir auch wohl so leicht nicht finden. Ein wirklicher Verlust.«

Julia nahm allen Mut zusammen – wobei sie sich darüber ärgerte, daß sie so unsicher und kleinlaut war. »Ich würde das Amt der Protokollführerin gern übernehmen!«

Dr. Kupesch sah sie an, als würde ihre Anwesenheit ihm jetzt erst wirklich bewußt; sein Gesicht zeigte maßlose Überraschung.

»Was finden Sie daran so sonderbar?« fragte Julia. »Ich habe doch viel Zeit, ich bin nicht darauf angewiesen, Geld zu verdienen, und ich . . . ich interessiere mich für die Belange der Stadt.«

Dr. Kupesch fuhr sich mit allen fünf Fingern durch seinen ohnehin zerrauften Haarschopf. »Ja, ja, natürlich. Das trifft wohl alles zu.«

»Aber?« fragte Julia.

»Sie haben das doch ganz und gar nicht nötig.«

»Frau Hering denn?«

»Ja. Doch. Sie war Angestellte im Bürgermeisteramt. Für sie war es ganz wichtig, über alles im Verkehrsverein orientiert zu sein. Und sie war ziemlich . . .« Er suchte nach dem passenden Ausdruck. ». . . ehrgeizig. Jedenfalls, so lange sie noch nicht verheiratet war.«

Julia staunte; sie wäre von sich aus auf solche Zusammenhänge nie gekommen. »Sie meinen, sie hat es nicht aus Lust und Liebe getan?«

Dr. Kupesch lächelte und hielt sich rasch die große Hand vor den Mund. »Was erwarten Sie von den Menschen?«

»Sie tun doch alles aus Liebe zu Bad Eysing! Oder irre ich mich da etwa auch?«

»Nicht ganz. Aber so ein Idealist, wie Sie glauben, bin ich nun doch nicht. Es steckt wohl auch der Wunsch dahinter, was zu sagen zu haben.«

»Macht?«

»So können Sie es nennen. Wenn es auch nur eine sehr begrenzte und unwichtige Macht ist. Aber immerhin. Die Leute hören auf mich.«

Julia schwieg; sie mußte diese Eröffnung erst einmal verarbeiten.

»Und was sind Ihre wahren Motive?« fragte er sehr direkt.

»Ich möchte mich irgendwie nützlich machen.«

»Nur das?«

»Ich glaube schon.«

»Wissen Sie, auf diesen Sitzungen herrscht manchmal ein etwas rauher Ton!«

»Ja und?«

»Ein Ton, den Sie nicht gewöhnt sein werden.«

»Das macht nichts!« Julia lächelte ihn an. »Die Aufgabe wird für mich von Minute zu Minute reizvoller!«

»Ich weiß nicht, ich weiß nicht.« Dr. Kupesch zerrte an seiner Krawatte; er hatte den Hemdkragen geöffnet und den Knoten herabgezogen, jetzt versuchte er ihn wieder zu festigen.

»Wir könnten es ja einfach mal versuchen!« schlug Julia munterer vor, als sie sich fühlte. »Wenn ich merke, daß ich nicht die Richtige für den Job bin . . .«

»Glauben Sie bitte nicht, daß ich Vorbehalte gegen Sie habe, Frau Severin. Ganz im Gegenteil. Ich würde Ihnen nur eine bedeutungsvollere Aufgabe wünschen.«

»Für mich ist es nur wichtig, daß ich überhaupt erst mal eine habe.«

»Aber diese ist oft wenig angenehm! Sie werden an einem Tisch sitzen mit dem Bäckermeister Hülse und dem Gastwirt Pallauf . . .«

»Aber das macht doch nichts!«

Er ließ sich nicht unterbrechen und winkte mit seiner großen Hand ab. ». . . und das oft sehr ungereimte Zeug, das dort vorgebracht wird, in eine verständliche Form bringen müssen! Natürlich haben Sie auch ein Mitspracherecht . . .«

»Habe ich?« rief Julia. »Habe ich wirklich?«

»Selbstverständlich. Sie können zwar keine Entscheidungen treffen, aber immerhin Ihren Senf dazugeben.«

Julia lachte. »Sie scheinen wirklich eine hohe Meinung von meiner Intelligenz zu haben!«

»Bitte, Frau Severin! Ich wollte Sie nicht beleidigen. Das ging gar nicht gegen Sie. Ich bin bloß der Meinung, daß auf diesen Sitzungen ohnehin zu viel leeres Stroh gedroschen wird . . . Sie werden schon sehen . . .«

»Ich bin also dabei?« Julia sprang auf und achtete nicht darauf, daß ihre Handtasche und die Schallplatte dabei umfielen.

»Kein Grund zur Begeisterung!« Dr. Kupesch erhob sich. »Ich will nur sagen . . . jubeln Sie nicht zu früh. Vielleicht werden Sie mich eines Tages noch verfluchen, daß ich Ihnen diese Schnapsidee nicht ausgeredet habe.«

»Sie haben es immerhin probiert.« Julia reichte ihm die Hand, die er fest umschloß. »Aber eines ist abgemacht«, sagte er, »wenn Sie keine Lust mehr haben, werfen Sie mir den Krempel einfach vor die Füße!«

Als Julia die Treppe hinunterlief, fühlte sie sich beschwingt und um Jahre verjüngt.

Natürlich wußte sie, daß es nicht wirklich etwas Großes war, was sie erreicht hatte. Man hatte ihr ein Ehrenamt übertragen, an dem niemand anderer in Eysing überhaupt Interesse hatte, denn sonst hätte Dr. Kupesch sie wohl kaum genommen. Aber für sie bedeutete es eben doch sehr viel, endlich einmal über den Rahmen der Familie hinaus tätig zu werden. Auch in den Augen der Mitbürger würde sie in Zukunft anders dastehen. Sie würde nicht mehr nur die Witwe des Staatsbeamten sein, sondern selber etwas darstellen – die Protokollführerin des Fremdenverkehrsvereins.

Es drängte sie danach, mit jemandem darüber zu sprechen. Aber als sie an dem Installationsgeschäft Kast vorbeikam, sah sie durch die Schaufensterscheibe, daß Agnes mit einem Kunden beschäftigt war. Sie wollte nicht stören und lief weiter.

In der Akazienallee zögerte sie kurz vor ihrem Haus, konnte sich aber nicht entschließen, in die leere Wohnung hinaufzugehen. Sie blickte auf ihre Armbanduhr. Bis zum Schulschluß war noch eine gute halbe Stunde Zeit. Wenn sie sich beeilte, konnte sie noch das Grab ihres Mannes aufsuchen. Kurz entschlossen machte sie sich auf den Weg.

Es war in Bad Eysing nicht üblich, die Grabpflege einem Friedhofsgärtner zu überlassen; sie war Aufgabe der Hinterbliebenen, selbst dann, wenn sie inzwischen fortgezogen waren. Für Julia war es nichts als eine Pflicht. Sie hatte sich ihrem Mann am Grab stets sehr viel ferner gefühlt, als in dem Haus, in dem sie mit ihm zusammengelebt hatte. Was sie heute mit Macht dort hinzog, wußte sie selber nicht.

Als sie vor dem schmalen Grab mit dem einfachen Findling stand, in den sie nichts als seinen Namen und seine Daten hatte einmeißeln lassen, ertappte sie sich dabei, daß sie mit ihm Zwiesprache hielt – zum erstenmal hier und an dieser Stelle.

Gab es ihn denn noch? Und wo mochte er sein? Sah er wirklich von oben auf sie herab, wie man es sie in der Kindheit gelehrt hatte? Was dachte er über Ralph und Roberta? Gewiß hätte er sie strenger erzogen, und mit Ralph wäre es wohl auch anders gekommen, wenn er gelebt hätte. War er mit ihr zufrieden?

Mit schneidendem Schmerz erkannte sie, daß er sie nicht verstand, sie nicht verstehen konnte, wenn seine Seele sich im Jenseits nicht mit Weisheit erfüllt hatte. Er war ja bei seinem Tod ein junger Mann gewesen, hatte nicht ihre Erfahrungen gemacht und ihre Qualen durchlitten. Wenn er heute zurückkäme, so, wie er gestorben war, würde er sofort darangehen, ihr Leben völlig umzukrempeln. Natürlich würde er Ralph nicht zurückholen können, aber er würde ihm heftige Vorwürfe machen und ihn, da der Junge sicher nicht bereit sein würde, zu gehorchen, rücksichtslos fallenlassen.

Ja, so war Robert gewesen. Er hatte immer viel von seinen Mitmenschen verlangt, und wenn sie seinen Ansprüchen nicht genügten, hatte er sie verachtet.

Vielleicht würde er mit Roberta, die ihm in manchem ähnelte, ein gutes Verhältnis haben, eine innige Vater-Tochter-Beziehung, die sich aber gewiß gegen sie, Julia, richten würde.

Wie würde er sich zu ihr selber stellen? Er würde ihr ganz sicher die Geschicke der kleinen Familie aus den Händen nehmen, sie auf ihren Platz als liebende und folgsame Ehefrau zurückführen und ihr verbieten, diesen Job als Protokollführerin anzutreten. Er war immer der Meinung gewesen, daß sie sich voll ihrer Aufgabe als Ehefrau und Mutter widmen sollte. Julia erinnerte sich, wie aufgebracht er gewesen war, als sie sich einmal – Ralph war noch klein gewesen – in einen Kurs für Anglistik hatte einschreiben wollen. Er hatte sie so sehr ins Unrecht gesetzt, daß sie niemals wieder einen derartigen Versuch unternommen hatte. Dann war ja auch bald Roberta unterwegs gewesen, und mit zwei kleinen Kindern war sie ans Haus gefesselt worden.

Während sie verwelkte Blüten abzupfte und Unkraut ausriß, schoß ihr das alles durch den Kopf und bereitete ihr einen gelinden Schock. Bisher hatte sie in schweren Stunden immer wieder Halt in der Erinnerung an ihren Mann gefunden und ganz naiv vorausgesetzt, daß er sie verstanden hätte, wenn er noch lebte, und sie tröstend und schützend in die Arme genommen hätte. In dieser Stunde begriff sie, daß sie sich an eine Täuschung geklammert hatte. Ihre Welt war eine andere geworden.

Als Julia nach Hause kam, war Roberta schon da. Ihr Rekorder lief mit voller Lautstärke. Sie benutzte, wenn sie Musik hörte, anders als Ralph, nie Kopfhörer. Julia hatte sie auch noch nie darum gebeten, denn sie mochte es nicht, wenn ihre Kinder sich abkapselten.

Trotz des Lärms hatte Roberta sie kommen gehört, stürzte aus ihrem Zimmer, kaum daß Julia die Diele betreten hatte, und schleuderte ihr die Frage wie eine Anklage entgegen: »Wo warst du?«

Julia lächelte ihr beruhigend zu und reichte ihr, sozusagen als Opfergabe, die Schallplatte. »Ich habe dir was mitgebracht.«

Roberta riß die Platte aus der Tüte, betrachtete das Cover und sagte zufrieden: »Rock Pop! Oh, prima!«

»Ich freue mich, daß ich deinen Geschmack getroffen habe.«

»Wann gibt es endlich was zu essen?«

»Setz bitte das Wasser für die Spaghetti auf. Die Soße ist schon fertig. Ich muß mir erst noch die Hände waschen.« Julia stellte ihre Handtasche auf die Garderobe und ging ins Bad.

Sie war noch dabei, ihre Nägel zu bürsten, als Roberta schon wieder erschien. »Warum kommst du so spät?«

»Ich war noch auf dem Friedhof!«

»Warum?«

»Um nach Vaters Grab zu sehen.«

»Aber das hätten wir doch zusammen machen können.«

»Müssen wir auch. Gleich heute nachmittag. Wir sollten Heidekraut für den Winter pflanzen.« Julia ärgerte sich über sich selber, weil sie ihrer Tochter nicht gleich die ganze Wahrheit ins Gesicht sagte, aber sie hatte im Augenblick nicht die Kraft dazu. »Stell bitte deinen Rekorder leiser«, sagte sie statt dessen.

Erst nach dem Mittagessen, als sie mit dem Kaffee ins Wohnzimmer gegangen war, wagte sie das Thema anzuschneiden. »Übrigens habe ich heute vormittag etwas erlebt.«

»Du warst nicht nur auf dem Friedhof«, stellte Roberta im Ton eines Untersuchungsrichters fest, »das habe ich gleich gemerkt . . . doch nicht in dem Aufzug.«

»Sehr richtig. Ich hatte vorher eine Besprechung.«

Jetzt war Roberta verdutzt. »Eine . . . was?«

»Du hast ganz richtig gehört. Ich habe Doktor Kupesch aufgesucht.«

»Was wolltest du denn bei dem alten Zausel?«

»Er hat mich als Protokollführerin eingestellt.«
Roberta reagierte so heftig, daß sie gegen den Tisch stieß und der Kaffee in ihrer Tasse überschwappte.
»Beim Verkehrsverein«, ergänzte Julia so ruhig, wie es ihr möglich war.
»Du mußt verrückt geworden sein!«
»Aber, Robsy, bitte, beruhige dich doch!«
»Soll ich mich etwa nicht aufregen, wenn du verrückt spielst? Protokollführerin beim Verkehrsverein! Daß ich nicht lache! Was für eine Schnapsidee!«
Julia schwieg, weil sie es für richtig hielt, das Mädchen erst einmal austoben zu lassen. »Warum sagst du denn nichts?« schrie Roberta. »Verteidige dich doch wenigstens!«
»Ich bin nicht angeklagt, und du bist nicht der Staatsanwalt.«
»Wie konntest du so etwas tun!«
»Sobald du bereit bist, mich in Ruhe anzuhören, werde ich es dir erklären.«
Roberta lehnte sich zurück, kreuzte die Arme über der Brust und erklärte mit feindseliger Miene: »Da bin ich aber mal gespannt.«
»Der Verkehrsverein braucht eine neue Protokollführerin, ganz dringend, und da die Arbeit ehrenamtlich ist . . .«
»Auch das noch!«
». . . war es nicht leicht, jemanden dafür zu finden. Ich brauche kein Geld, ich habe Zeit, und das Wohl und Wehe von Bad Eysing liegt mir am Herzen . . .«
»Seit wann?«
»Immer schon. Du weißt, ich bin hier geboren, und ich bin, als meine Mutter starb, wieder hierher zurückgekommen.«
»Weil du das Haus geerbt hast.«
»Nein, weil Eysing meine Heimat ist.«
»Darüber hast du aber nie etwas verlauten lassen.«
»Für mich war es so selbstverständlich, daß ich es gar nicht für nötig hielt, darüber zu sprechen.«
»Und unsere Pläne? Daß wir zusammen nach München ziehen wollen? Das war also alles nur Schwindel?« Robertas graue Augen füllten sich mit Tränen.
»Nein, Liebling, ganz bestimmt nicht!« sagte Julia und wollte ihre Tochter beschwichtigend berühren.

Aber Roberta zuckte vor ihr zurück wie vor einer giftigen Natter.

»Natürlich bist du mir wichtiger als diese Stadt«, sagte Julia, »und ich liebe dich viel mehr.«

»Dann verzichte auf den Job.«

»Das kann ich nicht. Ich habe doch schon zugesagt.«

»Sag wieder ab!«

»Nein, Liebling«, erklärte Julia mit Festigkeit, »das werde ich nicht. Ich liebe dich sehr, aber ich werde mich nicht deinetwegen zum Narren machen.«

Roberta schluckte schwer. »Ich verstehe dich überhaupt nicht mehr.«

»Weil du dir keine Mühe gibst. Sieh mal, ich nehme dir damit ja wirklich nichts. Der Verkehrsverein . . . das heißt, der Vorstand des Verkehrsvereins . . . kommt ja nur alle vierzehn Tage zusammen, manchmal sogar noch seltener . . .«

»Aber abends! Das heißt also, daß ich noch einen Abend in der Woche auf dich verzichten soll . . . außer an deinen verfluchten Skatabenden!«

»Was ist schon dabei, Liebling! Du wirst doch einmal allein sein können. Sonst hängen wir doch dauernd zusammen.«

»Ich dachte, du wärst glücklich darüber!«

»Bin ich ja auch«, log Julia.

»Du solltest mal erleben, wie andere Töchter sind! Dauernd auf dem Judelfudel! Wäre dir das lieber?«

»Natürlich nicht. Ich bin froh, daß du bist, wie du bist, und daß wir uns so gut verstehen. Aber du darfst mich doch nicht einsperren.«

Robertas Tränen versiegten von einer Sekunde zur anderen. »Einsperren?« wiederholte sie mit zusammengekniffenen Augen. »So siehst du das also?«

»So ist es doch auch. Ich soll immer und immer in jeder Stunde und in jeder Minute für dich dasein . . .«

»Ich bin es ja auch für dich!«

»Aber du gehst zur Schule. Was würdest du sagen, wenn ich von dir verlangen würde, die Schule aufzugeben?«

Roberta zögerte mit der Antwort. »Das darf ich ja gar nicht.«

»Nach der neunten Klasse doch. Also nehmen wir an, ich würde dir vorschlagen, nach der neunten Klasse abzugehen?«

»Das würdest du nie tun.«

»Nehmen wir an, ich täte es doch . . . weil mir die vielen langen Vormittage ohne dich zu langweilig sind.«

»Sind sie das denn?«

»O ja. Ziemlich.«

Roberta überlegte. »Ich würde es tun.«

»Das kann doch nicht dein Ernst sein!«

»Doch. Ist es. Ich würde gern immer mit dir zusammensein, den ganzen Tag. Was glaubst du, wie oft mir die Schule stinkt.«

»Und wovon würdest du später leben?«

»Du brauchst mir ja nur das Haus zu überschreiben. Da Ralph sich sowieso nicht mehr blicken läßt . . .«

Julia fiel ihr rasch ins Wort. »Meinst du nicht selber, daß das sehr . . . na, sagen wir . . . unnatürlich wäre? Wir beide dauernd beisammen? Ohne Arbeit, ohne Beschäftigung, ohne Ziel?«

»Ah, beschäftigen könnten wir uns schon! Morgens lange ausschlafen, abends lange fernsehen oder ins Theater gehen oder in ein Konzert! Tennisspielen, Schwimmen, viele Reisen machen! Ich brauche die Schule bestimmt nicht, Julia!«

»Und ich dachte immer, du wolltest aus deinem Leben etwas machen!«

»Nur dir zuliebe, Julia! Aber wenn du es anders willst . . .«

»Nein, Liebling, das will ich nicht. Ich will, daß du deinen Weg machst, aber daß du mir auch ein bißchen Freiheit läßt. Ich will, daß wir uns beide fördern und helfen und entwickeln und nicht zwischen unseren vier Wänden wie zwei alte Jungfern versauern.«

»Als wenn du noch eine Jungfrau wärst!«

»Natürlich nicht, Liebling, das habe ich nur so gesagt, um dir klarzumachen . . .«

»Bloß kannst du nicht ohne Mann leben, das ist es! Trotz allem, was du mir versprochen hast . . . du machst immer noch luckilucki! Du kannst es einfach nicht lassen. Gib doch zu, das ist der Grund, warum du in den Verkehrsverein gehst!«

»Du tust mir Unrecht, Robsy.«

»Nein, tu ich nicht. Ich habe immer gewußt, daß auf dich kein Verlaß ist. Ich wollte es nur nicht wahrhaben.«

»Weißt du überhaupt, was für Leute im Vorstand sitzen? Auer

von der Auermühle, Bäckermeister Hülse, Gastwirt Pallauf, der Taxiunternehmer Bogenberger . . . alles brave Ehemänner, keiner, der auch nur im entferntesten für mich in Betracht käme . . . und dann die Frau Huber . . .«

»Du hast sie also schon in Betracht gezogen, gib's zu! Traurig, traurig, daß keiner für dich dabei ist! Aber wer weiß, vielleicht stößt über kurz oder lang doch noch ein attraktiver Junggeselle dazu. Und wenn nicht, dort bist du doch wenigstens in Gesellschaft von Männern. Das ist das einzige, was dich nach wie vor interessiert.«

Julia atmete tief durch. »Jetzt mach aber mal 'nen Punkt, Robsy. Du weißt ja nicht mehr, was du daherredest. Ich schlage vor, wir nehmen die Diskussion erst wieder auf, wenn du ruhiger geworden bist und sachlicher argumentieren kannst.«

Robsy sprang auf, puterrot im Gesicht. »Was gibt's denn da überhaupt noch zu diskutieren! Du hast dich für den Verkehrsverein entschieden, und was ich davon halte, ist dir ganz egal.«

»Ist es nicht!«

»Bloßes Gelaber! Warum hast du mich sonst nicht früher gefragt?«

»Du meinst, ich hätte dich um Erlaubnis bitten müssen?«

»Ich bespreche ja auch alles mit dir . . . alles! Aber du gehst heimlich, still und leise hin . . . hinter meinem Rücken . . .«

Julia gab sich zu, daß dieser Vorwurf nicht ganz aus der Luft gegriffen war; gerade deshalb mochte sie nicht auf ihn eingehen. »Still jetzt, Robsy!« befahl sie. »Hör endlich auf damit. Es ist schon genug Porzellan zerschlagen worden.«

»Ah ja, so ist's richtig! Ich bin also schuld, daß wir uns krachen, wie? Darauf, wie du dich benimmst, kommt's gar nicht an!«

»Ich bin immerhin ein erwachsener Mensch . . . und deine Mutter.«

»Und ich dachte, du wolltest meine Freundin sein!«

»Bin ich auch, Robsy . . .«

»Nein!« Roberta spuckte das Wort förmlich aus. »Alles Schwindel! Du hast mich hintergangen. Eine Freundin tut so was nicht . . . eine richtige Freundin. Aber du bist wie alle anderen!« Damit stürzte sie aus dem Zimmer.

Julia war schon aufgesprungen, um ihr nachzulaufen. Aber dann besann sie sich anders und ließ sich wieder in ihren Sessel

zurücksinken. Solange Roberta in dieser Verfassung war, hatte
es keinen Zweck, mit ihr zu reden.
Plötzlich bereute sie es heftig, zu Doktor Kupesch gegangen zu
sein. Was war ihr nur eingefallen? Sie hatte doch gewußt, daß
Roberta das ganz und gar nicht gefallen würde. Warum hatte
sie es dann getan? Bis zum heutigen Tag hatte sie so friedlich
und harmonisch mit ihrer Tochter gelebt. Hätte das nicht so
weitergehen können?
Sie verstand sich selber nicht mehr.
Nach langem Nachdenken erhob sie sich und ging zum Telefon. Sie war drauf und dran, Doktor Kupesch anzurufen. Eine
kleine Blamage, was bedeutete das schon. Es hätte sie keine
große Überwindung gekostet.
Aber dann unterließ sie es doch. Wenn sie jetzt nachgab, das
wußte sie, würde sie für alle Zeiten unter Robertas Fuchtel stehen. Sie mußte sich wehren. Selbst das kleinste Stückchen Freiheit war wert, darum zu kämpfen.
Später sollte sie sich oft fragen, ob es mit Roberta nicht anders
gekommen wäre, wenn sie jetzt noch einmal verzichtet hätte,
wenn sie weiter ganz für sie dagewesen wäre, bis das Mädchen
erwachsen geworden war.
Aber das konnte sie nie mehr entscheiden.

Roberta war nicht zu bewegen, mit auf den Friedhof zu gehen.
Also blieb auch Julia zu Hause. Sie wagte es nicht, ihre Tochter
in einer solchen Verfassung allein zu lassen.
Seit Robertas Selbstmordversuch hatte Julia alle Schlüssel in
der Wohnung entfernt. Es gab auch keine Tabletten mehr, weder im Bad noch in ihrem eigenen Zimmer. Julia benutzte nur
noch solche Putzmittel, die nicht tödlich wirken konnten.
Dennoch ging sie den ganzen Nachmittag auf Zehenspitzen
durch die Wohnung, wagte keine Musik zu machen oder auch
nur laut zu hantieren und lauschte fortwährend zu ihrer Tochter
hin.
Roberta hatte den Rekorder abgestellt; kein Ton kam aus ihrem
Zimmer. Die Zeit schien stehenzubleiben.
Als Julia das Abendessen gerichtet hatte – besonders liebevoll –, klopfte sie an Robertas Tür. Es kam keine Antwort, und
sie trat ein.

Roberta lag voll angezogen auf ihrem Bett, die Hände hinter dem Kopf verschränkt, und starrte zur Decke.

»Kommst du?« fragte Julia.

Roberta rührte sich nicht.

»Ich habe Thunfischsalat gemacht«, lockte Julia, »den ißt du doch so gern.«

Es war, als hätte sie gegen eine Wand gesprochen.

»Du mußt doch Hunger haben, Robsy.«

»Nein!«

Das war wenigstens ein Wort.

»Soll ich dir ein Tablett hereinbringen?«

»Laß mich in Ruhe!«

Julia kam näher und setzte sich auf die Bettkante. »Hör mal, Robsy, so kann es doch nicht weitergehen.«

Roberta rückte von ihr ab.

»Du mußt essen. Und wir können doch nicht so zusammenleben. Wie Feinde. Wir haben uns doch lieb.«

Roberta rührte sich nicht; ihr Blick blieb auf die Zimmerdecke gerichtet.

»Ich verstehe ja, daß du mich ganz für dich haben möchtest. Aber der Mensch ... jeder Mensch ... ist doch ein soziales Wesen. Seine Beziehungen zu anderen können nicht an der Schwelle der Familie Halt machen.«

»Bla, bla, bla«, sagte Roberta, »das hast du dir fein ausgedacht.«

»Aber es ist doch wirklich so. Wenn ich nicht die Pension hätte und die Mieteinnahmen, müßte ich täglich zur Arbeit gehen. Dagegen könntest du auch nicht protestieren.«

»Aber du mußt nicht, das ist der Unterschied. Du willst es.«

»Ja, ich will es, Robsy, und ich kann dir jetzt auch erklären, warum. Ich hatte Zeit zum Nachdenken. Also hör zu ...«

Roberta nahm ihre Hände hinter dem Kopf vor und preßte sie auf die Ohren.

Julia packte ihre Handgelenke und zog sie herab. Es kostete sie viel Kraft, denn Robertas Widerstand war beträchtlich, aber sie gab nicht nach, sondern packte hart zu. »Du wirst mir jetzt zuhören, verstehst du! Das zumindest bist du mir schuldig!«

Jetzt endlich sah Roberta die Mutter an. Ihr Blick war feindselig und haßerfüllt, aber wenigstens nahm sie sie wahr.

»Du weißt, daß die Ehe meiner Eltern nicht glücklich war . . .«

»Olle Kamellen!«

»Deine Großmutter war eine hochanständige Frau, aber sehr hart. Mein Vater war ihren Ansprüchen nicht gewachsen. Er war fröhlich und empfindsam und ein bißchen weich . . . so habe ich ihn wenigstens aus meiner Kinderzeit in Erinnerung . . .«

»Warum kümmert er sich nie um uns?« fragte Roberta.

Julia war erleichtert, daß es ihr wenigstens gelungen war, das Interesse ihrer Tochter zu wecken. »Du weißt, daß er noch einmal geheiratet, eine zweite Familie gegründet hat. Einmal waren wir alle zusammen verreist; Ralph, du und ich, und seine Frau und seine beiden Kinder. Du warst noch sehr klein, wahrscheinlich erinnerst du dich gar nicht mehr daran. Es war kein großer Erfolg. Wir konnten nicht miteinander umgehen wie Freunde, und wie eine Familie haben wir uns auch nicht gefühlt. Alles war sehr gezwungen, weißt du.«

»Warum? Ich meine, er ist doch schließlich dein Vater.«

»Ja, das ist er. Aber wir hatten lange Jahre kaum Kontakt miteinander, nur Gratulationen hin und her, wie auch jetzt noch, nicht einmal Geschenke, nie ein Anruf. Er war mir fremd geworden. Und außerdem . . .« Julia zögerte.

»Ja?« fragte Roberta.

»Wahrscheinlich erinnere ich ihn an meine Mutter.«

»Bist du wie deine Mutter?«

»Nein, gar nicht. Jedenfalls habe ich mich mein ganzes Leben bemüht, anders zu sein. Aber ich war doch Zeuge all dieser Auseinandersetzungen, all dieses Hasses, dieser Tränen . . . all dessen, was mein Vater wohl gern vergessen oder gar verdrängen will.«

»Ach so!« sagte Roberta. »Aber warum erzählst du mir das?«

»Weil es Ereignisse in unserer Familie gibt, von denen du wissen solltest.«

»Daß sich die Großeltern haben scheiden lassen, das weiß ich doch längst.«

»Ja, aber das ist noch nicht alles. Die Scheidung war ein Skandal . . .«

»Warum?«

»Bad Eysing ist eine kleine Stadt, und man war damals noch viel spießbürgerlicher als heute. Meine Mutter war von hier, Vater aber nur zugereist, und alle Welt ergriff Mutters Partei ... die der anständigen, hochachtbaren Frau, die betrogen worden war. Daran, daß sie ihn durch ihre kompromißlose Härte in die Arme der anderen getrieben haben könnte, dachte niemand.«

»Du meinst also, daß sie schuld war?«

»Es gibt Fälle, in denen von Schuld gar keine Rede sein kann. Es war ein Verhängnis. Zwei Menschen hatten sich ineinander verliebt, die nicht zueinander paßten. Sie hatten geheiratet und konnten nicht miteinander leben.«

»Ich glaube, daß Großvater schuld war. Er hat sie bestimmt enttäuscht.«

»Jedenfalls empfand sie es so. Hinter ihrer Verachtung hatte sich wahrscheinlich immer noch Liebe verborgen. Als sie entdeckte, daß er sie betrog, schlug ihr Gefühl in wilden Haß um. Sie rächte sich.«

»Wie denn?«

»Sie machte ihn in Eysing unmöglich. Dazu gehörte nicht viel, nach dem, was geschehen war. Die Stellung meines Vaters ... er war ja Bankdirektor ... wurde unhaltbar. Man versetzte ihn in irgendein Nest im Zonenrandgebiet, obwohl er im Beruf immer die Tüchtigkeit in Person gewesen war. Das hat man mir später bestätigt. Und sie strengte die Scheidung gegen ihn an. Das ging sozusagen Hand in Hand. Damals war in einem solchen Prozeß nur das Schuldprinzip von Bedeutung. Auf dem Papier war Vater ja der Alleinschuldige. Sie bekam eine so hohe Unterhaltszahlung zugesprochen, daß an eine zweite Ehe für ihn gar nicht mehr zu denken war.«

»Aber er hat dann ja doch wiedergeheiratet.«

»Das kam später«, Julia machte eine kleine Pause und gestand mit Überwindung, »als sie sich das Leben genommen hatte.«

Roberta richtete sich auf dem Ellbogen auf. »Davon hast du mir nie erzählt!«

»Ich dachte nicht, daß du es wissen müßtest. Es hat mich selbst zu schwer belastet.«

»Aber warum? Warum hat sie das getan?«

»Weil sie das Leben allein nicht ertragen konnte.«

»Aber bist du nicht bei ihr geblieben?«

»Natürlich. Ich war ihr zugesprochen worden. Ich hatte sie ja

auch lieb und habe versucht, ihr zu helfen. Aber es war unmöglich . . . oder mir fehlte die Kraft dazu. Sie lebte nur noch in der
Vergangenheit, rechnete wieder und wieder auf, was er ihr angetan hatte, war wie besessen von ihrem Haß und einer . . . einer abgrundtiefen Verzweiflung.«
»Das kann ich verstehen.«
Julia sah ihre Tochter an. »Ja, das kannst du wohl. Du bist ihr in
manchem sehr ähnlich, weißt du. Aber ich . . . ich meine, man
darf alte Wunden nicht immer und immer wieder aufreißen,
sondern muß sie heilen lassen.«
»Das sagst du so. Aber wenn man jemanden wirklich geliebt hat
und verraten worden ist . . .«
»Du hast das nicht erlebt, Liebling. Manchmal war sie ganz heiter, und ich dachte schon, daß sie es endlich überwunden hätte.
Aber dann gebärdete sie sich wieder wie eine Rasende. Tage-
lang schloß sie sich in ihr Zimmer ein, nur um zu weinen.«
»Was hast du dann gemacht?«
»Ich habe gegen die Tür gebumpert, sie angefleht, herauszukommen, etwas zu essen. Aber nichts half. Eines Tages tauchte
sie dann wieder ganz von selber auf . . . heiter, als wäre nichts
geschehen.«
»Das muß entsetzlich für dich gewesen sein.«
»Ja, und das Entsetzlichste war, daß ich ihr gar nichts mehr bedeutete, verstehst du? Ich war doch ihr Kind, ihre einzige Tochter. Sie hatte vor Gericht für mich gekämpft und erreicht, daß
mein Vater nicht mal ein Besuchsrecht bekam. Aber dann kümmerte sie sich überhaupt nicht mehr um mich . . . nein, das
stimmt natürlich nicht, sie kochte und hielt die Wohnung sauber, wenn sie einigermaßen in Ordnung war. Aber wie ich unter
ihren Zuständen und Ausbrüchen leiden mußte, das war ihr
gleichgültig.«
»Wie alt warst du damals?«
»Bei der Scheidung war ich elf.«
»Und als sie starb?«
»So alt wie du jetzt. Und ich habe sie gefunden.« Julias Stimme
brach. »Sie hatte sich wieder einmal eingeschlossen. Daran war
ich schon gewöhnt. Ich war sicher, sie würde nach ein paar Tagen, wie immer, aus ihrem Zimmer kommen, als wäre nichts
geschehen. Ich habe mich gar nicht um sie geängstigt. Ich war

wütend auf sie.« Julias Lippen zitterten. »Darüber habe ich mir später lange Vorwürfe gemacht. Aber es war wohl so, daß ich das Ganze nicht verkraften konnte . . . Ich war der Situation einfach nicht gewachsen, verstehst du? Ich hatte ja auch meine eigenen Probleme.«

Roberta legte ihr die Hand auf das Knie. »Arme Julia! Und das hast du all die Jahre für dich behalten! Weiß es Ralph?«

Julia schüttelte den Kopf. »Nein. Ich wollte euch nicht belasten.« Sie wischte sich die Tränen aus den Augen und rang sich ein Lächeln ab. »Ich will auch jetzt nicht dein Mitleid, ich will nur, daß du mich verstehst.«

»Ich versuch's ja . . . ehrlich.« Roberta streichelte die Mutter zaghaft. »Aber wenn sie gar nicht mehr aus dem Zimmer kam, wie hast du dann gemerkt . . .?«

»Zuerst habe ich meinen Vater angerufen. Aber der verstand nicht oder wollte nicht verstehen. Sagte, ich solle nicht hysterisch werden . . . wie sie. Alles käme ganz von selber wieder in Ordnung. Das sei eben ihre Art, sich interessant zu machen. Dann bat ich ihren Arzt um Hilfe . . . Doktor Meierling, er lebt längst nicht mehr.«

»War sie denn in Behandlung?«

»Ja. Als sie einmal eine verhältnismäßig gute Zeit hatte, habe ich sie dazu bewegen können. Ich dachte, sie müßte krank sein . . . seelisch krank zumindest, und das war sie ja auch wohl. Daraus erklärt sich vieles. Doktor Meierling verordnete ihr Tabletten zur Beruhigung und zur Aufheiterung, und die halfen auch. Aber dann wollte sie sie plötzlich nicht mehr nehmen.«

»Und warum nicht?«

Julia zuckte die Schultern. »Sie hatte das Gefühl, nicht mehr sie selber zu sein. Daß sich durch die Tabletten ihre Persönlichkeit zerstören würde.«

»An so eine Persönlichkeit, wie sie sie hatte, würde ich mich ja nicht gerade klammern!«

»Ja, Liebling, so ähnlich habe ich damals auch gedacht. Aber sie sah es anders. Sie wurde noch unglücklicher, weil sie nicht mehr unglücklich sein durfte. Jedenfalls hat sie sie eines Tages abgesetzt. Sie war ganz stolz auf sich und hat es mir gleich erzählt.«

»Hast du sie denn nicht zu überreden versucht?«

»Natürlich. Ich habe meine ganze Überzeugungskraft aufgewandt, aber es nutzte nichts. Dann habe ich Doktor Meierling aufgesucht . . . heimlich. Wenn Mutter es erfahren hätte, wäre sie sehr böse geworden. Aber er konnte mir auch nicht helfen. Er konnte sie ja nicht zwingen, die Medizin zu schlucken, um sich besser zu fühlen.«

»Wahrscheinlich hätte sie in eine Heilanstalt gehört.«

»Daran habe ich nie gedacht. Wer hätte sie auch einweisen sollen? Sie war ja nicht gemeingefährlich. Und was wäre aus mir geworden? Ich allein in dem großen Haus? Noch keine fünfzehn? Nein, das wäre keine Lösung gewesen.«

»Vielleicht lebte sie dann heute noch.«

»In einer Anstalt? Ist das ein Leben?«

»Man hätte sie heilen können.«

»Nein. Doktor Meierling sagte mir, daß alle Medikamente nichts weiter zustande bringen könnten, als die Symptome zu lindern. An den Kern der Erkrankung konnte man nicht heran . . . jedenfalls damals nicht. Ich weiß nicht, inwieweit die Wissenschaft da heute Fortschritte gemacht hat.«

»Das hat er zugegeben? Komischer Doktor!«

»Er versuchte mich zu trösten, verstehst du, mir das Schuldgefühl zu nehmen. Er sagte, es wäre eine Krankheit, gegen die kein Kraut gewachsen sei. Wir haben sie ja gemeinsam gefunden. Er ließ die Tür aufbrechen, und da lag sie dann . . .« Julia unterbrach sich. »Entschuldige, Liebling, aber darüber möchte ich nicht sprechen.«

»Arme Julia!«

»Du wirst mir so etwas nie mehr antun, versprich mir das, nie mehr!«

»Wie hat sie es denn gemacht?«

»Mit einer Klinikpackung Schlaftabletten. Verstehst du jetzt . . . Versprichst du mir . . . ?«

»Ja, Julia. Ich glaube, ich wollte damals auch gar nicht wirklich sterben. Ich war nur wütend.«

»Trotzdem. Es hätte auch schiefgehen können.«

»Ich weiß. Damals war ich ja auch noch furchtbar jung und unvernünftig. So was mache ich bestimmt nicht wieder, Julia.«

»Ein zweites Mal würde ich es nicht durchstehen.«

»Ist versprochen, Julia, heiliges Ehrenwort! Aber was wurde danach aus dir? Und wo ist Großmutters Grab?«

»Das gibt es nicht. Sie wollte eingeäschert werden, und das geschah dann auch. Ich weiß nicht, wo die Urne hingekommen ist, und ich war auch gar nicht dabei. Es gab einen Testamentsvollstrecker, der hat das alles erledigt. Er hat auch dafür gesorgt, daß ich in ein Internat kam. Nach München. Die erste Zeit dort habe ich nur geweint. Ich war völlig verstört, aber . . . das habe ich noch keinem Menschen gestanden . . . doch auch irgendwie froh, daß der Alptraum ein Ende gefunden hatte.«

»Deshalb brauchst du dir bestimmt keine Vorwürfe zu machen.«

»Habe ich aber getan. Ich kam mir sehr herzlos vor.« Julia nahm sich ein Papiertaschentuch vom Nachttisch und putzte sich die Nase. »Im Internat wußte niemand, was mit mir los war, aber alle waren sehr nett zu mir, und mit der Zeit kam ich darüber weg. Ich war ja auch noch ein Kind. Damals hatte ich mir geschworen, nie mehr nach Eysing zurückzukehren.«

»Und warum hast du es dann doch getan?«

»Später dachte ich eben, es wäre besser, der Vergangenheit die Stirn zu bieten, als davor wegzulaufen. Als ich deinen Vater heiratete . . . damals war ich siebzehn . . . benachrichtigte mich der Testamentsvollstrecker, daß ich jetzt über das Haus verfügen könnte. Da beschloß ich, hierher zu ziehen.«

»Du hast Mut, das muß dir der Neid lassen!«

»Ich konnte es nicht ertragen, daß auf meiner Familie für alle Zeiten ein Schandfleck hatten bleiben sollte . . . vielleicht, weil ich meine Eltern trotz allem sehr lieb hatte. Oder auch nur meinetwegen. Ich wollte das wiedergutmachen, was sie schlecht gemacht hatten. Und dann war ich natürlich furchtbar stolz, einen Mann gefunden zu haben . . . als erste von all meinen Freundinnen . . . einen richtigen Ehemann, einen Juristen, Staatsbeamten, hochanständig, gewissenhaft und korrekt. Meine Ehe mußte ein Erfolg werden, und deshalb wollte ich sie den Eysingern vorführen.«

»War sie das? Ein Erfolg?«

»Doch. Wir waren glücklich miteinander, wenn ich auch . . . aber das ist mir erst später bewußt geworden . . . mich schrecklich anpassen mußte. Aber damals war es mir ganz selbstver-

ständlich, so zu sein, wie dein Vater mich wollte, und alles zu
tun, was er wünschte. Er hatte sehr festgefügte Vorstellungen,
und heute glaube ich, daß er gerade deshalb ein so junges Mädchen geheiratet hat, wie ich es war. Wäre ich etwas älter und er-
fahrener gewesen, würde ich mich wohl nicht so leicht gefügt
haben. Aber so ging alles gut bis zu seinem Tod. Wie waren ja
auch gar nicht so lange verheiratet. Keine sieben Jahre.«
»Du denkst also heute . . . auf die Dauer wäre es nicht gegangen?«
»Ich weiß es nicht. Aber soll ich dir mal etwas gestehen? Zuerst
war ich natürlich verzweifelt, daß er so plötzlich von mir gerissen wurde. Aber später habe ich manchmal gedacht, daß mir
sein Tod vielleicht manches erspart hat . . . die Abkühlung und
Abflachung unserer Gefühle, den üblichen Niedergang, den
man doch in den meisten Ehen beobachten kann.«
»Vielleicht aber hättet ihr euch auch immer besser verstanden!«
»Das kann nachträglich niemand mehr wissen. Jedenfalls hatte
ich jahrelang das Gefühl, daß sein Tod unsere Ehe gewisserma-
ßen gerettet hat. Dadurch geriet ich nie in Gefahr, ihn an eine
andere zu verlieren.«
»Hattest du das denn befürchtet?«
»Nein. Nie. Nur nachträglich habe ich mir das so zurechtgelegt.
Ich war Witwe. Das schien mir eine große Sache. Bis ich merkte,
daß das in den Augen der Leute eben doch nichts ist. Die Ehe
kann so gutgegangen sein, wie sie will . . . wer verwitwet zu-
rückbleibt, hat Pech gehabt. Wenn jemand ganz unverschuldet
verarmt oder krank wird oder eben verwitwet, dann ist er in den
Augen seiner Mitmenschen ein Pechvogel. Sie sehen mit Mitleid und leichter Verachtung auf ihn herab.«
»Ach, Julia!« sagte Roberta. »Das bildest du dir doch nur ein!«
»Nein, es ist so. Ich bekomme das ständig zu spüren. Nicht mit
Hammerschlägen, versteht sich, sondern mit ganz feinen Na-
delstichen, aber ich spüre es doch.«
»Du bist eben ein Sensibelchen.«
»Mag sein. Aber siehst du, wenn ich jetzt im Vorstand vom Verkehrsverein bin, dann wird das alles anders werden. Wenn ich
es nur durchhalte, dann werden die Leute nicht mehr von mir
als Witwe denken, sondern werden sagen: ›Frau Severin, das ist

die Protokollführerin von unserem Verkehrsverein.‹« Julia hatte rote Wangen bekommen.

»Wenn du mich fragst«, erklärte Roberta trocken, »du bist total verrückt. Was kümmerst du dich bloß um die Leute? Wir beide brauchen doch niemanden. Wir können glücklich sein, und müssen auf keinen Menschen in der Welt Rücksicht nehmen.«

»Das stimmt nicht, Robsy. Wir sind eingesponnen in ein Netz von Beziehungen, auch wenn du es nicht merkst. Wir dürfen dieses Netz nicht dünner und dünner werden oder gar reißen lassen. Sonst plumpsen wir eines Tages durch.«

»Kannst du mir vielleicht erklären, wie das passieren soll?«

»Jetzt bemitleiden und verachten uns die Leute nur ein bißchen, auch wenn du selber es nicht merkst, Robsy . . .«

»Doch, das tue ich! Ich werde nicht eingeladen, wie die anderen . . . und wenn ein Mädchen mich mal zu sich nach Hause nehmen würde, dann würde seine Mutter mich komisch angukken. Aber das hat nichts mit dir zu tun und nicht mit mir, sondern nur mit Ralph. Alle sagen, er ist ein Homo! Ich weiß, du glaubst es nicht, aber das spielt keine Rolle. Es ist auch ganz egal, ob es stimmt oder nicht . . . sie sagen es. Sie sehen in dir gar nicht die arme Witwe, wie du dir einbildest, sondern die Mutter des Homos . . . und in mir die Schwester. Ralph hat uns das eingebrockt.«

»Er kann gar nichts dafür! Er konnte doch nicht wissen, daß dieser Mann verhaftet worden war, als er ihn besuchen wollte . . . und noch weniger, daß er kleine Jungen verführt hat! Das ist ja erwiesen!«

»Ach, Julia, mach dir doch nichts vor. Ein normaler Junge hätte das gespürt. Ein normaler Junge wird abgestoßen von so einem . . . Ralph war es nicht. Deshalb sind alle sich so sicher. Und selbst wenn gar nichts dran wäre, das ändert nichts, daß die Leute es so sehen. Kannst du das Gegenteil beweisen? Ich nicht.«

»Er ist doch jetzt fort.«

»Das nutzt uns gar nichts. Ach, Julia, warum bist du nur so blind! Laß uns fortziehen . . . irgendwo anders hin, es muß ja gar nicht München sein . . . von mir aus auch nach Rosenheim oder Traunstein. Nein, das würde nichts nützen, das ist zu nahe! Also dann . . . nach Hamburg.«

»Nein, Robsy, ich mag nicht fliehen. Niemals. Ich bin hierher zurückgekommen, um den Kampf aufzunehmen, und ich hatte ihn ja fast schon gewonnen. Ich gebe zu, daß die Sache mit Ralph schlimm für uns ist, aber sie ist kein Grund aufzugeben. Solche Unschuldslämmer sind unsere Mitbürger ja nun auch nicht. Da könnte ich einiges aufzählen, für das es Beweise gibt. Das, was man Ralph vorwirft, ist ja nur ein Gerücht. Wenn wir unverbrüchlich zu ihm halten, wird es sich eines Tages in Luft auflösen.«

»Da kann ich nur sagen: Optimistin!«

»Du wirst schon sehen. Wir werden es den Eysingern noch zeigen. Mach du ein anständiges Abitur . . .«

»Ja, ja, ja!« fiel Roberta ihr ins Wort. »Ich mache Abitur, und du entwickelst ungeahnte Fähigkeiten als Protokollführerin . . .«

»Ich tue es ja auch für dich, Robsy! Um deine Position in der Stadt zu verbessern!«

»Kannst du mir verraten, was für eine Position ich denn überhaupt habe?«

»Immerhin bist du Gymnasiastin, Tochter des Richters Severin . . .«

». . . und unserer tüchtigen Protokollführerin! Daß ich nicht lache!«

»So schlecht ist das gar nicht, Robsy. Es gibt eine Menge Kinder hier, die aus viel weniger angesehenen Elternhäusern kommen, und wenn du glaubst, daß du nicht beliebt bist . . .«

»Als wenn mir daran was läge!«

Julia ließ sich nicht unterbrechen. ». . . so machst du es dir sehr leicht«, fuhr sie fort, »wenn du die Schuld daran auf Ralph schiebst! Tatsache ist doch, daß du dich um die anderen seit jeher verdammt wenig gekümmert hast. Wie oft hab ich dir vorgeschlagen, mal ein paar Freundinnen einzuladen . . .«

Roberta richtete sich kerzengerade auf. »Du hast wirklich ein wunderbares Talent, den Spieß umzudrehen, Julia! Zuerst suchst du nach einer Entschuldigung, warum du dich in den Fremdenverkehrsverein drängst, der dich überhaupt nichts angeht . . . und dann wirfst du mir im gleichen Atemzug vor, daß ich keine Freundinnen habe!«

»Aber das läuft doch alles auf dasselbe hinaus, Robsy! Es gilt für uns beide, daß wir uns nicht in unsere vier Wände verkriechen dürfen, sondern auch um unsere Mitbürger kümmern müssen, auch wenn wir uns kein Vergnügen davon versprechen. Man kann nicht einfach nur tun, was einem Spaß macht. Wenn du später mal Ärztin bist, dann kannst du einen Patienten auch nicht einfach ablehnen, weil er dir nicht sympathisch ist...«

»...aber ich brauch mich doch auch nicht gleich mit ihm befreunden! Ich komme ja mit allen gut aus, Julia, und das ist schon anstrengend genug. Ich hetze nicht und petze nicht, und ich lasse abschreiben und höre mir ihre dämlichen Geschichten an. Mehr kannst du nicht von mir verlangen. Und wenn sie über Ralph herziehen, setze ich eine hoheitsvolle Miene auf und erkläre: ›Ihr habt ja keine Ahnung!‹ Mehr kann ich doch nicht tun. Ist es denn meine Schuld, daß du meine einzige wirkliche Freundin bist?«

Julia nahm sie in die Arme und war glücklich, daß sie sich wieder in die Arme nehmen ließ. »Das bin ich wirklich, Liebling, das darfst du nie vergessen. Bei allem, was ich tue, überlege ich immer, ob es für uns beide richtig ist... nicht nur für mich! Und das mit dem Verkehrsverein ist richtig, glaube mir.«

Später, als sie zusammen in der Küche zu Abend aßen – Robertas Appetit war sichtlich zurückgekehrt –, sagte das Mädchen: »Eigentlich war es doch schön blöd von Großmutter, sich das Leben zu nehmen!«

»Das ist immer das Dümmste, was man tun kann.«

»Nein, ich meine gerade in ihrem speziellen Fall!« Roberta redete, obwohl sie den Mund voll Thunfisch hatte. »Erst hat sie ihren Mann in diesem Prozeß verdonnern lassen, und ein paar Jahre später verzichtet sie mir nichts, dir nichts auf seine Zahlungen. Soll ich dir mal was sagen? Ich wette, er hat sich darüber gefreut.«

»Über den Tod einer Frau, die er geliebt hat?«

»Ach was, das war doch lange vorbei. Bestimmt hat er sie am Ende auch gehaßt.«

»Trotzdem kann ich mir nicht vorstellen...«

»Zumindest muß er wahnsinnig erleichtert gewesen sein! Danach mußte er bloß noch für dich zahlen.«

»Das stimmt. Bis zu meiner Heirat.«

»Und danach?«

»Nichts mehr.«

»Aber er wird dir doch wenigstens eine Aussteuer . . .«

»Nein. Das hatte ich auch gar nicht erwartet. Er hat sich so von meiner Mutter ausgenommen gefühlt . . .«

»Sie hat ihn ausgenommen, nehme ich an. Aber das war doch nicht deine Schuld.«

»Das hat er wohl nicht so auseinandergehalten. Er war natürlich auch böse, weil der Testamentsvollstrecker auf einem guten Internat für mich bestanden hatte. Er dachte, daß ich dahintersteckte. Dabei war ich, als die Entscheidung fiel, überhaupt nicht fähig, nachzudenken.«

»Arme Julia!« Roberta legte ihrer Mutter die Hand auf die Arme. »Arme Robsy! Wir kommen aus einer feinen Familie, was? Die hatten alle das Talent, ein Schlamassel aus ihrem Leben zu machen. Aber wir werden das nicht tun, nicht wahr?«

»Nein, das werden wir nicht.«

Trotz ihrer guten Vorsätze brachte Roberta es nicht über sich, die Mutter zu den Vorstandssitzungen des Verkehrsvereins gehen zu lassen, ohne zu maulen und ohne zu sticheln.

Julia ertrug es mit heiterer Gelassenheit.

Wenn sie dann nach Hause kam – selten vor Mitternacht –, fand sie Roberta immer noch wach vor dem eingeschalteten Fernseher. Sie wußte, daß ihre Tochter sie damit bestrafen wollte. »Wenn du nicht da bist, kann ich nicht schlafen«, pflegte Roberta zu behaupten, »und natürlich bin ich dann morgen in der Schule nicht gut. Das ist deine Schuld.«

»Da du auch sonst keine Leuchte bist«, gab Julia einmal, der ewigen Nörgeleien müde, etwas spitz zurück, »nehme ich es auf mich.«

Daraufhin schnappte Roberta ein und war auch am nächsten Tag kaum ansprechbar.

»Mußt du denn immer so spät nach Hause kommen?« beschwerte sie sich ein anderes Mal.

»Du weißt doch, daß wir anschließend immer noch auf ein Bier im Duschl-Bräu einkehren.«

»Wer . . . wir?«

»So ziemlich alle.«

»Aber da mußt du doch nicht unbedingt dabeisein.«

»Nein. Aber ich möchte es.« Als Julia sah, daß sich das Gesicht ihrer Tochter schon wieder beängstigend verfinsterte, fügte sie rasch hinzu: »Versuch das doch zu verstehen! Den ganzen Abend wird geredet und geredet, die meisten rauchen, die Luft wird immer schlechter, da ist einem nachher die Kehle wie ausgedörrt.«

»Du könntest genausogut zu Hause etwas trinken.«

»Ja, aber kein frisches Bier vom Faß . . . und außerdem mag ich mich nicht ausschließen.«

»Sag lieber, du hast keine Lust, schon nach Hause zu gehen.«

»Doch, die hätte ich. So interessant sind diese Typen ja nicht, und auch nicht ihre Geschichten. Eben deshalb muß ich bleiben. Ich möchte nicht, daß sie das Gefühl kriegen, ich hielte mich für was Besseres und sähe auf sie herab.«

»Denk lieber mal an meine Gefühle.«

»Das tue ich ja dauernd, Liebling. Die nächste Sitzung ist erst wieder in drei Wochen. Bis dahin haben wir viele, viele schöne Abende allein für uns. Wie wäre es, wenn wir mal wieder nach München führen?«

Wie stets gelang es Julia, ihre Tochter zu besänftigen, aber das änderte nichts daran, daß ihre Beziehungen mehr und mehr einem Balanceakt glichen. Die fröhlichen ungetrübten Stunden wurden seltener, und die Spannungen nahmen zu.

»Demnächst wischst du ihr noch den Arsch ab«, bemerkte Agnes einmal derb; sie war Zeugin geworden, wie Roberta ihrer Mutter den Besuch eines Rock-Konzerts im »Zirkus Krone« in München abgebettelt, ja, man könnte sagen, abgepreßt hatte.

Julia lachte ein wenig unsicher. »Das werde ich bestimmt nicht tun.«

»Da sei nicht so sicher. Sie manipuliert dich, wie sie will.«

»Es ist doch verständlich, daß sie den Auftritt dieser englischen Gruppe . . . wie heißt sie doch gleich? . . . miterleben will.«

»Aber dich kann's nicht interessieren. Sei ehrlich. Aus dem Alter sind wir doch raus. Also, laß sie allein fahren.«

»Das täte sie nie.«

»Kommt auf den Versuch an.«

»Ohne mich macht es ihr keinen Spaß! Und dann . . . lach mich nur aus . . . ich bin auch zu ängstlich, Robsy allein unter all den jugendlichen Rowdys? Eine beklemmende Vorstellung.«

»Dann schalte doch ausnahmsweise mal Ralph ein. Hörst du eigentlich noch von ihm?«

»O ja. Er ruft ziemlich regelmäßig an. Aber weißt du . . . ich
mag ihn mit so was nicht belästigen. Es würde ihm keinen Spaß
machen.«

»Dir doch auch nicht.«

»Stimmt. Mir selber kann ich abverlangen, was mir gegen den
Strich geht. Aber sonst niemandem.«

»Du bist verrückt, Liebchen.«

»Nein, Agnes, ich weiß schon, was ich tue. Gerade, was Ralph
betrifft . . . Ich habe das Gefühl, daß er nur noch mit einem sei-
denen Faden mit uns verbunden ist. Wenn ich ihm irgendwelche Verpflichtungen aufhalse, wird er diesen Faden mit einem
Ruck zerreißen, um sich zu befreien.«

»Ist eure Beziehung denn überhaupt noch was wert?«

»Doch, Agnes. Daran glaube ich fest. Er ist jetzt noch in einem
schwierigen Alter. Wenn er das überwunden hat, wird er begreifen, daß man die Liebe eines Menschen nicht einfach abstreifen kann.«

»Deine Liebe!«

»Ja.«

»Ach, Julia, wenn du nur wüßtest, wie wenig sich erwachsene
Söhne aus ihrer Mutter machen. Mein Hans betreibt mit Macht
die Auswanderung nach Australien. Obwohl er hier alles hat
und gut verdient. Er nimmt es in Kauf, daß er uns dann vielleicht nie wiedersehen wird.«

»Das tut mir leid für dich, Agnes.«

»Damit muß man sich abfinden. Ich hab's dir ja auch nur als
Beispiel erzählt. Wer auf die Liebe und die Anhänglichkeit seiner Kinder setzt, ist schon verraten und verkauft. Hör auf meinen Rat: Laß Ralph auch mal etwas für dich tun, solange es
noch möglich ist!«

»Nein, Agnes, das kann ich nicht und will ich nicht.«

Also fuhr Julia am nächsten Samstag mit ihrer Tochter nach
München, saß drei Stunden auf einer harten Bank, ließ musika-
lischen Lärm über sich ergehen, der ihren Ohren wehtat, und
fühlte sich inmitten ausgeflippter junger Leute sehr einsam und
sehr alt.

Am ersten Adventssonntag kam Ralph. Er wirkte noch eleganter als früher in einem wadenlangen Wintermantel, der, wie Julia vermutete, aus der Werkstatt von Albert Klinger stammte.

»Gut siehst du aus!« sagte sie herzlich.

»Und du erst mal!« Er nahm sie zärtlich in die Arme, küßte sie auf die Wangen und hielt sie dann auf Armeslänge von sich, um sie besser betrachten zu können. »Von Dior?«

Julia lachte. »Mach keine Witze! Aus Lizis Boutique. Ein italienisches Fabrikat.«

»Sehr schick! Und jetzt laß dich mal ansehen, Schwesterchen! Warum drückst du dich da zwischen Tür und Angel herum? Willst du mir denn keinen Begrüßungskuß geben?«

»Nein, lieber nicht!« Roberta näherte sich nur zögernd, als ob sie sich dazu überwinden müßte.

»Immer noch dieselbe alte Kratzbürste, wie? Aber, wie ich sehe, beginnst du dich zu mausern. Du bist schlanker geworden, Robsy, du kriegst ja eine gute Figur.«

Roberta errötete. »Ausgerechnet du mußt mir das sagen!«

»Und warum nicht? Ich habe einen Blick für so was. Julia sieht dich täglich, deshalb merkt sie's wahrscheinlich gar nicht.«

»Doch, und ich sag's ihr auch. Aber von mir will sie es nicht hören.«

»Ach, hört auf, ihr beiden! Macht euch doch nur lustig über mich!« Roberta rannte in ihr Zimmer und schlug die Tür hinter sich zu.

»Was hat sie bloß?« fragte Ralph. »Ich wollte ihr doch nur etwas Nettes sagen. Außerdem stimmt's ja, daß sie den Babyspeck verliert.«

»Mach dir keinen Vorwurf draus. Sie wird immer schwieriger.«

»Aber schwierig war sie doch immer schon.«

»Nicht so wie jetzt.«

»Arme Julia!« Er hatte seinen Mantel ausgezogen und ihn, wie es seine Art war, sorgfältig über einen Bügel gehängt; darunter kamen eine maßgeschneiderte graue Hose, ein weißes Hemd und ein grüner Pullunder zum Vorschein.

»Du könntest als Dressman gehen!« entschlüpfte es Julia.

Er nahm es mit Humor. »Nur das nicht! Ein scheußlicher Beruf. Es genügt mir, wenn ich mich um der lieben Eitelkeit willen um ein gutes Aussehen bemühe. Wenn ich es beruflich tun

müßte ... nicht auszudenken.« Er holte seine Autoschlüssel
aus der Manteltasche. »Setz schon Kaffeewasser auf, bitte! Ich
will nur schnell meinen Koffer holen.«

Julias Herz tat einen Sprung; vielleicht wollte er diesmal länger
bleiben.

Er deutete den Ausdruck in ihren Augen falsch. »Keine schmutzige Wäsche, Julia!« erklärte er. »Ich habe euch nur was mitgebracht.« Er gab ihr einen Kuß und war schon zur Tür hinaus.

Julia ging in Robertas Zimmer. Das Mädchen hatte ihren Fernseher eingeschaltet und tat, als ob sie die Mutter nicht bemerkte. »Komm, sei nicht bockig, Liebling!« bat Julia.

»Laß mich!« zischte Roberta.

»Willst du mir denn nicht helfen, den Kaffeetisch zu decken?«

»Nein.«

»Das finde ich sehr wenig freundlich von dir. Endlich besucht
uns dein Bruder ...«

»Ja, und schon müssen alle Puppen tanzen!«

»Du lieber Himmel, nein! Wir wollen gar kein Aufhebens machen, aber ein paar Plätzchen und eine Tasse Kaffee sollten wir
ihm doch schon anbieten.«

»Daran hindert dich ja niemand.«

»Er ist zu uns beiden gekommen, Robsy, und es ist sehr ungezogen von dir, wenn du dich ausgerechnet jetzt in deine Keme-
nate zurückziehst.«

»Ihr wollt mich ja gar nicht dabeihaben!«

»Jetzt spinnst du aber echt.«

»Du willst viel lieber mit ihm allein sein, dich richtig mit Ralph
unterhalten ... ich bin doch immer bloß die störende Dritte.«

»Ach was. Du bist ja bloß eifersüchtig.«

»Und das mit Recht! Ich bin immer bei dir, immer ... und er
kümmert sich überhaupt nicht! Was heißt das schon, hin und
wieder mal zum Hörer greifen! Aber kaum kreuzt er auf, fließt
du dahin. Alles ist vergessen und vergeben.«

»Du meinst doch wohl nicht etwa, ich sollte ihm Vorwürfe machen, weil er sich so selten sehen läßt? Robsy! Das wäre die beste Methode, einen Menschen fortzugraulen. Nein, wir dürfen
uns nicht anmerken lassen, daß wir uns vernachlässigt fühlen.
Täten wir das, käme er sich nur noch wichtiger vor und würde
uns noch schlechter behandeln.«

»Er soll doch bleiben, wo der Pfeffer wächst!«

»Wenn du ihm die Freude machen willst zu schmollen ... von mir aus!« Julia ließ ihre Tochter allein, aber, wie sie nicht anders erwartet hatte, folgte ihr Roberta bald darauf. Ralph war schon im Wohnzimmmer, hatte seinen Koffer auf einen Sessel gestellt und geöffnet. Als Mutter und Schwester erschienen, begann er auszupacken: eine Hemdbluse für jede von ihnen, eine feder-leichte Alpakajacke für Julia, einen Spiegel im Biedermeierrah-men für Roberta, seidene Tücher, Schallplatten und Bücher, Parfüm. Er hatte schon immer gern geschenkt, aber niemals so großzügig wie heute.

Roberta bekam rote Wangen vor Freude. »Oh, Junge, eins muß man dir lassen«, rief sie. »Geschmack hast du! Wie bist du bloß zu diesem Spiegel gekommen?«

»Habe ich auf dem Flohmarkt entdeckt und gleich gedacht: Der ist gerade recht für mein Schwesterchen!«

Julia war verwirrt. »Das muß doch einen Haufen Geld gekostet haben.«

»Halb so wild. Ich sitze ja jetzt an der Quelle. Die Anziehsachen habe ich zum Einkaufspreis bekommen, übrigens auch das Par-füm.«

»Trotzdem: Findest du nicht, daß du übertreibst! Wir haben doch noch nicht Weihnachten!«

»Ja, gerade darüber wollte ich mit euch sprechen.« Ralph dra-pierte einen fliederfarbenen Schal um den Hals seiner Mutter. »Wärt ihr sehr böse, wenn ich Weihnachten nicht käme?« Ro-berta warf ihr einen Blick zu, der Bände sprach: »Da hast du es!«

Mit Mühe gelang es Julia, Haltung zu bewahren. »Eigentlich hatten wir am Heiligen Abend schon mit dir gerechnet.«

»Natürlich, ja, ich weiß ..., es würde sich so gehören. Aber du warst doch noch nie kleinkariert, Julia. Du wirst doch verste-hen, daß wir über die Feiertage verreisen möchten.«

»Du und dein Freund?« fragte Roberta mit anzüglicher Beto-nung.

Ralph zwinkerte unverschämt. »Mein Freund und ich! Er hat jetzt vor Weihnachten wahnsinnig viel zu tun und braucht Er-holung. Da ist es doch nur gut und recht, wenn ich ihn be-gleite.«

230

»Sicher«, sagte Julia.

»Du bist also einverstanden?«

»Würde es etwas nützen, wenn ich es nicht wäre?«

»Du würdest mir die Freude zumindest ganz schön vermiesen.«

»Gerade das will ich nicht. Wenn du nicht freiwillig kommen magst . . .«

»Aber ich hatte mich ja schon seit langem darauf gefreut, ehrlich! Endlich wieder mal gemütlich im Kreis der Familie. Aber dann ist diese Reise dazwischengekommen, und da konnte ich doch nicht gut nein sagen. Übrigens hat Albert mein Mitkommen ausdrücklich von deiner Erlaubnis abhängig gemacht, Julia.«

»Wie edel von ihm!«

»Und wenn sie nein sagen würde«, meinte Roberta, »würdest du hier herumhängen und deine schlechte Laune an uns auslassen.«

Ralph grinste unverschämt. »So könnte es kommen.«

»Wenn du dir einbildest, daß du mir fehlen wirst . . .«

»Bestimmt nicht, Schwesterchen. Ich weiß, daß du Julia lieber ganz für dich hast.«

»Jetzt hört auf!« bat Julia. Ich mag nicht, wenn ihr zankt. Die Sache ist entschieden, also hat es keinen Sinn mehr, darüber zu reden. Ich wünsche dir viel Spaß, Ralph.«

»Danke, Julia!« Er umarmte sie herzlich. »Du bist ein Engel!«

»Wohin wollt ihr denn?«

»Nach Sankt Moritz.«

»Zum Skifahren?« spottete Roberta. »Seit wann bist du der sportliche Typ?«

»Nun, dank Julias unermüdlichem Ansporn bin ich immerhin imstande, eine anständige Figur auf den Brettern zu machen . . . wenn ich auch zugebe, daß mir der Après-Ski lieber ist.«

»Ich finde es sehr gut, daß du dich mal wieder sportlich betätigst«, sagte Julia. »So, und jetzt wollen wir endlich Kaffee trinken. Robsy und ich räumen deine Geschenke weg, Ralph, und du kannst inzwischen den Tisch decken. Du weißt ja hoffentlich noch, wo alles ist.«

»Sehr wohl, Madame!« –

Später, als sie im Schein der Adventskerze beisammensaßen,

während die frühe Dämmerung des Winternachmittags den Himmel vor dem Fenster allmählich verdunkelte, sagte Ralph, genüßlich knabbernd: »Dein Weihnachtsgebäck ist unübertrefflich, Julia! Da kommt die gute Alferts nicht mit.«

»Die Zimtsterne habe ich allein gebacken!« verkündete Roberta.

»Eure Weihnachtsplätzchen also!« verbesserte sich Ralph friedfertig. »Kann ich ein paar mitbekommen?«

Julia konnte eine Aufwallung von Bitterkeit nicht unterdrücken. »Wenigstens etwas, wozu wir dir noch gut sind!«

»Sag doch so etwas nicht, Julia!« Ralph machte ein zerknirschtes Gesicht. »Ich weiß, daß ich mich in letzter Zeit zu wenig um euch gekümmert habe, aber das heißt nicht, daß ich euch nicht brauche. Wenn es euch nicht gäbe . . .« Er zögerte.

»Na, was dann?« stieß Roberta nach. »Was würde dir das schon ausmachen?«

»Sehr viel sogar. Ihr gebt mir Sicherheit.«

»Du tanzt auf dem Hochseil?« fragte Julia. »Und wir sind dein Netz?«

»So könnte man es ausdrücken.« Ralph faßte die Hand seiner Mutter. »Ja, genauso.«

Auch Roberta und Julia erwogen, über die Weihnachtsfeiertage zu verreisen, das heißt: Nur Roberta spielte mit diesem Gedanken, Julia war von vornherein dagegen, sprach es aber nicht offen aus, um Roberta nicht zum Widerspruch herauszufordern.

Schließlich kamen sie überein, daß sie es zu Hause gemütlicher haben würden, als in einem überfüllten Hotel. Das schöne Skigebiet der Voralpen lag ja ohnehin vor ihrer Tür.

Für Roberta begann die Saison mit der erfreulichen Entdeckung, daß sie aus ihren Skianzügen herausgewachsen war. Sie waren ihr zu kurz und – zum Glück – auch zu weit geworden. Mit Vergnügen kleidete Julia sie neu ein und hielt sich auf der Piste meist hinter ihr, um sie mit Stolz zu beobachten. Roberta war jetzt einen Kopf größer als sie, breit in den Schultern und langbeinig. Julia fand, daß sie sich zu einem attraktiven Mädchen entwickelte und sagte ihr das auch immer wieder. Was sie an ihr vermißte, verschwieg sie; in ihren Augen fehlte es Roberta an Charme und Liebenswürdigkeit und auch an dem Talent, Kontakt zu finden. Mit Julia allein konnte sie manchmal heiter und nett sein, aber sobald sich ein Fremder näherte, verschloß sie sich und reagierte abweisend, ja abstoßend. Julia schrieb das ihrer Unfertigkeit zu und hoffte, daß es sich legen würde. Dennoch machte sie sich Sorgen.

Einmal sprach sie mit Agnes darüber.

»Sie hat Angst, verletzt zu werden«, sagte die Freundin.

»Das kann schon sein, aber trotzdem... sie brauchte doch nicht immer gleich so ruppig zu reagieren.«

»Freundliche Distanz will gelernt sein.«

»Ja, sicher. Aber ich war doch in diesem Alter auch nicht so... Unsicher, ja, das ist wahr, daran erinnere ich mich noch... und manchmal schnippisch. Aber ich habe doch nicht immer gleich mit harten Bandagen gekämpft.«

»Du tust ihr Unrecht, wenn du sie mit dir vergleichst. Erstens warst du sicher anders, und zweitens sieht man sich auch rückblickend anders, als man wirklich war.«

»Ja, vielleicht hast du recht.« Julia bewunderte wieder einmal mehr den gesunden Hausverstand der Freundin.

»Vergleich sie lieber mit meiner Tine«, riet Agnes, »da schneidet sie erheblich besser ab. Tine fällt auf jeden Schmäh herein. Es braucht nur jemand mit ihr zu scherzen, dann bildet sie sich schon ein, daß er sich Hals über Kopf in sie verliebt hätte.«

Julia lachte. »Jetzt übertreibst du.«

»Aber nur ein bißchen. Mädchen in diesem Alter sind immer schwierig, und wie man sich auch zu ihnen stellt, ist es falsch. Tine hat natürlich den Vorteil, daß ich sie frei laufen lasse...«

»Jetzt tust du aber gerade so, als sperrte ich Robsy ein!«

»Das nicht. Aber du hast zu viel Zeit für sie... ich habe zu wenig für Tine. Mir ist oft gar nicht wohl dabei, wenn ich mir vorstelle, was sie so alles anstellen könnte, während ich im Geschäft bin. Gerade weil sie so leichtgläubig ist.«

»Du denkst, sie könnte einen Jungen mit hereinnehmen? Aber das würde ich merken.«

»Nur durch Zufall. Übrigens sage ich ja nicht, daß sie es tut... nur, ich habe Angst davor.«

»Bei Robsy wäre so etwas undenkbar«, behauptete Julia mit Überzeugung.

»Dann freu dich. Daß sie jetzt noch ein bißchen pampert ist, schadet nichts; im Gegenteil, das wird sich ganz von selber legen.«

In der nächsten Zeit wurde Roberta aber immer unfreundlicher, und nicht nur Außenstehenden gegenüber, sondern allmählich richtete sich ihre Aggressivität auch gegen die Mutter.
Julia verstand es nicht. Sie versuchte, Roberta mit doppelter Herzlichkeit zu beschwichtigen, und manchmal gelang es ihr noch. Dann wieder schien ihre stets gleichbleibende Nachsicht das Mädchen noch wütender zu machen.
Es waren nur kleine Zusammenstöße, an sich bedeutungslos, und dennoch verletzten sie Julia sehr.
Einmal fiel ihr in Lizis Boutique eine schicke, etwas gewagte orangefarbene Latzhose in die Hände, von der sie glaubte, daß sie Roberta stehen müßte. Sie brachte sie mit nach Hause.
Aber Roberta freute sich nicht. »Was für ein geschmackloses Ding«, sagte sie abfällig.
»Finde ich nicht. Halt sie dir doch wenigstens mal vor.«
»Nein, danke.«
»Nun sei doch nicht so!«
»Laß mich gefälligst in Ruhe!«
»Ich hab's doch nur gutgemeint. Ich begreife gar nicht, warum du so brummig bist.«
»Du begreifst eben gar nichts! Ich habe es satt, mich wie ein Baby behandeln zu lassen. Wie kommst du dazu, mir immer meine Anziehsachen zu kaufen? Ohne mich zu fragen? Ich könnte mich sehr gut selber kleiden . . . wenn du mir nur genügend Geld gibst.«
Julia dachte nach. »Vielleicht hast du recht. Wir müßten das mal durchrechnen . . . ich meine, wieviel du so ungefähr für deine Kleider brauchst und wieviel wir erübrigen könnten. Das ließe sich durchaus machen.«
Damit war Roberta der Wind aus den Segeln genommen, aber sie konnte nicht von einem Augenblick zum anderen ihre schlechte Laune abschütteln und Dankbarkeit zeigen. »Da hättest du schon längst drauf kommen können«, sagte sie.
»Bin ich nun mal nicht.« Julia betrachtete das ausgefallene Kleidungsstück. »Und was machen wir nun mit der Hose? Wenn ich

die Träger und die Beine kürze, könnte ich sie vielleicht selber tragen.«

»Du?«

»Und warum nicht?«

»Du bist für so was doch viel zu alt.«

Julia rang sich ein Lächeln ab. »Danke, für die Blumen.« Sie legte sich die Hose über den Arm und zog sich in ihr Zimmer zurück.

Es dauerte nicht lange, dann kam Roberta ihr nach, bat reuig und unter heißen Tränen um Verzeihung. »Bitte, bitte, Julia, sei mir nicht böse! Ich weiß selber nicht, warum ich immer so sein muß.«

Natürlich verzieh Julia ihr wieder, und natürlich versöhnten sie sich, aber der Friede war nur von kurzer Dauer. Öfter und öfter forderte Roberta die Mutter heraus und aus immer nichtigerem Anlaß. Julia spürte, daß ihre Tochter unglücklich war, und das schmerzte sie mehr als alle Beleidigungen. Aber sie wußte nicht, wie sie ihr helfen sollte.

Wenn der Tag der Vorstandssitzung sich näherte, wurde es besonders schlimm. Julia war schon nahe daran, ihr Ehrenamt hinzuwerfen. Aber sie durchschaute doch, daß der Grund zu Robertas Aggressivität tiefer saß und so leicht nicht aus der Welt zu schaffen war. Vielleicht wäre es danach für eine kleine Weile mit ihnen besser gegangen, aber eben nur eine Weile, und das war zu wenig. Julia hätte alles getan, damit Roberta glücklich war, aber ein sinnloses Opfer mochte sie nicht bringen.

Die Arbeit im Verkehrsverein bedeutete ihr viel, mehr, als sie zu hoffen gewagt hatte. Anfangs hatte sie sich darauf beschränkt, zuzuhören und ein korrektes Protokoll zu verfassen. Aber je länger sie dabei war, desto größer wurde ihr sachliches Interesse. Sie machte sich die Mühe, den Problemen auf den Grund zu gehen.

Wenn sie morgens mit dem Haushalt fertig war, streifte sie durch Eysing und die Umgebung, um festzustellen, wie es mit den Wanderwegen, den Papierkörben, Parkbänken, den Beschilderungen und den Kabinen im Schwimmbad stand, überlegte, was vorrangig zu verbessern, was zu richten und was zu erneuern war. Manchmal holte sie sogar Kostenvoranschläge ein.

Jetzt konnte sie ihre Meinung sagen, wenn ein Problem zur Sprache kam und die Gegner sich die Köpfe heiß redeten, und da sie es auf eine zurückhaltende, sachliche Art tat und gut argumentieren konnte, begann man auf sie zu hören.

Es machte ihr Freude, wenn sie mit einem ihrer Vorschläge durchkam, und sie lernte es mit Fassung zu ertragen, wenn sie unterlag.

Dr. Kupesch schätzte sie mehr und mehr, gewöhnte sich daran, ihr oft das Wort zu erteilen. Es kam so weit, daß er, wenn eine Diskussion ergebnislos zu bleiben drohte, unterbrach und erklärte: »Jetzt möchte ich doch mal hören, was unsere Frau Severin dazu meint!«

Natürlich konnte er damit rechnen, daß sie fast immer seine Ansicht teilte, denn sie beide waren die einzigen im Vorstand, die keine persönlichen Interessen verfolgten und deshalb objektiv sein konnten.

Julia war ganz erfüllt von diesen neuen Erfahrungen und Erfolgen und versuchte, Roberta davon zu berichten.

Aber das Mädchen wollte nichts davon hören. »Ach du und dein langweiliger Verkehrsverein«, wehrte sie ab.

Einmal sagte sie: »Na, nebbich, du und dein Doktor Kupesch, ihr habt euch also durchgesetzt. So was? Ihr verdient doch keinen Pfennig damit.«

»Du tust, als wenn es immer nur auf die Bezahlung ankäme! Niemand im Verkehrsverein verdient.«

»Aber die anderen lassen sich alles Mögliche auf Kosten des Vereins richten, ist es nicht so?«

»Meinst du etwa, ich soll versuchen, das Geld für die Erneuerung unserer Fassade herauszuholen?«

»Das wäre doch was. Nötig hätte sie's ja.«

Julia lachte. »Du spinnst.«

»Allen Ernstes: Wenn du wirklich so tüchtig wärst, wie du tust, müßten sie dich dafür bezahlen. Schlag ihnen das doch mal vor! Dann kannst du sehen, wieviel du ihnen wert bist.« –

Auch Ralph konnte sich nicht für diesen Job erwärmen. »Na, so was!« rief er, als er davon hörte. »Was für ein Einfall! Als wenn du das nötig hättest, Julia!«

»Ich mach's aber gerne.«

»Um so schlimmer. Wie kannst du es nur über dich bringen,

dich mit Hinz und Kunz an einen Tisch zu setzen? Damit fängt's schon mal an.«

»Du bist ein unverbesserlicher Snob.«

»Weil du mir dafür zu schade bist? Du bist für diese Leute viel zu gut, Julia, glaub mir. Was sind das nur für Anwandlungen. Demnächst wirst du hingehen und die Pestkranken pflegen.«

Julia lachte. »Wenn es noch welche gäbe!«

»Das bedauerst du wohl?«

»Ach, Ralph, Liebling, laß mir doch den Spaß! Ich kümmere mich ja auch nicht darum, was du in deiner Freizeit treibst.«

»Jedenfalls werfe ich mich nicht weg, darauf kannst du dich verlassen.«

»Das tue ich ja auch nicht. Ich setze mich mit meinen bescheidenen Kräften für das Allgemeinwohl ein, und ich kann nichts Schlechtes darin sehen.«

»Demnächst gehst du noch in die Politik! Warum läßt du dich nicht als Stadträtin aufstellen?«

»Weil ich nicht genug Stimmen bekommen würde. Ach, Ralph, hör auf, mich zu necken. Es tut mir schon leid, daß ich dir überhaupt davon erzählt habe. Ich hätte wissen müssen, daß du mich nicht verstehst.«

Aber er gab nicht nach, sondern versuchte, sie von der Unsinnigkeit ihres Tuns zu überzeugen, mit Argumenten, die sich nicht sehr von denen seiner Schwester unterschieden. Roberta unterstützte ihn nach Kräften.

»Wie schön«, sagte Julia, »daß ihr euch einmal einig seid. Aber daß ihr es nur wißt: Ich lasse mir nicht von euch hineinreden. Ich bin und ich war immer für euch da, und mehr könnt ihr nicht von mir verlangen. Alles andere geht euch nichts an.« Ihre Arbeit im Verkehrsverein bot ihr das Stückchen Freiheit und das bißchen Selbstbestätigung, die sie brauchte, um atmen zu können.

Zum fünfzehnten Geburtstag richtete Julia ihrer Tochter ein Girokonto ein, auf das von ihrem eigenen Konto monatlich ein bestimmter Betrag überwiesen werden sollte.

»Das ist unabhängig von deinem Taschengeld, Robsy«, erklärte sie ihr, »es soll dein Kleiderkonto sein!«

Roberta fiel der Mutter begeistert um den Hals. Seit jener Auseinandersetzung um die orangefarbene Latzhose – Julia hatte sie sich dann doch nicht gekürzt, sondern in die Boutique zurückgebracht – hatte Roberta schon das eine oder andere Mal selbständig einkaufen dürfen. Aber die grundsätzliche Erlaubnis hatte Julia Überwindung gekostet. Roberta entwickelte, wie sie fand, einen merkwürdigen, ja sogar ordinären Geschmack. Die Hosen, die sie wählte, waren so eng, daß sich ihre Formen aufreizend abprägten. Dazu wurden möglichst hochhackige Schuhe getragen und Shirts, die ihren festen kleinen Busen mehr als ahnen ließen.

Julia hatte sehr an sich halten müssen, um ihr Entsetzen zu verbergen. »Ein bißchen eng, wie?« hatte sie gefragt, als Roberta ihr die neuen Sachen zum erstenmal vorgeführt hatte.

»Das muß so sitzen«, hatte sie zur Antwort bekommen.

Es war Agnes gewesen, die sie überredet hatte, Robertas Wunsch trotzdem zu erfüllen. »Alle tragen jetzt solche Klamotten«, hatte die Freundin gesagt, »ob es gut aussieht, steht auf einem anderen Blatt. Keine mag mehr die Tochter aus gutem Haus spielen. Sie würde dadurch auch nur zur Einzelgängerin.«

»Aber sie sehen ja aus wie die Nutten!«

»Vielleicht ist es gerade das, was sie wollen. Wenn du darauf bestehst, sie weiter bei ihren Einkäufen zu beraten, lädst du dir nur einen Haufen Ärger auf den Hals. Sie wird die hübschen, soliden Sachen nur unwillig oder gar nicht tragen. Was hast du schon davon?«

»Daß sie aussieht wie ein Mensch!«

»Das nutzt doch nichts, Julia. Es gibt tausend Tricks, eine passende Hose enger und einen Rock kürzer zu machen, und falls Robsy kein Talent dazu hat, führst du sie in Versuchung, sich kostenlos zu bedienen.«

»Du meinst . . . zu klauen? Nein, Agnes, das würde sie nie tun.«

»Sei da nicht so sicher, Julia. Was der Mensch braucht, das muß er haben . . . und in den Kaufhäusern wird es den jungen Dingern ja so leicht gemacht.«

»Und wie hältst du es mit Tine? Sag jetzt bloß nicht, du hast ihr schon ein Kleiderkonto eingerichtet.«

»Ich tät's liebend gerne, aber mein Mann ist dagegen. Wenn sie

sich was kaufen will, steck ich ihr ein paar Scheinchen zu und
schick sie allein los. Aber ein eigenes Konto wäre natürlich besser. Dadurch würde sie lernen, mit Geld umzugehen.«
Also hatte Julia den Rat der Freundin befolgt. »Wenn du nicht
auskommst«, sagte sie zu Roberta, »kannst du natürlich noch
einen Zuschuß kriegen . . . aber im Rahmen. Lieber wäre es mir
schon, du würdest dein Geld einteilen.«
»Julia, das werd' ich, verlaß dich drauf! Natürlich kommt so ein
Laden wie Lizis Boutique für mich nicht in Frage. Da ist ja alles
viel zu teuer, trotz der gepriesenen Prozente. Bei ›Karstadt‹ oder
bei ›C & A‹ kriegt man ja alles viel billiger.«
»Da hast du sicher recht«, sagte Julia friedfertig.
Sie sah schlimme Dinge auf sich zukommen, war aber entschlossen, sie mit Fassung zu tragen.
Der Winter verlief noch einigermaßen glimpflich. Die Kälte
machte es auch für Roberta notwendig, sich warm und zweck-
mäßig zu kleiden. Aber als das Frühjahr ins Land kam, war sie
nicht mehr zu halten. Knappe, satinglänzende Höschen wurden
angeschafft, die hochhackigsten Sandalen, die Robsy auftreiben
konnte, Röcke, die kaum den Po bedeckten und andere, die bis
auf den Boden schwappten.
Julia verbiß sich jede Kritik. »Ich verstehe zuwenig davon«,
sagte sie ausweichend.
Roberta gab ihr einen Kuß. »Wenn du das nur einsiehst!«
Aber als sie einmal in einer sehr dünnen, langärmeligen, am
Hals züchtig geschlossenen Bluse ankam – sie wollten zusammen nach München fahren, und Roberta hatte sich gleich
nach dem Mittagessen zurückgezogen, um sich schön zu machen –, platzte Julia der Kragen. »So nehme ich dich nicht
mit!«
»Was paßt dir nicht?« fragte Roberta unschuldsvoll und sah an
sich herunter.
»Genausogut könntest du nackt gehen!«
»Und warum nicht? Mit meiner Figur kann ich mir das erlauben.«
»Vielleicht ja. Du hast einen süßen kleinen Busen . . .«
»Bist du mir etwa neidisch?«
». . . aber es gehört sich nicht, den öffentlich zur Schau zu stellen! Nein, wirklich nicht.«

»Was sollen denn da die Leute denken?« äffte Roberta sie nach.

»Ich müßte vor Scham versinken.«

»Du bist eben altmodisch.«

»Mag sein. Vielleicht bin ich das. Vielleicht kannst du dich unter den jungen Leuten von Eysing so blicken lassen, ohne daß sich jemand etwas dabei denkt . . . was ich allerdings bezweifle. Aber ich werde dich nicht so mit ins Theater nehmen.«

»Dann bleibe ich eben zu Hause.«

»Ist das dein Ernst?«

»Wenn du mir jeden Spaß verdirbst.«

»Robsy, bitte, sei vernünftig. Es ist doch nicht zuviel verlangt, wenn ich dich bitte, eine anständige Bluse anzuziehen.«

»Die hier ist anständig. Der letzte Schrei. Sie hat über fünfzig Mark gekostet.«

»Ich will mich nicht mit dir streiten, Liebling, wirklich nicht. Aber so kann ich dich nicht mitnehmen.«

»Wenn du meine Freundin wärst . . .«

»Das bin ich nicht. Ich bin deine Mutter, und jeder würde mir die Verantwortung dafür geben, daß du so herumläufst. Und das mit Recht. Also los, zieh dich schon um!«

»Und wenn nicht?«

»Rufe ich Agnes an, ob sie mich begleiten will . . . oder Lizi.«

Roberta kämpfte mit sich, aber als sie begriff, daß Julia dies eine Mal unerbittlich bleiben würde, gab sie nach.

»Ist es so recht?« fragte sie, als sie wenig später in einer hellblauen Bluse, an der sie, nach Julias Meinung, zwei Knöpfe zuviel offengelassen hatte, aus ihrem Zimmer auftauchte.

»Einigermaßen.«

»Was paßt dir nun schon wieder nicht!«

»Wenn ich du wäre, würde ich mir ein bißchen Schminke aus dem Gesicht wischen«.

»Darf man sich nicht wenigstens anmalen, wenn man ins Theater geht?«

»Doch. Aber mit Maßen.«

Julia hatte seit längerer Zeit beobachtet, daß Roberta mit ganzen Batterien von Schminkutensilien von ihren Streifzügen durch die Kaufhäuser zurückkam. Als sie ihre ersten ungeschickten Schminkversuche unternahm, hatte sie sich angeboten, ihr zu

240

helfen. Aber Roberta hatte abgelehnt: »Laß mich! Ich muß den
Bogen selber rauskriegen!«

Obwohl sie es entsetzlich fand, hatte Julia es zugelassen, daß
Roberta mit kohlschwarz nachgezogenen Augenbrauen,
blauschwarz getuschten Wimpern und grellrot geschminktem
Mund das Haus verließ. Sie hatte darauf gesetzt, daß sie schon
bald selber herausfinden würde, wie sehr sie übertrieb. Aber an
diesem Abend hatte Roberta auch noch zweifarbigen Lidschat-
ten und eine dicke Schicht Make-up aufgelegt, und Julia
dachte, es wäre gut, die Gelegenheit beim Schopf zu nehmen
und auch einmal darüber mit ihr zu sprechen.

»Ich finde mich schön!« protestierte Roberta.

»Du siehst um Jahre älter aus.«

»Und warum nicht? Meinst du, es wäre ein Vorteil, fünfzehn zu
sein?«

»Wenn man so aussieht wie du . . . ja! Du hast eine reine Haut,
klare Augen, einen hübschen vollen Mund . . .«

»Und sehe nach nichts aus!«

»Aber, Robsy, wie kannst du so was sagen!«

»Weil es doch wahr ist. Ich sehe jeden Tag in den Spiegel.
Wenn ich nicht angemalt bin, sehe ich aus wie eine fade
Sauce.«

»Erst einmal stimmt das nicht . . .«

»Doch, Julia, und du weißt das ganz genau! Du hast es immer
gut gehabt mit deiner braunen Haut, den braunen Augen und
den dunklen Wimpern, du hast nie was für dich tun müssen,
und wenn ja, dann nur zum Spaß. Aber ich . . .« Roberta mußte
die Tränen zurückhalten.

»Du bist eben ein ganz anderer Typ. Bei dir kann es bestimmt
nichts schaden, wenn du die Wimpern tuschst und die Augenbrauen nachziehst, aber du mußt doch nicht gleich so übertrei-
ben. Du siehst aus wie ein Faschingspapperl.«

»Danke!« sagte Roberta eingeschnappt. »Sehr liebenswürdig.«

»Ich mäkele doch nicht an deinem Aussehen herum, sondern
nur daran, wie du dich zurechtmachst. Du bist ein sehr schönes
Mädchen, und es ist nicht einzusehen, warum du deine Haut
mit einer Schicht Schminke bedeckst.«

»Oh, ich weiß schon, was du sagen willst! Ich soll der Natur ein
bißchen nachhelfen, mich so anmalen, daß man es möglichst

gar nicht merkt, nicht wahr? Aber soll ich dir mal sagen, wie ich das finde? Verlogen! Einfach zum Kotzen!«

»Wenn du mich dir nur einmal helfen ließest . . .«

»Ich weiß schon, was dabei herauskommen würde! Ein hübsches, nettes Gesichtchen . . . mein Gesicht, ein bißchen aufpoliert. Aber begreifst du denn nicht, daß ich gar nicht aussehen will, wie ich aussehe? Ich will ein anderes Gesicht haben . . . ein Gesicht, das wirklich zu mir paßt.«

»Und du meinst, das hast du jetzt?«

»Genau!«

»Dann allerdings . . .« Julia hatte ein härteres Wort auf der Zunge, sagte dann aber nur: ». . . werde ich mich daran gewöhnen müssen.«

»Verdammt, Julia, du kannst einem jeden Spaß verderben. Vorhin fand ich mich noch prachtvoll und jetzt . . .« Roberta versagte die Stimme.

»Heul bloß nicht, Liebling, sonst zerläuft dir die Tusche.«

»Die ist wasserfest.«

Julia mußte lachen. »Um so besser. Kein Grund zu weinen, Robsy. Du siehst prachtvoll aus, nur eben nicht wie du selber. Aber das ist ja wohl der Sinn der Sache, also kannst du mit dir zufrieden sein.«

An diesem Abend erlebten Julia und ihre Tochter in den Münchner Kammerspielen »Groß und Klein« von Botho Strauss. Für Julia, die sich mit der Heldin identifizieren oder zumindest ihre rastlose Suche nach Menschen, die sie brauchte, nachempfinden konnte und die überdies Cornelia Froboes, die Hauptdarstellerin, hochschätzte, war die Aufführung interessant. Sie hätte sie noch mehr genossen, wenn sie nicht Robertas steigende Langeweile gespürt hätte, die sich durch Hin- und Herrutschen auf dem Sessel, Gähnen und Scharren mit den Füßen bemerkbar machte.

Als sie in der ersten Pause ins Foyer drängten, fragte Julia: »Gefällt's dir nicht?«

»Doch schon«, war die wenig überzeugende Antwort.

»Du hast dir das Stück selbst ausgesucht«, erinnerte Julia.

»Aber da habe ich es noch nicht gekannt.«

»Armer Liebling!«

Sie hatten den Wandelgang erreicht, und Roberta blieb stehen. »Ich geh' mich jetzt mal ein bißchen frisch machen«, verkündete sie.

»Gut. Wir treffen uns dann draußen links . . . wo die großen Fotos sind.«

Sie trennten sich. Der Gang hinter den Kassen war zur Maximilianstraße hin offen; hier war es kühl, aber die Luft war frisch, bis sie von den Rauchern verdorben würde. Julia schlenderte langsam bis zur Straße vor. Kurz vor dem Ausgang sah sie ihn, einen breitschultrigen Mann mit braunen, von fröhlichen Fältchen umgebenen Augen. Er entdeckte sie im gleichen Moment und machte einen Schritt auf sie zu.

Julia wußte, daß sie ihn von irgendwoher kennen mußte, konnte ihn aber nicht unterbringen und zerbrach sich den Kopf. Er trug einen gut sitzenden dunkelgrauen Anzug und statt der Krawatte ein blaues Tüchlein um den Hals.

Höflich, wenn auch etwas ratlos, erwiderte sie sein Lächeln.

Schon öffnete er den Mund, um sie anzusprechen, da fiel ihr ein, wen sie vor sich hatte – den Fremden, der sie damals beim Picknick mit ihren Freundinnen gestört hatte.

Mit einer leichten Verbeugung stellte er sich vor: »Johannes Herder!«

»Julia Severin«, erwiderte sie unwillkürlich.

Dann, ohne zu überlegen, was sie tat, drehte sie sich um und drängte an den Gruppen und Grüppchen der Besucher vorbei ins Foyer zurück. Ihr Herz klopfte wild. Sie kam sich wie eine dumme Gans vor, weil sie die Situation nicht auf charmantere Art hatte meistern können. Gleichzeitig hatte sie das Gefühl, in letzter Sekunde entkommen zu sein. Zwar hatte sie keine gute Figur gemacht, aber es war gerade noch gutgegangen.

Nicht auszudenken, was geschehen wäre, wenn Roberta sie im Gespräch mit dem Fremden angetroffen hätte!

Als das Mädchen aus der Toilette kam, beglückwünschte Julia sich, daß sie ihr wenigstens die durchsichtige Bluse verboten hatte. Sie stellte sich das amüsiert-spöttische Lächeln des Fremden vor, wenn er sie in einem solchen Aufzug gewahr geworden wäre. So aber konnten sie Arm in Arm dahinschlendern und Julia würde so tun, als sähe sie ihn nicht, wenn er ihr noch einmal begegnete.

»Wieso bist du hier?« fragte Roberta. »Ich dachte, du wolltest draußen auf mich warten?«

»Da wurde mir zu stark geraucht.«

»Ach so.«

Sie begannen ihren Rundgang und versuchten, ihre Eindrücke von der Aufführung miteinander zu vergleichen.

Aber Julia war nervös und sagte bald: »Komm, gehen wir wieder rein.«

»Schon?«

»Ich will nicht in das große Gedränge kommen, wenn es läutet.«

Roberta gehorchte widerwillig. Während des zweiten Aktes wurde ihre Unruhe immer spürbarer. Auch Julia konnte sich nicht mehr auf das Schicksal der Heldin konzentrieren. Ihre Gedanken kreisten um den Fremden. Sie hatte seit damals nie mehr an ihn gedacht, wie sonderbar, daß sie ihn sogleich erkannt hatte, obwohl er ihr heute in anderer Umgebung und ganz anderer Kleidung begegnet war. Offensichtlich hatte er sie nicht vergessen. Wer mochte er sein? Julia versuchte sich zu entsinnen, ob er allein oder in Begleitung gewesen war. Aber sie wußte es nicht mehr. Sie hatte nur ihn gesehen, wie er mit diesem seltsam vertrauten Lächeln, die Hand schon zum Gruß ausgestreckt, auf sie zugekommen war. Aber das bedeutete nicht, daß er allein gewesen war. Vielleicht hatte er sie mit seiner Frau bekanntmachen wollen. Es war ihm zuzutrauen. Womöglich hatte er ihr seine Begegnung mit den sonnenbadenden Frauen auf der Berglichtung auf komische Art geschildert und sich gefreut, sie damit zum Lachen zu bringen. Jetzt hatte er vielleicht die Gelegenheit begrüßt, ihr – seiner Frau, seiner Freundin, seiner Lebensgefährtin – zu beweisen, daß er die Geschichte nicht einfach erfunden hatte. Wäre sie, Julia, auf ihn zugegangen, hätte sie es gewußt und brauchte sich jetzt nicht mit unnützen Spekulationen zu plagen.

Warum überhaupt Spekulationen über diesen Mann? Was ging er sie an? Was bedeutete er ihr? Julia gab sich die Antwort: Rein gar nichts. Aber warum konnte sie ihn dann nicht aus ihren Gedanken verbannen und, wie zu Beginn, an Lottes vergeblichen Bemühungen um Liebe teilnehmen? Weil ihr diese Figur doch eben völlig wesensfremd war und sie ihr aufdringliches Hineintappen in fremder Leute Leben penetrant fand. Als der Vorhang zur zweiten Pause fiel, gähnte Roberta ausgiebig.

»Bist du müde?« fragte Julia.

»Ja, das auch, und der Po tut mir weh.«

»Wollen wir den Schluß schwänzen?«

Roberta sah ihre Mutter erstaunt an; noch nie zuvor hatte Julia einen solchen Vorschlag gemacht, sondern immer darauf bestanden, bis zum Ende auszuharren. »Das ist nicht dein Ernst!«

»Und warum nicht? Wir sind doch freie Menschen und haben unsere Karten bezahlt. Niemand kann uns zwingen dazubleiben, wenn wir keine Lust mehr haben.«

»Aber das wäre doch ... rausgeworfenes Geld.«

»Oh, wir haben genug für unser Geld bekommen, findest du nicht auch?«

Roberta atmete auf, als sie begriff, daß die Mutter sich keinen Scherz mit ihr machen wollte. »Ganz bestimmt! Du hast ja so recht, Julia! Ich hätte dich nie für so vernünftig gehalten!«

»Dann los ... holen wir unsere Mäntel!«

Als sie ihre Garderobenscheine abgegeben hatten, sagte Julia: »Nachher werden wir uns ausmalen, wie das Stück ausgeht, das wird lustig sein.«

»Ein gutes Ende nimmt diese Lotte bestimmt nicht«, meinte Roberta, »wenn du mich fragst: Die ist schon ziemlich verrückt!«

»Und dann kaufen wir das Buch und lesen es.«

»Mit verteilten Rollen?«

»Vielleicht können wir damit im Kurtheater auftreten!« Julia spürte selber, daß ihr Lachen gekünstelt klang.

Aus dem Foyer der Kammerspiele führten zwei breite Gänge auf die Straße hinaus, aber an diesem Abend war nur der eine geöffnet. Wohl oder übel mußte Julia mit ihrer Tochter hindurch, und es geschah genau das, was sie befürchtete und was sie hatte vermeiden wollen: Der Fremde stand dort, kurz vor dem Ausgang, eine Zigarette in der Hand, und blickte ihnen entgegen, als hätte er auf sie gewartet. Er stand dicht bei einer kleinen Gruppe von Theaterbesuchern, einem Herrn und zwei Damen, und es war nicht zu ersehen, ob er zu ihnen gehörte oder nicht.

Julia konnte nicht eilig genug an ihm vorbeikommen; sie zerrte ihre Tochter hinter sich her.

»Was ist eigentlich los mit dir?« beschwerte sich Roberta. »Du bist so nervös!«

»Ich will nur den Eilzug zehn Uhr vierzehn erreichen!«

»Muß das sein?« fragte Johannes Herder unüberhörbar.

Roberta glaubte erst ihren Ohren nicht zu trauen. Dann erwiderte sie schnippisch: »Wenn Sie nichts dagegen haben!«

Sie hatten die Straße erreicht, und Julia zog sie mit sich fort.

»So ein unverschämter Knülch!« schimpfte Roberta.

»Pscht!« machte Julia. »Er kann uns ja noch hören.«

»Ist mir doch egal. Was ist dem denn eingefallen?«

»Er hat sich wohl nur gewundert, daß wir schon gehen. Wahrscheinlich findet er es ungehörig.«

»Als wenn den das was anginge. Komisch, er tat, als würde er uns kennen.«

»Plump vertraulich, möchte ich sagen.«

»Dabei habe ich den Typ noch nie gesehen. Du etwa?«

»Nein«, schwindelte Julia, und es war ihr, als wäre sie einer ernsten Gefahr entkommen. »Doktor Kimbel auf der Flucht«, sagte sie, nicht ohne Selbstironie.

»Was soll das heißen?«

»Nun, so etwa komme ich mir im Augenblick vor.«

Roberta lachte. »Du hast manchmal Ideen!«

Am Max-Josef-Platz fanden sie ein Taxi, und zehn Minuten später kamen sie vor dem Bahnhof an. Roberta verstand nicht, warum ihre Mutter plötzlich so ausgelassen war.

Eines Tages – es war inzwischen Herbst geworden – kam Roberta besonders vergnügt von einem Einkaufsbummel zurück.

»Hei, Julia!« rief sie schon in der Wohnungstür. »Da bin ich wieder! Ich habe mich ein bißchen verspätet! Du bist mir doch nicht böse!«

»Nicht die Bohne, Liebling!« rief Julia aus der Küche zurück. »Ich hoffe, du hast was Schönes erstanden!«

»Du wirst staunen!« Roberta kam in die Küche gestampft; an den Füßen trug sie riesige, mit Kunstpelz bezogene Boots. »Na, wie gefallen sie dir?« fragte sie erwartungsvoll und streckte ein Bein vor.

Julia fand sie abscheulich, plump und unkleidsam, aber sie sagte nur: »Sehen schön warm aus.«

246

»Sind sie auch! Spitze, was? Eine Zeitlang waren sie ja aus der Mode, aber jetzt sind sie wieder groß in.«

»Gratuliere.«

»Leider waren sie teuer. Mein ganzes Einkaufsgeld für diesen Monat ist dabei draufgegangen, aber das sind sie mir auch wert.«

»Was brauchst du denn sonst noch für den Winter? Du weißt, im Notfall springe ich ein.«

Roberta umarmte ihre Mutter heftig. »Du bist wirklich entzükkend, Julia!« Sie hatte seit langem nicht mehr so glücklich gewirkt.

Julia beneidete sie, daß sie sich über ein Paar ausgefallener modischer Schuhe noch so freuen konnte.

Beim Abendessen verkündete Roberta beiläufig: »Der Verkäufer in der Sportabteilung vom Kaufhaus Schwaiger ist übrigens sehr nett.«

»Hat er dich beraten?«

»Ja«, sagte Roberta mit vollem Mund, »der ist einer, der sich wirklich kümmert.« Nach einer Pause, in der sie übertrieben schluckte, fügte sie hinzu: »Er hat mich übrigens ins Kino eingeladen.«

Julia war so überrascht, daß sie ohne nachzudenken sagte: »Und ich dachte, du machst dir nichts aus Jungen!«

Robertas helles Gesicht wurde von einer roten Welle überflutet. »Natürlich nicht! Das weißt du ganz genau. Ich habe mich nicht mit ihm verabredet, weil er ein Junge ist . . . sondern trotzdem. Er ist einfach nett. Immer mußt du alles verdrehen.«

»Entschuldige, Robsy, ich habe es nicht so gemeint.«

»Warum sagst du dann so was?«

»Entschuldige, bitte. Wie sieht er denn aus?«

»Als wenn das eine Rolle spielte!«

»Natürlich nicht. Nur . . . weil du dich für ihn interessierst, interessiert er mich auch, und ich möchte gern mehr über ihn wissen.«

Es war Roberta anzusehen, daß sie gern die Beleidigte gespielt hätte, aber ihr Bedürfnis, über ihre Eroberung zu sprechen, war stärker. »Na ja, er ist blond, groß und stark . . . sehr sportlich.«

»Und wie heißt er?«

»Tobby. Mehr weiß ich selber noch nicht. Aber ich werde ihn

morgen abend fragen. Ich darf ihn doch treffen, ja? Schließlich
hast du doch deinen Skat und deinen Verkehrsverein, da kann
ich doch auch mal etwas allein unternehmen.«

»Sicher, Robsy. Kein Einwand.«

»Du bist wirklich süß!«

Julias Gefühle waren sehr gemischt. Sie gab sich zu, daß dieser
Schritt in der Entwicklung ihrer Tochter vorauszusehen gewesen war. Dennoch war er für sie völlig unvorbereitet gekommen, und es tat weh, daß in Robertas Leben nun plötzlich ein
anderer Mensch wichtig geworden schien. Ein Verkäufer in einem Warenhaus schien ihr auch nicht der Richtige für ihre
Tochter. Doch sie hütete sich, Bedenken anzumelden, denn sie
wollte ihr Vertrauen nicht verlieren. Immerhin war es doch
schön und ein Beweis für die Richtigkeit ihrer Erziehung, daß
das Mädchen keine Heimlichkeiten vor ihr hatte.

Am nächsten Nachmittag konnte Roberta sich kaum auf ihre
Schularbeiten konzentrieren. Sie war so aufgeregt, wie die Mutter sie noch nie erlebt hatte.

»Komm, nimm dich zusammen!« mahnte Julia. »Je besser du
dich konzentrierst, desto schneller bist du fertig.«

»Aber diese blöden alten Römer interessieren mich einfach
nicht!«

»Wenn du studieren willst, mußt du Latein können.«

»Ja, ich weiß, ich weiß. Immer die alte Leier. Ich bemüh' mich
sonst ja auch. Aber heute bin ich einfach nicht in Stimmung!«
Als wenn Julia sie angegriffen hätte, verteidigte sie sich: »Das
hat mit meiner Verabredung überhaupt nichts zu tun! Es gibt
einfach Tage, an denen man . . .«

»Ja, das kenne ich«, sagte Julia friedfertig.

»Wirklich? Du verstehst?«

»Ja, Liebling, und deshalb mache ich dir einen Vorschlag zur
Güte: Ich werde den Text ausnahmsweise für dich übersetzen,
und du brauchst ihn nachher nur noch abzuschreiben.«

»Ach, Julia! Wenn ich dich nicht hätte!« Roberta sprang auf und
umarmte die Mutter. »Du bist wirklich einmalig!«

»Und was hast du sonst noch auf?«

»Bio! Aber das kann ich morgen lernen. Wir haben in der ersten
Stunde Kunsterziehung, da fällt's nicht auf. Und dann noch
Mathe . . . die machst du mir auch, ja? Du kannst das doch!«

248

»Und was willst du währenddessen tun?«

»Ich nehme ein Bad und wasch' mir die Haare!« Roberta wirbelte aus dem Zimmer.

Kopfschüttelnd blickte Julia ihr nach. Alles für diesen Schuhverkäufer, dachte sie und schalt sich selber einen Snob. Es war doch ganz gleichgültig, wer der junge Mann war. Er würde Roberta wohl nicht gleich heiraten wollen. Hauptsache war doch, daß sie überhaupt Kontakt zu einem Jungen gefunden hatte. Wenn sie nur nicht die durchsichtige Bluse anzog!

Die fatale Bluse war bisher im Schrank geblieben. Anscheinend traute sich Roberta doch nicht, sie zu tragen. Nur die Gegenwart der Mutter hätte ihr die dazu nötige Sicherheit verliehen. Als sie dann später aus dem Zimmer kam, trug sie zu Julias Erleichterung ein hellblaues T-Shirt mit dem Aufdruck »I'm a single«, superenge Jeans, Söckchen und hochhackige Pumps; ihr Gesicht hatte sie mit besonderer Sorgfalt geschminkt. »Na, wie sehe ich aus?« fragte sie, Beifall heischend.

»Schön wie ein Bild aus Himmels Höhen! Tobby wird hingerissen sein.«

»Ach, dem brauche ich doch nicht zu gefallen! Ich möchte nur für mich selber gut aussehen.«

»Das tust du, Liebling. Wann triffst du ihn denn?«

»Um sieben. Wir wollen vor dem Kino noch einen Hamburger essen oder so was. Natürlich werde ich für mich selber zahlen!«

»Recht so.«

»Ich küsse dich jetzt nicht, Julia, aber nimm's nicht persönlich, es ist nur wegen des Lippenstifts.«

»Sehr rücksichtsvoll, daß du mich nicht vollschmierst. Wann willst du denn wieder zu Hause sein? Komm nicht zu spät, bitte. Morgen ist Schule!«

»Bla, bla, bla! Warum müßt ihr Mütter nur immer so was sagen? Als wenn ich das nicht selber wüßte.«

Julia ließ sich nicht anmerken, daß sie sich gekränkt fühlte. »Dann ist es ja gut, Robsy! Viel Spaß!«

Als sie später einsam ihr Abendbrot aß – zum erstenmal seit vielen, vielen Jahren –, konnte sie kaum einen Bissen herunterbringen. Es schmerzte sie, wie rasch und bedenkenlos Roberta sie allein gelassen hatte – Roberta, die sie gezwungen hatte, ihre

Liebe aufzugeben. Jetzt verließ sie sie wegen des ersten besten Jungen, den sie kennengelernt hatte, und genauso würde sie sie ohne Zweifel später für immer verlassen, wenn sie einem Mann begegnet war, den sie heiraten wollte.

Dennoch klammerte sich Julia an die Vorstellung, daß ihre Opfer nicht umsonst gewesen waren. Sie war für ihre Kinder dagewesen, solange sie sie brauchten. Noch ein, zwei Jahre, dann würde Roberta ihre eigenen Wege gehen, und dann würde sie frei sein.

Dieter Sommer – wie sehr hatte sie unter der Trennung von ihm gelitten. Merkwürdig, daß sie in letzter Zeit kaum noch an ihn gedacht hatte. Sie war sehr glücklich mit ihm gewesen. Ob dieses Glück gedauert hätte, wenn Roberta sich nicht dazwischen geworfen hätte? Sie hatten zueinander gepaßt. Aber Dieter hatte jetzt seine blonde Ini. Es hatte keinen Zweck, der Vergangenheit nachzujammern.

Entschlossen deckte Julia den Küchentisch ab, holte sich eine Flasche Wein aus dem Eisschrank, nahm sich ein Glas und machte es sich in ihrem eigenen Zimmer mit einem Buch gemütlich.

Es war lächerlich, unglücklich zu sein, nur weil ihre Tochter die erste Verabredung hatte.

Dabei gab es auf der Welt so viel wirkliches Leid, Krankheit, Armut, Hunger, Not und Tod. Sie hatte kein Recht, sich an ihrem eigenen kleinen Unglück zu weiden.

In den nächsten Tagen und Wochen drehten sich fast alle Gespräche zwischen Julia und ihrer Tochter um den Jungen Tobby. Julia erfuhr, daß er mit vollem Namen Tobias Merkel hieß, daß er den qualifizierten Hauptschulabschluß hatte – »Zieh kein Gesicht, Julia, sehr viel weiter ist dein geliebter Ralph mit seiner mittleren Reife ja auch nicht gekommen!« –, daß er aktiver Skifahrer und siebzehn Jahre alt war. Darüber hinaus erzählte Roberta der Mutter, wie er sich kleidete, und gab ihr jeden seiner, wie es Julia schien, recht unbedeutenden Kernsätze wieder. Einer von ihnen hieß: »Von nichts kommt nichts«, ein anderer: »Man muß auf Draht sein.«

Roberta traf sich regelmäßig mit ihm – soweit ihm sein Training Zeit ließ –, und sie war in dieser Zeit aufgekratzt und überdreht. Natürlich litten ihre Schulleistungen darunter, aber Julia sah ein, daß das nicht zu ändern war, und plagte sie nicht. Wenn der erste Sturm der Faszination vorüber war, dachte sie, würde schon alles wieder in ein normales Geleis kommen. Sie bat Roberta, ihr den Jungen vorzustellen. Roberta stimmte begeistert zu, aber anscheinend machte Tobby Schwierigkeiten.

»Du mußt das verstehen, Julia«, sagte Roberta, »er ist ein bißchen schüchtern!«

»Danach hat es bisher aber gar nicht geklungen.«

»Er gibt's ja auch nicht zu, aber ich glaube eben doch. Er meint, wenn er hier aufkreuzte, könnte es zu offiziell aussehen . . . so, als wollte er um meine Hand anhalten.«

»Hat er das gesagt?«

»Nein, aber ich denke es mir.«

»Was hat er denn genau gesagt, als er erfuhr, daß ich ihn kennenlernen wollte? Vielleicht bringt uns das weiter.«

»Er hat gesagt . . .« Roberta dachte nach. »Wozu? – Ja, genau das . . . Wozu?«

»Und hast du ihm nicht erklärt . . .«

»Doch. Ja, aber er hat eben keinen Bock drauf.«

Julia fand diesen Ausdruck schlimm, und schon gar im Mund ihrer schönen Tochter. Aber sie sagte nur: »Schade.«

»Irgendwann wird's sich schon mal ergeben.«

Als Julia von einer Vorstandssitzung des Verkehrsvereins zurückkehrte, fand sie Roberta nicht, wie gewöhnlich, vor dem Fernseher in ihrem Bett, sondern hellwach und im Begriff, Gläser und Colaflaschen fortzuräumen; dazu dudelten die neuesten Hits aus ihrem Kassettenrecorder.

»Was ist los?« fragte Julia irritiert. »Hattest du etwa eine Party?«

»So was Ähnliches!« Roberta strahlte unschuldsvoll. »Tobby war hier.«

Julia begriff sofort; dennoch wiederholte sie fassungslos: »Hier? Bei dir? In der Wohnung?«

Roberta umarmte sie. »Ja, Julia! Und es war wundervoll! Wir haben geredet und geredet und Musik gehört . . .«

Es fiel Julia nicht leicht, ihr die Freude zu verderben, aber sie hatte das Gefühl, daß sie es tun mußte. »Das kann ich nicht gut finden, Robsy.« – »Nicht?« fragte Roberta verdutzt.

251

»Nein. Gar nicht. Du hättest mich fragen sollen.«

»Aber ich hab's doch nicht vorher gewußt! Es hat sich so ergeben.«

»Ich hätte es dir nicht erlaubt.«

»Das versteh' ich nicht.«

Julia zog sich den Mantel aus. »Ich bitte dich, Robsy, du bist doch kein Kind mehr. Es gehört sich nicht, daß ein junger Mann und ein Mädchen allein in einer Wohnung zusammen sind.«

»Ach so, jetzt weiß ich!« Roberta verzog das Gesicht und äffte die Mutter nach: »Was werden die Leute sagen?«

»Darum geht es gar nicht, sondern um dich und den Jungen.«

»Ist es etwa ein Verbrechen, wenn wir auch mal ungestört zusammensein wollen?«

»Nein, Robsy. Ich kann das sogar gut verstehen. Ich denke auch nicht schlecht von Tobby. Er ist, so viel du mir über ihn erzählt hast, ein normaler Junge, und gerade deshalb . . . jeder normale Junge, der sich für ein Mädchen interessiert, will Küsse und Zärtlichkeiten . . .«

»Julia!«

»Du brauchst gar nicht so entsetzt zu tun. Ich möchte wetten, daß es zwischen euch auch schon dazu gekommen ist . . . sonst wärt ihr beide nicht normal. Aber dabei wird es nicht bleiben, besonders, wenn du es ihm so leichtmachst.«

»Du kannst in allem nur was Häßliches sehen!«

»Nein, gar nicht, Robsy. Erotik ist etwas sehr Schönes . . . auch Sexualität . . .«

»Sexualität! Das ist das einzige, woran du denken kannst!«

»Du bist noch zu jung, Robsy.«

»Aber begreifst du denn nicht, daß ich auf so etwas gar nicht aus bin? Und er auch nicht!«

»Das nehme ich dir nicht ab.«

»Du bist gemein!« schrie Roberta. »Einfach gemein! So etwas zu behaupten!«

»Ich bin ja nur in Sorge um dich, Liebling.«

»Es paßt dir nicht, daß ich einen Freund habe, gib es doch zu!«

»Ob mir das paßt oder nicht, ist ganz unwesentlich. Ich will nicht, daß du ihn mit heraufbringst, wenn ich nicht zu Hause bin. Die Gelegenheit ist für euch beide zu verführerisch.«

252

»Du machst mir alles kaputt . . . alles!« Roberta schluchzte auf.
»Bitte, Liebling, können wir nicht in Ruhe miteinander reden?
Dürfen denn deine Freundinnen . . . die anderen aus deiner
Klasse . . . Jungen mit auf ihr Zimmer nehmen?«
»Was geht mich das an? Ich dachte immer, du wärst anders . . .
großzügig, verständnisvoll, tolerant! So hast du doch immer
getan! Ich habe Tobby von dir vorgeschwärmt . . . ja, regelrecht
vorgeschwärmt habe ich ihm von dir! Was ich für eine fabel-
hafte Mutter habe. Wie kann ich ihm dann jetzt sagen . . .«
»Er wird es verstehen, Robsy, verlaß dich drauf.«
»Aber ich will gar nicht, daß er es versteht. Ich will, daß alles so
bleibt . . . daß er zu mir kommen darf . . .«
Julia legte ihr den Arm um die Schultern. »Nun beruhige dich
doch, Liebling. Wir werden schon einen Kompromiß fin-
den . . .«
»Ich hasse Kompromisse!«
»Ich meine, wenn er dich das nächste Mal besucht, sollte ich zu
Hause sein. Dann könnte ich ihn wenigstens kennenlernen. Da-
nach könntet ihr in deinem Zimmer miteinander reden, soviel
ihr wollt. Ich würde euch bestimmt nicht stören.«
»Du würdest an der Tür lauschen!«
»Nun erlaube aber mal, Robsy! Habe ich das je getan?«
»Was hätte es denn sonst für einen Zweck, daß du da bist?«
»Es würde euch ein bißchen Zurückhaltung auferlegen.«
»Also doch! Du denkst, wir brauchen einen Aufpasser! Aber du
irrst dich, Julia, ganz bestimmt. Wir wissen sehr gut, was wir
tun.«
»Ja, vielleicht. Trotzdem möchte ich ihn kennenlernen.«
»Aber du weißt doch, daß er . . .«
». . . keinen Bock drauf hat, ja!« ergänzte Julia. »Aber mit oder
ohne Bock . . . ich verlange, daß er sich vorstellt.«
»Und wenn er es nicht tut?«
»Verbiete ich dir, ihn wiederzusehen.«
»Daher weht also der Wind! Du willst uns auseinanderbringen!
Aber das wird dir nicht gelingen. Ich werde ihn wiedersehen,
ob du es willst oder nicht. Du hast mir nämlich gar nichts zu
verbieten.«
»Doch, Robsy, du bist ja gerade erst sechzehn. Also mußt du
mir schon erlauben, daß ich dir Vorschriften machen darf.«

»Aber ich werde mich nicht daran halten, daß du es nur weißt!«

»Du wirst ihn also heimlich treffen?«

»Wenn es nicht anders geht.«

»Und das würde dein Tobby mitmachen? Dieser Tobby, von dem du mir immer erzählt hast, daß er ein hochanständiger Junge ist?«

»Aber er ist kein Duckmäuser.«

»Wir werden sehen, Robsy. Sprich ganz offen mit ihm, schildere ihm deine Situation . . . und wenn er sich dann nicht aufrafft, hier bei mir zu erscheinen, kannst du ihn gleich vergessen. Dann macht er sich nämlich in Wahrheit nichts aus dir. Ein solches Opfer kann es nämlich nicht sein, sich einmal sehen zu lassen. Ich bin ja keine Menschenfresserin.« –

An diesem Abend gingen Mutter und Tochter zum ersten Mal unversöhnt ins Bett.

In den nächsten Tagen war Roberta mürrisch und mundfaul, aber Julia hatte es nicht anders erwartet und übersah es. Vorbei waren die Gespräche über Tobby; es war, als existierte er gar nicht mehr.

Doch Julia wußte, daß es ihn durchaus noch gab und daß sich Roberta sogar noch mit ihm traf. Aber sie konnte es nicht verhindern.

Eines Nachmittags kam Roberta atemlos nach Hause und verkündete mit Siegermiene: »Jetzt habe ich ihn soweit!«

»Na, bravo!« sagte Julia. »Traut er sich?«

»Du brauchst gar nicht zu spotten! Er sieht zwar immer noch keinen Sinn darin, aber er tut es. Meinetwegen.«

»Sehr anständig.«

»Siehst du? Genau wie ich dir immer gesagt habe! Er ist ein phantastischer Typ!«

»Und wann darf ich ihn erwarten?«

»Am Samstagnachmittag. Er darf dann doch hierbleiben . . . wie du es versprochen hast?«

»Ja. Ich habe zwar am Samstag bei Lizi Skat . . . aber den werde ich dann eben hierher verlegen.«

»Warum?«

»Weil ich euch nicht in der Wohnung alleinlassen will. Ich

brauche das doch wohl nicht noch einmal erklären.« Um Robertas Laune zu verbessern, bat sie: »Nun erzähl doch mal, wie hat er's aufgenommen?«

»Na, zuerst war er natürlich stocksauer, aber dann . . .« Roberta hatte unter dem schlechtgelaunten Schweigen, das sie sich selber auferlegt hatte, gelitten und plauderte darauf los, froh, daß der Bann gebrochen war.

»Ich bin sehr froh, daß es so gekommen ist«, sagte Julia, »für dich . . . und für mich . . . und auch für Tobby.«

»Ich doch auch, Julia! Du weißt, daß ich Heimlichkeiten hasse . . . und streiten mit dir mag ich mich schon gar nicht.«

»Nein, das ist auch nicht schön. Aber ich hoffe, daß du inzwischen meinen Standpunkt verstehst. Ich habe keine Angst um deine Unschuld, sondern daß du . . . verletzt oder enttäuscht werden könntest.«

»Das traust du Tobby zu?«

»Jedem Mann, Robsy. Diese Angst hat man immer auch für sich selber.«

»Ich nicht! Ich weiß, daß ich ihm voll vertrauen kann.«

»Wie schön für dich. Aber da ist noch etwas. Vielleicht klingt es altmodisch . . . aber Liebe hat doch noch immer etwas mit Kinderkriegen zu tun.«

Roberta lachte. »Altmodisch bist du wirklich!«

»Ja, vielleicht. Es gibt ja jetzt die Pille. Versprichst du mir . . .«

»Was?«

»Wenn es sich vielleicht doch ergibt, daß er mit dir . . . daß du mit ihm . . . ich meine, daß ihr miteinander schlafen wollt . . .«

»Julia! Ich habe dir doch erklärt! Warum willst du mir nicht glauben?«

»Weil ich weiß, wozu es zwei verliebte Menschen treibt.«

»Du vergleichst mich immer nur mit dir! Du willst nicht sehen, daß ich ganz anders bin! Das zwischen mir und Tobby, das ist . . . das ist etwas unbeschreiblich Schönes. Warum mußt du es in den Schmutz ziehen?«

»Du verstehst mich ganz falsch, Liebling.«

»Ist ja nicht wahr. Ich habe genau verstanden, worauf du hinauswillst. Du glaubst, daß ich nichts Eiligeres zu tun habe, als mit ihm ins Bett zu steigen. So warst du vielleicht in deiner Jugend . . .«

»Robsy, bitte! Eines möchte ich doch klarstellen! Dein Vater und ich haben erst geheiratet, bevor . . .«

»Und wie war das mit Dieter Sommer?« Mit grundloser Gehässigkeit fügte Roberta hinzu: »Damals warst du allerdings nicht mehr ganz so jung.«

»Er hat sich Jahre um mich bemüht. Du solltest dich noch daran erinnern.«

»Und wieso glaubst du dann, ich könnte mich nicht beherrschen?«

»Wenn du dich schon beherrschen mußt, Robsy . . .«

»Du weißt genau, daß ich das nicht sagen wollte! Schon wieder drehst du mir das Wort im Mund herum.«

»Robsy, bitte, nun hör auf damit! Kein Grund zum Streiten. Ich wollte doch nichts weiter, als dir den Rat geben . . .«

»Ich pfeife auf deine Ratschläge!« Roberta drehte sich um und wollte aus dem Zimmer stürmen.

Julia stürzte ihr nach und hielt sie fest. ». . . daß du zum Arzt gehst, hörst du? Dir die Pille verschreiben läßt oder sonst etwas!«

Roberta machte keinen Versuch, sich loszureißen, sondern starrte ihr herausfordernd in die Augen.

»Du willst es also, ja? Du willst mich Tobby in die Arme treiben!«

»Nein!«

»Warum sagst du mir dann so etwas?«

»Ich will es nicht, ich schwöre dir. Ich wäre heilfroh, wenn du noch abwarten könntest . . . Doch ich verurteile dich auch nicht, wenn du es nicht kannst. Aber dann solltest du wenigstens Maßnahmen ergreifen, damit nichts passiert.«

»Du traust mir also nicht!«

»Doch, Robsy, aber du bist noch so jung. Wenn er dich bedrängt . . . wenn er droht, sich zurückzuziehen . . .«

»Das würde Tobby nie tun.«

»Ich sage ja auch nur, wenn . . .«

»Du bist entsetzlich!«

Julia ließ ihre Tochter los.

»Ich kann dir gar nicht sagen, wie entsetzlich ich dich finde. Alles Schöne und Reine mußt du in den Dreck ziehen.«

»Es mag dir jetzt so vorkommen«, erwiderte Julia mit unbewegtem Gesicht, »aber ich bin nur realistisch und . . . ich bin sehr besorgt um dich. Ich möchte dich schützen.«

»Du willst mich nicht aus deinen Klauen lassen, das ist es!« Mit diesen Worten stürzte Roberta endgültig aus dem Zimmer.

Julia blieb verstört zurück. Roberta war auch früher schon oft ungezogen und aggressiv gewesen. Aber noch nie war sie mit einer solchen Wut auf sie losgegangen. Julia konnte es nicht begreifen, und sie war sich auch keiner Schuld bewußt. Oder war es falsch gewesen, Roberta zu einem Arztbesuch zu raten? Hätte sie darauf setzen sollen, daß das Mädchen von sich aus Verantwortungsgefühl genug besaß? Hatte sie Roberta durch ihren Mangel an Vertrauen gekränkt?

Die Unterhaltung war von Anfang an schiefgelaufen. Sie hatte ruhig und vernünftig mit ihrer Tochter reden wollen und war nicht darauf gefaßt gewesen, daß sie so vehement und verletzt reagieren würde.

War Tobby vielleicht zu schüchtern, um Annäherungsversuche zu machen? Hatte Roberta sich die Entwicklung dieser Beziehung anders vorgestellt? War sie enttäuscht?

Das immerhin könnte eine Erklärung sein, und Julia schickte ein Stoßgebet zum Himmel, daß es die richtige war.

Schmerzlicher als Robertas Ausbruch hatte sie die Erkenntnis getroffen, daß sie ihre Tochter nicht mehr verstand.

Als es am Samstagnachmittag klingelte, rannte Roberta in die Diele, um Tobby zu öffnen. Julia hörte sie eine Weile miteinander tuscheln und stand auf, um ihm die Begrüßung leichter zu machen.

Dann trat er ins Wohnzimmer, von Roberta leicht geschoben, ein großer, ungelenker, sehr verlegener Junge. Julia umfaßte seine Erscheinung mit einem Blick. Er hatte ein braunrotes, von Wind und Wetter gegerbtes breitflächiges Gesicht, wäßrigblaue Augen und blondes, fast weißes Haar. Seine Gelenke, die die etwas zu kurzen Ärmel seines Pullovers freigaben, waren auffallend breit und stark und seine Hände glichen Schaufeln. Er kam Julia vor wie ein Koloß, ein unfertiger Koloß, der, wenn er erst einmal ausgewachsen war, gewaltige Ausmaße annehmen würde.

Mit einem Lächeln, von dem sie hoffte, daß es natürlich wirken

würde, reichte sie ihm die Hand. »Ich freue mich, Sie kennenzulernen, Tobby! Meine Tochter hat mir viel von Ihnen erzählt!«
Tobby warf Roberta einen unbehaglichen Blick zu und sagte
nichts.
»Bitte, setzen wir uns doch!« schlug Julia vor.
Roberta zog ihn zu dem schweren Sessel, der einst der Lieb-
lingsplatz ihres Vaters gewesen war und den später Ralph für
sich beschlagnahmt hatte. Er setzte sich schwerfällig und sah
dort, in Julias Augen, seltsam deplaziert aus.
»Möchten Sie etwas trinken?«
»Keinen Alkohol!« erklärte Roberta. »Tobby trinkt keinen Alko-
hol!«
»Ich hatte auch eher an einen Tee gedacht.«
Wieder antwortete Roberta für Tobby. »Daran liegt ihm sicher
nichts. Ich werde eine Cola holen! Für dich auch, Julia?«
»Nein, danke. Ich nehme mir einen Sherry.«
Roberta eilte in die Küche, und Julia fand sich allein mit dem
jungen Mann. »Ich freue mich, daß Sie und meine Tochter sich
so gut verstehen«, sagte sie.
Tobby fand keine Antwort.
Julia wandte sich ab und goß sich ein Glas Sherry ein, und
schon war Roberta mit zwei Colaflaschen zurück. Sie stellte sie
vor Tobby hin und reichte ihm den Öffner. Er machte sie mit einer Wichtigkeit auf, als ob es sich um eine Mannestat handelte.
Beide setzten die Flaschen an den Mund.
Obwohl Julia leicht erstaunt war, denn es war bei ihr nie Sitte
gewesen, aus der Flasche zu trinken, verlor sie kein Wort
darüber und war bemüht, ein gleichmütiges Gesicht zu
machen.
»Wir trinken Cola immer so«, erklärte Roberta trotzdem, »das
bringt's!«
»Ja, sicher kann man noch besser danach aufstoßen«, bemerkte
ihre Mutter mit einem Anflug von Ironie, den sie gerne unter-
drückt hätte.
»Julia!« rief Roberta zurechtweisend.
Da rülpste Tobby auch schon, und sein Gesicht wurde noch
eine Spur röter. »'schuldigung«, sagte er.
»Machen Sie sich nichts draus«, riet Julia, »kein gesunder Magen könnte anders reagieren.«

258

»Du brauchst ihn nicht zu siezen«, meinte Roberta, »sag ruhig du zu ihm.«

»Lieber nicht. Dann müßte ich mich auch von ihm . . .« Sie stockte und verbesserte sich: »Das ginge mir doch ein bißchen zu schnell.« Sie zermarterte sich den Kopf nach einer Frage, mit der sie ein Gespräch in Gang bringen könnte. »Sie fahren also in der bayerischen Jugendmannschaft, Tobby?«

»Ja.«

»Sie haben sicher schon früh auf den Brettern gestanden?« Wieder bekam sie ein lapidares »Ja« zur Antwort.

»Robsy läuft auch von kleinauf. Sie ist sehr gut.«

»Aber, Julia«, rief Roberta, »das kannst du doch nicht vergleichen. Ich fahre ja nur zum Spaß, aber das, was Tobby betreibt, ist Leistungssport.«

»Ein sonderbares Wort!« Julia nippte an ihrem Glas. »Eigentlich sollte Sport doch eben . . . Sport sein, ein Gegengewicht zu dem beruflichen Streß, eine Betätigung zur Erholung und zur Stärkung der Körperkräfte und nicht . . .«

»Davon verstehst du nichts, Julia!« schnitt ihr Roberta das Wort ab. »Sie wollen also mit dem Skifahren Geld verdienen, Tobby?« fragte Julia.

»Aber das kann man gar nicht!« stellte Roberta richtig. »Man muß darum kämpfen, immer bei den Ersten zu sein und sich einen Namen zu machen . . . und vielleicht dann, später, zahlen die Firmen.«

»Von nichts kommt nichts«, verkündete Tobby.

»Da haben Sie sehr recht.« Plötzlich ertrug Julia es nicht länger. »Ich nehme an, ihr wollt euch zurückziehen? Platten hören oder so etwas! Ich will euch nicht aufhalten.«

»Nein«, sagte Roberta, »wir haben es uns anders überlegt. Wir gehen aus.«

»Ach, ja?«

»Im ›Roxy‹ läuft ein Knüller. Es macht dir doch nichts aus, wenn es heute etwas später wird? Es ist ja Samstag, und du hast sowieso deine Freundinnen da.«

»Spätestens bis zwölf«, sagte Julia und kam sich selber lächerlich vor, weil ihr klar war, daß es gar keine Rolle spielte, ob Robsy eine Stunde früher oder später nach Hause kam; passieren konnte zu jeder Tageszeit etwas.

»Also dann!« Roberta federte hoch und reichte Tobby die Hand zum Aufstehen. »Komm!«
Er wand sich aus seinem Sessel und wußte nicht, wie er sich verabschieden sollte.
»Lauft los, Kinder«, sagte Julia lächelnd, »viel Spaß.« Es schien ihr, als wäre es den beiden noch von hinten anzusehen, wie erleichtert sie waren, daß sie es überstanden hatten.

Später, als Agnes schon zum Skat heraufgekommen war und bei den Vorbereitungen half, fragte Julia: »Sag mal, kennst du eigentlich Tobias Merkel?«
»Tobby, die Skikanone? Wer kennt ihn nicht?«
»Was hältst du von ihm?«
»Als Junge war er wirklich gut. Man hat sich allerhand von ihm erwartet. Aber inzwischen macht ihm seine Länge zu schaffen. Ein echtes Handicap.«
»Aber das meine ich nicht! Was ist er für ein Mensch?«
»Ein ganz durchschnittlicher Junge. Nicht besonders helle vielleicht. Noch ziemlich unfertig. Nicht abzusehen, was sich da herausbraten wird. Seine Eltern sind jedenfalls anständige Leute.«
Julia verteilte Schälchen mit Salz- und Käsegebäck; ohne Agnes anzusehen, fragte sie: »Magst du ihn?«
»Schwer zu sagen. Ein einziges Mal habe ich persönlich mit ihm zu tun gehabt . . . und was heißt das, persönlich? Er hat mich in seiner Sportabteilung bedient, war redlich bemüht, hat aber die Zähne kaum auseinandergebracht.«
»Was würdest du dazu sagen, wenn Tine mit ihm ginge?«
»Ausgeschlossen. Er ist ganz und gar nicht ihr Typ. Sie fliegt nur auf Filous.«
»Aber wenn . . . was würdest du sagen?«
»Mich tät's wundern.«
Julia überwand sich und rückte mit der Wahrheit heraus. »Robsy hat sich mit ihm befreundet.«
»Ach, so ist das? Das wußte ich ja gar nicht. Deshalb also dein Interesse.«
»Ist es ungerecht, wenn ich ihn entsetzlich finde? Ist es ein Vorurteil? Würde ich jeden Mann ablehnen, der sich . . .«
»Wahrscheinlich«, erwiderte Agnes trocken.

260

»Ich würde so gerne großzügig und verständnisvoll sein,
Agnes . . . und ich bilde mir ein, ich wär's auch, wenn sie sich
nicht ausgerechnet so einen Deppen . . . nein, das ist zu hart . . .
so einen Primitivling ausgesucht hätte.«
»Aber das hat sie ja gar nicht, Liebchen. Er ist ihr zugefallen.«
»Kannst du mir erklären, was sie an ihm findet?«
»Er interessiert sich für sie.«
Julia war gerade dabei gewesen, ein Glas zu polieren; jetzt ließ
sie es sinken und sah Agnes an. »Ist das alles?«
»Es genügt. Du weißt, daß Robsy sich seit jeher schwergetan
hat, Anschluß zu finden. Wahrscheinlich, weil sie zu sehr auf
dich fixiert war . . . bitte, faß das nicht als Vorwurf auf! Aber
weil sie immer mit einer Erwachsenen zusammen war, hat sie
ihresgleichen gegenüber nicht den richtigen Ton gefunden. Die
Jungen hielten sie wohl für zickig. Und dann kommt einer, der
sich über dieses Vorurteil hinwegsetzt . . . der sich um sie bemüht . . .«
»Gut und schön, aber er müßte ihr doch auch gefallen.«
»Das tut er ja auch. Gerade weil er so ganz anders ist als du
und Ralph und auch ihr verstorbener Vater. Es hilft ihr, sich
aus den familiären Bindungen zu lösen, und das braucht sie
jetzt.«
»Warum, Agnes? Warum kann sie nicht erstmal Abitur machen,
sich um einen Studienplatz bemühen, und dann Ausschau halten nach jemandem, der wirklich zu ihr paßt?«
»Der dir zusagt, meinst du. Aber dann würde sie immer in er-
ster Linie deine Tochter bleiben, Roberta Severin, das behütete
Mädchen aus bürgerlicher Familie.«
»Wäre das so schlecht?«
»Sie möchte erwachsen werden, Schätzchen, und sie muß das
auch . . . sonst wird sie am Ende zu einem seelischen Krüp-
pel.«
»Du bist sehr hart.«
»Ich bin ehrlich . . . weil ich deine Freundin bin. Sieh dir Leo-
nore an . . . sie hat es bis heute nicht fertiggebracht, sich von ih-
rer Mutter zu lösen.«
»Leonore ist ein Sonderfall.«
»Nein. Gar nicht.«
Julia warf einen prüfenden Blick über die Beistelltische, auf de-

nen Schälchen mit Gebäck, Gläser und Aschenbecher verteilt
waren. »Du brauchst keine Angst zu haben, Agnes, ich werde
den beiden keinen Knüppel zwischen die Beine werfen. Ich
denke nicht, daß Erziehung darin besteht, die Kinder an dem zu
hindern, was sie wollen.«

»Bravo! Gut gebrüllt, Löwe.«

»Aber für mich ist es entsetzlich schwer, mir Robsy in den Armen dieses Klotzes vorzustellen . . .«

»Tu's nicht. So was ist immer scheußlich . . . selbst wenn er ein
Adonis wäre, müßte es dich schmerzen.«

»Man steckt alle Liebe, die man geben kann, in die Kinder, und
dann gehen sie nicht nur fort, ohne sich noch einmal umzudrehen, sondern sie werfen auch alle Wertmaßstäbe über den Haufen, die einem selber teuer sind.«

»So ist es eben. Damit muß man sich abfinden.«

»Ein feiner Trost.«

»Es gibt keine Wahl. Entweder hält man seine Kinder fest an der
Leine und macht sie unglücklich . . . oder man läßt sie laufen
und leidet selber.«

»Aber es muß doch auch einen Mittelweg geben. Wenn man
sich so viele Jahre liebgehabt hat, warum sollte das nicht auch
weitergehen? Auch wenn sie erwachsen werden.«

»Laß Robsy die Chance dazu! Du hast sie ja auch Ralph gegeben, obwohl's dir schwergefallen ist. Wenn der Schritt erst getan ist, werden sie sich dir . . . vielleicht . . . auch wieder zuwen-
den.«

»Aber ausgerechnet Tobby!« sagte Julia und wurde sich bewußt,
daß Agnes ihr Verhalten kindisch vorkommen mußte.

»Nenn mir einen, der dir passen würde!«

Julia ließ alle jungen Männer, die sie kannte, im Geist Revue
passieren. Dann sagte sie: »Sie ist einfach noch zu jung und zu
unreif.«

»Tobby ist nicht der Schlechteste, glaube mir. Er genießt Ansehen in den Reihen der Sportjugend, und das wird auf Robsy zu-
rückfallen. Außerdem . . . ich sagte es ja schon . . . hat er selber
mit Schwierigkeiten zu kämpfen. Er braucht ein Mädchen, das
zu ihm hält.«

»Du findest mich albern, sei ehrlich.«

»Du lieber Gott, nein. Jede Mutter macht das durch. Nur haben

die meisten noch einen Haufen Ärger und andere Probleme, so
daß es nicht so ins Gewicht fällt.«

Es klingelte an der Haustür.

»Das ist Lizi!« Julia lief in die Diele, um aufzudrücken.

Agnes kam ihr nach. »Du liebst deine Kinder seit jeher zu sehr,
Schätzchen«, sagte sie, »das ist dein einziger Fehler, und für den
mußt du büßen. Wie wär's, wenn du dein Herz mal an einen
Mann hängen würdest?«

»An wen?«

Agnes verzichtete darauf, diese Frage zu beantworten. »Eigentlich solltest du froh sein, daß es Robsy zu einem Jungen zieht.
Selbst wenn es noch nichts Endgültiges ist, so kann man doch
absehen, daß du in einiger Zeit frei sein wirst . . . frei, dein eigenes Leben zu führen.«

»Mein eigenes Leben«, wiederholte Julia mit Bitterkeit, »wenn
ich nur wüßte, was das ist.«

Die Skisaison begann, und Tobias Merkel war fast jedes Wochenende unterwegs. Julia und Roberta verfolgten in der Zeitung, im Radio und, wenn sie übertragen wurden, auch im Fernsehen die Wettkämpfe der Juniorenmannschaft.

Tobby kam nie über den siebten oder achten Rang hinaus.

»Es ist nicht seine Schuld«, verteidigte Roberta ihn, »er hat einfach Pech! Und er ist in den letzten Jahren zu rasch gewachsen.«

»Ja«, sagte Julia, »das wird's wohl sein. Armer Tobby.«

»Hör bloß auf mit deinem geheuchelten Mitleid! In Wirklichkeit freust du dich doch, daß er nicht nach vorn kommt.«

»Glaubst du das wirklich?«

»Ja! Aber wenn du dir einbildest, daß ihn das in meinen Augen
geringer macht, dann hast du dich geschnitten.«

»Ich weiß nicht, warum du immer auf mich losgehen mußt!«

»Weil du Tobby nicht magst.«

»Das ist einfach nicht wahr. In meinen Augen ist er zwar nicht
der ideale Freund für dich . . .«

»Wer wäre das denn? Robert Redford?«

». . . aber er ist bestimmt ein anständiger Junge. Er hat hart trai-
niert, das wissen wir beide. Deshalb wäre ihm ein Erfolg sehr zu
gönnen. Es wäre ja auch eine Ehre für Eysing.«

»Du mit deinem Eysing!«

Julia wußte, daß Roberta ihn in jeder seiner freien Stunden traf, und sie erhob keine Einwände dagegen. Sie selber sah ihn nur noch selten und zufällig, denn in die Wohnung kam er nicht mehr. Es fiel ihr nicht mehr schwer, freundlich zu ihm zu sein, denn sein Mißgeschick berührte ihr Herz. Sie konnte sich vorstellen, wie frustrierend es sein mußte, wenn einem als Kind die Erfolge zugeflogen waren und man nun, als fast Erwachsener, das gesteckte Ziel nicht mehr erreichen konnte.

Als Ralph zu einem seiner selten gewordenen Besuche kam, erzählte sie ihm nichts von Robertas Freundschaft. Sie wartete ab, ob das Mädchen das Thema von sich aus anschneiden würde, aber da das nicht geschah, schwieg auch sie. Ralph würde einen Jungen wie Tobby bestimmt nicht schätzen, und Julia fand es unnötig, daß seine Schwester sich deswegen noch necken lassen sollte.

Ralph war nicht mehr ganz so heiter und selbstbewußt, wie sie es von ihm gewöhnt war.

»Gibt es Ärger?« forschte Julia, als Roberta den Tisch abdeckte.

Ralph fuhr hoch. »Wie kommst du darauf?«

»Du scheinst mir leicht umwölkt zu sein.«

»Schlimm, wenn man mir das anmerkt.« Ralph versuchte ein unbekümmertes Grinsen, aber es wurde eine klägliche Grimasse daraus.

»Du brauchst natürlich nicht darüber zu sprechen, wenn du nicht willst.«

»Ich weiß. Du warst seit jeher die diskreteste aller Mütter.«

»Schwierigkeiten im Betrieb?«

»Überhaupt nicht. Abgesehen davon, daß ich mich auf meine Prüfungen vorbereiten muß . . . und die sind ein ganz schöner Otto.«

»Ach, du schaffst das schon. Dir ist das Lernen doch immer leichtgefallen. Du brauchst nur ein bißchen hinterher zu sein.«

»Das denke ich auch.«

»Und was wirst du nachher anfangen? Wenn du mit deiner Ausbildung fertig bist? Beim ABR bleiben? In einen kleineren Betrieb gehen?«

»Das ist es ja eben!« platzte Ralph heraus.

»Wollen sie dich nicht behalten?«

»Wenn ich gut abschneide schon. Aber ich möchte ein paar Jahre Reiseleiter machen ... was von der Welt sehen, so lange ich jung bin!«

»Das kann ich gut verstehen.«

Roberta, die wieder hereinkam und die letzten Worte gehört hatte, fragte: »Wer hindert dich denn daran?«

»Doktor Klinger. Albert. Er sagt, so gut wie bei ihm in München könnte ich es nirgends anders haben. Das stimmt ja auch. Aber Bequemlichkeit und Komfort, das ist doch nicht alles ... das kann doch nicht das ganze Leben sein?«

»Wäre ein bißchen wenig«, stimmte Julia zu.

»Müßte er doch einsehen«, sagte Roberta und schwang sich auf die Sessellehne der Mutter.

»Tut er eben nicht! Er ist der Meinung, Erfolg im Beruf, ein schönes Zuhause, das genügt. Reisen nur in den Ferien. Aber mir hängt das alles zum Hals heraus.«

»Mach es ihm klar«, riet Julia.

»Versuche ich ja dauernd! Aber dann gibt es Krach, und ihr wißt, wie ich Kräche hasse.«

»Wenn es dir nicht mehr paßt«, sagte Roberta, »kannst du doch einfach ausziehen. Oder bist du auf ihn angewiesen?«

»Nein, natürlich nicht.«

»Na also.«

»Julia«, sagte Ralph, beugte sich vor, nahm die Hand seiner Mutter und blickte ihr beschwörend in die Augen, »könnte ich im Notfall wieder hierher zurück? Nur wenn alle Stricke reißen?«

»Natürlich immer«, erwiderte Julia spontan, »hier ist doch dein Zuhause.«

»Ich brauche doch einen Platz, wo ich meine Siebensachen aufbewahren kann ... einen Tisch, unter den ich meine Beine strecken kann ...«

»Einen Stützpunkt für alle Fälle?« fragte Julia.

»So ähnlich. Ich werde ja nicht immer unterwegs sein.«

»Mach dir deswegen keine Sorgen. Bei uns bist du immer willkommen.«

Ralph sprang auf und umarmte Mutter und Schwester. »Wenn ich euch nicht hätte!«

»Danke, Julia!« sagte Roberta, als er sich verabschiedet hatte.
Sie standen beide am offenen Fenster seines ehemaligen Zimmers und winkten ihm nach.
»Wofür?«
»Daß du ihm nichts verraten hast . . . von mir und Tobby.«
»Ich sehe zwar keinen Grund, ein Geheimnis daraus zu machen, aber sein Interesse an unserem Privatleben ist nicht so stark, daß ich es ihm auf die Nase binden wollte.«
»Du hast dich wieder von ihm überfahren lassen.«
»So? Habe ich?«
»Ja. Er hat uns seinerzeit Knall und Fall verlassen. Es besteht gar kein Anlaß, daß wir ihn wieder bei uns aufnehmen, wenn er mit seinem Freund nicht zurechtkommt.«
»Aber sein Zimmer steht sowieso leer.«
»Darum geht's doch gar nicht. Du solltest ihn so gut kennen wie ich. Er wird wieder nur sporadisch hier auftauchen, uns Andenken aus aller Welt mitbringen und von dir erwarten, daß du ihm seine Wäsche tadellos in Ordnung hältst. Unentgeltlich, versteht sich.«
»Na, schließlich bin ich keine Waschfrau.«
»Du läßt dich ausnutzen.«
»Warten wir's ab.«

Im Frühjahr kehrte Tobby ohne Trophäen in sein Alltagsleben zurück; es war fraglich, ob er wieder in die Mannschaft aufgenommen werden würde. Das war doppelt tragisch für ihn, weil Tanja Herz, ein Skimädchen aus Bad Eysing, im Slalom den ersten und im Abfahrtslauf den zweiten Platz gewonnen hatte und in ihrer Heimatstadt mit großem Tamtam als Siegerin empfangen und gefeiert wurde.
»Sie haben Pech gehabt, ich weiß«, sagte Julia, als er einmal erschien, um Roberta abzuholen, »machen Sie sich nichts draus, Tobby.«
Er schwieg mit düsterem Gesicht und drehte seine Kappe in den Händen.
»Es gibt noch andere Dinge außer Skifahren«, fuhr Julia fort, »vielleicht wird das Leben viel schöner für Sie, wenn Sie es jetzt nur noch als Sport betreiben können . . . ganz ohne falschen Ehrgeiz.«

»Es ist nichts falsch daran«, sagte Tobby.

»Stecken Sie sich ein anderes Ziel!«

»Ich gebe niemals auf.«

»Oje! Aber wenn Sie ein bestimmtes Alter erreicht haben, müßten Sie es doch aufgeben ... in jedem Fall.«

»Bis dahin mache ich weiter.«

Er war stur wie ein Maulesel. Julia ärgerte sich ein bißchen über ihn, mußte ihn aber doch bewundern.

»Wenn Sie Ihren Ehrgeiz auf eine andere Laufbahn werfen würden, könnten Sie eine Menge erreichen«, sagte sie noch, aber sie wußte, daß ihre Worte in den Wind gesprochen waren.

Am Abend lag sie noch lange wach. Sie hörte Roberta nach Hause kommen, wollte sie aber nicht zu sich hereinrufen, um ihr nicht das Gefühl zu geben, daß sie ihr nachspionierte. Aber sosehr sie auch wünschte, daß das Mädchen von selber käme, sie tat es nicht. Julia hörte, wie sie sich am Eisschrank zu schaffen machte, im Bad rumorte und wie dann die Tür ihres Zimmers hinter ihr zufiel.

Mit einem Seufzer knipste sie das Licht aus.

Wochen später merkte Julia, daß Roberta sehr nervös war, oft ohne Appetit und dann wieder mit Heißhunger aß.

»Was ist eigentlich los mit dir?« fragte sie, als Roberta eines Mittags eine ihrer Lieblingsspeisen kaum anrührte.

»Was soll sein?« war die ausweichende Antwort.

»Das frag' ich dich!«

Roberta schwieg.

»Ärger mit Tobby?«

»Das würde ich gerade dir erzählen.«

»Robsy«, sagte Julia und streckte die Hand nach ihr aus, »ich bin immer noch deine Freundin.«

Das Mädchen blieb stumm.

»Ich gebe zu, anfangs gefiel Tobby mir nicht besonders ... er hat ja auch nicht gerade eine gute Figur gemacht.«

»Du hast ihn eingeschüchtert ... du mit deinem damenhaften Getue! Wenn wir allein sind, ist er ganz anders.«

»Das glaube ich dir sogar. Er ist ein feiner Kerl, nicht wahr?«

»Ja, das ist er.«

»Also kein Streit?«

»Nein.«

»Dann verstehe ich nicht, warum du mit einem solchen Gesicht herumläufst. In der Schule ist doch auch alles in Ordnung. Deine letzten Arbeiten waren gut. Oder ist etwas passiert, was ich nicht weiß?«

»Nein.«

»Also gut, Robsy, dann behalt es für dich. Ich hoffe nur, daß du dann auch allein damit fertig wirst.« Julia stand auf und räumte den Tisch ab; mit dem Rücken zu Roberta ließ sie heißes Wasser in das Spülbecken laufen.

»Julia!« – Es klang stockend und doch wie ein Hilferuf.

Sie drehte sich nicht um, weil sie Roberta das Reden erleichtern wollte.

»Meine Tage sind nicht gekommen.«

Julia blieb stehen, ohne sich zu rühren. Als Roberta es aussprach, wußte sie, daß sie es erwartet hatte. Dennoch traf es sie wie ein Schock. Ihre Gedanken arbeiteten blitzschnell. Jetzt nur keine Vorwürfe machen, dachte sie, dafür ist es zu spät. Sachlich bleiben, um jeden Preis, Verständnis zeigen. O Gott, was für eine Katastrophe!

»Seit wann sind sie überfällig?« fragte sie und konnte nicht verhindern, daß ihre Stimme gepreßt klang.

»Seit vierzehn Tagen.«

»Das kann alle möglichen Ursachen haben!« Julia drehte den Wasserhahn ab und begann mechanisch die Teller abzuspülen. »Aufregung zum Beispiel, eine leichte Infektion, auf die wir gar nicht geachtet haben . . .«

»Ich weiß, was mit mir los ist!« brach es aus Roberta heraus.

»Wissen kannst du gar nichts, bevor wir nicht einen Test gemacht haben. Ich werde Agnes bitten, das Zeugs aus der Apotheke zu besorgen.«

»Aber dann weiß sie Bescheid!«

»Besser Agnes, als die ganze Stadt. Agnes kann den Mund halten.«

»Aber könntest du nicht . . .«

»Ich bitte dich, Robsy, denk nach!«

»Also gut. Dann Agnes. Aber es wird nichts nutzen.«

»Und Tobby? Weiß er es?«

»Soll ich es ihm sagen?«

»Sicher. Es ist sein Kind so gut wie deins . . . wenn es ein Kind ist.«

»Aber was soll ich tun? Was fange ich jetzt bloß an?«

Julia trocknete sich die Hände ab, obwohl sie mit dem Spülen noch nicht fertig war, und setzte sich zu ihrer Tochter an den Küchentisch. »Laß uns mal überlegen . . .«

»Aber ich kann das Kind nicht bekommen! Ich will es nicht! Was soll ich mit einem Kind anfangen? Alle meine Pläne . . .«

»Das siehst du zu schwarz, Robsy. Das Abitur kannst du machen, auch mit Kind. Vielleicht nicht gerade in Eysing, hier wär's ein Spießrutenlaufen. Aber wir können ja wegziehen.«

»Du würdest Eysing aufgeben, . . . meinetwegen?«

»Ich habe dir schon oft erklärt, daß du mir wichtiger bist als alles andere!«

»Ach, Julia!«

»Du könntest das Kind aber auch bekommen, ohne daß jemand davon etwas erfahren muß. Bis zu den Sommerferien merkt man bestimmt noch nichts, dann könnten wir verreisen. Du kriegst das Kind, bleibst vielleicht einen oder zwei Monate der Schule fern und gibst es zur Adoption frei. Ich könnte es übrigens auch adoptieren . . . Ja, ich glaube, das wird das beste sein! Ich adoptiere es und ziehe es auf, und du brauchst dich doch nicht von ihm zu trennen.«

»Nein«, sagte Roberta.

Julia sah ihre Tochter an.

»Dann würde ich ja noch abhängiger von dir«, sagte Roberta, »abhängig auf ewig.«

Der Hieb traf Julia so unversehens, daß ihr Gesicht sich schmerzlich verzog.

»Es stimmt«, sagte Roberta, »es gab mal eine Zeit, wo ich mir nichts sehnlicher gewünscht hätte, als immer mit dir zusammenzubleiben. Aber das waren doch nur Kindereien. Tut mir leid, Julia, ich hoffe, du hast es nie ernst genommen.«

»Jetzt willst du also fort?« fragte Julia.

»Nicht sofort, aber irgendwann doch mal. Ich habe doch ein Recht auf mein eigenes Leben.«

»Gewiß«, sagte Julia und mußte sich beherrschen, ihr nicht vorzuhalten, daß es genau das war, was ihre Tochter ihr nie zugestanden hatte.

»Wenn du das Kind nimmst«, sagte Roberta, »müßte ich dir ewig dankbar sein.«

»Aber du könntest mich trotzdem . . . verlassen. Ich bin ja bereit, die Verantwortung zu übernehmen.«

»Dabei käme ich mir schäbig vor.«

»Aber nicht, wenn du es wegmachen läßt? Darauf läuft doch wohl alles hinaus.«

»Du verstehst mich nicht, Julia?«

»Doch. Sehr gut sogar. Das Kind bedeutet für dich eine Belastung. Du willst es nicht haben.«

»Und? Was ist dabei? Abtreibung ist jetzt doch sogar erlaubt!«

»Trotzdem widerstrebt es mir, ein Kind einfach über den Jordan zu werfen, nur weil man es nicht brauchen kann. Zumal wir durchaus die Möglichkeit hätten, es aufzuziehen. Ich bin bereit dazu.«

»Aber, Julia!« schrie Roberta. »Was redest du da!? Ich bin doch noch viel zu jung, um ein Kind zu haben!«

»Wieso denn das? Wenn es auf die Welt kommt, wärst du siebzehn . . . in diesem Alter war ich schon verheiratet.«

»Du hast Ralph erst mit achtzehn bekommen!«

»Ein Jahr her, ein Jahr hin, was macht das schon?«

Roberta schwieg nachdenklich.

»Komm«, sagte Julia, »trinken wir ein Glas Sherry zusammen. Das wird dir guttun.« Sie ging ins Wohnzimmer hinüber, um Flasche und Gläser zu holen.

Als sie zurückkam, saß Roberta, genau wie sie sie verlassen hatte, am Küchentisch, die Ellbogen aufgestützt, das Kinn auf den Fäusten.

»Wie auch immer«, sagte Julia, »mach dir nicht zuviel Gedanken. Irgendwie werden wir auch damit fertig werden. So oder so, oder noch anders.« Sie goß die goldgelbe Flüssigkeit in die kleinen Gläser.

»Du fragst gar nicht, wie es passieren konnte.«

»Das ist doch jetzt ganz unerheblich. Übrigens kann ich es mir denken: Du wolltest ihn trösten.«

»Sein Selbstbewußtsein stärken, ja! Woher weißt du?«

»Ich kenne dich ziemlich gut, Liebling.«

»Und du machst mir keine Vorwürfe?«

»Die kämen zu spät.« Julia setzte sich wieder zu ihrer Tochter und nippte an ihrem Glas. »Trink, Liebling, damit du wieder Farbe ins Gesicht bekommst.«

Roberta tat es. »Meinst du, wir sollten heiraten?«

»Nein!« erwiderte Julia spontan.

»Und warum nicht?« Robertas graue Augen blitzten. »Du warst ja selbst nicht viel älter als ich heute . . .«

»Aber dein Vater! Er war zehn Jahre älter als ich und ein Mann in guter Position.«

»Wenn ich das schon höre!«

»Er war in einem Alter, in dem ein Mann ans Heiraten zu denken beginnt. Tobby ist noch lange nicht soweit.«

»Er ist mündig!«

»Na, wennschon. Mündig ist noch lange nicht erwachsen.«

»Für das Kind wäre es bestimmt das beste, wenn es bei Vater und Mutter aufwächst. Von einer Großmuttererziehung halte ich gar nichts.«

Darauf mochte Julia nicht eingehen.

Roberta nahm einen kräftigen Schluck. »Ich werde mit Tobby sprechen«, erklärte sie.

»Tu das. Auf alle Fälle.«

»Wir könnten doch im Notfall bei dir wohnen? Ich meine . . . hier ist doch Platz genug?«

»Das freie Zimmer gehört Ralph.«

»Ach, der kann doch mal zurückstehen, wenn es um ein Baby geht . . . der hat lange genug an deinem Rockzipfel gehangen!«

»Er würde es sicher einsehen«, sagte Julia.

»Na also. Damit wäre das Problem ja schon gelöst.« Roberta sprang auf. »Wie wir uns einrichten, müssen wir dann noch überlegen. Wichtig ist, daß das Baby, Tobby und ich überhaupt ein Dach über dem Kopf haben.« Sie lief um den kleinen Tisch herum zu ihrer Mutter, legte den Arm um sie und küßte sie auf die Wange. »Ich bin so froh, daß ich mit dir gesprochen habe!«

»Ist schon gut, Liebling.«

»Du würdest doch auf das Baby aufpassen? Ich meine, nur vorläufig . . . damit ich weiter zur Schule gehen kann.«

»Ja, willst du das denn noch?«

»Unbedingt! Nicht, daß ich es nötig hätte . . . Ich meine, Tobby wird genug Geld verdienen. Wenn er fertig mit der Lehre ist, wird er Substitut und später Abteilungsleiter. Vielleicht geht er auch in den Einkauf.«

»Das habt ihr also alles schon besprochen?«

»Nur so. An ein Baby haben wir dabei natürlich nicht gedacht.« Roberta wandte sich zur Tür. »Ich werde es ihm gleich sagen.«

»Seid ihr denn verabredet?«

»Nein. Ich lauf' rasch zu ihm und sage ihm, daß ich mich nach Ladenschluß mit ihm treffen will.«

»Komm dann aber gleich zurück, und mach dann erst mal deine Hausaufgaben.«

»Hausaufgaben! Wer denkt denn in einer solchen Situation an so was!«

»Ich dachte, daß du weiter zur Schule gehen willst . . .«

»Ach, Julia, wenn erst das Baby unterwegs ist, was glaubst du, wie gnädig die zu mir sein werden!« Roberta wirbelte zur Tür.

Julia staunte, wie schnell die Verzweiflung ihrer Tochter in ein Hochgefühl umgeschlagen war. »Moment mal, Robsy!« rief sie ihr nach.

Roberta drehte sich auf der Schwelle um. »Ja?«

»Setz ihm nicht zu hart zu! Das vertragen Männer nicht.«

»Hast du eine Ahnung!«

Eine Stunde später machte sich Julia auf den Weg in die Stadt. Es widerstand ihr, über Robertas Angelegenheiten zu sprechen, und das, bevor noch irgend etwas entschieden war. Aber es schien ihr unumgänglich.

Mit Überwindung öffnete sie die Tür zu Kasts Installationsgeschäft. Agnes war dabei, einen älteren Herrn zu beraten, der eine neue Armatur für seine Badewanne bestellen wollte. Sie konnte Julia nur flüchtig zulächeln.

Ein junger Mann in grauem Kittel kam auf sie zu und fragte nach ihren Wünschen.

»Nein, danke«, sagte Julia, »ich warte.«

Das Gespräch zwischen Agnes und dem Kunden zog sich hin; Julia fühlte, daß sie blaß wurde. Endlich ging er.

»Armes Schätzchen!« Agnes umarmte die Freundin. »Diese Leute sind manchmal umständlich! Ich bin nur froh, daß ich nicht in einer Kurzwarenabteilung arbeiten muß!«

Julia rang sich ein Lächeln ab. »Ich bewundere deine Geduld.«

»Die muß man schon haben, wenn man etwas verkaufen will.«
Sie wandte sich an den jungen Mann. »Philipp, du bleibst im
Laden . . . wenn Kundschaft kommt, dann klingelst du.« Sie
zog Julia an den Verkaufstischen vorbei in ein Hinterzimmer.
Der Raum war nicht klein, aber die Wände waren voller Regale,
in denen verschiedenfarbige Ordner standen, und auf dem Bo-
den stapelten sich ungeöffnete Kartons, so daß gerade noch
Platz für einen mit Papieren übersäten Schreibtisch und zwei
Bürostühle blieb. »Scheußlich, was?« sagte Agnes entschuldi-
gend. »Ich koche uns rasch einen Kaffee, ja?«
»Kaffee ist immer gut.«
»Setz dich, bitte!« Agnes drehte Wasser über einem kleinen
Waschbecken auf, füllte einen Topf damit und stellte ihn auf ei-
nen elektrischen Kocher. »Was ist los?« fragte sie. »Ich nehme
doch nicht an, daß du mir nur guten Tag sagen willst . . . Das
könntest du zu Hause leichter haben.« Sie stellte zwei Tassen
auf die zerschrammte Schreibtischplatte und tat je einen Löffel
Pulverkaffee hinein.
»Nein«, sagte Julia und nahm zögernd Platz.
»Was . . . nein?«
»Ich bin nicht nur so vorbeigekommen.«
»Also . . . was hast du auf dem Herzen? Sag's rasch. Wer weiß,
wie lange wir ungestört bleiben.«
»Ich möchte, daß du mir so einen E-Test oder B-Test oder wie
das heißt, besorgst . . . so einen Test, mit dem man feststellen
kann, ob man schwanger ist.«
Agnes blickte die Freundin an. »Doch nicht für dich?«
»Nein.«
»Dann für Robsy.«
»Das ist doch egal.«
»Für Robsy also! Eine schöne Scheiße! Und ich zittere dauernd,
daß mit Tine so was passiert!«
Julia hatte das Gefühl, sich verteidigen zu müssen. »Ich habe ihr
geraten, zum Arzt zu gehen . . . damals, als die Geschichte mit
Tobby anfing.«
»Aber sie hat natürlich nicht auf dich gehört. Typisch Robsy. Du
wirst also mit ihr in die Tulpen fahren müssen.«
Julia verstand nicht sofort.
»Zu einem legalen Schwangerschaftsabbruch möchte ich dir

nämlich nicht raten«, sagte Agnes, »das wäre viel zu umständlich, dauert endlos, und man kann nicht sicher sein, ob nicht doch etwas durchsickert. Also pack deine Tochter und fahr mit ihr nach Holland oder auch nach London. Adressen kann ich dir beschaffen.«

»Ich finde, sie soll selber entscheiden, ob sie das Kind haben will.«

»Du mußt verrückt sein! Weißt du, was du da sagst?«

»Durchaus.«

»Sie soll also das Kind kriegen, wenn sie will?«

»Ja.«

»Aber ... von eurem Ruf mal ganz abgesehen ... an wem würde die ganze Arbeit und die Plackerei hängenbleiben? Doch natürlich an dir!«

»Ich könnte leicht noch ein Kind aufziehen.«

»Ja, hast du denn immer noch nicht genug! Wo Ralph jetzt endlich erwachsen ist und es bei Robsy auch nicht mehr lange dauern kann!«

Julia knetete ihre Finger. »Robsy würde es mir nie verzeihen, wenn ich sie zwänge ...«

»Das brauchst du ja gar nicht! Du brauchst ihr nur die Situation klarzumachen, und sie wird schon spuren!«

»Tut mir leid, Agnes, ich weiß, du mußt mich für eine Verrückte halten, aber ich ... ich brächte es nicht übers Herz.«

»Niemand kann doch von dir verlangen, daß du den Unsinn ausbadest, den Robsy angestellt hat!«

»Ich denke nicht nur an Robsy, Agnes, sondern auch an das Kind. Es kann doch nichts dafür.«

»Das ist eine hochphilosophische Frage, ob man was dafür kann, wenn man auf die Welt kommen will!« Das Wasser kochte, und Agnes schüttete es in die Tassen. »Sahne habe ich leider nicht ... nur Zucker.«

»Danke, ich trinke ihn schwarz.«

Agnes setzte sich hinter den Schreibtisch, warf ein Stück Zucker in die Tasse und begann zu rühren. »Wie stellst du dir die Sache überhaupt vor?«

»Wir könnten wegziehen.«

»Nur nicht! Tu mir das nicht an!«

»Ich habe noch gar keine festen Vorstellungen, und ich will sie

mir auch noch nicht machen. Bloß, daß ich das Kind nicht umbringen lassen will, wenn Robsy nicht selber darauf besteht.«
»Umbringen! Wie du das sagst. Als wenn es schon lebendig
wäre, dabei ist es jetzt doch noch weniger als ein Nichts.«
»Es hat gar keinen Zweck, darüber zu reden, Agnes. Mein Entschluß steht fest, und ich werde es ja auch sein, der die Folgen
tragen muß . . .«
»In erster Linie doch wohl Robsy! Nein, stimmt nicht, ich
nehme alles zurück. Du wirst ihr alles abnehmen, ich kenne
dich ja, das Gör am Ende sogar noch adoptieren. Lieber Himmel, du machst es deinen Kindern leicht! Laß sie doch endlich
selber mal die Verantwortung tragen! Mach Robsy klar, daß sie
sich alleine um ihr Wurm kümmern muß . . . Du wirst sehen,
wie rasch die ab nach Holland ist.«
Julia führte ihre Tasse an die Lippen, aber sie merkte, daß der
Kaffee noch zu heiß war, und setzte sie wieder ab. »Besorgst du
mir den Test, Agnes? Oder . . . wenn es dir peinlich ist . . .«
»Mir?« Agnes lachte auf. »Aber warum denn? Sollen die Leute
doch ruhig glauben, daß mein Alter noch mit mir schläft.«
»Tut er es denn nicht mehr?«
»Seit er aufgehört hat fremdzugehen, hat er alle diesbezügli-
chen Aktivitäten eingestellt. Da kann man nichts machen. Ich
will auch gar nicht behaupten, daß ich besonders traurig darüber bin. Wenn man jung ist, macht's Spaß . . . Aber auf die
Dauer und immer mit demselben wird's doch reichlich fad.
Magst du eine Zigarette?«
»Ja, gerne.« Julia war überzeugt, sich heute eine verdient zu haben.
Die Freundinnen rauchten, tranken ihren Kaffee und schwatz-
ten, und als Julia ging, fühlte sie sich, wie immer, wenn sie mit
der Freundin gesprochen hatte, sehr viel besser. Sie wußte, daß
Agnes sie, auch wenn sie ihre Ansichten nicht teilte, doch verstand und immer bereit sein würde, ihr mit Rat und Tat zu helfen.

Am Abend kam Roberta nicht zum Essen, aber damit hatte Julia
auch nicht gerechnet. Im ersten Programm wurde ein amerikanischer Spielfilm gebracht, den Julia schon kannte, den sie sich
aber zusammen mit ihrer Tochter noch einmal angesehen hätte.

Allein vor dem Fernseher kam sie sich dumm und verlassen vor, das wußte sie aus Erfahrung, und schaltete ihn deswegen erst gar nicht ein. Statt dessen bügelte sie einige Blusen. Nicht, weil es notwendig gewesen wäre – sie hätte am nächsten Tag Zeit genug dazu gehabt –, sondern um sich zu beschäftigen. Auf ein Buch konnte sie sich nicht konzentrieren.

Sie war froh, daß Agnes heraufkam und ihr die Schachtel mit den Teststreifen brachte. Agnes, die die Unruhe der Freundin spürte, blieb eine Weile. Sie tranken eine Flasche Wein und plauderten über die gleichen Dinge, über die sie immer zu sprechen pflegten: Männer, Kinder, den Garten, Rezepte und darüber, was sich im Ort tat. Ihr Gespräch drehte sich im Kreis, und es kam nichts Neues dabei heraus, aber es wirkte entspannend auf Julia.

Als das Telefon klingelte, erschrak Julia. »Zu dumm«, sagte sie, ärgerlich über ihre eigene Nervosität, stand auf, nahm den Hörer ab und meldete sich.

»Frau Severin«, sagte eine tiefe, sehr männliche Stimme, »wie schön, daß ich Sie erreiche!«

»Wer spricht denn dort?« fragte sie irritiert und ahnte doch schon, wer er sein könnte.

»Johannes Herder.«

Ein atemloses kleines Schweigen entstand.

»Woher haben Sie denn meine Nummer?« fragte Julia. »Woher wissen Sie überhaupt, wo ich wohne?«

Er lachte. »Ich habe Detektivarbeit geleistet, da staunen Sie, was?«

»Was wollen Sie von mir?«

»Sie wiedersehen! Ist das so schwer zu erraten?«

»Tut mir leid. Ich habe überhaupt keine Zeit.«

»Ich könnte Sie besuchen.«

Sofort dachte Julia an Roberta. »Nein, nein, nur das nicht!« sagte sie rasch.

»Und warum nicht? Haben Sie einen eifersüchtigen Mann?«

»Ich dachte, Sie hätten mich ausspioniert.«

»So genau weiß ich nun auch nicht Bescheid. Wann sehen wir uns?«

»Herr Herder, es tut mir leid . . .«

Er fiel ihr ins Wort. »Wahrhaftig? Das läßt mich hoffen!«

»Ich habe den Kopf voller Sorgen . . .«

»Ich könnte Ihnen helfen, damit fertig zu werden.«

»Nein, nein, das können Sie nicht.«

»Lassen Sie's mich versuchen.«

»Nein.«

»Sind Sie allein?«

»Nein.« Aus dem Wunsch heraus, nicht allzu unhöflich zu sein, fügte sie hinzu: »Eine Freundin ist bei mir.«

»Ah, so. Wann kommen Sie wieder nach München?«

»Überhaupt nicht. Jedenfalls nicht in absehbarer Zeit.«

»Ich gebe Ihnen trotzdem meine Adresse . . .«

»Nicht nötig. Sie glauben doch nicht im Ernst, ich würde Sie besuchen?«

»Dann wenigstens meine Telefonnummer.«

»Ich werde Sie auch nicht anrufen.«

»Wenn Sie es sich anders überlegen . . . ich stehe im Telefonbuch.«

»Das interessiert mich nicht.«

»Sind Sie immer so kratzbürstig? Oder hängt das nur mit Ihren Problemen zusammen?«

»Bitte, lassen Sie mich in Frieden.«

»Hören Sie, Julia, legen Sie jetzt nicht auf . . . hören Sie mir noch eine Sekunde lang zu! Ich bin so ziemlich jeden Nachmittag um drei herum im ›Café Rialto‹ auf der Leopoldstraße. Dort trinke ich immer meinen Espresso. Sie wissen also, wo Sie mich finden können . . . falls Sie es sich doch noch überlegen . . .«

»Bestimmt nicht, Herr Herder!« behauptete Julia und legte auf. Langsam kehrte sie zum Tisch zurück.

»Ich weiß, es gehört sich nicht, dich jetzt auszuquetschen«, sagte Agnes, »aber ich bin neugierig. Wer war das? Dieser Herr Herder?«

»Das ist kein Geheimnis«, sagte Julia und erzählte.

»Klingt doch sehr verheißungsvoll«, meinte Agnes, als sie geendet hatte, »warum warst du so schroff? Er scheint doch ernsthaft interessiert, sonst hätte er nicht . . .«

»Ach, Agnes, Agnes, verstehst du mich so wenig? Es gibt nichts, an dem mir weniger gelegen wäre, als eine Bekanntschaft zu machen!«

»Im Moment mag das stimmen. Aber es kommen auch wieder andere Zeiten. Du solltest ihn dir warmhalten.«

»Ich denke ja nicht daran.«

Agnes hätte sich gern noch länger über den neuen Verehrer unterhalten. Aber Julia winkte ab; es stand ihr nicht der Kopf danach.

Als Agnes gegangen war, machte sie sich für die Nacht fertig, früher als gewöhnlich, denn sie wollte in ihrer Tochter nicht den Eindruck erwecken, daß sie sie abzupassen suchte. Ihren Roman legte sie bald zur Seite, aber sie ließ die Nachttischlampe brennen und dachte nach, die Hände hinter dem Kopf verschränkt.

Obwohl sie sich nichts hatte anmerken lassen, hatte sie in Robertas Schwangerschaft zuerst eine Katastrophe gesehen, die ihre kleine, festgefügte Welt zum Einsturz zu bringen drohte. Robertas Idee, Tobby zu heiraten, war ihr absurd erschienen. Aber jetzt, nachdem sie etwas Abstand gewonnen hatte, beurteilte sie die Situation anders. Tobby war, was immer man gegen ihn sagen mochte, ein anständiger Junge. Eine Heirat würde die Dinge, wenigstens nach außen hin, in Ordnung bringen. Die Ehe mochte für die nächsten Jahre sogar gutgehen. Meist scheiterten ja allzu junge Eheleute daran, daß zu wenig Geld da war, daß sie keine Wohnung hatten oder weil die Eltern sie fallenließen. Julia war fest entschlossen, den beiden solche Schwierigkeiten zu ersparen. Sie würde versuchen, ihnen eine kirchliche Trauung auszureden. Das Standesamt genügte vollkommen, damit sie sich nicht später, wenn es dann doch zum Bruch kommen sollte, den Weg in die Zukunft total verbaut hatten.

Natürlich würde die Wohnung so umgestellt werden müssen, daß sie dem jungen Paar nicht dauernd über den Weg lief. Am besten würde sie Ralphs Zimmer übernehmen; der Raum war groß genug, um eine Dusche einzubauen, vielleicht auch eine Kochnische, wenn sie auch davon ausging, daß Roberta, wenigstens vorläufig, nicht für ihren Mann würde kochen wollen. So würden Roberta und Tobby zwei Räume, Bad und Küche für sich haben. Im Wohnzimmer würde man sich treffen können, wenn man Lust dazu hatte. Wie sich das Zusammenleben entwickeln würde, war nicht vorauszusehen; man mußte es abwarten. Mit den schönen Stunden vertrauter Zweisamkeit von Mutter und Tochter würde es jedenfalls vorbei sein, aber das war nicht wichtig. Wichtig war nur, daß Roberta der Absprung in ein neues Leben gelang.

Julia war erleichtert, daß sie wenigstens die Schule weiterma- chen wollte. Falls die Ehe funktionierte, würde es nicht scha- den, wenn sie das Abitur hatte. Falls es schiefging, hatte sie sich dann doch die Voraussetzung für eine gute Berufsausbildung oder ein Studium geschaffen.

Vielleicht würde sie dann froh sein, daß jemand da war, der sich um das Kind kümmerte. Andernfalls, wenn alles gut lief und die jungen Leute sich verstanden und Tobby genügend verdie- nen würde, um seine Familie zu ernähren, würde sie, Julia, aus der Akazienallee ausziehen. Jetzt schon fühlte sie sich bei dem Gedanken, mit Roberta, Mann und Kind unter einem Dach le- ben zu müssen, reichlich überflüssig.

Aber es war wohl das Los der Mütter, eines Tages überflüssig zu werden. Es half nichts, sie würde sich damit abfinden müs- sen. Das Bewußtsein, daß ihre Kinder endlich ihren eigenen Weg gefunden hatten, würde ihr dabei helfen.

Aber war da nicht auch noch Ralph? Offensichtlich verlief doch das Zusammenleben mit seinem Freund nicht so harmonisch, wie er es sich vorgestellt hatte. Wahrscheinlich ließ dieser Dok- tor Klinger ihm nicht so viel Freiheit, wie ein Junge wie Ralph sie brauchte.

Julia kam der Gedanke, für sich und Ralph eines Tages in Mün- chen eine kleine Wohnung zu mieten. Aber so verlockend er auch war, sie verwarf ihn sofort wieder. Ralph sollte frei sein, sie wollte sich nicht an ihn klammern, durfte ihn nicht durch ihre mütterliche Fürsorge ködern.

Was also sollte aus ihr selber werden, wenn Roberta sie nicht mehr brauchte? Sie wußte es nicht, wollte sich auch jetzt noch nicht den Kopf darüber zerbrechen. Erst mußte das Leben ihrer Kinder in Ordnung kommen, dann würde es wohl auch für sie an der Zeit sein, an sich selber zu denken.

Julia wollte gerade die Lampe ausknipsen, als sie den Schlüssel in der Wohnungstür hörte. Lauschend hielt sie in der Bewe- gung inne, dann ließ sie sich wieder zurücksinken und wartete ab. Roberta bewegte sich nicht gerade leise, ihre Schritte hall-

ten, Türen knallten. – Rücksichtslos! schoß es Julia durch den
Kopf. Aber dann begriff sie, daß das Mädchen erregt war, ent-
weder wütend oder glücklich, und daß sie im Moment nichts
weniger interessierte als die Ruhe der Mutter.
Die Schritte zögerten vor ihrem Zimmer.
Julia konnte sich nicht länger zurückhalten. »Hallo, Robsy!« rief
sie, leise genug, daß Roberta vorgeben konnte, sie nicht gehört
zu haben, wenn sie nicht mit ihr sprechen wollte.
Die Tür wurde geöffnet, und Roberta steckte den Kopf herein.
»Bist du noch wach?«
»Sieht ganz so aus.«
Roberta stürmte herein und ließ sich auf das Bett plumpsen.
»Ach, Julia, so eine Gemeinheit! Nie hätte ich ihm das zuge-
traut!«
»Hat er es nicht gut aufgenommen?« fragte Julia behutsam.
»Nicht gut?« wiederholte Roberta. »Das dürfte die Untertrei-
bung des Jahrhunderts sein!«
»Erzähl doch, Liebling! Natürlich nur, wenn du magst.«
»Es ist aus«, erklärte Roberta mit tragisch verdüsterter Miene.
»Ihr habt euch beide aufgeregt und . . .«
»Wenn es nur das wäre! Weißt du, was er mir an den Kopf ge-
worfen hat?«
»Nein.«
»Warum ich nicht die Pille genommen hätte! Alle Mädchen
nähmen heutzutage die Pille!«
»Die meisten wahrscheinlich.«
»Er wäre ganz sicher gewesen, sonst hätte er sich gar nicht mit
mir eingelassen, und ich hätte es ihm wenigstens sagen müs-
sen.«
»Damit hat er nicht ganz unrecht, Liebling.«
»Jetzt fängst du auch noch damit an!«
»Ich bemühe mich nur, Tobby Gerechtigkeit widerfahren zu las-
sen.«
»Gerechtigkeit! Ist es denn etwa gerecht, daß ich jetzt die Ge-
schichte allein ausbaden soll? Du hast doch selber gesagt, daß
es sein Kind ist so gut wie meins.«
»Vielleicht wird es gar keins, vielleicht war alles nur blinder
Alarm. Agnes hat jedenfalls den Test besorgt, und du kannst
gleich morgen früh . . .«

280

»Ich kriege ein Baby, ich weiß es! Das heißt natürlich: Ich darf
es nicht kriegen, Tobby will es nicht haben. Er sagt, er kann es
sich nicht leisten, für einen Bankert zu zahlen . . . Bankert! Das
hat er wörtlich gesagt!«
»Wenn du das Kind wirklich haben willst, brauchst du nicht
seine Erlaubnis. Wir bringen das schon allein über die Runden,
und zahlen muß er, ob er will oder nicht.«
»Ich will aber kein Kind ohne Vater. Ich weiß ja selber am besten, wie das ist. Ich bin ja auch so aufgewachsen.« Plötzlich
schien sie zu begreifen, daß sie zu weit gegangen war, und sie
sagte rasch: »Natürlich kannst du nichts dafür, Julia, ich mache
dir keinen Vorwurf . . .«
»Danke!«
»Nun fang bloß nicht wieder an, sarkastisch zu werden! Es ist
doch wahr, daß zu einer richtigen Familie auch ein Vater gehört.
Wenigstens war ich ja ehelich . . . aber die Kinder, die Väter hat-
ten, waren eben doch immer besser dran.«
»Darf ich dich daran erinnern, wie sehr du dich gegen jede neue
Verbindung gesträubt hast?«
»Was Besseres fällt dir wohl nicht ein! Klar, daß ich keinen
Stiefvater wollte . . . Wer will das schon? Nach meinem richti-
gen Vater habe ich mich gesehnt, und ich will nicht, daß mein
Kind dasselbe durchmachen muß.«
»Arme Robsy!«
»Ich brauche dein Mitleid nicht! Ich weiß, du hast das Beste für
uns getan, das leugne ich ja auch gar nicht. Vielleicht habe ich
auch ein bißchen übertrieben mit meiner Sehnsucht nach Vater.
Das war nur manchmal. Aber kannst du denn nicht begreifen,
daß ich es schauerlich fände, wenn du und ich und dazu noch
ein kleines Mädchen . . . nach alledem wird's bestimmt kein
Junge werden, dessen bin ich sicher . . . wenn wir unser weiteres Leben immer aneinandergekettet wären? Großmutter, Mutter und Kind . . .«
». . . in dumpfer Stube beisammen sind!« ergänzte Julia aus
dem Gedicht, das auch sie früher einmal gelernt hatte. »Jedenfalls können wir die Wohnung lüften«, fügte sie mit Galgenhu-
mor hinzu.
»Ach, Julia, daß du alles immer ins Komische ziehen mußt!«
»Das ist mir noch nie bewußt geworden, Liebling. Jeden-

falls nehme ich dein Problem ganz ernst. Was soll also geschehen?«

»Das Kind muß weg.«

»Aha.«

»Jetzt sieh mich nicht so an, als wenn ich ein Ungeheuer wäre! Ich kann mir ein Kind nicht leisten, das weißt du ganz genau ... noch dazu ein Kind von einem solchen Schuft! Ich hasse Tobby, daß du es nur weißt, und es steigt mir die Galle hoch bei dem bloßen Gedanken, daß ich ausgerechnet von ihm ein Kind bekommen soll.«

»Ich verstehe. Du hast dich also entschieden. Dann brauchen wir gar nicht weiter darüber zu reden.«

Roberta blieb einen Augenblick ganz still. Dann sagte sie mit veränderter Stimme: »Jetzt verachtest du mich, Julia.«

»Warum sollte ich?«

»Weil du dich immer, ohne zu klagen, mit uns zweien abgeplagt hast ...«

»Ich habe deinen Vater geliebt, Robsy, und ich war mit ihm verheiratet.«

»Aber du wärst bereit, jetzt auch noch Tobbys Gör aufzuziehen.«

»Für mich wäre es dein Kind, Robsy, mein Enkelkind.«

Robsy fuhr hoch. »Versuch nur nicht, mich schwach zu machen!«

»Nein, tue ich nicht. Versprochen.« Julia reichte Roberta die Hand. »Es geht um dein Leben, und es ist deine Entscheidung. Agnes hat mir eine Adresse in Amsterdam gegeben ...«

»Sie ist also auch dafür?«

»Ja. Ihr ist es ganz selbstverständlich so.«

»Siehst du!«

»Was soll ich sehen? Ich habe Agnes sehr gern, aber ich habe mich, glaube ich, noch nie oder doch nur sehr selten nach ihren Ratschlägen gerichtet. Sie ist für mich nicht ausschlaggebend, sondern du.«

»Du gibst also nicht zu, daß es so das beste ist?«

»Nein. Tu du, was du für richtig hältst, und ich werde dir dabei helfen. Aber glaube nur nicht, daß ich dir die Verantwortung abnehme oder auch nur bereit bin, sie mit dir zu teilen. Du warst erwachsen genug, einen Mann zu verführen ... also mußt du auch erwachsen genug sein, mit den Folgen fertig zu werden.«

Roberta stand auf. »Deine Art ist wirklich erquickend. Gute Nacht!«

»Schlaf gut, Robsy«, sagte Julia und knipste das Licht aus, noch bevor ihre Tochter das Zimmer verlassen hatte.

Ihr war nach Heulen zumute, und sie wußte selber nicht recht warum.

Am nächsten Morgen weckte Julia ihre Tochter, noch bevor sie das Kaffeewasser aufsetzte, und schickte sie ins Bad, damit sie ihren Schwangerschaftstest machte. Sie war gerade dabei, Butter aus dem Eisschrank zu nehmen, als Roberta in die Küche kam, sehr kindlich wirkend in ihrem bodenlangen weißen Batisthemdchen, aber mit sorgenvoller Miene.

»Nun? Was ist?« fragte Julia.

»Nichts.«

»Aber das ist doch wunderbar!« Julia stellte die Butterdose auf den Tisch und umarmte ihre Tochter, hielt sie dann ein Stück von sich fort und betrachtete ihr Gesicht. »Du schwindelst mich doch nicht etwa an?«

»Nein.«

»Aber dann lach doch! Jetzt ist alles ausgestanden.«

Roberta legte die Stirn in waagrechte Falten. »Ich weiß nicht.«

»Wieso weißt du nicht?«

»Nun ja, da stand, das Zeug müßte sich dunkelgrün färben, wenn . . . und das hat es nicht getan.«

»Na also!«

»Aber wenn es nun einfach nicht funktioniert hat?«

»Kann ich mir nicht vorstellen. Es muß funktionieren, sonst könnten sie es ja nicht verkaufen. Stell dir nur mal vor, wieviel Klagen sie sonst auf den Hals bekämen!«

»Aber ich habe immer noch das Gefühl, als ob . . .«

»Das kommt nur davon, daß deine Tage auf sich warten lassen. Da fühlt man sich leicht so . . . ein bißchen aufgeschwemmt und . . . nein, Robsy, jetzt rede dir nichts ein. Es ist noch einmal gutgegangen, und wir haben allen Grund froh zu sein.«

»Es ist noch ein Streifen drin«, sagte Robsy, »ich mach es morgen früh noch mal.«

»Wenn es dich beruhigt . . . bitte!«

»Das würde es.«

Aber auch als am nächsten Morgen der zweite Test negativ ausfiel, besserte sich Robertas Laune nicht.

»Ich versteh' dich gar nicht«, sagte Julia, »was hast du nur?«

»Ich komme mir ziemlich blöd vor«, gestand das Mädchen, »nach all dem Trara, das ich gemacht habe.«

»Tut's dir leid, daß du dich mit Tobby verkracht hast?«

»Ja und nein.«

»Du kannst dich doch wieder mit ihm versöhnen.«

»Jetzt, nachdem ich weiß, was für ein Arschloch er ist!«

»Roberta, bitte!«

»Ist doch wahr. Er hat sich wie ein Idiot im Quadrat benommen.«

»Du hast ihn mit deiner Ankündigung, daß er Vater würde, eben überfordert.«

»Ich finde, ein Mann muß für das, was er angerichtet hat, auch einstehen können.«

»Da stimme ich dir zu. Aber Tobby ist eben . . . trotz allem . . . noch kein ausgewachsener Mann. Er will erst einer werden. Um eine Familie zu gründen, ist er einfach noch zu jung.«

»Aber du hast doch selber gesagt, es würde gehen.«

»Mit einer Menge gutem Willen von allen Seiten . . . ja. Aber ich bin doch sehr froh, daß es anders gekommen ist. Tobby wird es auch sein. Geh zu ihm und sag es ihm!«

»Ich denke nicht im Traum daran. Der soll ruhig noch ein bißchen zappeln.«

»Ganz fein ist das aber auch nicht.«

»War er denn etwa fein zu mir?«

Julia verzichtete darauf zu antworten. Es wäre ihr wie Heuchelei vorgekommen, Tobby weiter zu verteidigen, und es lag ihr auch gar nichts daran, daß die beiden wieder zusammenkamen.

Als Roberta später, für die Schule angezogen, zum Frühstück kam, sagte sie: »Also schön, es war nur blinder Alarm. Das weiß ich jetzt. Aber davon habe ich immer noch nicht meine Tage. Was soll ich denn jetzt tun?«

»Einfach abwarten. Die kommen bestimmt ganz von selber.«

»Und wenn nicht?«

»Gehst du zum Arzt. Der gibt dir eine Spritze, und alles kommt wieder in Ordnung.« Julia setzte die Kaffeetasse ab und sah ihre Tochter an. »Das ist vielleicht sogar das beste. Bei der Gelegenheit könntest du dir die Pille verschreiben lassen. Vielleicht rät er dir auch zu einer anderen Verhütungsart.«

»Wozu?«

»Wie kannst du so dumm fragen! Damit nicht wieder was passiert.«

»Kapierst du denn gar nichts?« schrie Roberta. »Mit mir und Tobby ist es aus!«

»Aber das muß nicht für alle Zeiten sein . . .« Als Roberta heftigen Protest einlegen wollte, fuhr sie fort: »Nein, laß mich erst mal ausreden! Jetzt bist du enttäuscht von Tobby, verständlich, aber Gefühle sind Wandlungen unterlegen . . .«

»Deine vielleicht! Meine niemals!«

»Darf ich dich daran erinnern, wie lange Zeit du behauptet hast, du würdest dich überhaupt niemals für einen Jungen interessieren?«

»Es ist gemein, mir das vorzuhalten! Damals war ich noch jung und dumm, inzwischen bin ich erwachsen!«

»Und gerade deshalb ist es nicht auszuschließen, daß früher oder später ein anderer in dein Leben tritt . . .«

»Nein! Dieser eine Reinfall hat mir genügt! Ein für allemal.«

»Das glaubst du jetzt, aber . . .«

»Ich weiß es!«

». . . ich möchte, daß du das nächste Mal besser vorbereitet bist.«

Roberta schob mit einem Ruck ihren Stuhl vom Tisch zurück. »Du tust gerade so, als hätte ich vor, auf den Strich zu gehen!«

»Bitte, Robsy, unterstell mir doch so etwas nicht. Du bist einfach unvernünftig.«

»Und du bist wieder mal die Vernunft in Person! Statt dich aufzuregen, wie andere Mütter es tun würden, statt mir zu erklären, daß ich so etwas nie, nie wieder tun darf, verlangst du von mir, zum Arzt zu gehen, damit ich nicht noch einmal schwanger werde. Nur das ist dir wichtig. Meine Gefühle und meine Moral und all das sind dir vollkommen gleichgültig.«

Julia holte tief Luft. »Also von ›noch einmal schwanger‹ kann keine Rede sein, bisher bist du es ja noch nie gewesen, und Moral kann ich dir nicht einpauken, wenn du sie nicht selber besitzt. Was aber deine Gefühle betrifft . . . hast du ganz vergessen, daß ich es war, die dich gewarnt hat? Die dir eine Enttäuschung ersparen wollte? Aber du hast nicht auf mich gehört, und wenn du dich das nächste Mal verliebst, wirst du es genausowenig tun.«

»Du mußt es ja wissen!« Roberta sprang auf, leerte ihre Tasse und nahm ihr Brot vom Teller.

»Bitte, Liebling, ich will ja gar nicht, daß du von jetzt an die Pille nimmst oder dir eine Spirale einbauen läßt nach dem Motto: Bereit sein ist alles! Ich will ja nur, daß du weißt, was gegebenenfalls zu tun ist! Ich habe von diesen Dingen zu wenig Ahnung.«

Roberta lachte höhnisch auf. »So? Hast du nicht? Julia, das Unschuldslämmchen.«

»Ich verbiete dir, in diesem Ton mit mir zu reden!«

»Weil du die Wahrheit nicht verträgst! Aber ich soll sie gleich eimerweise schlucken!« Roberta stürzte aus der Küche, und wenig später hörte Julia die Wohnungstür hinter ihr ins Schloß knallen.

Unbeweglich blieb sie sitzen, starrte voller Ekel auf ihr angebissenes Brot und versuchte, mit den Vorwürfen fertig zu werden, die ihre Tochter ihr an den Kopf geworfen hatte.

Als es klingelte, glaubte sie nichts anderes, als daß Roberta zurückgekommen wäre, um sich mit ihr zu versöhnen. Zwar besaß das Mädchen Schlüssel, aber die konnte sie bei ihrem zornigen Ausbruch vergessen haben.

Julia war sich nicht klar, ob sie Roberta jetzt gleich schon wiedersehen wollte; sie mußte sich überwinden, aufzustehen, an die Tür zu gehen und aufzumachen.

Agnes stand vor ihr, fix und fertig zum Ausgehen, die Handtasche unter dem Arm und einen kleinen Turban auf dem Kopf, der wohl verbergen sollte, daß sie wieder einmal vergessen hatte, ihr Haar nachzufärben. »Grüß dich, Liebchen!« sagte sie herzlich und küßte Julia auf die Wangen. »Ganz schön mitgenommen siehst du aus!«

»Fühle ich mich auch.«

»Robsy ist ab mit Theaterdonner. Da mußte ich doch nach dir sehen.«

»Lieb von dir.«

»Viel Zeit habe ich leider nicht. Du weißt, das Geschäft . . .«

»Komm erst mal rein. Magst du eine Tasse Kaffee?«

»Ich hab' zwar gerade, aber bitte, warum nicht. Kaffee schadet nie . . . ich meine, wenn du ihn nicht extra für mich aufbrühen mußt.«

»Es ist noch welcher da.«

Agnes folgte Julia in die Küche und setzte sich auf Robertas Platz. Julia räumte das Geschirr ihrer Tochter zusammen, stellte eine frische Tasse vor Agnes und schenkte ein.

Agnes öffnete ihre Handtasche. »Komm, rauch eine Zigarette mit mir! Ich weiß, das geht gegen deine Prinzipien . . .«

»Meine Prinzipien!« fiel Julia ihr ins Wort. »Weißt du, was ich glaube? Sie waren von Anfang an großer Mist!«

»Na, na, na, Schätzchen! Sag doch so was nicht! Du weißt genau, daß es nicht wahr ist. Du hast immer dein Bestes gegeben.«

»Aber offensichtlich war es nicht gut genug.« Julia schenkte auch sich selber noch Kaffee ein und griff nach einer der Zigaretten, die Agnes ihr anbot.

Die Freundin gab ihr Feuer. »Du hast deine Pflicht getan . . . das, was du für deine Pflicht gehalten hast, und mehr kann man nicht verlangen.«

»Mir kommt's vor, als hätte ich alles falsch gemacht.«

»Glaube ich dir gerne . . . daß es dir jetzt so vorkommt, meine ich. Jeder hat mal solche Momente. Nimm's nicht tragisch! So eine Stimmung geht auch wieder vorbei.«

Julia ließ sich auf ihren Stuhl sinken. »Ich glaube, Robsy haßt mich.«

»Kriegt sie nun ein Kind oder nicht?«

»Nein.«

»Aber, Julia, das ist doch wunderbar! Meinen Glückwunsch!«

»Robsy macht es nicht heiterer.«

»Kann ich mir vorstellen. Sie hätte gern noch eine Weile im Mittelpunkt gestanden und ihrem Freund die Hölle heißgemacht. Wie hat er es denn aufgenommen?«

»Daß nichts ist, weiß er noch gar nicht.«

»Vorher, meine ich. Als es noch so aussah, als ob . . .«

»Er scheint ziemlich schockiert gewesen zu sein.«

»Geschieht Robsy recht. Da hat sie endlich mal am eigenen Leibe erfahren, daß die anderen nicht nach ihrer Pfeife tanzen, wie sie es seit eh und je von dir gewohnt war. Könnte ihr eine heilsame Lehre sein.« Sie streifte die Asche ihrer Zigarette auf dem Unterteller ab.

Julia wollte schon protestieren, aber dann wurde ihr klar, daß in dieser Situation nichts unwichtiger war als das. »Ich glaube, das Ganze war eine schreckliche Enttäuschung für sie«, sagte sie und folgte dem Beispiel ihrer Freundin.

»Und die läßt sie jetzt an dir aus.«

Julia blickte überrascht auf. »Woher weißt du das?«

»Aber, Schätzchen, das läßt sich doch an allen fünf Fingern ausrechnen. Wenn die Geschäfte nicht gehen, brüllt mein Mann mit mir. Wenn irgendein Kerl Tine sitzenläßt, meckert sie mit mir herum . . . die Menschen sind nun mal so.«

»Und du? Was machst du dann?«

»Bei Günther halte ich den Mund, denn sonst könnte ich womöglich eine fangen . . . und Tine gebe ich tüchtig raus, damit sie sich nur ja nicht einbildet, sie kann es mit mir machen.«

»Ich habe mich so bemüht, verständnisvoll zu sein.«

»Wie ich dich kenne, warst du es auch. Aber wahrscheinlich hättest du dich besser aufregen und mit ihr schimpfen sollen . . .«

»Das sagt Robsy auch!«

»Na, da haben wir es schon! Du hast ihr keinen Anlaß gegeben, auf dich böse zu sein . . . und das macht sie noch wütender.«

»Aber warum, Agnes? Warum?«

»Weil sie dadurch vor sich selber noch schlechter dasteht.«

»Schlecht ist sie überhaupt nicht!« protestierte Julia sofort. »Wie kannst du nur so etwas sagen! Sie hat sich in diesen Jungen verliebt . . . sie ist unerfahren . . .«

»Sie ist ein egoistisches kleines Miststück . . . wie meine Tine übrigens auch. Behandle sie so, wie sie es verdient, und erwarte nichts von ihr . . . weder Dankbarkeit noch Anstand, noch sonstwas. Dann wirst du wesentlich besser mit ihr zurechtkommen.«

»Du bist schrecklich hart, Agnes.«

»Ich sehe die Dinge nur so, wie sie sind. Unsere Kinder würden uns bis zum Letzten ausnutzen, wenn wir uns nicht gegen sie behaupten . . . Verständnis legen sie bloß als Schwäche aus, und wenn man es ihnen entgegenbringt, trampeln sie auf einem rum.«

»Das kann ich so nicht sehen, Agnes. Robsy fühlt sich schwer enttäuscht, verlassen und blamiert, und deshalb schlägt sie um sich . . . Das hast du mir doch eben selber erklärt.«

»Aber du darfst ihre Schläge nicht einfach einstecken und dich verletzen lassen! Fang sie auf und hau zurück! Nur so kannst du sie im Zaum halten.«

Julia betrachtete nachdenklich die herabgebrannte Glut ihrer Zigarette. »Vielleicht hast du sogar recht. Ich werd's versuchen.«

»Sei zurückhaltender ihr gegenüber. Misch dich nicht in ihre Angelegenheiten, laß sie selber mit ihren Problemen fertig werden! Das will sie ja im Grunde, und das muß sie auch lernen. Sie haßt dich, wenn du ihr zu helfen suchst . . . und sie haßt dich, wenn sie dich um Hilfe bitten muß.«

»Wie kompliziert das alles ist.«

»Ach was, überhaupt nicht. Denk einfach mehr an deine eigenen Interessen als an Robsy. Etwas anderes ist nicht nötig. Wie geht's eigentlich im Verkehrsverein?«

»Immer noch das alte Tauziehen. Aber mir macht's Spaß.«

»Das ist doch wenigstens etwas.«

»Aber nicht genug, ein Leben auszufüllen.« Julia drückte ihre Zigarette aus.

»Das können deine Kinder auch nicht. Du mißbrauchst sie, wenn du das von ihnen verlangst.«

»Ist das dein Ernst?« fragte Julia erschrocken. »Habe ich das getan?«

»Natürlich nicht! Nun sei nicht so empfindlich. Als sie klein waren, warst du die ideale Mutter . . . Du hast dir nichts, wirklich nichts, vorzuwerfen. Aber jetzt werden sie erwachsen, und du mußt sie laufenlassen.«

Julia legte ihre Hand auf die der Freundin. »Ich bin froh, daß du zu mir raufgekommen bist . . . und daß du so offen mit mir sprichst.«

»Ist doch selbstverständlich, Schätzchen. Jetzt laß die Nase nicht länger hängen und mach dir klar, daß das Schlimmste noch einmal vorübergegangen ist. Robsys schlechte Laune ist doch total unwichtig. Soll ich dir mal einen Rat geben?«

»Ja, hast du denn noch einen?« fragte Julia und mußte über den Eifer der Freundin lächeln.

»Laß heute mal den Haushalt Haushalt sein. Leg Robsy einen Zettel hin, daß sie sich selber was zu Mittag kochen soll, mach dich fein und fahr nach München.«

»Aber was soll ich denn da?«

Vielleicht diesen Herrn Herder treffen, wäre es Agnes beinahe herausgerutscht, aber gerade noch konnte sie sich zurückhalten; es war besser, diesen Namen jetzt nicht zu erwähnen.

»Zum Friseur gehen, Schaufensterbummeln, einkaufen«, sagte sie statt dessen, »alles, was dir Spaß macht.«

»Ganz allein? Ich weiß nicht, ob es mir wirklich Spaß machen würde.«

»Versuch's. Sei nur ein einziges Mal nicht so verdammt pflichtbewußt. Laß alles stehen und liegen und brich aus!«

»Das würde mich Überwindung kosten.«

»Ich weiß, Schätzchen, und gerade deshalb! Es ist schwer, mit Gewohnheiten zu brechen . . . aber tu's.«

»Ich will es versuchen.«

»Nein, versprich es mir!«

Julia blieb stumm.

»Selbst wenn es langweilig wird«, drängte Agnes, »langweiliger als hier kann es nicht sein. Und du hast doch nichts zu versäumen.«

»Eigentlich hast du recht.«

»Versprichst du's mir also?«

»Ja.«

»Und wehe, wenn du vor heute abend nach Hause kommst! Ich werde dich kontrollieren!«

Natürlich ließ Julia in der Wohnung nicht alles stehen und liegen, sondern räumte auf, spülte das Geschirr und räumte es weg, machte die Betten und putzte das Bad, bevor sie sich umzog. Sie wählte ein beiges Jackenkleid in Leinenstruktur, ohne Bluse, legte dazu ihren Korallenschmuck an und braungoldene Sandaletten. Gegen ihre Gewohnheit tuschte sie die Wimpern und benutzte einen Lippenstift; auf keinen Fall wollte sie auf ihrem Ausflug in die Großstadt provinziell wirken.

Kaum konnte sie der Versuchung widerstehen, für Roberta we-

nigstens vorzukochen. Aber ihre Vernunft siegte. Roberta war durchaus imstande, sich eine Mahlzeit selbst zuzubereiten. So schrieb sie nur auf den Block, auf dem sie ihre Einkäufe zu notieren pflegte, wie Agnes ihr geraten hatte: »Bin unterwegs. Koch Dir, was Du magst. Bussi, Julia«, und legte ihn mitten auf den Küchentisch. Dann erschien ihr diese Botschaft doch zu kurz und lieblos, und sie fügte hinzu: »Mach Dir keine Sorgen, Liebling, gegen Abend bin ich bestimmt wieder zurück.«
Als sie die Fenster schloß, warf sie einen Blick in den sommerlichen Garten, und plötzlich hatte sie gute Lust, das ganze Unternehmen aufzugeben, sich den Badeanzug anzuziehen, einen Liegestuhl zu nehmen und sich ins Grüne zu legen. Was sollte sie in München?
Aber sie hatte es Agnes versprochen, und vielleicht war es eine gute Übung in Selbstdisziplin, wenn sie sich einmal von zu Hause losriß. Doch noch auf dem Weg zum Bahnhof juckte es sie, umzukehren, die Nachricht für Roberta zu zerreißen und sich an den Herd zu stellen. Sie fürchtete, das Mädchen würde in ihrer unerwarteten Abwesenheit einen Akt der Unfreundlichkeit sehen. Doch sie wußte nur zu gut, daß es nicht mütterliche Liebe, sondern Schwäche war, wenn sie nachgeben würde. Also machte sie weiter.
Sie erwischte den Eilzug 11 Uhr 10, der 55 Minuten später auf dem Münchner Hauptbahnhof hielt. Mit klappernden Absätzen eilte sie den Bahnsteig hinunter. Als sie die fremdartigen Gestalten sah, die an den Stehausschänken lehnten, Bier oder Cola tranken, Würstchen, Hamburger und belegte Semmeln verzehrten, hatte sie plötzlich das Gefühl, sich in ein wirkliches Abenteuer eingelassen zu haben. Es war wie eine Ankunft im Ausland. Ohne es zu wollen, lächelte sie und ließ sich auch von den Pfiffen und Zurufen der Männer, die bei ihrem Anblick ihre Diskussionen kurz unterbrachen, nicht stören.
Mit der Rolltreppe ließ sie sich zur U-Bahnstation gleiten, zog an einem Automaten nach kurzem Überlegen einen Zehnerfahrschein – dies sollte nicht ihr letzter Ausflug nach München sein – und fuhr erst einmal zwei Stationen bis zum Marienplatz. Sie genoß die rasante unterirdische Fahrt. Zuvor hatte sie selten Gelegenheit gehabt, die U-Bahn zu benutzen, denn Roberta fand sie »proletisch« und war immer mehr dafür, ein Taxi

zu nehmen. Da sie zu zweit meist erst abends nach München kamen, pflegte Julia ihr nachzugeben.

Am Marienplatz herrschte lebhaftes Gewimmel, Hausfrauen mit Taschen und Tragetüten, Touristen, junge Mädchen, aufgedonnerte und dann wieder ganz lässig gekleidete, schienen sich hier ein Stelldichein zu geben, schoben und drängten sich aneinander vorbei. In der Menge entdeckte Julia auch jugendliche Flaneure, die nicht so aussahen, als seien sie arbeitslos, und sie fragte sich, wie sie um diese Tageszeit unterwegs sein konnten. Kinder liefen mit der Selbstsicherheit, die zeigte, daß sie in der Großstadt aufgewachsen waren, zwischen den Großen hin und her, andere wurden fest an der Hand ihrer Mütter oder Väter gehalten. Nahe der Pestsäule bildete die Menge einen festen Ring. Julia überlegte, ob sie sich dazwischen drängen sollte, unterließ es dann aber doch. Die heiteren und zugleich so schwermütigen Klänge eines Dudelsacks übertönten das Durcheinander der Sprachfetzen. Auf einem Podest führte eine jugendliche Reisegruppe in lebhaft-karierten Kilts einen schottischen Tanz auf, den Julia von ihrem Standpunkt aus mehr ahnen als sehen konnte.

An einem Tisch vor dem »Café am Dom« wurde ein Platz frei. Julia setzte sich und ließ sich nach längerem Warten eine Flasche Cola und ein Päckchen Zigaretten bringen. Im allgemeinen mochte sie den Geschmack von Cola nicht, er erschien ihr künstlich, aber hier und jetzt hatte sie Lust darauf. Sie nahm ein paar durstige Züge und zog eine Zigarette aus dem Päckchen.

Ein Herr am Nebentisch stand sofort auf, kam zu ihr und ließ sein Feuerzeug aufspringen. Sie dankte ihm ohne ein Lächeln, denn nichts lag ihr weniger im Sinn, als angesprochen zu werden. Dennoch war sie ehrlich genug, sich zuzugeben, daß der bewundernde Blick dieses blonden Fremden ihr wohlgetan hatte.

Sie rauchte mit Genuß, beobachtete alles, was um sie herum vor sich ging, und leerte ihr Glas mit kleinen Schlucken. Seit langem hatte sie sich nicht mehr so wohl und so frei gefühlt.

Danach schlenderte sie die Theatinerstraße entlang, ließ sich Muße, die Schaufenster zu betrachten, und trat, als sie ein besonders schickes Kleid in ihrer Lieblingsfarbe entdeckte, in das »Modehaus Maendler« ein. Man wies sie in den ersten Stock.

Sie äußerte ihren Wunsch und bestand darauf, als die Verkäuferin mit einer Fülle von Kleidern wiederkam, die alle sehr schön, aber nicht gerade das waren, das sie wollte, daß es aus dem Schaufenster genommen wurde. Die Verkäuferin blieb äußerst höflich, konnte eine leichte Verärgerung aber nicht verbergen, als Julia sich nicht bewegen ließ, eines der anderen Kleider anzuprobieren. Endlich brachte man Julia das Kleid, das ihr so gut gefallen hatte. Es saß ihr wie angegossen und stand ihr, als wäre es für sie entworfen.

»Sie hatten recht, gnädige Frau«, sagte die Verkäuferin fast, als wollte sie sich entschuldigen, »wir haben selten Kundinnen mit so ausgeprägtem Geschmack.«

Als sie mit dem Kleid in der Tüte das Geschäft verließ, war es ihr, als hätte sie einen Sieg errungen. Sie versuchte aber, ihr Triumphgefühl mit der Einsicht zu dämpfen, daß dieser Erfolg sie reichlich Geld gekostet hatte.

Langsam schlenderte sie weiter. Die Auslagen interessierten sie nun, da sie ihren Einkauf getätigt hatte, nicht mehr sehr. Am Odeonsplatz angekommen, entschloß sie sich, zum Friseur zu gehen. Aber da sie sich nicht angemeldet hatte, erwies sich das als gar nicht einfach. Erst nach einigem Hin und Her sagte die junge Dame, die die Liste verwaltete, daß eine Kundin abgesagt hätte, und der Friseur erklärte sich nach einem Blick auf Julias schönes, naturgelocktes Haar schnell bereit, sie zu übernehmen. Bis dahin blieb ihr noch eine gute Stunde Zeit, und sie nutzte sie, um im Hofgarten eine Kleinigkeit zu essen.

Als sie später mit dem neuen Haarschnitt – nicht schöner, aber doch etwas schicker geworden – wieder auf die Straße trat, entschied sie sich, mit der U-Bahn nach Schwabing zu fahren. Im »Marmorhaus« lief ein französischer Film, für den sie sich interessierte. Sie kaufte eine Eintrittskarte, aber es blieb ihr bis zum Anfang noch eine halbe Stunde, und sie bummelte ein Stückchen die Leopoldstraße hinunter.

Sie tat es ohne Absicht, es ergab sich einfach so, aber natürlich kam ihr doch der Gedanke, ob sie nicht zufällig auf Johannes Herder stoßen würde. Sie erhoffte es sich nicht gerade; im Gegenteil, die Vorstellung, er könnte glauben, sie würde ihm nachlaufen, verwirrte sie. Aber es schien ihr auch albern, sich aus Angst vor der Begegnung zu verstecken.

Es war einer jener seltenen Tage, in denen der Himmel über München von einem so klaren Blau ist und die Luft so durchsichtig, daß man durch das Siegestor hindurch die Feldherrnhalle und die Theatinerkirche ganz nah sehen konnte.

Julia fühlte sich beschwingt, und es wurde ihr bewußt, wieviel sie in ihrem Leben in Bad Eysing versäumt hatte. München lag so nahe, selbst London, Paris und Rom waren von hier nicht viel mehr als eine Flugstunde entfernt, und doch hatte sie all die vergangenen Jahre fast immer zu Hause geklebt. Das sollte in Zukunft anders werden.

Mit einem Lächeln um die Lippen, von dem sie selber nichts wußte, schlenderte sie dahin, in ihre Träume versponnen, den Blick in die Ferne gerichtet. Sie kannte das »Café Rialto« gar nicht, und es kam ihr auch nicht in den Sinn, danach Ausschau zu halten.

Aus den Augenwinkeln nahm sie wahr, daß ein Mann von einem der kleinen Tische auf dem Bürgersteig aufsprang, aber sie achtete nicht weiter darauf. Als er ihr den Weg vertrat, reagierte sie nicht rasch genug und wäre fast gegen ihn geprallt.

»Hallo!« sagte er und breitete die Arme aus, als erwartete er, daß sie an seine Brust sinken würde.

Jetzt erst sah sie ihn an und wußte sofort, daß es Johannes Herder war. Heute trug er ein offenes blaues Baumwollhemd über einer weißen Hose und erschien ihr jünger, als sie ihn in Erinnerung hatte.

Sie wollte wortlos an ihm vorbei, aber dann begriff sie, daß ihr Benehmen ihm verlogen erscheinen mußte. »Hallo«, erwiderte sie mit einem kleinen Lächeln, ging aber weiter.

Er blieb an ihrer Seite. »Ich habe Sie erwartet«, sagte er.

»Tatsächlich?« fragte sie und lachte.

»Was ist daran so komisch?«

»Ich selber wußte heute früh noch nicht einmal, daß ich nach München fahren würde.«

»Wenn nicht heute, dann wäre es ein anderes Mal geschehen. Ich habe oft an Sie gedacht. Sie hätten es eigentlich spüren müssen.«

»Da muß ich Sie enttäuschen.«

»Macht nichts. Sie werden noch an mich denken.«

»Das klingt ja wie eine Drohung.«

»Es soll ein Versprechen sein.«

»Sie tun, als wenn ich etwas von Ihnen erwartete.«

»Vielleicht nicht von mir . . . aber vom Leben.«

»Wie kommen Sie darauf?«

»Sie sahen vorhin ganz so aus.«

Sie fühlte sich ertappt und bekannte: »Ich habe ein bißchen geträumt.«

»Es stand Ihnen gut, und überhaupt . . . Sie werden von Mal zu Mal attraktiver.«

»Ich war beim Friseur!« Sie fuhr sich mit der Hand durch das kurzgeschnittene Haar.

»Das meine ich nicht.«

Sie verbot sich zu fragen: Was denn? weil sie nicht kokett erscheinen wollte.

»Sie wirken heute so . . . frei«, sagte er.

Dazu wollte sie nichts sagen.

»Sie sind's ja auch«, fuhr er fort, »endlich einmal ohne Anhang. Daß ich Sie allein treffen würde . . . genau das ist es, was ich eigentlich nicht zu hoffen gewagt habe. Hat es Ärger gegeben?«

»Wie kommen Sie darauf?«

»Nun, eine Frau wie Sie fährt nicht ohne weiteres mutterseelenallein nach München, um einen Mann zu treffen.«

»Das hatte ich gar nicht vor! Ich wollte nur auf andere Gedanken kommen.«

»Aber Sie hatten doch gehofft . . .«

»Nein. Eher befürchtet.«

»Das ist nicht wahr!«

»Vielleicht nicht ganz. Aber irgendwie muß ich mich doch wehren!«

»Wogegen?«

»Gegen Ihr Tempo . . . und daß Sie so tun, als wären wir die besten Freunde.«

»Was ist schlecht daran?«

»Daß es nicht stimmt.«

»Es liegt Ihnen also auch daran?«

»Jetzt verstehen Sie mich absichtlich falsch! Ich wollte Sie nur daran erinnern, daß wir uns völlig fremd sind. Ich weiß nichts von Ihnen, und Sie ahnen nichts von mir.«

»Sie vergessen, daß ich mich als Detektiv betätigt habe. Ich weiß, Sie sind Witwe, und das erklärt natürlich vieles. Ihre Mädchenhaftigkeit . . . sicher leben Sie schon lange allein . . . und die Affenliebe, mit der Sie an Ihrer Tochter hängen.«

»Jetzt werden Sie unverschämt!« sagte Julia.

»Ruhig Blut! Ich will Sie durchaus nicht kränken. Aber daß Sie bei der Kleinen unter dem Pantoffel stehen, das war auf Anhieb zu merken. Wie heißt sie eigentlich?«

»Roberta? Wir nennen sie Robsy.«

»Hübsch. Sie ist ja auch ein sehr hübsches Mädchen. Wenn auch nicht gerade mein Typ.«

»Sie wären ja auch viel zu alt für sie.«

»Wieso denn? Ich bin vierunddreißig.«

Julia wußte selber nicht, warum diese Tatsache sie schmerzte, aber um gleich reinen Tisch zu machen, erklärte sie tapfer: »Dann sind Sie einige Jahre jünger als ich.«

»Na und?«

»Ich werde neununddreißig.«

»Warum sagen Sie mir das?«

»Ich weiß es nicht.« Sie überlegte. »Vielleicht, weil ich Ihnen nichts vormachen möchte.«

»Dann liegt Ihnen also doch etwas an mir.«

»Wie sollte es mich nicht berühren, wenn ein Mensch sich für mich interessiert? Das kommt selten genug vor.«

»Nun behaupten Sie bloß nicht, daß Sie in Bad Eysing keine Verehrer haben!«

»Wirklich nicht.«

»Also haben Sie alle abblitzen lassen, wie weiland Penelopeia . . . nur ohne die Hoffnung auf die Heimkehr Ihres Odysseus.«

»Lachen Sie mich nur aus.«

»Nein, das tue ich gar nicht. Ich bewundere Sie. Dann haben Sie also all die Jahre . . .« Er unterbrach sich. »Wie lange ist es her, seit Ihr Mann gestorben ist?«

»Im Frühjahr werden es fünfzehn Jahre.«

»Dann haben Sie also seitdem nur für Ihre Tochter gelebt?«

»Für meine Kinder, ja. Ich habe noch einen Sohn. Aber nicht nur . . . Sie dürfen keine Heilige in mir sehen.«

»Doch zu einer wirklichen Bindung ist es nie gekommen, weil Ihre Kinder dagegen waren.«

»Woher wollen Sie das wissen?«

»Ich habe viel Phantasie . . . und Sie haben ein sehr klares Gesicht, ein Gesicht, in dem man wie in einem Buch lesen kann.«
Sie schwieg.

»Ich fürchte, ich war wieder mal zu direkt . . . bitte, Julia, seien
Sie mir nicht böse. Ich darf doch Julia zu Ihnen sagen?«

»Wenn Ihnen daran liegt . . .«

»Sehr viel! Julia . . . Ich würde gern Ihr Romeo sein.«
Sie lachte. »Shakespeares Romeo war, glaube ich, fünfzehn,
und sie vierzehn.«

»Sie haben recht, Julia. Es paßt nicht. Aber jetzt mal eine ganz
ernsthafte Frage: Was fangen wir nun an mit dem angebroche-
nen Nachmittag?«

»Ich wollte ins Kino gehen.«

»Bei dem Wetter! Eine ganz schlechte Idee. Fahren wir lieber in
einen Biergarten. Einverstanden?«

Zu ihrem Erstaunen stellte sie fest, daß ihr tatsächlich weit
mehr daran lag, mit Johannes Herder zusammenzubleiben, als
sich den Film anzusehen, der sie noch wenig vorher interessiert
hatte. »Ja«, sagte sie, »aber wohin?«

»Ich kenne da ein altes Wirtshaus draußen an den Isarauen. Da
ist es nicht so überfüllt wie in der Stadt.«

»Aber wie komme ich von dort zurück?«

»Müssen Sie denn zurück?«

Sie blickte ihm offen in die braunen, von Lachfältchen umwit-
terten Augen.

»Natürlich müssen Sie. Entschuldigen Sie, Julia, das war eine
dumme Frage. Sie haben doch ein Auto?«

»Nein.«

»Das paßt zu Ihnen! Eine Dame ohne Auto.«

»In Bad Eysing braucht man keins.«

»Aber ich will Ihnen doch auch keinen Vorwurf machen. Ich
finde es im Gegenteil großartig, daß Sie freiwillig darauf verzichten, die Luft mit noch mehr Abgasen zu verpesten.«

»Ich habe gar keinen Führerschein«, bekannte sie.

»Als wenn Sie den nicht hätten machen können, wenn Sie nur
gewollt hätten! Oder haben Sie es etwa versucht?«

»Nein.«

»Wußt ich's doch. Aber allmählich wird es Zeit.«

»Wieso? Ich will doch gar nicht . . .«

»Sie sollten wenigstens imstande sein, mich am Steuer abzulösen. Aber heute werde ich mich noch einmal beim Trinken zurückhalten, damit ich Sie unbeschadet nach Hause bringen kann.«

»Nach Bad Eysing?«

»Ja.«

»Ich habe eine Rückfahrkarte.«

»Die lassen Sie eben verfallen. Gönnen Sie der Deutschen Bundesbahn doch auch mal was.«

»Ich würde lieber mit dem Zug fahren.«

»Wirklich? Ist das ein solches Vergnügen für Sie? Jetzt machen Sie mir nichts vor, liebe Julia. Sie wissen genau, daß es mit dem Auto sehr viel bequemer und schneller geht. Sie haben bloß Angst.«

»Wovor? Ich befürchte keineswegs, mit Ihnen im Straßengraben zu landen.«

»Vor den Nachbarn. Und vor den Kindern.«

»Die Nachbarn sind mir ganz egal, und überhaupt, was wäre schon dabei? Von den Kindern lebt nur noch Robsy bei mir.«

»Und eben vor der haben Sie enorme Manschetten.«

»Nein.«

»Dann also abgemacht: Ich bringe Sie später nach Hause. Jetzt geben Sie mir mal die Einkaufstüte her. Mein Auto steht hinter dem Siegestor. Schaffen Sie es noch bis dahin?«

»Haben Sie etwa Angst, ich würde gleich lahmen?«

Er warf einen Blick auf ihre hochhackigen Sandaletten. »Bei Frauen weiß man nie.«

»Sie scheinen ja ungeheure Erfahrungen zu haben.«

»Ich bin kein Don Juan, wenn Sie das ausdrücken wollten. Aber die Erfahrungen sammeln sich ganz von selber an.« Er schob seine Hand unter ihren linken Ellenbogen.

Julia ließ es sich nicht ungern gefallen.

Sein Auto war ein braunes Kabriolett, sehr teuer, aber schon älteren Jahrgangs, und sie fand, daß es zu ihm paßte.

Er schloß auf, warf die Tüte nach hinten und klappte das Verdeck auf. »Wir werden ein bißchen Schmutz einatmen«, verkündete er, »aber das ist immer noch besser, als drinnen zu schwitzen.« Er unterbrach sich und fragte besorgt: »Oder möchten Sie nicht im offenen Auto fahren?«

»Wenn Sie nicht so ein Höllentempo vorlegen wie mein Sohn. Er fährt auch ein Kabriolett, aber mit ihm muß ich immer um mein Leben zittern.«

»Wie alt ist denn der Knabe?«

»Ralph wird einundzwanzig.«

»Ja, ja, die Jugend.« Er öffnete ihr von innen die rechte Tür. »Mir dürfen Sie sich unbesorgt anvertrauen. Ich bin ein gestandenes Mannsbild und fahre auch entsprechend.«

Tatsächlich fuhr er besonnen und umsichtig, kuppelte so sanft, daß es kaum spürbar war, und Julia entspannte sich bald. »Das ist herrlich«, sagte sie, als sie die Peripherie der Stadt hinter sich gelassen hatten und über eine mit Bäumen bestandene Landstraße rollten.

»Ja, nicht wahr?« gab er zurück. »Und mit Ihnen macht es besonderen Spaß!«

Sie stellte keine Frage, weil sie nicht den Eindruck erwecken wollte, als angelte sie nach Komplimenten.

»Weil Sie sich den Wind durchs Haar streichen lassen!« erklärte er unaufgefordert.

»Was könnte ich anderes tun?«

»Um Ihre Frisur zittern! Wie die meisten Frauen.«

Sie lachte. »Meine ist schüttelfest.«

»Das ist es eben, was ich an Ihnen liebe . . . unter anderem.«

Felder und kleine Wälder glitten an ihnen vorüber. Sie kamen durch Dörfer, in denen Katzen, Hunde und Hühner vor ihnen davonsprangen. Eine Weile mußten sie hinter einem Laster mit Gemüse herzuckeln, und Johannes Herder tat es ohne ein Zeichen von Ungeduld, bis sich endlich, auf gerader Strecke, eine Gelegenheit zum Überholen ergab.

»Gleich sind wir da«, verkündete er, als ein Ortsschild mit der Aufschrift »Niedermoos« vor ihnen auftauchte.

Julia war ein wenig enttäuscht, denn das Wirtshaus – ein graues, verwittertes Gebäude, dessen Fensterläden schief in den Angeln hingen – lag gleich an der Durchfahrtsstraße, und es gab einen geräumigen Parkplatz.

»Sie werden schon sehen«, sagte er, als hätte er ihre Gedanken geraten.

Gleichzeitig stiegen sie aus. Er schloß das Verdeck und die Türen, während sie dabeistand und sich fragte, was sie überkommen hatte, sich auf diese Fahrt ins Unbekannte einzulassen. Aber dann faßte er sie bei der Hand, und sein fester, trockener Griff brachte ihm ihr Vertrauen zurück. Er führte sie durch die Gaststube, die nach dem warmen Sonnenlicht draußen sehr düster wirkte, und dann in den Wirtsgarten hinaus. Unter ausladenden Kastanienbäumen standen Gartentische, nicht mit Papier, sondern mit weiß-rot kariertem Tuch bedeckt.

»Das ist schön!« rief sie impulsiv.

»Ich wußte, es würde Ihnen gefallen.« Er zog sie weiter mit sich bis an den äußersten Rand des Gartens, der von einer steil abfallenden Mauer begrenzt war; darunter erstreckte sich ein Streifen Wiese, weißes Geröll und ein breites, strömendes Wasser. »Voilà, die Isar! Kommen Sie, suchen wir uns einen Platz im Halbschatten, es kann hier nämlich sehr schnell kühl werden.«

»Ich möchte gern das Wasser sehen.«

»Ist mir recht.«

Sie fanden einen Platz, der ihnen beiden behagte, stellten sich die Stühle so zurecht, daß sie nicht mehr wackelten, und setzten sich. »Wie schön, daß es hier so leer ist«, sagte Julia.

Außer ihnen waren nur noch zwei Paare da und eine Gruppe junger Wanderer.

»Sie sollten mal erleben, wie es feiertags hier zugeht oder am Wochenende. Dann ist es nichts mehr mit der Idylle.«

»Aber jetzt ist es schön.«

Eine Kellnerin in rot-weißem Dirndl näherte sich gemächlich, die Hände unter der Schürze. »Grüß Gott, die Herrschaften! Was darf's sein?« Dann leuchteten ihre Augen auf. »Ach, der Herr Herder. Daß Sie sich auch mal wieder blicken lassen!«

»Keinen Vorwurf, Anna!« gab er zurück. »Das möchte ich überhört haben. Am liebsten würde ich von früh bis spät hier sitzen. Aber leider kann ich es mir nicht erlauben.«

»Ja, ja, die Arbeit«, seufzte die Kellnerin verständnisvoll, »'s ist schon ein Kreuz.« Sie musterte Julia mit einem neugierigen, abtaxierenden und ein wenig neidvollen Blick.

»Bringen Sie uns, bitte, zwei Maß Helles!« bestellte Herder. Dann erst fragte er Julia: »Einverstanden?«

Sie nickte.

»Und eine Brotzeit?« fragte die Kellnerin.

»Vielleicht später«, sagte Julia rasch, »ich habe keinen Hunger.«

»Ist schon recht«, sagte Anna und ging.

Sie waren wieder allein und fühlten sich einen Augenblick beide etwas befangen.

»Entschuldigen Sie, daß ich so über Ihren Kopf weg bestellt habe«, sagte er, »ich könnte mir vorstellen, daß Sie lieber Pils trinken, stimmt's?«

»Meistens ja.«

»Aber hier draußen geht das nicht. Da braucht man eine Maß mit Deckel. Sonst fallen einem die Maikäfer ins Bier.«

»Ich möchte sofort einen Maikäfer haben!«

Er lachte. »Sieht Ihnen ähnlich, mich gleich beim Wort zu nehmen. Dabei wissen Sie genau, daß ich Ihnen diesen Wunsch nicht erfüllen kann. Es fällt wirklich allerlei von den Bäumen, wenn auch nicht gerade Maikäfer. Ich wollte mich nur poetisch ausdrücken.«

»Das brauchen Sie mir doch nicht zu erklären. Ich habe ja nur Spaß gemacht.«

»Ich möchte nicht, daß auch nur das kleinste Mißverständnis zwischen uns aufkommt.« Er nahm ihre Hand. »Wissen Sie, Julia, ich habe über Sie nachgedacht. Auf der Fahrt hier heraus.«

»Schon wieder? Langsam wird das zu einer fixen Idee bei Ihnen.«

»Bitte, spotten Sie nicht. Es ist mir ganz ernst. Sie hätten heiraten sollen ... damals, gleich nach dem Tod Ihres Mannes. Ich meine natürlich ... nicht sofort, aber bald danach, so ein, zwei Jahre später. Dann hätten sich die Kinder nahtlos an den neuen Mann in der Familie gewöhnt ...«

»Das konnte ich nicht, Johannes.« Es war das erste Mal, daß sie ihn beim Vornamen nannte, aber es wurde ihr nicht bewußt.

»War niemand da, der ...?«

»Doch. Aber ich konnte es nicht. Roberts Tod kam so plötzlich, so jäh ... es war ein Autounfall. Ich habe lange Zeit geglaubt, daß es ein Irrtum sein müßte und er eines Tages heil und gesund zur Tür hereinkommen würde.«

»Also doch Penelopeia!«

»Nicht ganz.« Sie wunderte sich, daß sie jetzt über die schwersten Jahre ihres Lebens lächeln konnte. »Vielleicht . . . wäre er ein anderer gewesen . . .«

»Wer war er?«

»Ein Rechtsanwalt. Studienfreund meines Mannes. Ich hatte in ihm immer nur seinen Freund gesehen. Das machte es für mich doppelt schwierig.«

»Aber die Kinder mochten ihn?«

»Nein. Sie wollten mich für sich allein haben.«

»Schon damals?«

»Ja.«

Er nahm ihre Hand. »Nun, ich bin ihnen dankbar. Wenn sie nicht so gut auf Sie aufgepaßt hätten, Julia, säßen wir beide heute nicht hier.«

»Das ist wahr«, sagte sie ganz erstaunt und sah ihn an; sie empfand, wie angenehm und erlösend es war, mit einem Mann zusammenzusein, der so viel Interesse und Verständnis für sie zeigte.

Als sich die Kellnerin mit den Bierseideln näherte, lösten sich ihre Hände. Sie klappten die Zinndeckel hoch, tranken und stellten die Krüge wieder ab.

»Aber Sie haben mir noch gar nichts über sich erzählt«, sagte Julia.

»Was wollen Sie wissen?«

»Alles.« Julia holte ihr Zigarettenpäckchen aus der Handtasche.

»Sie rauchen?« fragte er. »Das paßt eigentlich gar nicht zu Ihnen.«

»Nur selten. Ich habe es mir abgewöhnt.«

»Wegen der Kinder?«

»Ich wollte Robsy kein schlechtes Beispiel geben. Wenn es Sie stört, kann ich es auch lassen.«

»Nein, gar nicht. Rauchen Sie nur. Dann zünde ich mir eine Pfeife an.«

»Sehr gut. Das wird die Mücken vertreiben. Also . . .« Sie ließ sich von ihm Feuer geben.

Er zog Pfeife und Tabaksbeutel aus seiner Tasche. »Nun erst einmal, was Sie sicher am meisten interessieren wird . . . ich bin ledig.«

»Warum sollte mir das so wichtig sein!« protestierte sie.

»Sie sind keine Frau, die sich mit einem verheirateten Mann einläßt.«

»Sicher nicht. Aber daß ich mich von Ihnen zu einem Bier habe einladen lassen, besagt doch nicht . . .«

»Bitte, Julia, nun regen Sie sich doch nicht auf! Ich gebe zu, ich habe das vielleicht falsch gebracht. Aber ich meine eben doch, es ist ein Unterschied, ob zwei freie Menschen sich miteinander aussprechen oder ob einer von ihnen in festen Händen ist.« Er zog Tabak aus dem Beutel und stopfte ihn mit dem Daumen in den Pfeifenkopf.

»Daß Sie so ganz solo sind, nehme ich Ihnen nicht ab.«

»Aber Ihnen soll ich es glauben?«

»Sie tun es ja.«

»Eins zu null für Sie, Julia. Ich gebe zu, Frauen spielen eine Rolle in meinem Leben . . .«

»Gleich mehrere?«

»Das klingt nicht sehr vertrauenerweckend, ich weiß. Aber ich will lieber ehrlich sein. Jedenfalls bin ich nicht gebunden, und ich lebe allein.«

»Auf gut deutsch: Sie werfen jede am nächsten Morgen wieder raus.«

Er hielt sich ein Streichholz an den schräg geneigten Pfeifenkopf. »So ungefähr, Julia. Manchmal noch am gleichen Abend. Was aber nur bedeutet, daß mir keine wirklich wichtig ist.« Er schmauchte an seiner Pfeife, bis sie brannte. »Wenn man sich zum erstenmal verliebt, ist man überwältigt und glaubt, daß man ohne die eine nicht leben kann. Später bekommt man heraus, daß alle ersetzbar sind.«

»Was für eine entzückende Philosophie!«

»Erfahrung, Julia. Ist Ihnen nicht auch schon einmal fast das Herz zerbrochen? Und ein paar Jahre später haben Sie nicht mehr recht verstanden, warum?«

»Ja«, gab sie zu und dachte an Dieter Sommer.

»Wenn man diese Erfahrung einmal gemacht hat, kalkuliert man sie bei jeder neuen Verliebtheit mit ein.«

»Nicht jeder tut das!« widersprach sie. »Man kann auch immer wieder aufs neue hingerissen sein und glauben: Diesmal ist's für immer.«

»Sind Sie so, Julia?«

Sie musterte ihn, die braunen Augen mit den Lachfältchen, das braunblonde, noch vom Fahrtwind zerzauste Haar, die festen Lippen, die das Mundstück der Pfeife umschlossen hielten, und sie spürte, wie leicht es sein würde, sich in ihn zu verlieben. Aber mit ihm zusammenzubleiben, das war etwas anderes.

»Nein«, sagte sie ehrlich, »ich bin auch skeptisch.«

»Schon wieder ein Punkt, in dem wir uns verstehen.«

»Schon wieder? Ich wußte gar nicht, daß wir Punkte sammeln. Weswegen?«

»Wir wollen herausfinden, wie es mit uns weitergehen soll.« Er nahm die Pfeife aus dem Mund und zog mit ihr einen Kreis. »Sehen Sie, Julia, wir beide sind uns doch einig, daß es kein Zufall war, der uns zusammengeführt hat, zwei Menschen auf der Suche . . . ja, was suchen wir eigentlich?«

»Jedenfalls keine Liebelei.«

»Ja, Julia. Davon habe ich genug. Sehen Sie, in meinem Beruf . . .«

»Was machen Sie eigentlich?«

»Ich bin Texter.«

Sie hob die Augenbrauen. »Werbung?«

»Nein, Lieder, Songs, Schlager, wenn Sie so wollen . . . und das ist ein Beruf, der einen vielen Mädchen interessant macht.«

»Das reden Sie sich ein.« Julia drückte ihre Zigarette in dem großen Aschenbecher mit der Bierreklame aus. »Ein Mann wie Sie . . . auch als Fensterputzer würde es Ihnen an Damenbekanntschaften nicht fehlen.«

Er lachte. »Sie meinen, man würde mir durch die Scheiben zuwinken und mich ins Zimmer locken?«

»Sie wissen genau, wie ich's meine. Sie sind ein Zyniker. Wenn Ihnen ein Mädchen zeigt, daß Sie ihr gefallen, dann denken Sie gleich: Hoppla, die will Karriere machen.«

»Leider stimmt's in neunundneunzig von hundert Fällen.«

»Armer Junge.« Julia nahm einen tiefen Schluck aus ihrem Krug.

»Sehen Sie, und gerade das fasziniert mich an Ihnen: Sie werden bestimmt nicht früher oder später damit herausrücken, daß Sie eine schöne Stimme haben, und schon in einer Schülergruppe aufgetreten sind . . .«

»Nein, bestimmt nicht! Dazu wäre ich ja auch entschieden zu alt.«

»Es ist wunderbar für mich, daß Sie mit dieser ganzen verdammten Branche überhaupt nichts zu tun haben!«

»Und wie kommen Sie da hinein? Und warum machen Sie nicht mal was ganz anderes, wenn es Ihnen so wenig paßt?«

»Antwort eins: Früher habe ich Gedichte geschrieben, aber niemand wollte sie drucken . . .«

»Dann sind Sie ja ein Dichter!«

»Sagen Sie das bloß nicht, wenn andere dabei sind! Und Antwort zwei: Man verdient in meinem Job sehr gut, wenn man Erfolg hat, und man ist frei . . . verhältnismäßig frei . . . und die Arbeit an sich macht Freude.«

»Drei gute Gründe.«

»Nur, daß man eben in meinem Beruf auf Menschen wie Sie, Julia, nie trifft! Wir sind alle schreckliche Egoisten.«

»Das nehme ich Ihnen nicht ab. Oder soll ich etwa glauben, daß Sie sich meine Geschichten aus purem Egoismus angehört haben?«

»Doch, Julia. Nicht, um Ihnen zum Sprechen Gelegenheit zu geben, sondern um zuzuhören . . . weil ich nicht genug von Ihnen wissen kann und weil ich es wunderbar finde, mit Ihnen zusammenzusein. Bei Ihnen habe ich das Gefühl . . .« Er zögerte.

Sie forderte ihn nicht auf weiterzusprechen.

». . . das Gefühl, als wenn das Leben doch einen Sinn haben könnte, als wenn hinter diesem faden Alltag, den ständigen, immer mehr verflachenden Wiederholungen, als wenn es doch, ganz tief verborgen, so etwas wie Glück geben könnte.«

Sie saßen noch lange zusammen und redeten. Erinnerungen stiegen in ihnen auf, frühe Erlebnisse, Begegnungen mit Menschen, die ihnen etwas bedeutet hatten, und sie teilten sie einander mit, voller Vertrauen darauf, daß der andere sie richtig verstehen und deuten würde.

Erst als die Dämmerung hereinbrach und es kühl wurde, sagte Julia: »Es ist spät geworden!« – Sie sagte es mit Überwindung, denn sie hatte das Gefühl, als ginge ein Tag zu Ende, der sich niemals wiederholen lassen würde.

»Schade«, sagte er und sah in ihre Augen.

»Schade«, stimmte sie zu.

»Wann sehe ich Sie wieder?«

»Rufen Sie mich an . . . möglichst morgens, wenn Robsy in der Schule ist.«

»Genau das werde ich nicht tun.«

»Nein?«

»Wir wollen von Anfang an keine Heimlichkeiten haben, Julia. Wir müssen es durchkämpfen.«

»Wenn Sie wüßten, welche Schwierigkeiten ich haben werde . . . und wie sehr ich Szenen, Auftritte, Auseinandersetzungen hasse!«

»Dazu braucht es gar nicht zu kommen. Sie müssen nur ganz cool bleiben, Julia.«

»Sie kennen Robsy nicht.«

»Ich kann mir ein ziemlich genaues Bild von ihr machen.«

»Dann ersparen Sie mir das!«

»Ich kann es nicht, Julia. Ich spüre deutlich, daß Sie frei sein wollen . . . Nicht wahr, das wollen Sie doch! Also müssen Sie auch kämpfen.«

»Aber Robsy wird jetzt bald siebzehn, sie hat ihr erstes Erlebnis schon hinter sich . . . es ist nur noch eine Frage der Zeit, wann sie sich von mir abwenden wird . . . daß ich überflüssig für sie sein werde!«

»Aber beiseite geschoben zu werden . . . das ist doch nicht die Freiheit, die Sie sich wünschen, Julia!«

»Ich möchte, daß sich die Dinge so harmonisch wie möglich entwickeln, daß niemand dem anderen unnötig weh tun muß . . .«

»Bisher«, sagte er, »bist doch immer du es gewesen, die verletzt worden ist. Deine Kinder bilden sich ein, es müßte so sein. Sie werden sich anderen Partnern gegenüber genauso benehmen und dabei ihr blaues Wunder erleben. Du mußt dich gegen sie durchsetzen.«

»Das ist leicht gesagt.«

»Ich weiß, daß es schwer für dich sein wird, Julia. Aber du mußt es tun. Sonst verpaßt du den Zug.«

Jetzt erst merkten beide, daß er unversehens zum »Du« übergegangen war.

»Entschuldige, Julia, das ›Du‹ ist mir so herausgerutscht. Ich kann dich auch wieder siezen, wenn es dir unangenehm ist. Aber ich glaube, ein Schritt rückwärts bringt uns nicht weiter.«

»Nein, sicher nicht.«

»Also . . . auf ›Du‹ . . . und Hans!« Er beugte sich über den Tisch und küßte sie auf den Mund.

Seine Lippen schmeckten nach Pfeife, dennoch war ihr der Kuß nicht unangenehm; sie empfand es als Verlust, als sie sich wieder von ihrem Mund lösten.

»Ich wollte dich nicht überrumpeln«, sagte er.

»Nein, das hast du gar nicht.«

»Dann ist es gut. Versprichst du mir also . . .«

»Alles, was in meiner Kraft steht.«

»Ach, Julia, du bist viel stärker, als du glaubst. Wenn du nur endlich einmal für dich selber kämpfen würdest . . . nein, das ist ganz falsch! Kämpfe für mich, Julia! Ich brauche dich mehr als deine Kinder.«

»Ist das wahr?« fragte sie überrascht.

Er reichte ihr die Hand und zog sie hoch. »Sieh mich an . . . ich bin sehr einsam!«

»Nein!«

»Doch, es ist so! Deine Kinder werden Partner ihrer eigenen Generation finden . . . Aber was soll aus mir werden, wenn du dich mir entziehst? Sag mir nicht, daß ich warten soll. Ich war zu lange allein.«

»Ich auch«, gestand sie.

Er nahm sie in die Arme und küßte sie wieder, diesmal hart und fordernd, und sie öffnete sich ihm, eng an ihn geschmiegt. Keiner von ihnen achtete auf die neugierigen Blicke von den Nachbartischen und darauf, daß Anna kam, um abzuräumen. Erst als die Kellnerin sich heftig räusperte und einen unterdrückten, sehr bayerischen Spruch von sich gab, ließ er Julia los.

»Nichts für ungut, Anna«, sagte er und steckte ihr ein zusätzliches Trinkgeld zu.

»Sie saan mir schon einer«, erwiderte sie mißbilligend.

Hand in Hand liefen sie davon.

»Ich fürchte, wir haben uns schlecht benommen«, sagte sie.

»Aber das macht doch nichts. So prüde, wie sie tut, ist die Anna gar nicht. Jedenfalls hat sie noch nie was gegen einen Klaps auf ihr Hinterteil einzuwenden gehabt . . . und wer weiß, ob es immer nur dabei geblieben ist.«

»Sie würde sich jedenfalls nicht in aller Öffentlichkeit küssen lassen.«

»Bereust du es?«

»Nein, Hans, ich bereue nichts . . . gar nichts.«

Als sie ins Auto stiegen, fragte er: »Mußt du wirklich jetzt nach Hause, Julia? Ich will dich nicht drängen, aber könntest du es nicht einrichten . . .«

»Nein.«

»Mir zuliebe.«

»Ich habe versprochen, am Abend zu Hause zu sein.«

»Du könntest anrufen . . . ja, gleich von hier aus . . .«

»Nein, Hans. Das ist nicht meine Art.«

Er nahm ihre Hände und küßte sie. »Ja, ich weiß. Verzeih mir. Ich bin dumm. Ich benehme mich wie ein kleiner Junge, der sich nicht von seinem Spielzeug trennen kann.«

»Ich möchte auch lieber mit dir zusammenbleiben.«

»Aber du kannst es nicht. Das akzeptiere ich.« Er startete den Motor. Die Fahrt nach Eysing verlief schweigend, und Julia war dankbar, daß er sie nicht zum Reden zwang. Zu viel war auf sie eingestürmt, und nur mühsam fand sie ihr seelisches Gleichgewicht wieder.

Als sie vor dem Haus in der Akazienallee hielten, stieg er aus und kam um das Auto herum. Sie erwartete, ja sie hoffte, daß er sie wieder in die Arme nehmen und küssen würde.

Aber er tat es nicht, sondern nahm nur ihre Hände. »Ich warte auf dich«, sagte er.

»Ja.«

»Und keine Angst . . . wenn du dich nicht meldest, komme ich und haue dich hier heraus.«

»Ja«, war wieder das einzige, was sie herausbringen konnte.

Er ließ sie los, blieb aber vor ihr stehen, als könnte er sich nicht trennen. Plötzlich wurde ihr bewußt, daß er sie nur deshalb nicht küßte, nicht hier, vor ihrem Haus, weil er annahm, daß sie es nicht wollte. Sie warf sich an seine Brust und umklammerte ihn. Er nahm ihr Gesicht in beide Hände und küßte sie lange und zärtlich »Es wird alles gut werden, Julia«, murmelte er nahe an ihrem Ohr, »mich wirst du nicht los wie die anderen.

Du wirst sehen.« Er küßte ihr die Tränen von den Augen und riß sich los.
Sie blieb stehen und sah zu, wie er einstieg und davonfuhr. Auch als die Rücklichter seines Autos längst verschwunden waren, stand sie immer noch da, die Hand winkend erhoben.
Dann raffte sie sich auf und ging ins Haus.

Roberta saß vor dem Fernseher.
Julia steckte den Kopf ins Wohnzimmer und sagte in einem Ton, der nicht so unbefangen klang, wie sie gewünscht hätte: »Hallo, da bin ich wieder!«
Sie bekam keine Antwort.
»Hast du schon zu Abend gegessen?«
»Wenn du nichts dagegen hast.«
»Nicht das Geringste. Ich habe keinen Hunger.« Sie trat hinter ihre Tochter und legte ihr die Hand auf die Schulter.
Roberta zuckte zurück. »Du stinkst nach Nikotin!«
»Ja«, sagte Julia, »ich habe geraucht. Ausnahmsweise.«
»Du stinkst«, wiederholte Roberta.
»Dann steige ich am besten gleich mal in die Badewanne.«
»Gute Idee«, erwiderte Roberta mürrisch.
Nur zu gern wäre Julia allein geblieben, um Ordnung in ihre Gefühle und Gedanken zu bringen. Aber die Tatsache, daß Roberta sich nicht in ihr eigenes Zimmer zurückgezogen hatte, zeigte ihr, daß das Mädchen mit ihr sprechen wollte, auch wenn sie es nicht offen zugeben mochte. So kehrte Julia denn, nachdem sie gebadet und sich einen leichten Hausanzug angezogen hatte, zu Roberta zurück. Sie schenkte sich einen Cognac ein und setzte sich neben ihre Tochter. Die Handlung, die auf der Mattscheibe vorüberzog, nahm sie gar nicht wahr. Zu sehr war sie von ihren eigenen Erlebnissen erfüllt. Sie begriff nicht mehr, wie ihr Johannes Herder, der ihr noch wenige Stunden zuvor völlig fremd gewesen war, so rasch hatte vertraut werden können. Als Roberta sie endlich ansprach, zuckte Julia zusammen und mußte zugeben, daß sie sie nicht verstanden hatte.
»Was hast du gefragt?«
»Nichts. Ich habe nur festgestellt, daß du verabredet warst.«
»Das stimmt nicht.«
»Ach, lüg mich doch nicht an.«

»Das tue ich gar nicht und hätte auch wohl keinen Grund dazu.«

»Wo warst du?«

»Möchtest du den Fernseher nicht abschalten, wenn du mit mir sprichst?«

»Der Film interessiert mich.«

»Dann sieh ihn dir an.«

»Du weichst mir aus.«

»Nein, Liebling.«

»Also . . . wo bist du gewesen?«

»In München.«

»Und wer war der Mann?«

»Ich habe ihn zufällig kennengelernt.«

Roberta stieß ein höhnisches Lachen aus. »Und das soll ich dir glauben?«

»Wie oft habe ich dich beschwindelt?«

»Oft genug. Mir langt's allmählich.«

Julia stand auf. »Hör mal, Robsy, das führt doch zu nichts. Ich lege mich jetzt lieber hin. Wenn der Film aus ist, kannst du noch zu mir kommen.« Sie leerte ihr Glas.

»Das könnte dir so passen!« Roberta sprang hoch, schaltete den Fernseher aus, war mit einem Satz bei der Tür und knipste die Deckenbeleuchtung an. »Damit du dir eine Entschuldigung ausdenken kannst!«

Unwillkürlich hielt Julia sich schützend die Hand vor die Augen. »Du hast kein Recht, mich zu verhören, Robsy . . . kein Recht, in einem solchen Ton mit mir zu sprechen!«

»Aber du, du kannst dir alles erlauben, was? Sag mal, für wie blöd hältst du mich eigentlich? Als ob ausgerechnet du einem Mann um den Hals fallen würdest, den du gerade erst kennengelernt hast! Wie lange läuft das schon? Hinter meinem Rücken?«

»Du hast mir nachspioniert?« fragte Julia erschüttert.

»Ich habe auf dich gewartet, das ist alles. Ich war beunruhigt, weil du so plötzlich auf und davon warst . . . da habe ich aus dem Fenster gesehen. Ist das etwa ein Verbrechen?«

»Wenn du aus warst, habe ich so etwas nie getan.«

»Natürlich nicht! Du bist ja auch die Engelhafte, Tolerante, Supernachsichtige!«

»Ich habe mich beherrscht, um dir die Freiheit zu lassen, die du brauchtest.«

»Hättest du es doch nicht getan! Hättest du mir lieber deine wahre Meinung gesagt . . . Robsy, dieser Junge ist ein primitiver Flegel, er paßt nicht zu dir, nimm dich in acht! . . . aber statt dessen hast du mich voll reinsausen lassen.«

»Hättest du denn auf mich gehört? Das möchte ich doch sehr bezweifeln.«

»Aber du hättest doch wenigstens versuchen können, mich zu warnen . . .«

»Ich wollte den Konflikt zwischen uns nicht noch vertiefen.«

»Und jetzt rächst du dich! Gib zu, daß du dich an mir rächst!«

»Aber, Robsy, was für ein Blödsinn!« Julia schaltete die Stehlampe ein und das Deckenlicht aus. »Was redest du dir da ein!«

»Wenn du diesen Kerl wirklich erst heute kennengelernt hast . . .«

»Ja, Robsy, das schwöre ich dir!«

». . . dann hast du ihn dir bloß geangelt, um ihn mir vorzuführen . . . um mir zu zeigen, daß du auch noch Erfolg haben kannst, wenn du nur willst.«

»Ach, Robsy!« Julia setzte sich an den Tisch. »Was geht bloß in deinem kleinen Kopf vor.«

»Das versuche ich dir ja gerade klarzumachen. Die Geschichte mit Tobby hat dich schrecklich enttäuscht, nicht wahr?«

»Ja«, sagte Julia ehrlich.

»Ich komme mir jetzt nachträglich auch ganz blöd vor . . . wie ich auf diesen Kaffer hab' hereinfallen können. Aber begreifst du denn nicht . . .« Roberta zog sich einen Fußschemel herbei und ließ sich vor Julia nieder, ». . . daß das passieren mußte!«

»Doch, Robsy!«

»Jeder Mensch muß einmal seine Erfahrungen machen . . . bevor man nicht an den glühenden Ofen gegriffen hat, kapiert man nicht, daß er einen verbrennt. Jetzt weiß ich es. Es wird nie mehr vorkommen.«

»Hoffentlich wenigstens nicht so bald.«

»Warum sagst du so was? Wenn ich dir doch schwöre . . .«

»Ich glaube dir, daß du jetzt felsenfest davon überzeugt bist. Aber du kennst dich selber noch nicht gut genug . . .«

»Doch, Julia! Siehst du denn nicht, daß die ganze Geschichte auch was Gutes für uns beide hat? Früher war ich ein kleines Mädchen, und du warst eine Frau mit Erfahrung . . . jetzt habe ich gleichgezogen . . . jetzt können wir endlich wirkliche Freundinnen sein!«

»Nichts lieber als das, Robsy!« Julia strich ihrer Tochter zärtlich über das Haar.

»Oh, Julia, ich bin fast verrückt geworden, als ich nach Hause kam und du nicht da warst! Ich war so wütend auf dich . . . aber jetzt habe ich meine Lektion gelernt. Nie, nie wieder werde ich mich mit einem Jungen einlassen, und du versprichst mir . . .«

Julia fiel ihr ins Wort. »Und das soll Freundschaft sein! Da kann ich dir nicht folgen, Liebling. Ich meine, wir sollten wie zwei selbständige erwachsene Frauen miteinander leben . . . uns Freiheit lassen, Verständnis haben . . .«

»Bitte, Julia, hör auf damit. Es war alles schlimm genug für mich. Du hast deine Rache gehabt. Jetzt laß es gut sein.«

»Rache? Aber ich wollte mich niemals an dir rächen!«

»Warum bist du dann nach München gefahren?«

»Weil du dich sehr schlecht benommen hattest und ich dachte, es würde mir guttun, dich einen Tag lang nicht mehr zu sehen.«

»Und dieser Kerl?«

»Er ist kein Kerl, sondern ein Mann . . . ein Herr, wenn du so willst . . .«

»Warum hast du ihn hierher geschleppt?«

»Er hat mich nach Hause gebracht. Es ergab sich so. Ich konnte ja nicht damit rechnen, daß du mir auflauern würdest.« Sie seufzte, ohne es zu merken. »Ach, Robsy, diese ganze Auseinandersetzung ist doch absurd. Mir schwindelt der Kopf.«

Roberta legte ihr die Arme auf die Knie und blickte sie aus ihren hellen Augen beschwörend an. »Ich weiß, ich war in letzter Zeit sehr fies zu dir, Julia. Es tut mir leid . . . ehrlich. Aber ich war so durcheinander.«

»Das verstehe ich doch, Liebling.«

»Verzeih mir, bitte!«

»Ich trage dir nichts nach.«

»Dann laß es uns noch einmal versuchen! Es soll alles so werden wie früher. Wir haben uns doch gut verstanden, das mußt du zugeben.«

»Ja, Robsy.«

»Es war ganz schön gerissen von dir, mich so zu erschrecken!« Robertas Lächeln war kindlich. »Du hast mir einen heilsamen Schock verpaßt. Ich bin dir geradezu dankbar dafür. Ich habe mich wirklich schrecklich aufgeführt in letzter Zeit. Aber damit ist es vorbei.«

»Das wäre wunderbar, Liebling.«

»Ich werde ganz, ganz lieb zu dir sein . . . und dich verwöhnen . . . und von mir aus auch wieder zusammen mit dir einkaufen gehen . . .«

»Aber warum? Es macht dir doch allein mehr Spaß.«

»Das stimmt gar nicht. Ich habe nur so getan, um dich zu verletzen.«

»Das redest du dir jetzt ein.«

Roberta ergriff Julias Hände. »Wir werden immer zusammensein . . . ganz wie früher! Natürlich sollst du deine Skatrunde haben und deinen Verkehrsverein . . .«

»Robsy, es tut mir leid. Du siehst das alles ganz falsch. Ich habe mich nicht von diesem Mann nach Hause bringen lassen, um dich zu ärgern . . . und ich habe ihn auch nicht geküßt, damit du es sehen solltest, sondern weil mir danach zumute war. Er bedeutet mir sehr viel.«

»Und erst hast du mir weismachen wollen, du hättest ihn erst heute kennengelernt!«

»Ich habe ihn schon früher gesehen, aber erst heute sind wir ins Gespräch gekommen. Ich . . . ich war ihm schon früher aufgefallen, und er mir auch. Es ist wahr, wir sind uns zufällig begegnet . . . wenn er auch meint, daß es Schicksal war. Das kann ich nicht beurteilen. Auf jeden Fall will ich ihn nicht mehr verlieren.«

»Und wenn ich dich anflehe?«

»Nein, Robsy, du bist jetzt erwachsen. Du mußt es verstehen.«

Roberta sprang so heftig auf die Füße, daß der kleine Schemel, auf dem sie gehockt hatte, umkippte und sich überschlug. »Daß dir eine Straßenbekanntschaft mehr bedeutet als ich!«

»Du bist meine Tochter. Von diesem Platz kann dich niemand verdrängen.«

»Und was ist mit ihm? Was willst du von ihm? Wozu brauchst du ihn?«

»Ich glaube, ich habe mich in ihn verliebt.«

»In deinem Alter?«

Julia schwieg und sah ihre Tochter nur an.

»Du machst dich lächerlich! Das habe ich gleich gesehen, als ich euch beobachtet habe . . . Er wollte dich gar nicht küssen, aber du . . . du hast dich ihm an den Hals geworfen!«

»Das sind doch gerade die Töne, Robsy, denen du eben noch abgeschworen hattest.«

»Ich bin nun mal nicht wie du! Ich kann dich nicht mit offenen Augen in dein Unglück sausen lassen!«

»Du hast mich eben darauf aufmerksam gemacht, daß ich alt bin . . . Ich kann dir versichern, ich bin alt genug, um auf mich aufzupassen.«

»Du bist verrückt.«

»Kann schon sein. Liebe hat immer etwas mit Wahnsinn zu tun. Aber sie ist der schönste Wahnsinn der Welt.«

»Dieser Kerl lacht sich ins Fäustchen über dich! Bring ihn hierher, laß ihn nur kommen, und ich werde ihm auf den Kopf zusagen . . .«

»Du wirst ihn kennenlernen, Robsy, aber nicht so bald, und an deiner Stelle würde ich mich hüten, mich mit ihm anzulegen. Er ist eine starke Persönlichkeit.«

Plötzlich schlug Robertas Stimmung um.

»Ach, worüber streiten wir uns eigentlich?« sagte sie wegwerfend. »Ich wette, er wird nie mehr etwas von sich hören lassen.«

Darauf wußte Julia nichts zu sagen.

»Du hast mit ihm geflirtet. Gut und schön. So was kann passieren. Du warst ja auch ganz schön wütend auf mich. Jetzt bist du aufgekratzt und bildest dir ein, es wäre die große Liebe. Schon morgen früh sieht alles anders aus. Dann wirst du froh sein, daß du mich noch hast.«

Julia stand auf und nahm ihre Tochter in die Arme. »Ich bin immer froh, daß ich dich habe. Aber noch froher wäre ich, wenn du endlich beginnen würdest, die Wirklichkeit so zu sehen, wie sie ist . . . und aufhören würdest, sie dir nach deinen Wünschen zurechtzuschustern.«

Roberta schmiegte sich an sie. »Es wird alles wie früher werden«, murmelte sie.

Julia begriff, daß das Mädchen nichts verstanden hatte, aber sie war des Streitens müde und ließ es dabei bewenden.

Am nächsten Morgen gab sich Roberta heiter und liebevoll. Julia empfand es angenehm, obwohl sie wußte, daß es sich zweifellos um eine Taktik handelte; sie ging auf den Ton ihrer Tochter ein.

Später, als sie allein war, überfiel sie der heftige Wunsch, Johannes Herder anzurufen. Aber sie verbot es sich. Es war noch zu früh. Als Künstler war er gewiß gewohnt, morgens auszuschlafen. Und was sollte sie ihm sagen? Der Kampf mit ihrer Tochter hatte ja erst begonnen.

Gegen elf Uhr hielt sie es nicht mehr aus. Sie wollte wenigstens seine Stimme hören, sich vergewissern, daß ihre Begegnung mehr als eine Illusion gewesen war, und sich ermutigen lassen.

Gerade, als sie zum Hörer griff, klingelte das Telefon. Sie nahm ab und meldete sich. Er war es! Ihr Herz klopfte wie ein Hammerwerk, und nur mit Mühe zwang sie sich zu einem gleichmütigen Ton.

»Aber das ist gegen unsere Abmachung!« sagte sie.

»Hättest du mich denn angerufen?«

»Ja. Schade, daß du mir keine Gelegenheit gegeben hast.«

»Ich konnte nicht warten.«

Etwas in seiner Stimme beunruhigte sie. »Ist etwas passiert?«

»Ja.«

Sie konnte kein Wort herausbringen.

»Ich muß fort, Julia«, sagte er.

»Wann?«

»Morgen mittag. Ich fliege in die Staaten. Es geht um die deutschen Texte für eine Langspielplatte.« Als sie schwieg, fügte er hinzu: »Ich könnte natürlich auch ablehnen . . .«

»Nicht meinetwegen!«

»Wenn du es verlangst . . .«

»Nein, nein!« Sie nahm alle Kraft zusammen und fragte: »Wie lange?«

»Zwei oder drei Wochen.«

315

Eine Ewigkeit! dachte sie und sagte: »Das ist doch nicht lange!«

»Ich werde mich beeilen.«

»Nein, nein, laß dir nur Zeit. Wirst du dich melden, wenn du zurück bist?«

»Ich werde von unterwegs anrufen.«

Sie war nahe daran, das abzulehnen, aber dann dachte sie, er könnte annehmen, daß es Robertas wegen wäre und sagte: »Fein.«

»Es ist der ungünstigste Zeitpunkt, nicht wahr?«

»Nein«, sagte sie, »wenn du gestern hättest fliegen müssen, wäre es schlimmer gewesen.«

Er lachte. »Sehr realistisch!«

»Ich versuche mich nur zu trösten.«

»Wenn du wüßtest, wie mir zumute ist.«

»Vielleicht ist es ganz gut so. Es gibt mir Zeit, es den Kindern beizubringen.«

»Wie hat es Robsy aufgenommen?«

»Sie will es nicht wahrhaben.«

»Schmollt sie?«

»Nein, sie zeigt sich von ihrer besten Seite. Sie glaubt, ich hätte unsere Begegnung provoziert, um mich zu rächen.«

»Kleiner Tollkopf.«

»Ja, das ist sie.«

Einen Augenblick schwiegen beide. »Ich hätte dir so schrecklich viel zu sagen!« stieß sie endlich hervor.

»Ich dir auch! Aber nicht am Telefon. Hör mal, Julia, ich bin heute noch den ganzen Tag da . . .«

»Du mußt packen.«

»Nicht der Rede wert. Willst du nicht kommen? Ich glaube, es wäre für uns beide leichter, wenn . . .«

Er sprach es nicht aus, aber sie wußte, was er meinte. Ihre körperliche Sehnsucht nach ihm war so stark, daß sie am liebsten alles hätte stehen und liegen lassen und zu ihm gefahren wäre. Es war ihr ganz gleich, was Roberta von ihr denken würde, wenn sie auch heute die Wohnung leer finden würde.

»Ich sehne mich schrecklich nach dir!« bekannte sie.

»Dann komm! Wir haben noch mehr als vierundzwanzig Stunden Zeit.«

»Nein«, sagte sie und wußte selber nicht, warum, »es . . . es wäre so überstürzt.«

»Vielleicht wird es dir ewig leid tun, wenn du diesen Tag ungenutzt hast verstreichen lassen.«

Sie wurde hellhörig. »Was soll das heißen? Was willst du damit sagen?«

»Das, was ich gesagt habe.«

»Hast du etwa vor, in den Staaten zu bleiben?«

»Nein, das nicht.«

»Warum sagst du dann so etwas?«

»Kannst du dir das nicht denken?« Er lachte leise. »Ich möchte dich mürbe machen.«

»Hilf mir lieber, klaren Kopf zu bewahren.«

»Ist das denn wichtig?«

»Ja. Ich möchte kein Abenteuer, sondern eine wirkliche menschliche Beziehung.«

»Und du fürchtest, du würdest irgend etwas verderben, wenn du jetzt zu mir kämst.«

»Ja.«

»Das verstehe ich nicht.«

»Ich auch nicht. Aber ich habe das Gefühl, es würde nicht zu mir passen . . .«

»Vielleicht nicht«, gab er zu, »aber gerade deshalb. Spring doch einmal über deinen Schatten!«

»Nein«, sagte sie.

»Auch auf die Gefahr hin, daß du mich furchtbar enttäuschst?«

»Ich glaube nicht, daß du mich anders haben willst, als ich bin.«

»Wenn du mich wirklich liebtest . . .«

»Still!« mahnte sie. »Nicht so große Worte! Als Textdichter kommen sie dir wahrscheinlich leicht über die Lippen, aber du solltest auch wissen, wie trügerisch sie sind.«

»Du bist sehr weise.«

»Nein, gar nicht. Aber ich bin eben auch kein kleines Mädchen mehr. Ich dachte, gerade das würde dir an mir gefallen.«

»Ja, Julia, aber . . .«

»Bitte, Hans, quäl mich nicht! Kaum wäre ich bei dir, würde ich mir Sorgen um Robsy machen . . . mein Gewissen würde mir zusetzen. Ich kann nun einmal nicht so sein.«

»Ich liebe dich, Julia! Ich weiß, du willst es nicht hören . . . noch
nicht . . . aber ich bin mir ganz sicher: Ich liebe dich!«
»Paß gut auf und komm gesund wieder!«
»Können wir uns nicht wenigstens morgen noch am Flughafen
sehen?«
»Das würde alles nur noch schlimmer machen. Dich noch einmal zu sehen, um dich dann gleich zu verlieren . . . nein. Ich
könnte es kaum ertragen.«
»Ich liebe dich, Julia! Ich hätte nie gedacht, daß es mich noch so
packen könnte.«
»Ich werde an dich denken!« Ohne ein weiteres Wort legte sie
auf, denn sie konnte die Tränen nicht länger zurückhalten.
Nach wenigen Minuten klingelte es wieder, aber sie nahm nicht
mehr ab. Vor Schluchzen hätte sie kein Wort mehr hervorbrin-
gen können, und sie wollte ihn nicht mit ihrem Schmerz belasten.

Die nächsten Wochen verlebte Julia in einem seltsamen Gefühl
der Unwirklichkeit. Ihr Herz war schwer vor Glück und gleichzeitig gebeutelt von Schmerz, erfüllt von flirrender Erwartung
und doch gepeinigt von Angst, das Glück, das er ihr gerade
offenbart hatte, schon wieder verloren zu haben. Obwohl sie
versuchte, sich zusammenzunehmen, ging sie doch wie eine
Schlafwandlerin durch den Alltag, vergaß die einfachsten
Dinge, hörte nicht zu, wenn man mit ihr sprach, konnte sich auf
nichts konzentrieren und fand doch manchmal Sätze von einer
Klarheit, die sie selber überraschte.
Roberta behandelte die Mutter nachsichtig und liebevoll, überzeugt, daß der Mann, den sie kennengelernt hatte, schon wieder aus ihrem Leben verschwunden war.
Julia mochte mit ihr nicht darüber sprechen, so wenig wie
mit ihren Freundinnen. Sie empfand ihre Liebe als eine so ge-
heimnisvolle Kraft, daß ihr die Worte fehlten, sie auszudrücken.
Ursprünglich hatte sie vorgehabt, einmal in der Woche nach
München zu fahren, allein, um Roberta an die Vorstellung zu
gewöhnen, daß sie ihr eigenes Leben führen wollte. Aber dann
brachte sie die Kraft dazu nicht auf. Da Johannes Herder nicht
auf sie wartete, schien es ihr ein sinnloses Theater, das nur zu

neuen Auseinandersetzungen mit Roberta führen konnte, ohne die Situation wirklich zu klären.

Manchmal war sie nahe daran, Roberta anzuschreien: Hör auf, mich wie eine Kranke zu behandeln!

Aber dann unterließ sie es doch, weil sie empfand, daß sie wirklich krank war, liebeskrank, wenn auch in einem anderen Sinne, als Roberta glaubte.

Sie war kaum imstande, die Sitzung des Verkehrsvereins zu überstehen, und nur ihr Pflichtgefühl hielt sie davon ab, sich krank zu melden. Nicht einmal der allwöchentliche Skatabend konnte sie reizen. Lustlos trödelte sie herum.

»Es wird Zeit«, drängte Roberta, »du mußt dich umziehen!«

»Mir ist heute nicht nach Skat.«

»Aber, aber!« tadelte das Mädchen in überlegenem Ton. »Wie kannst du so etwas sagen!«

»Ich habe Kopfschmerzen!«

»Denk nur daran, wie sehr du Agnes und Lizi enttäuschen würdest.«

Julia seufzte. »Ja, ich weiß. Ich muß wohl hin.«

»Ich werde dich begleiten«, erbot sich Roberta.

Es war Freitag. Der Skatabend sollte in Lizi Silbermanns Wohnung über der Boutique stattfinden, und Agnes wollte gleich vom Geschäft aus hinfahren.

»Nett von dir«, sagte Julia, obwohl sie lieber allein gegangen wäre. Roberta beobachtete sie lauernd. »Du bist ganz blaß. Wenn dir wirklich nicht gut ist, solltest du dich doch besser hinlegen. Ich werde bei Lizi anrufen und dich entschuldigen. Vielleicht finden die beiden ja noch einen dritten Mann. Oder sie können Rommé spielen.«

»Nein, Robsy, ich möchte meine Freundinnen nicht im Stich lassen.«

»Aber eben sagtest du doch . . .«

»Ich weiß, was ich sagte. Aber so schlimm sind meine Kopfschmerzen auch wieder nicht. Ich werde eine Tablette nehmen, dann wird's schon gehen.«

»Wie du meinst. Aber ich hätte dich gern gepflegt.«

»Das glaube ich dir«, sagte Julia und erschrak über den feindlichen Unterton in ihrer Stimme.

Roberta schien nichts zu merken. »Wenn du dich jetzt ins Bett

legtest und dir eine kalte Kompresse von mir machen lassen
würdest . . .«

»Danke, Liebling, aber ich habe mich schon entschieden.« Sie
hatte es jetzt sehr eilig, sich umzuziehen, wählte einen karierten
Rock und einen dünnen rosa Pullover, von dem sie hoffte, daß
er ihrem Gesicht Farbe geben würde.

Wenig später kam sie ins Wohnzimmer zurück. »Ich bin fertig,
Liebling . . .«

»Warte doch! Ich komme mit!« Roberta sprang auf. »Aber laß
dich erst mal ansehen.«

»Ja?« fragte Julia irritiert. »Ist etwas nicht in Ordnung?«

»Doch. Tadellos, nur . . . Nein, ich sage nichts, du würdest nur
böse werden . . .«

»Meinst du, ich hätte mich ein bißchen anmalen sollen?«

»Nein, das nicht, aber . . .« Roberta zögerte, dann platzte sie
heraus: »Findest du nicht, daß diese Aufmachung ein bißchen
zu jugendlich für dich ist? Du kannst dich doch wirklich nicht
mehr wie ein Schulmädchen anziehen!«

Es erstaunte Julia, daß sie sich nicht verletzt fühlte. »Lizi und
Agnes wird's nicht stören«, erwiderte sie obenhin und wandte
sich zur Tür.

Roberta war mit wenigen Schritten neben ihr. »Weißt du, ich
glaube, man kann sich selber nie so sehen, wie man wirklich ist!
Deshalb ist es gut, wenn man jemanden hat, der objektiv urtei-
len kann.« Sie liefen die Treppe hinunter.

»Und du glaubst, du bist mir gegenüber wirklich objektiv?«

»Nicht ganz!« erklärte Roberta. »Dazu habe ich dich zu lieb.«

»Dann muß ich wohl froh sein, daß ich nicht weiß, wie ich mich
in den Augen der anderen spiegele.«

Sie hatten die Straße erreicht, und Julia schlug nach einem Blick
auf ihre Armbanduhr ein zügiges Tempo an.

Roberta, auf ihren hochhackigen Schuhen, konnte kaum schritt-
halten. »Nicht so rasch, Julia!« bat sie. »Ich komme nicht mit!«

»Aber ich bin wirklich spät dran! Vielleicht ist es besser, du
kehrst um.«

»Ach, laß die beiden doch ruhig ein bißchen warten!« Roberta
hakte sich bei der Mutter ein und zwang sie so, sich ihrem ge-
mächlicheren Gang anzupassen. »Ich wollte schon lange mit dir
reden.«

»Aber dazu hast du doch immer Gelegenheit.«

»Nein. Du warst in letzter Zeit so . . . so abwesend, ja geradezu abweisend mir gegenüber.«

»Das war nicht meine Absicht. Tut mir leid.«

Roberta drückte ihren Arm. »Ich wollte dir nur sagen . . ., ich weiß sehr gut, wie dir jetzt zumute ist.«

Julia schwieg.

»Ich habe ja dasselbe durchgemacht . . . das heißt, nicht ganz dasselbe, aber doch etwas sehr Ähnliches . . .«

Vergebens suchte Julia nach einem Wort, mit dem sie das Gespräch hätte abblocken können.

»Die Männer sind nun mal so«, fuhr Roberta fort.

Julia konnte nicht länger an sich halten. »Was weißt du schon von den Männern!«

»Vielleicht wird man wirklich nicht aus Erfahrung schlau . . . Sonst hättest du doch nicht so reinfallen können.«

»Ich muß dich enttäuschen, Robsy.«

»Aber, Julia, ich bitte dich! Versuch doch nicht, mir etwas vorzumachen! Ich bin der einzige Mensch auf der Welt, der dich voll versteht.«

»Nein, Robsy, du irrst dich.«

»Meinst du, ich hätte dich nicht beobachtet! Seit wer weiß wie lange wartest du vergeblich auf ein Lebenszeichen dieses Typen . . .«

Julia fiel ihr ins Wort. »Nein, Robsy, das ist einfach nicht wahr!«

»Mir gegenüber kannst du es doch zugeben.«

»Aber du bist völlig auf dem Holzweg. Er hat sich mit mir in Verbindung gesetzt.«

Roberta lachte hohl. »Wie denn?«

»Hast du schon mal etwas von der Erfindung des Telefons gehört?«

»Du willst behaupten, er hat dich angerufen?« fragte Roberta ungläubig.

»Ja, das hat er.«

»Und warum läßt er sich nicht blicken? Warum verabredet er sich nicht mit dir? Er muß sich wohl erst scheiden lassen, wie?«

»Er ist nicht verheiratet.«

»Und das glaubst du? Alle attraktiven Männer in deinem Alter sind verheiratet!«

»Er ist ein paar Jahre jünger als ich.«

Roberta blieb so abrupt stehen, daß Julia fast ins Stolpern geriet. »Das ist nicht wahr!«

»Warum sollte ich so etwas erfinden?«

»Wieviel jünger ist er?«

»Fünf Jahre.«

»Fünf? Julia, das kannst du doch nicht machen!«

»Komm, gehen wir weiter, Robsy! Wir können später zu Hause darüber sprechen.«

Roberta setzte sich wieder in Bewegung, aber sie gab das Thema nicht auf. »Du kannst doch nicht ernstlich glauben, daß ein ... laß mich nachrechnen ... ein vierunddreißigjähriger Mann etwas an dir finden könnte! Dann muß er ein Holzbein haben!«

»Sehr schmeichelhaft.«

»Oder er hat es auf dein Geld abgesehen! Ja, natürlich ... zu dumm, daß ich nicht gleich darauf gekommen bin! Er weiß, daß dir das Haus gehört, das hast du ihm bestimmt gleich auf die Nase gebunden. Wart's nur ab, er wird dir vorschlagen, es zu verkaufen ...: dann wird er das Geld kassieren und ...«

»Ich wußte gar nicht, daß du eine so blühende Phantasie hast, Robsy. Schade, daß du sie nicht gelegentlich in deine deutschen Aufsätze fließen läßt.«

»Jetzt wirst du gemein!«

»Wenn eine von uns beiden gemein ist, dann doch wohl du! Aber jetzt Schluß damit! Es ist nicht nötig, daß wir uns in aller Öffentlichkeit zanken.«

»Also wieder mal Rücksicht auf die Leute!«

»Ja, Robsy.«

Tatsächlich war Julia froh, daß um diese Zeit – die Geschäfte hatten schon geschlossen und die Filmvorstellungen hatten noch nicht begonnen – nur wenige Menschen unterwegs waren. Trotzdem mußte sie, während Roberta sie angriff, sich immer wieder zu einem Lächeln zwingen und diesen und jenen Gruß erwidern, während das Mädchen so tat, als wären sie allein auf der Welt. Sie hatten jetzt schon den Hauptplatz erreicht, auf dem einige Jugendliche an ihre Mofas und Mopeds gelehnt herumlungerten und offensichtlich überlegten, wie sie den Abend verbringen wollten.

»Dann mach dir doch auch mal klar, was die Leute sagen werden, wenn du mit einem Vierunddreißigjährigen ankommst! Stell dir bloß mal das Hohngelächter vor!«

»Warum sollte mich jemand deswegen verspotten? Die anderen Frauen werden mich höchstens beneiden.«

»Mir kannst du nur leid tun!«

»Ich nehme dich beim Wort, Robsy. Dann wirst du mir sicher zusätzliche Schwierigkeiten ersparen und dich wie eine erwachsene Frau benehmen.«

»Was heißt das?«

»Muß ich dir das wirklich erklären?! Du wirst aufhören, mir Szenen zu machen und mich die Sache durchstehen lassen.«

»Also bist du doch nicht glücklich.«

»Ich bin ziemlich durcheinander, Robsy«, gestand Julia, »das alles ist so plötzlich gekommen, und ich fürchte, es wird mein Leben völlig verändern. Es wäre schön, wenn ich in dir jetzt eine Stütze hätte . . . einen Menschen, der mich versteht.«

Tränen schossen in Robertas Augen. »Du liebst mich nicht mehr! Sonst wärst du gar nicht auf den Gedanken gekommen, dich mit so einem Schnösel einzulassen!«

»Ich bin nicht auf den Gedanken gekommen, sondern es ist einfach passiert. Und ein Schnösel ist er auch nicht. Denk doch nur einmal daran, wie ich zu dir gehalten habe, als du und Tobby . . .«

»Das war etwas ganz anderes!«

»Daran besteht kein Zweifel. Aber du wirst zugeben, daß ich mich nicht so aufgeführt habe, wie du jetzt . . . Also, bitte, laß mich los und laß mich gehen! Ich habe wirklich keine Zeit mehr!«

Julia ließ Roberta stehen. Es zerriß ihr das Herz, aber sie konnte nicht anders. Als sie die nächste Straßenecke erreichte, wurde sie fast von dem Zwang überwältigt, sich nach ihrer Tochter umzusehen. Aber sie blieb hart und ging weiter.

An diesem Abend spielte Julia schlecht. Sie warf eine Lusche ab, wo sie hätte stechen müssen, und brachte es dahin, daß Agnes einen Zehner verlor, den sie hätte nach Hause bringen können.

»Herrjemineh, Liebchen, wo hast du nur deine Gedanken!« rief Agnes. »Wenn wir nicht schon jahrelang miteinander spielten, müßte ich glauben, ich wäre mit einer Anfängerin geschlagen.«

»Tut mir leid«, entschuldigte sich Julia, »es soll nicht wieder vorkommen.«

»Das will ich hoffen!«

»Ich kann mich heute auch nicht recht konzentrieren«, gestand Lizi.

»Sollen wir es etwa aufgeben?«

»Ich schlage vor, wir legen eine Pause ein.«

»Aber wir haben doch gerade erst begonnen!«

»Ich muß euch etwas sagen«, erklärte Lizi, »eigentlich habe ich es bis nach dem Spiel aufheben wollen, aber ich glaube, es ist besser, ich rücke gleich damit heraus.«

Agnes warf die Karten, die sie gerade wieder hatte verteilen wollen, auf den Tisch. »Also . . . von mir aus!«

Lizi stand auf und schenkte sich und den Freundinnen Cognac ein. »Ihr werdet vielleicht eine kleine Stärkung brauchen.«

»Komm, komm!« drängte Agnes. »Mach's nicht so feierlich!«

Lizi stand da, ihr Glas in der Hand, und sah auf die anderen herunter. »Ich werde mich wieder verheiraten.«

Eine Sekunde lang starrten Agnes und Julia sie entgeistert an.

Dann brach es aus Agnes heraus: »Das kann doch nicht dein Ernst sein!«

»Und warum nicht, liebe Agnes? Kannst du dir etwa nicht vorstellen, daß es jemanden gibt, der mich nimmt?«

»Blödsinn! Natürlich kannst du, wenn du willst . . . Daran hat niemand gezweifelt! Oder du etwa, Liebchen?«

Julia schüttelte den Kopf.

»Aber wozu, würde ich gern wissen?« fuhr Agnes fort. »Du hast doch alles, was du brauchst . . . ein gesichertes Einkommen . . .«

»Ja, das habe ich. Aber das allein genügt mir nicht mehr . . . jedenfalls nicht für den Rest meines Lebens. Um die Wahrheit zu sagen: Ich habe es satt. Schon seit langem.«

»Wer ist es denn?« fragte Julia und nahm einen Schluck.

»Karl Fakosch.«

Julia und Agnes sahen sich an.

324

»Müßten wir den kennen?« fragte Agnes.

»Ihr kennt ihn beide. Es ist der Oberkellner aus dem ›Duschl-Bräu‹.«

»Du willst einen Kellner heiraten?« rief Agnes. »Entschuldige, bitte, ich bin wirklich kein Snob und weiß, daß das ein ehrenwerter Beruf ist. Aber zu dir, Lizi, paßt ein Kellner doch wie die Faust aufs Auge.«

Julia hatte sich indessen bemüht, sich an den Oberkellner, den sie nie als Mann betrachtet hatte, zu erinnern. »Er ist aber doch sehr nett«, sagte sie, merkte selber, daß es lahm klang und fügte hinzu: »Sehr tüchtig und vertrauenerweckend, und Humor hat er auch.«

»Danke, Julia«, sagte Lizi.

»Du und ein Kellner!« wiederholte Agnes. »Ausgerechnet du! Du wolltest doch immer so hoch hinaus.«

»Jetzt komm mir bloß nicht damit, daß ich mal Miß Dingsbums war. Das ist so lange her, daß es schon gar nicht mehr wahr ist. Aber es stimmt schon, ich habe immer versucht, aus meinem Leben etwas zu machen. Allein habe ich es eben nicht geschafft. Die Boutique war ja nie ein großes Geschäft, das wißt ihr so gut wie ich. Alles Kleinkleckerkram. Und gesellschaftlich hänge ich als geschiedene Frau mit Gelegenheitsbekanntschaften hier in Eysing schwer daneben.«

»Und du bildest dir ein, wenn du diesen Kellner heiratest, wird das anders werden?«

»Er muß ja nicht immer Kellner bleiben.«

»Er will sich selbständig machen?« fragte Julia.

»Du hast es erfaßt. Wir wollen uns selbständig machen«, erwiderte Lizi und betonte das ›wir‹. »Wir haben schon eine Lokalität gefunden, die Kneipe bei der ›Alten Mühle‹ . . . es ist eine Bruchbude, ich weiß, wir müssen allerhand hineinstecken, aber wir haben schon einen Vertrag mit einer Brauerei.«

»Gratuliere, Lizi!« sagte Julia. »Das ist eine fabelhafte Neuigkeit!«

»Und woher nehmt ihr das Geld?« wollte Agnes wissen.

»Karl hat Ersparnisse, und ich werde meine Wohnung verkaufen . . . die brauche ich ja dann nicht mehr . . . und auch das Geschäft. Wäre das nicht übrigens etwas für dich, Julia? Du weißt doch inzwischen, wie der Hase läuft.«

Julia überlegte. Der Gedanke, die Boutique selbständig zu führen, war einen Augenblick lang verlockend. Aber sie wollte gerade jetzt keine Verpflichtung eingehen. »Nein, danke, Lizi«, sagte sie, »aber lieb, daß du an mich gedacht hast.«

»Und was ist mit Leonore?« forschte Agnes. »Sollte sie die Boutique nicht übernehmen? So war es doch immer geplant.«

»Sie hatte doch nie wirklich Spaß daran. Warum soll ich sie zu ihrem Glück prügeln? Leonore kann tun und lassen, was sie will.« Als die Freundinnen schwiegen, fügte sie verteidigend hinzu: »Außerdem hat sie mehr davon, später ein gutgehendes Restaurant zu erben als eine mäßig florierende Boutique.«

»Das ist dein Bier!« sagte Agnes friedfertig. »Aber was wird aus unseren Skatabenden?«

»Die werde ich bestimmt nicht aufgeben, verlaßt euch drauf. Wir werden sie auf einen anderen Tag verlegen müssen, weil ich am Wochenende wahrscheinlich Hochbetrieb haben werde . . . so hoffe ich wenigstens.«

»Viel Glück, Lizi!« sagte Julia.

»Da kann ich mich nur anschließen!« rief Agnes. »Das muß gefeiert werden! Ich hoffe doch, du hast eine Flasche Champagner im Haus?«

»Extra für diese Gelegenheit beschafft. Sie wartet im Kühlschrank.«

»Dann also . . . her damit!«

Lizi holte die Flasche und Agnes, die sich in ihrer Wohnung auskannte, die Gläser. Lizi löste den Korken mit einem sanften »Plopp«, schon ganz in der Rolle der routinierten Wirtsfrau, und füllte die Gläser mit der prickelnden Köstlichkeit. Sie stießen miteinander an und tranken, die Stimmung wurde ausgelassen, wenn auch ein wenig hektisch. –

Als Agnes und Julia dann im Kastschen Firmenwagen nach Hause fuhren – früher als gewöhnlich, denn zum Spielen war es nicht mehr gekommen –, sagte Agnes: »Ich freue mich für die gute Lizi . . .«

»Aber?«

»Vielleicht geht ja auch wirklich alles gut, nur . . . ich habe ein sonderbares Gefühl.«

»Es ist sicher ein Wagnis, auf das sie sich da einläßt. Sie hat es ja nicht direkt gesagt, aber ich nehme an, daß sie alles, was sie besitzt, in dieses Unternehmen reinsteckt . . . und wenn's dann kein Erfolg wird, sitzt sie ohne einen Pfennig da.«

»So weit habe ich gar nicht mal gedacht.«

»Was bedrückt dich dann?«

»Nur so ein Gefühl . . . wie gesagt, als wenn alles auseinanderbräche.«

»Nur weil Lizi heiratet? Unsinn.«

»Nicht nur! Dein Dieter hat sich inzwischen auch aufbieten lassen . . . Seine kleine Apothekenhelferin hat es also geschafft.«

»Das berührt mich überhaupt nicht mehr. Von mir aus sollen sie glücklich werden.«

»Hoffentlich.«

»Warum bist du auf einmal so pessimistisch?«

»Ich weiß es selber nicht. Mir ist, als wenn ihr alle von mir fortstrebtet . . . auch du, Schätzchen.«

Julia wußte, daß dies das Stichwort war, auf das sie von ihrer Begegnung mit Johannes Herder hätte erzählen sollen. Vielleicht ahnte Agnes sogar schon etwas, wahrscheinlich sogar, denn es mußte ihr aufgefallen sein, daß Julia von ihrem Ausflug nach München so wenig geredet hatte.

Aber Julia brachte es nicht fertig, sich der Freundin anzuvertrauen. Sie hatte diesmal nicht den Wunsch, sich auszusprechen, wußte, daß sie weder gutgemeinte Ratschläge noch Warnungen hören wollte. So beugte sie sich denn zu ihr hin und küßte sie leicht auf die Wange. »Sei nicht traurig, Agnes . . . Wir werden dich immer lieb haben.« Dabei kam sie sich ein wenig wie eine Verräterin vor.

Als Agnes das Auto vor dem Haus in der Akazienallee einparkte, blickte Julia zu den Fenstern ihrer Wohnung hinauf. Sie waren dunkel, Roberta schlief also wohl schon oder hatte sich in ihr Zimmer zurückgezogen. Es versetzte ihr einen leichten Schock, daß sie das als Erleichterung empfand.

Mitten in der Nacht schrillte das Telefon.

Julia brauchte Zeit, sich zurechtzufinden. Sie blickte auf das Leuchtblatt ihres Weckers – es war drei Uhr früh.

Das Telefon klingelte immer noch.

Sie machte Licht, fuhr in ihre Hausschuhe und hastete in die Diele. Als sie den Hörer abnahm und sich meldete, glaubte sie

nichts anderes, als daß sich jemand verwählt haben müßte, ein
Betrunkener vielleicht, und sie kämpfte darum, sich ihren Ärger
nicht deutlich anmerken zu lassen.
Aber es war ein Ferngespräch aus New York.
Roberta erschien auf der Schwelle, schlaftrunken und mit blo-
ßen Füßen. »Was is'n los?« fragte sie verschwommen.
Julia hielt die Muschel zu. »Geh zu Bett, Liebling!«
Roberta wich nicht von der Stelle.
Es waren Geräusche in der Leitung, eine helle Frauenstimme,
die etwas in englischer Sprache sagte, das Julia nicht verstand,
und dann plötzlich hörte sie Johannes Herder, so deutlich, als
riefe er vom Ort her an.
»Julia«, sagte er, »Julia . . .«
»Du?«
»Kannst du mich verstehen?«
»Ganz deutlich.«
»Wundervoll. Ich dich auch. Hast du meinen Brief gekriegt?«
»Nein.«
»Er muß in den nächsten Tagen kommen.«
»Ja, Hans, ja . . .«
»Ich muß dauernd an dich denken!«
»Ich auch!« Julia sah zu Roberta hin, machte eine Handbewe-
gung, um sie zu verscheuchen, aber das nutzte nichts; das Mäd-
chen beobachtete sie jetzt mit wachen Augen, und es war ihr an-
zumerken, wie sehr sie die Ohren spitzte.
»Ich habe Sehnsucht nach dir!« kam es aus New York.
»Ja, Hans!«
»Du bist nicht allein?«
»Ja.«
»Sag es trotzdem, trau dich! Sag: Ich habe Sehnsucht nach
dir.«
»Ich habe schreckliche Sehnsucht nach dir!«
»So ist's gut! Und wie war die Wirkung?«
Julia blickte zu der Stelle hin, wo Roberta eben noch gestanden
hatte. Das Mädchen war verschwunden.
»Sie hat sich auf dem Absatz umgedreht.«
»Sehr gut. Ich liebe dich, Julia!«
Weil sie sich plötzlich bedrängt fühlte, konnte sie nichts ande-
res sagen als: »Wie schön!«

»Julia!«
»Verzeih mir, Hans, das hat vielleicht ein bißchen sarkastisch geklungen . . . aber bei mir geht es nicht so schnell. Du mußt Geduld mit mir haben.«
»Ist ja schon gut, Julia, ich weiß schon. Ich hab' dich ja aus dem Bett geklingelt.«
»Ja. Aber es macht nichts. Ich bin froh, deine Stimme zu hören.«
»Ich konnte nicht früher. Hier ist es jetzt neun Uhr abends.«
»Weißt du schon, wann du zurückkommst?«
»Nicht so bald. Es gibt da einige Schwierigkeiten . . .«
»Schade!« sagte sie, und da sie selber merkte, daß es sehr enttäuscht geklungen hatte, fügte sie rasch hinzu: »Aber es macht nichts. Wir haben ja noch ein halbes Leben vor uns.«
»Ich muß jetzt Schluß machen, Julia! Da sind einige Burschen, die . . .«
»Schön, daß du angerufen hast!«
»Ich liebe dich, Julia, ich . . .«
Und dann war das Gespräch unterbrochen.
Julia fühlte sich glücklich und doch auch wie ausgepumpt; es war ihr, als wäre alles Wichtige ungesagt geblieben.

Am nächsten Morgen, bei einem späten Frühstück, sagte Roberta: »Ziemlich rücksichtslos, so spät in der Nacht anzurufen, findest du nicht auch?«
»Nein. Ich bin froh, daß er es getan hat.«
»Dir hat's den Verstand vernebelt, das habe ich schon gemerkt.«
Julia schwieg, denn sie hatte weder Lust, sich zu verteidigen, noch zu entschuldigen. Sie schenkte sich gerade die zweite Tasse Kaffee ein, als es an der Haustür klingelte.
»Die ›Abendzeitung‹!« sagte Roberta. »Ich spring gleich mal runter.«
Die »Münchner Abendzeitung« kam täglich mit der Post, und sie pflegten sie samstags, wenn Roberta keine Schule hatte, beim Frühstück zu lesen. Diesmal aber brachte das Mädchen außer der Zeitung und einem kleinen Stoß Drucksachen einen Brief hinauf, den sie der Mutter hinwarf. Er steckte in einem Luftpostumschlag und war in New York abgestempelt. Julia be-

trachtete ihn flüchtig und legte ihn beiseite. »Na, was gibt's Neues?« fragte sie und streckte die Hand nach der Zeitung aus.

»Willst du ihn denn nicht lesen?«

»Nicht jetzt, Robsy.«

Roberta, die sich gerade erst niedergelassen hatte, sprang auf. »Ich störe wohl?«

»Ich möchte mich in Ruhe damit befassen!«

»Die sollst du haben!« Roberta stürzte aus der Küche und schmetterte die Tür ihres Zimmers hinter sich zu.

Julia öffnete den Umschlag dennoch nicht, sondern zwang sich, die Zeitung zu lesen, wenn sie auch schon im nächsten Augenblick nicht wußte, was sie eigentlich gelesen hatte. Wie sie es nicht anders erwartet hatte, war Roberta wenige Minuten später wieder zurück und warf einen lauernden Blick auf Julia und den immer noch verschlossenen Umschlag.

»Ja, Robsy?« fragte Julia ohne aufzusehen.

»Ich gehe jetzt!« verkündete das Mädchen.

»Bist du zum Essen zurück?«

»Was denn sonst?«

»Dann bis später.«

Julia wartete, bis die Wohnungstür hinter ihrer Tochter ins Schloß fiel, stand auf, lief, den Brief in der Hand, in Ralphs Zimmer, beobachtete die Straße und vergewisserte sich, daß Roberta tatsächlich abzog. Dabei kam sie sich ziemlich lächerlich vor, aber sie wollte diesen Brief für sich allein haben und auf keinen Fall über seinen Inhalt Auskunft geben müssen. Doch jetzt konnte sie keine Sekunde länger warten, riß den Umschlag, noch am Fenster stehend, auf und nahm die dünnen Bogen heraus.

»Geliebte Julia«, las sie, »wie traurig, daß Du nicht bei mir bist! Tagsüber könntest Du durch New York bummeln – eine Stadt, die Dich sicher faszinieren würde! – und abends wären wir zusammen. Wir könnten ins Ballett gehen oder in eines der zahlreichen Musicals, oder wir würden einfach auf dem Zimmer bleiben und eines der Fernsehprogramme genießen – zusammen würde es bestimmt Spaß machen, aber allein ist es eine traurige Angelegenheit.

So hocke ich Abend für Abend mit einigen Burschen von der

Crew zusammen, die auch nicht hier zu Hause sind, wir saufen, quatschen und – was noch schlimmer ist – pokern. Jeden Morgen erwache ich mit einem dicken Kopf und schwöre mir, nicht wieder mitzumachen. Aber dann läuft's doch wieder aufs gleiche hinaus. Was tut ein Mann ganz allein in New York?

Ich sehne mich nach Dir. Du willst nicht hören, daß ich Dich liebe – aber so ist es eben. Ich kann Dir nicht schwören, daß es ewig so bleiben wird – soviel Vertrauen habe ich nicht mehr zu meinen Gefühlen –, aber heute und hier und jetzt liebe ich Dich.

Wie es mit uns weitergehen soll, weiß ich nicht. Unentwegt schmiede ich Pläne und verwerfe sie wieder. Meine Wohnung in München – eine Maisonette in der Amalienpassage – ist zu klein für zwei Personen, von denen eine – ich – arbeiten muß. Aber wir könnten sicher eine größere finden. Ich könnte auch zu Dir nach Bad Eysing ziehen – aber ich möchte Deinem Ruf nicht schaden. Und schließlich könnten wir auch heiraten – wenn es sein muß. Du bist jetzt vielleicht enttäuscht über dieses ›Wenn es sein muß‹. Aber es beweist nur meine Liebe. Ich habe seit jeher einen Horror vor der Ehe, aber Dir zuliebe würde ich es wagen. Alles ist besser, als Dich zu verlieren.

Da ich Dich kenne, meine liebe, süße, allzu vernünftige Julia, weiß ich, Du wirst jetzt denken: Der schlägt wieder ein Tempo ein! Warum kann er sich nicht damit begnügen, daß wir uns hin und wieder sehen? Warum läßt er den Dingen nicht einfach ihren Lauf?

Weil ich weiß, wie sie sich entwickeln werden, geliebte Julia: Ich werde schon bald nicht mehr damit zufrieden sein, Dich nur sporadisch zu sehen, und Du wirst, hoffe ich jedenfalls, genauso empfinden. Denn alle Lust will Ewigkeit, will tiefe, tiefe Ewigkeit!

Sei stark, geliebte Julia, sei stark um meinetwillen! Ich brauche Dich, aber ich werde Dich nicht auspressen und ausnutzen wie Deine Kinder – denen ich übrigens gar keinen Vorwurf daraus mache, denn Du hast es ihnen zu leichtgemacht und sie sind hundejung und damit egoistisch und rücksichtslos und eigentlich ist das ihr gutes Recht, solange man es ihnen nicht verwehrt –, ich weiß, daß ich Dir viel zu geben habe, einen ganzen Schatz von Liebe, der sich in meinem Herzen angehäuft hat und von dem ich bisher nur Bettelpfennige verteilt habe! Jetzt wartet er auf Dich, daß Du ihn ausschöpfst!

Also überlege mit mir, was aus uns werden soll. Stell Deine Forderungen – keine wird mir zu hoch sein!

Ich liebe Dich, liebe, liebe Dich! Hans.«

Die kräftigen, erst sehr sorgsam geschriebenen, später immer flüchtiger werdenden Zeilen in einer schönen männlichen Schrift mit starken Unterbögen verschwammen vor Julias Augen. Tränen flossen ihr die Wangen herab, während sie gleichzeitig lächelte – über diese stürmische Werbung, über dies Bekenntnis einer Liebe und über ihre eigene schulmädchenhafte Ergriffenheit. Sie rieb sich mit der Hand über die Augen, suchte vergeblich nach einem Taschentuch, nahm ihren Ärmel zur Hilfe und las den Brief wieder und wieder; sie konnte ihn nicht aus der Hand legen.

Am Sonntagmorgen erschien Ralph, unangemeldet, aber nicht unerwartet. Julia hatte damit gerechnet, daß Roberta ihn alarmieren würde, um sie von ihrer »Dummheit« abzubringen.

Er tat harmlos, küßte Mutter und Schwester zärtlich und versuchte zunächst, den wahren Grund seines Kommens zu verschleiern. »Mir ist eingefallen, daß Robsy nächste Woche siebzehn wird! Ich dachte, wir sollten mal zusammen überlegen, wie wir das feiern wollen!«

»Soll das heißen, daß du dabeisein willst?« fragte Julia.

»Welch unverhoffte Ehre!« spottete Roberta.

»Je nachdem, was ihr vorhabt. Oder«, forschte er scheinheilig, die Lider mit den langen, seidigen Wimpern gesenkt, »bist du an diesem Tag etwa verhindert, Julia? Dann würden Robsy und ich . . .«

»War ich jemals an einem eurer Geburtstage verhindert?« fragte Julia scharf.

»Nein! Aber wie ich höre, hat sich die Situation inzwischen geändert. Könnte ja sein, daß . . .«

»An Robsys Geburtstag würde ich niemals etwas anderes vorhaben.«

»Das beruhigt mich. Wie wäre es dann mit einem festlichen Dinner in München? Ihr wißt ja, daß ich tagsüber arbeiten muß und deshalb . . .«

»Das können wir später besprechen!« unterbrach Julia ihn. »Es ist mir sehr lieb, Ralph, daß du dich heute zu uns bemüht hast. Ich habe dir nämlich einiges zu sagen.«

»Aha!« Sie waren in das Wohnzimmer gegangen, Ralph warf sich in den bequemsten Sessel und streckte die langen Beine aus. »Also, laß hören! Aber ich warne dich.«

»Wovor?« fragte sie überrascht.

»Dich nicht vor uns lächerlich zu machen. Wir sind beide ziemlich erwachsen . . . Also komm uns nicht mit Liebe, Verliebtheit und all solchem Quatsch!«

»Das hatte ich auch nicht vor.«

»Gut so. Du weißt, wir verzeihen dir alles, aber wir könnten es wohl kaum vergessen, wenn du jetzt die . . .« Er stockte und sagte: »Eine komische Rolle übernehmen würdest.«

Sie erriet, was er hatte sagen wollen: »Die komische Alte spielen würde, meinst du wohl.«

»So hart wollte ich es nicht ausdrücken.«

»Aber du hast es so gemeint. Jetzt paß einmal auf, mein lieber Junge: Mit meinen Gefühlen, Hoffnungen und Wünschen will ich euch gar nicht belämmern, denn die gehen euch nichts an. Ich möchte nur eines klarstellen. Vor ein paar Monaten hast du verkündet, daß du möglicherweise wieder bei uns einziehen willst, und ich, in meiner mütterlichen Blindheit, habe dem zugestimmt. Roberta hat mir damals gleich gesagt, daß ich verrückt bin, und sie hatte recht. Ich nehme also hiermit mein Einverständnis zurück. Du kannst natürlich jederzeit hier wohnen, Ralph, und ich bin auch bereit, dich zu bekochen, denn auf ein Essen mehr oder weniger kommt es ja nicht an . . . Aber um deine Wäsche kümmerst du dich gefälligst selber oder besorgst dir jemand, der sie macht. Waschmaschine und Bügeleisen stehen dir selbstverständlich zur Verfügung.«

»Hört, hört!«

»Das gleiche gilt auch für dich, Robsy! Da du noch Schülerin bist, verlange ich von dir natürlich kein Wohngeld . . . aber deine Sachen hältst du von nun an selber in Ordnung. Ich weiß, du hast dir hin und wieder mal eine Bluse gebügelt, und ich war jedesmal schwer begeistert . . . Aber ab sofort werden wir aus der Ausnahme eine Regel machen. Ich bin nicht da, um dich zu bedienen . . . das gilt auch vom Putzen deines Zimmers, des Bades und des Klos.«

»Dann komme ich nicht mehr zum Lernen!«

»Auch recht. Deine Mittlere Reife hast du ja. Geh von der Schule und such dir einen Beruf . . . wenn du glaubst, daß dir dann mehr Zeit für den Haushalt bleibt.«

»Aber, Julia«, sagte Ralph betroffen, »was sind das für Töne!«

»Ich hätte sie längst anschlagen sollen. Du hast ganz recht, Ralph, ihr seid beide inzwischen ziemlich erwachsen . . . viel zu erwachsen, um euch noch von mir bedienen zu lassen.«

»Dieser Mann muß ein wahrer Teufel sein!«

»Er hat damit gar nichts zu tun.«

»Erzähl uns doch so was nicht! Robsy sagt, daß er ein paar Jahre jünger ist als du. Ist dir nicht klar, daß er dich nur ausnehmen will!«

»Du hast keine Ahnung.«

»Bildest du dir ein, er wird dich heiraten? Und wenn . . . wirst du wirklich so blöd sein, darauf einzugehen? Auf deine schöne Pension verzichten und dich diesem Kerl ausliefern?«

»Das, lieber Ralph, steht hier gar nicht zur Debatte. Es geht nur um mein Verhältnis zu euch. Ich habe es einfach satt, mich von euch ausnutzen zu lassen.«

»Aber wir haben dich doch lieb!« rief Roberta.

»So lieb, daß ihr mir nicht die Luft zum Leben laßt. Ihr behandelt mich wie eine Schwachsinnige. Am liebsten würdet ihr den Schlüssel abziehen, wenn ihr geht. Ihr sucht euer Glück . . . dagegen ist nichts einzuwenden . . . aber ich soll währenddessen treu und brav auf meinem Platz sitzenbleiben und auf euch warten . . . für den Fall, daß ihr mich wieder braucht.«

»Du hast ja eine Meise«, sagte Ralph.

»Nenn es, wie du willst. Auf alle Fälle habe ich es satt, bis an mein Lebensende nur noch Mutter zu sein. Ich war es lange genug, aber jetzt genügt es mir nicht mehr. Ich weiß, in euren Augen bin ich eine alte Frau. Aber ich bin es nicht. Bloß . . . wenn ich so weitermache, werde ich wirklich ganz rasch alt sein. Dann wird mir nichts mehr bleiben, als euer Mitleid und eure Nachsicht und . . . vielleicht, aber auch nur sehr vielleicht . . . eure Dankbarkeit. Ihr werdet mir eure Kinder bringen, wenn sie euch im Wege sind, und ich darf dann auf sie aufpassen. Aber das genügt mir nicht.«

»Julia«, sagte Ralph, »geliebte Julia, nun komm doch wieder zur Vernunft. Dieser Kerl scheint dir ja tatsächlich total den Kopf verdreht zu haben. Wie lange kennst du ihn denn überhaupt? Wie kann er dir denn so viel mehr wert sein als wir?«

»Er achtet mich . . . und das ist etwas, das ihr nicht tut!«

»Ist ja überhaupt nicht wahr!« protestierte Roberta.

»Ich habe alles für euch getan . . . und ich hätte weiter alles für euch getan, wenn ihr mir nur das bißchen Freiheit gelassen hättet, das der Mensch zum Leben braucht!«

»Vielleicht waren wir wirklich ziemlich egoistisch«, gestand Ralph ein.

»Ziemlich ist gut!«

Er erhob sich, trat zu ihr hin und legte den Arm um ihre Schultern. »Wenn wir dir nun versprechen, daß in Zukunft alles anders werden wird?«

»Es wird anders, das habe ich euch schon gesagt!«

»Von mir aus kannst du diesen komischen Knaben sehen, wann du willst . . .«

Sie schüttelte seinen Arm ab. »Dein Ton gefällt mir nicht, Ralph! Er gefällt mir ganz und gar nicht!«

Er ließ sich nicht unterbrechen. ». . . aber mach nur keine Dummheiten! Auf keinen Fall darfst du ihm Geld geben, hörst du? Und heiraten kommt natürlich überhaupt nicht in Frage.«

»Wer gibt dir das Recht, mir solche Vorhaltungen zu machen?«

»Ich bin dein Sohn, und ich fühle mich für dich verantwortlich.«

»Sieh lieber zu, daß du etwas aus deinem eigenen Leben machst!«

»Nur keine Bange, ich habe feste Pläne.«

»Wie schön für dich. Dann verwirkliche sie bitte auch. Ich rede dir nicht rein, und ich habe dir nie reingeredet. Aber misch dich, bitte, auch nicht in meine Angelegenheiten.«

»Ist es dir wirklich völlig egal, ob ich das Abi mache oder nicht?« fragte Roberta ungläubig.

»Um deinetwillen hätte ich es gewünscht, wirklich nur um deinetwillen. Aber wenn du keine Lust hast oder dir die Arbeit zu viel wird, dann laß es. Von mir aus kannst du gerade so gut Ver-

käuferin werden oder Schneiderin oder Friseuse. Hör bloß auf,
dir einzureden, daß du mir zuliebe lernst. Ich habe ja nichts davon . . . außer den Kosten.«
»Julia!« schrie Roberta. »Nie hätte ich geglaubt, daß du so gemein sein könntest!«
»Seit Jahren büffle ich mit dir, treibe ich dich an, schiebe ich
dich vorwärts . . . mit dem Effekt, daß du eine Gnade daraus
machst, wenn du etwas tust. Dabei geschieht das alles nur für
dich. Aber jetzt habe ich die Nase voll.«
»Du bist ja ganz aus dem Häuschen«, sagte Ralph.
»Ja, du hast recht. Das bin ich. Es wird höchste Zeit, daß wir unsere Beziehungen auf eine andere Basis stellen. Wenn wir uns
nicht endlich gegenseitig als erwachsene, freie Menschen re-
spektieren, läuft überhaupt nichts mehr. Es ist sicher nur natürlich, daß Kinder versuchen, ihre Umwelt zu tyrannisieren. Aber
ihr seid jetzt keine Kinder mehr. Also benehmt euch wie Erwachsene.«
»Das Ganze läuft doch bloß darauf hinaus«, sagte Ralph, »daß
du uns los sein willst, um ganz für diesen Kerl dazusein. Sonst
wärst du auf all diese verrückten Ideen überhaupt nie gekommen.«
»Denk darüber, wie du willst! Ich kann nur hoffen, daß ich euch
meinen Standpunkt klargemacht habe.«
»Nun gut, dann geh ich eben von der Schule«, erklärte Roberta.
»Nur los! Tu, was du nicht lassen kannst! Nachdem schon
Ralph, der wesentlich besser war als du, nicht durchgehalten
hat, trifft mich das nicht mehr im mindesten.«
»Das sagst du jetzt doch nur so!«
»Nein. Es ist mir ernst. Es ist dein Leben. Mach daraus, was du
willst. In einem Jahr bist du achtzehn . . . wenn es dir nicht
mehr bei mir paßt, kannst du dann ausziehen.«
»Ralph hat recht: Du willst uns loshaben!«
»Und wundert dich das? Gerade dich?«
Roberta errötete bis in die Wurzeln ihres hellen Haares.
»Falls du damit auf die Geschichte mit diesem Oberlehrer an-
spielst«, sagte Ralph, »wenn er dich wirklich geliebt hätte . . .«
»Ja, was dann? Dann hätte er den Rest seines Lebens auf mich
gewartet, willst du wohl sagen? Hätte er das wirklich? Bist du

schon so einer Liebe begegnet? Glaubst du allen Ernstes, daß es die gibt?«

»Du solltest froh sein, daß nichts daraus geworden ist.«

»Warum? Ich wäre jetzt schon einige Jahre verheiratet, hätte wieder Kinder . . .«

». . . und wärst todunglücklich und enttäuscht!«

»Woher willst du das wissen? Bist du etwa Hellseher?«

»Aber, Julia«, sagte Roberta, »er kann doch nicht der Richtige für dich gewesen sein! Sonst hättest du dich doch jetzt nicht wieder verliebt!«

»Der Richtige!« rief Julia. »In was für einer Welt lebt ihr eigentlich! Als wenn es den Richtigen geben könnte! Jeder hat seine Kanten und Ecken! Es kommt nur darauf an, ob man bereit ist, den anderen mit seinen Fehlern und· Schwächen zu lieben . . . und das war ich. Aber ihr habt es mir nicht gegönnt, und nun seid ihr darauf aus, mir auch meine neue Liebe kaputtzumachen. Wie ihr schon von ihm sprecht! ›Dieser Kerl‹ und ›dieser komische Knabe‹! Wer gibt euch das Recht dazu? Jeden Partner, den ihr mir bringt, würde ich zumindest akzeptieren, auch wenn er mir durchaus nicht sympathisch wäre . . . nur weil ihr ihn mögt! Aber für euch ist ein Mann, nur weil er sich für mich interessiert, gleich ein Schuft oder ein Idiot oder . . . wie ihr das nennt . . . ein Untyp!«

»Julia, warum willst du uns denn nicht verstehen?« rief Roberta. »Wir lieben dich und wir sind besorgt um dich, das ist doch nur natürlich . . .«

»Gib es auf, Robsy!« sagte Ralph. »Es ist zwecklos! Julia spielt momentan verrückt, da kann man nichts machen. Sie wird schon wieder auf den Teppich kommen, beziehungsweise auf den Boden der Tatsachen zurückfinden.«

»Danke für dein grenzenloses Verständnis«, sagte Julia sarkastisch.

»Ich bin nun mal nicht der Typ, der gegen Windmühlen kämpft. Sagt mal, solltet ihr euch nicht endlich um das Mittagessen kümmern?«

Nach dieser Auseinandersetzung blieb die Stimmung gespannt.

Auch Robertas Geburtstag wurde kein Erfolg, obwohl Julia ihr das lang ersehnte Mofa mit der dazugehörigen Ausrüstung schenkte. Immer wieder machten Ralph und Roberta Ansätze, besonders liebevoll zu sein, aber wenn sie erfahren mußten, daß Julia nicht bereit war, sich umstimmen zu lassen, reagierten sie böse und beleidigt.

Die Sommerferien waren fast vorüber. Julia hatte nicht mit ihrer Tochter verreisen wollen und sie statt dessen ermuntert, etwas auf eigene Faust zu unternehmen.

Aber dazu hatte Roberta keine Lust. »Das könnte dir so passen!« sagte sie einmal.

Statt dessen kurvte sie mit ihrem Fahrzeug in Bad Eysing und Umgebung umher, und Julia wünschte sehr, daß sie Anschluß an andere Jugendliche finden würde. Aber das Mädchen schwieg sich über den Erfolg ihrer Unternehmungen aus.

Von der Schule meldete sie sich immerhin nicht ab, und Julia sah schon darin einen kleinen Erfolg.

Eines Morgens Anfang September – es war ein ganz gewöhnlicher Mittwoch, und Julia hatte gerade in den Garten hinuntergehen, Roberta wieder einmal abzischen wollen – stand Johannes Herder vor der Tür.

Roberta war es, die ihm öffnete. »Besuch für dich, Julia!« rief sie über die Schulter zurück.

»Wer?« fragte Julia.

»Ein Mann!«

»Ich heiße Johannes Herder«, erklärte er mit einem ruhigen Lächeln, »und bin ein guter Freund deiner Mutter.«

»Ach, Sie sind das!« sagte Roberta mit aller Verachtung, die sie aufbringen konnte.

»Ja, ich! Und du kannst mich duzen . . . Wir werden uns bald sehr gut kennen.«

»Das haben Sie sich so gedacht!«

Julia hatte sich rasch ein Flatterkleid über ihren Badeanzug gezogen; jetzt kam sie in die Diele, sah Johannes Herder und fiel ihm in die ausgebreiteten Arme.

»Ich möchte euch beide zum Picknick abholen«, sagte er, über ihren Kopf hinweg, zu Roberta.

»Picknick!« wiederholte das Mädchen. »Was für eine antiquierte Idee!«

»Endlich!« sagte Julia. »Ich bin so froh, daß du da bist, Hans!«

338

»Ich erst mal! Also los . . . ihr beiden Schönen! Macht euch fertig!«

»Ich denke ja gar nicht daran«, protestierte Roberta.

Julia wandte sich ihr zu. »Komm, sei nicht so, Liebling! Wir wollen uns einen schönen Tag machen, ja?«

»Ich habe alles, was man dazu braucht, mitgebracht«, versicherte Johannes.

»Wenn du willst, kannst du auch auf deinem Mofa hinterherfahren, Robsy!« schlug Julia vor.

»Was? Ein Mofa hast du?« sagte er interessiert. »Beneidenswert! Darf ich es ausprobieren?«

»Sie können mich mal!«

»Aber, Robsy!« rief Julia.

Johannes Herder lachte nur. »Es scheint zu stimmen, was man sich über die Jugend von heute erzählt.«

Roberta warf den Kopf in den Nacken. »Hören Sie, ich weiß nicht, was Sie von meiner Mutter wollen, aber was Gutes kann es bestimmt nicht sein. Ich warne Sie! Mein Bruder und ich sind auch noch da!«

»Du jedenfalls bist nicht zu übersehen.«

»Bitte, streitet euch doch nicht!« flehte Julia. »Ihr müßt doch miteinander auskommen. Das Leben ist so kurz . . . und Streit ist doch nur verlorene Zeit.«

»Sehr richtig, Julia!« stimmte Johannes ihr zu. »Du wirst dich an mich gewöhnen müssen, Robsy, es bleibt dir nichts anderes übrig. Warum also nicht gleich damit anfangen?«

»Lassen Sie mich, verdammt noch mal, in Ruhe!« Roberta stieß ihn beiseite und stürzte aus der Wohnung.

»Schade«, sagte er und sah ihr nach, »mein Auftritt war entschieden kein Erfolg.«

»Wenigstens hat sie dich nicht wiedererkannt.«

»Ich komme allmählich aus dem Alter, in dem man Eindruck auf junge Mädchen macht.«

»Du reizt sie auf.«

»Mag schon sein. Ich will mich gar nicht entschuldigen, aber ich kann diese pampige Art nun einmal nicht vertragen.«

»Sie wird sich schon wieder beruhigen. Komm herein! Laß uns warten, bis sie wiederkommt.«

»Ich denke ja nicht daran. Seit mehr als einem Jahr träume ich davon, mit dir ein Picknick zu machen, und ich lasse mir den Spaß von einer unverschämten Göre nicht verderben! Soll sie nur grollen! Bitte, Julia, zieh deinen weißen Badeanzug an . . . wie damals!«

»Habe ich schon!« sagte sie. »Denk dir . . . so ein Zufall!«

»Ich nenne es Schicksal. Aber beeil dich jetzt. Das Wetter sieht nicht so aus, als würde es ewig halten.«

»Ich ziehe mir nur etwas anderes über . . . und Schuhe an . . . dann bin ich bereit!«

»Geliebte Julia!« Er nahm sie in die Arme, und jetzt, da sie miteinander allein waren, erwiderte sie seinen Kuß rückhaltlos.

»Eigentlich ist mir gar nicht mehr nach Picknick!« gestand er. »Wir könnten auch hierbleiben. Was hältst du davon?«

»Gar nichts, Roberta kann hier jeden Augenblick auftauchen. Die ist unberechenbar.«

»Dann beeil dich, bitte! Du brauchst dich nicht für mich schön zu machen. Ich liebe dich so, wie du bist.«

»Das will ich hoffen!« Sie fuhr sich mit der Hand durch ihre kurz geschnittenen braunen Locken. »Trotzdem solltest du nicht hier herumstehen.« Sie öffnete die Tür zum Wohnzimmer. »Setz dich so lange!«

»Nein, dazu habe ich keine Ruhe. Mach ganz schnell!«

»Ja, ich beeil mich!«

Sie küßten sich noch einmal, bis er sich losriß und sagte: »Du machst es einem wirklich schwer, die Beherrschung zu bewahren! Ich geh' lieber runter . . .«

»Du Ärmster«, sagte sie lachend und wirbelte davon.

In ihrem Zimmer schlüpfte sie aus ihrem Gewand, zog ein leichtes Sommerkleid über und feste Schuhe an die Füße, tat ein Fläschchen Sonnenöl in ihre Handtasche, verschloß die Wohnung und lief hinunter. »Na, war ich schnell?« rief sie, als sie die Tür des Kabrioletts aufriß.

»Du könntest Verwandlungskünstlerin werden!«

Während sie durch Bad Eysing fuhren, hielt Julia unwillkürlich Ausschau nach Roberta. Erst als sie die Ausfallstraße erreichten, gelang es ihr, sich zu entspannen. Sie hatten sich viel zu erzählen. Er berichtete von seinen Erlebnissen in Amerika, und sie hörte zu, er fragte nach ihren Kindern, und sie redete freiweg Aber dabei blieb es nicht. Beide hatten sie das Bedürfnis, ihr ganzes Leben voreinander auszubreiten, um den Rest von Fremdheit, der noch zwischen ihnen stand, so schnell und so vollkommen wie möglich auszulöschen.

Das Auto zog zügig die Berge hoch, und Julia achtete nicht auf die Straße. Erst als sie den Gasthof »Alpenblick« erreichten, fragte sie: »Wo willst du mit mir hin?«

»Das solltest du doch wissen!«

»Zu dem Platz, an dem wir uns damals zum erstenmal begegnet sind?«

»Von dem ihr mich fortgescheucht habt! Wie gern hätte ich damals diese Weiber verjagt und wäre mit dir allein geblieben.«

»Es waren meine Freundinnen.«

»Kann es Freundschaft unter Frauen überhaupt geben?«

»Du fragst wie ein Chauvinist.«

»Vielleicht bin ich einer.«

»Das möchte ich doch nicht hoffen.«

Sie hatten die asphaltierte Straße verlassen, als die ersten Tropfen fielen.

»So ein Pech!« rief er. »Und ich hatte mir alles so schön vorgestellt!« Er fuhr den Wagen auf eine Ausweichstelle und klappte das Verdeck hoch. »Wollen wir warten, bis es sich aufklärt?«

»Wenn es hier in den Bergen erst einmal regnet, dann kann es lange dauern.«

Er fuhr rückwärts und wendete. »Also müssen wir unser Picknick ins Haus verlegen. Kommst du mit nach München?«

»Ja«, sagte sie nur.

»Julia, ich liebe dich!«

»Du wiederholst dich zwar, aber mach nur weiter so . . . Ich kann es nicht oft genug hören!«

Als sie München erreichten, regnete es heftig. Aber es machte ihnen nichts aus, denn sie konnten von der Tiefgarage aus trockenen Fußes mit dem Lift sein Apartment im vierten Stock erreichen. Er trug den Korb mit Eßsachen und die Felldecke, sie die Kühlbox mit den Flaschen.

Seine Wohnung war klein. Im Untergeschoß gab es eine Sitzecke, einen Schreibtischplatz und eine Einbauküche. Eine weiß lackierte Wendeltreppe führte nach oben, und ein riesiges, schräges Atelierfenster, auf das jetzt der Regen trommelte,

341

überdachte das Ganze. An den Wänden gab es Plakate von Konzerten und von Sängern.

»Hübsch hast du es hier«, sagte sie anerkennend.

»Für einen Junggesellen reicht es gerade.« Er wies mit dem Daumen die Treppe hinauf. »Da oben schlafe ich.« Er machte sich an einer komplizierten Stereoanlage zu schaffen. »Möchtest du Musik?«

Sie hatte plötzlich das Gefühl, daß dies zu seinem üblichen Programm gehörte, wenn er seine Besucherinnen betören wollte.

»Nicht nötig!« wehrte sie ab. »Ich mag den Regen hören!«

»Recht hast du.« Er breitete die Felldecke auf dem weichen Teppich aus. »Jetzt also, unser Picknick. Ich hoffe, du hast Hunger.«

»Eigentlich nicht.«

»Komm, zieh dein Kleid aus und laß dich nieder. Ich will dich in deinem hübschen weißen Badeanzug sehen.«

Etwas befangen streifte sie Kleid und Schuhe ab, erschrak, als auch er sich auszog und war erleichtert, daß eine kleine rote Badehose unter seinem Freizeitanzug zum Vorschein kam. Er streckte sich auf der Decke aus, stützte den Ellbogen auf und das Kinn in die Hand.

»Komm her zu mir!«

»Du mußt Geduld mit mir haben«, bat sie, »ich bin es nicht mehr gewohnt.« Sie öffnete die Kühlbox und holte eine Flasche Weißwein heraus.

»Gib her! Im Korb ist ein Korkenzieher . . . Aber laß uns lieber Gläser nehmen, auch wenn es nicht so zünftig ist.«

Sie reichte ihm den Korkenzieher, nahm zwei Gläser aus dem Regal und blieb abwartend stehen.

»Setz dich doch!« bat er, und sie ließ sich im Schneidersitz neben ihm nieder.

Der Wein war kühl und herb, sie tranken sich zu, und sie leerte ihr Glas in einem Zug. »Mehr!« bat sie.

»Jetzt nicht.« Er nahm ihr das Glas aus der Hand und stellte es beiseite. »Nicht auf nüchternen Magen.«

»Dann laß uns etwas essen.«

»Später!« Er hatte auch sein Glas abgestellt und zog sie jetzt an sich. »Wir haben Zeit . . . viel, viel Zeit . . .« Sanft begann er sie zu streicheln. ». . . alle Zeit, die es nur geben kann . . .«

Zuerst dachte Julia daran, wie lange es her war, seit sie in den Armen eines Mannes gelegen hatte. Sie versuchte es auszurechnen, aber es gelang ihr nicht, und bald gab sie auf. Die Vergangenheit versank und wurde unwirklich. Da waren nur noch seine zärtlichen Hände, sein Mund, sein Körper und das Trommeln des Regens auf dem Atelierfenster.

Als er ihr sachte den Träger ihres Badeanzugs abstreifte, sträubte sie sich nicht dagegen. Sie war glücklich, daß sie noch schön war und sich ihres Körpers nicht zu schämen brauchte, und der Gedanke an die Vergänglichkeit dieses Glücks steigerte noch ihre Leidenschaft.

Er brauchte sie nicht bitten, sich auszuziehen, sie tat es jetzt selber, rasch und selbstverständlich. In ihrer Nacktheit fühlte sie sich befreit, und ihre Scheu verschwand. Mit den Fingerspitzen, den Lippen, der Zunge begann sie seinen warmen festen Körper zu erforschen.

Es war eine Stunde unendlicher Seligkeit.

Julia hätte nicht sagen können, aus welchem Anlaß sie hochschreckte. Sie hatten sich geliebt, getrunken, gegessen, miteinander geplaudert und sich wieder geliebt. Dann war sie in seinen Armen eingeschlafen, nackt an seinen nackten Körper geschmiegt, der ihr jetzt schon vertraut war wie ihr eigener.

»Wie spät ist es?« fragte sie.

»Ich weiß es nicht«, murmelte er, und seine Lippen berührten ihre Stirn.

»Es wird schon dunkel.«

»Wir können Licht anmachen, wenn du willst.«

Sie seufzte. »Ich fürchte, ich muß nach Hause.« Sie bedeckte seine Brust mit kleinen Küssen, wehrte sich, als er sie wieder an sich ziehen wollte, und stand auf. »Bestellst du mir ein Taxi?«

»Was für eine Idee! Natürlich bringe ich dich!«

»Das ist lieb von dir.«

»Es ist selbstverständlich.«

Sie zog sich rasch an. »Es war ein wunderbares Picknick«, sagte sie lachend, als sie die Abfälle in einer Plastiktüte verstaute.

»Wir wollen immer nur Picknicks miteinander haben, ja?«

»Das wäre mir denn doch zu wenig!« protestierte er. »Wir werden alles miteinander haben. Frühstück im Bett und abendliche

343

Dinners, Sonnenauf- und Sonnenuntergänge . . . gemeinsame Nächte und . . .« Er brach ab. »Es gibt für uns noch so viel zu erobern.«

»Ja«, sagte sie, »einverstanden . . . eins nach dem anderen.«
Auf der Rückfahrt saß sie dicht neben ihm, den Kopf an seiner Schulter, die Hand auf seinem Knie. Aber als er den Arm um sie legen wollte, sagte sie: »Nein! Paß lieber auf!«
»Wie kann ich das, wenn mich dein Haar kitzelt?«
Sie richtete sich rasch auf.
»Bitte, bleib!« sagte er. »Es war nur ein Scherz.«
Wortlos kuschelte sie sich wieder an; sie fühlte sich so wohl neben ihm, daß sie fast wünschte, die Fahrt würde nie ein Ende nehmen. Der Regen hatte aufgehört, und Johannes hatte das Verdeck geöffnet. Die Luft war rein und noch ein wenig feucht, und sie genoß den Wind, der ihr Gesicht kühlte. Sie hielt die Augen geschlossen.
»Schon?« fragte sie verwundert und etwas enttäuscht, als er erklärte, daß sie am Ziel waren.
Er lächelte auf sie herab. »Wenn du willst, drehen wir noch eine Runde!«
»Nein, ich muß nach Hause!« Sie reckte sich zu ihm und küßte ihn auf den Mund.
»Ich werde dich begleiten.«
Einen Augenblick war sie irritiert und fragte, ob das richtig wäre.
»Es ist besser so!« erklärte er. »Ich will nicht, daß du Ärger kriegst.«
»Und du glaubst, du kannst das verhindern?«
»Auf jeden Fall bin ich ein guter Blitzableiter.«
Sie gab nach.
Die Wohnung war dunkel und still. Julia überfiel sofort eine böse Ahnung. Sie lief durch alle Zimmer und knipste Licht an.
»Reg dich nicht auf!« sagte er. »Sie wird schon nach Hause kommen. Es ist ja erst zehn Uhr.«
»Komisch«, sagte Julia, »irgendwie hatte ich damit gerechnet, daß sie auf mich warten würde.«
»Hat sie eben nicht getan. Sie will dir eins auswischen.«
Julia inspizierte die Küche. »Zu Mittag hat sie auch nichts gegessen.«

»Sie wird irgendwo Pommes mit Ketchup gefuttert haben.«
»Wo kann sie bloß sein?«
»Komm mal her!« rief er. »Ich habe etwas gefunden! Eine Nachricht!« Er hatte den Zettel von der Flurgarderobe genommen, ein kleines Blatt, abgerissen von einem Block. »Bitte, bleib ganz ruhig!« Er legte den Arm um sie, als sie sich neben ihn stellte.
»Julia, Du hast's geschafft«, las sie, »jetzt bist Du mich los. Zwecklos, mich zu suchen. Ich bin fort für immer.«
»Halb so schlimm!« behauptete er. »Sie will dich erschrekken . . . und sich rächen. Hat sie Geld?«
»Ja.«
»Wieviel?«
»Ich gebe ihr hundert Mark im Monat für Kleider . . .«
»Ganz schön großzügig!«
». . . aber natürlich weiß ich nicht, wieviel sie davon noch hat.«
»Wann hat sie es bekommen?«
»Es wird immer Anfang des Monats auf ihr Konto überwiesen.«
»Dann wird sie schon noch etwas haben. Hast du Geld im Haus?«
»Nur für die täglichen Einkäufe.«
»Und wo bewahrst du es auf?«
»In meiner Handtasche . . . und in der Küche!«
»Sieh nach, ob es noch dort ist.«
Das Geld, das sie zusammen mit Quittungen und Einkaufsnotizen in einer Schublade aufzubewahren pflegte, war fort.
»Das habe ich mir gedacht!« sagte er. »Jetzt stell mal fest, ob sie auch Kleidungsstücke mitgenommen hat . . . ihren Ausweis hat sie sicher dabei . . . nein, sag mir zuerst, wo du den Cognac hast! Du zitterst ja am ganzen Leib.«
»Ich kann nichts dafür«, sagte sie kläglich.
»Ich weiß doch. Du brauchst dich nicht zu entschuldigen. Wo also? Im Wohnzimmer? Ich hol ihn dir!«
Als er, mit der Flasche in der Hand, in Robertas Zimmer kam, kniete Julia vor den geöffneten Schubladen der Kommode und blickte zu ihm auf. »Sie hat zwei Jeans mit«, sagte sie. »T-Shirts, Pullis und Höschen . . .«
»Ihr Waschzeug?«

345

»Hat sie dagelassen!«

»Mit der Zivilisation will sie also nichts mehr zu tun haben.«

»Vielleicht hat sie es auch einfach vergessen.«

»Schon möglich.« Er entkorkte die Flasche und hielt sie ihr hin. »Nimm einen Schluck!«

»So?«

»Ja, ganz einfach so!« Er half ihr auf die Beine, zog sie eng an sich und streichelte ihren Rücken. »Beruhige dich, Julia, es kommt in den besten Familien vor, daß Kinder ausreißen. Du darfst dich jetzt nicht verrücktmachen.«

»Aber was soll ich denn jetzt tun?«

»Wie alt ist sie?«

»Siebzehn.«

»Dann müssen wir zur Polizei. Eine Vermißtenmeldung aufgeben.«

»Aber wenn sie nun von selber wieder zurückkommt?«

»Du mußt es trotzdem tun . . . das heißt, ich kann es dir abnehmen, wenn du mir ihre Daten gibst, ein Foto, die Nummer vom Mofa . . . sie wird wohl mit ihrem Mofa abgehauen sein, denke ich. Wo parkt sie es sonst?«

»Im Hausflur.«

»Da war es nicht. Das wäre mir aufgefallen.«

»Für dich ist das alles so einfach«, sagte sie, »aber ich bin ziemlich spießbürgerlich, weißt du . . . wir leben hier in einer kleinen Stadt . . .«

»Und du fürchtest um ihren Ruf?«

»Ja.«

»Daran hätte sie selber denken sollen.«

»Hans! Sie ist doch noch ein Kind!«

»Ja, wenn es um ihre Pflichten geht . . . wenn sie ihre Rechte fordert, ist sie total erwachsen.«

»Du bist sehr hart.«

»Einer von uns beiden muß es sein. Robsys Ruf in Eysing ist ganz belanglos. Sie braucht ja nicht ihr Leben hier zu verbringen. Wir dürfen keine Minute zögern, sie als vermißt zu melden. Noch bist du für sie verantwortlich . . . und desto früher haben wir sie wieder.«

»Wenn du meinst.«

»Ich weiß es, Julia. Also los, gib mir ihre Daten!« Er führte sie

zu Robertas Schreibtisch, riß eine Seite aus einem ihrer Schulhefte und drückte Julia einen Kugelschreiber in die Hand.
»Auch Größe, Haarfarbe, Gewicht und so weiter!«
Julia versuchte zu schreiben, aber ihre Hand versagte; es kam nichts als ein unleserliches Krickelkrakel dabei heraus.
Er nahm ihr das Blatt aus der Hand. »Laß mich das machen! Sag's mir an!« Als er alles beisammen hatte, sagte er: »Jetzt noch ein Foto! Und, Julia, während ich zur Polizei gehe, packst du schon deine Sachen.«
»Aber wieso?« fragte sie verwirrt.
»Glaubst du, ich würde dich in diesem Zustand alleinlassen? Ich nehme dich natürlich mit.«
»Das geht nicht. Wenn Robsy nun wieder auftaucht!«
»Sie hat einen Schlüssel, nehme ich an?«
»Ja.«
»Also hinterlassen wir ihr einfach eine Nachricht. Außerdem wird sie nicht auftauchen, schlag dir das aus dem Kopf . . . Nicht, bevor sie hoffen kann, dich zermürbt zu haben.«
»Aber wie sollen wir je erfahren . . .«
»Ich werde bei der Polizei meine Adresse angeben, erklären, daß du unter einem Schock stehst . . . das tust du ja wirklich . . . und ich dich zu meiner Schwester bringen muß.«
»Hast du denn eine Schwester?«
»Habe sie gerade erst erfunden.« Er küßte sie. »Weil mir dein Ruf teuer ist.«
»Ich weiß nicht, ob wir das Richtige tun.«
»Wir haben überhaupt keine andere Wahl.«

Die nächsten Tage verliefen für Julia jenseits der Wirklichkeit. Wenn sie nachts erwachte, wußte sie nicht, wo sie war. Selbst tagsüber verlor sie manchmal die Orientierung. Sie verstand nicht, wie sie trotz ihrer Angst um Roberta zuweilen mit Hans fast glücklich sein konnte oder doch nicht ganz unglücklich war, und machte sich schwere Vorwürfe. Aber sie spürte auch, daß sie ohne ihn die Zeit nicht überstanden hätte.
Er benachrichtigte Agnes. Täglich zweimal, morgens und abends, rief er die Polizei in Eysing an, warnte Julia jedesmal vorher, sich nur ja keine Hoffnungen zu machen, denn so rasch würde die Ausreißerin bestimmt nicht gefaßt werden können.

Nachher erklärte er beruhigend: »Wie ich es mir gedacht habe! Sie haben sie noch nicht.«

»Warum rufst du dann überhaupt an?«

»Deinetwegen, Julia! Gegen alle Vernunft!«

Er beschäftigte sie den ganzen Tag, zwang sie, mit ihm im Englischen Garten zu joggen, komplizierte Gerichte zu kochen, seine Texte zu beurteilen und deckte sie mit Schreibarbeiten ein. Mechanisch tat sie alles, was er von ihr verlangte, aber ihre Sorge um Roberta brach ihr fast das Herz.

»Müßten wir nicht Ralph benachrichtigen?« fragte sie einmal.

»Wozu? Er kann ja doch nicht helfen.«

»Aber er sollte es doch wissen.«

»Ach was. Du möchtest doch nur, daß er die Vorwürfe bestätigt, die du dir selber machst.«

»Aber bin ich denn nicht schuld?«

»Nicht im geringsten. Robsy ist nicht in Panik abgehauen, weil sie dich mit einem Mann erwischt hat, sondern sie ist ganz berechnend vorgegangen. Sie weiß, wie sie dich klein kriegen kann.«

»Aber wo mag sie sein?«

»Entweder in den Süden oder nach Amsterdam. So machen es die meisten, und ein solcher Sonderfall ist deine Tochter ja auch nicht.«

»Und wenn ihr das Geld ausgeht?«

»Wird sie betteln müssen oder Schwarzarbeit annehmen oder sich einen Freier suchen . . . Nun sieh mich nicht so entsetzt an, Julia! Davon wird sie ja noch lange keine Nutte, im Gegenteil, es wird eine Lehre für sie sein. Bisher ist ihr ja alles nachgeworfen worden. Soll sie ruhig mal erleben, wie es ist, wenn man sich auf eigene Faust durchschlagen muß.«

»Man merkt, daß du nie Kinder gehabt hast.«

»Geh ruhig auf mich los, wenn es dich erleichtert, aber versprich mir nur eines . . . mach jetzt keine Gelöbnisse . . . so nach dem Motto: Lieber Gott, laß sie heil und gesund zurück kommen, dann verspreche ich dir auch, daß ich nie, nie wieder einen Mann ansehen werde!«

Sie errötete, denn sie fühlte sich durchschaut. »Das ist doch Unsinn«, behauptete sie.

»Ein Unsinn, zu dem du recht gut fähig wärst, Julia. Ich kenne dich. Mach dir eins klar: Robertas Weglaufen ist keine Strafe des Himmels für dein schlechtes Betragen, sondern ein Schachzug deiner Tochter, um dich wieder kirre zu kriegen.«

Sie mußte sich zugeben, daß er nicht ganz unrecht hatte, und dennoch fühlte sie sich unverstanden. Aber wer hatte je verstanden, was sie für ihre Kinder empfand? Niemand! Zum erstenmal kam ihr der Gedanke, daß ihre eigene Einstellung falsch sein mochte.

Fünf Tage nach Robertas Verschwinden kam eines Abends ein Anruf. Johannes Herder nahm ihn entgegen und reichte ihr den Hörer: »Für dich!« Es war die Polizei in Eysing, und Julia lauschte atemlos. Dann deckte sie die Sprechmuschel ab: »Sie haben sie, Hans!« rief sie außer sich. »Sie haben Robsy aufgegriffen! An der holländischen Grenze. Ich kann sie abholen!«

Er nahm ihr den Hörer aus der Hand. »Und wenn wir sie nicht abholen, Herr Kriminalinspektor?« fragte er. »Ach so, dann kommt sie per Schub. Und wann? In Ordnung. Machen wir es so.« Er legte auf.

»Bist du verrückt geworden?« rief sie.

»Nur vernünftig geblieben, Julia. Robsy ist gefaßt und in Sicherheit. Wenn du jetzt angestürmt kommst, wird sie sich einbilden, daß sie ihr Ziel erreicht hat. Selbst wenn du ihr unsere Liebe nicht zum Opfer bringen willst . . .« Er sah sie fragend an.

»Nein, nein, Hans, bestimmt nicht!«

». . . wirst du es schwer haben, ihr das klarzumachen. Laß sie ruhig noch schmoren. Jetzt kann ihr ja nichts mehr passieren. Sobald sie ein paar Ausreißer zusammen haben, wird sie nach München gebracht. Es muß ja ein Beamter mitfahren.«

»Ach so«, sagte sie schwach.

Er nahm sie in seine Arme. »Julia, wach auf! Der Alptraum ist vorüber! Laß uns das feiern!«

Um ihn nicht zu enttäuschen, machte sie mit. Aber sie wußte, daß ihr erst wirklich wohl sein würde, wenn sie ihre Tochter wiederhatte.

Dann kam der Tag, an dem sie Roberta abholen konnte. Sie war mit dem D-Zug aus Köln gekommen und wurde ihnen auf der

Polizeiwache des Münchner Hauptbahnhofs übergeben, nach-
dem Julia sich ausgewiesen hatte.
Im ersten Augenblick erschien sie Julia völlig verändert. Viel-
leicht lag es daran, daß ihr blondes, sonst immer so gepflegtes
Haar fettig geworden war und sie es im Nacken zusammenge-
bunden hatte. Sie wirkte abgerissen, und sie stank – so sehr,
daß Julia fast zurückgezuckt wäre und sich überwinden mußte,
sie liebevoll in die Arme zu nehmen.
»Wie schön, daß du wieder da bist!«
»Hallo, Robsy!« sagte Johannes Herder.
»Oh, hallo!« gab Roberta abweisend zurück.
Als sie durch die Bahnhofshalle gingen, fragte Julia vorsichtig:
»Hattest du denn keine Gelegenheit, dich zu waschen?«
»Doch, schon. Bloß keine Klamotten zum Wechseln.«
»Aber du hattest doch einiges von zu Hause mitgenommen.«
»Ist futsch.«
»Und dein Mofa?«
»Geklaut.«
»Das ist doch alles ganz unwichtig!« mischte sich Johannes ein.
»Ich fahre euch jetzt nach Hause, da kannst du baden und dich
umziehen, Robsy, und schon bist du wieder wie neu. Über ein
neues Mofa läßt sich auch reden.«
»Im Ernst?« fragte Roberta, plötzlich interessiert.
»Ja, ein kleines Friedensangebot von mir. Natürlich nur, wenn
du versprichst, deiner Mutter nicht wieder solchen Kummer zu
machen.«
»Sie hätte mich ruhig abholen können . . . Andere Eltern haben
das getan.«
»Ja«, sagte Johannes Herder, »aber noch andere wollen ihre
Töchter nach so etwas gar nicht mehr wiederhaben. Da hast du
es also noch gut getroffen.«
»Und was wäre dann gewesen? Wenn sie mich nicht hätte wie-
derhaben wollen?«
»Wärst du in ein Heim gekommen. Wenn du das möch-
test . . .«
»Nein, lieber nicht.«
»Das habe ich mir gedacht.«
»Was willst du nun tun?« fragte Julia. »Wieder auf die
Schule!«

350

»Solange mir nichts Besseres einfällt.«

Auf der Fahrt nach Bad Eysing war Julia froh, daß sie in einem offenen Wagen saßen. »Wie bist du nur auf die Idee gekommen, ausgerechnet nach Holland zu fahren?« fragte sie.

»Nur so«, antwortete Roberta.

»Das wird sie dir alles später erzählen«, sagte Johannes, »wenn ich euch allein gelassen habe.«

In Bad Eysing angekommen, verzog sich Roberta sofort ins Bad.

»Sie ist so anders«, sagte Julia, »so zahm geworden ... es erschreckt mich richtig.«

»Muß es nicht. Das ist nur vorübergehend. Warte nur ab, bis sie sich einigermaßen erholt hat. Dann wird sie schon wieder ihre Krallen zeigen.«

»Glaubst du?«

»Ich bin sicher, Julia. Der Kampf ist noch nicht beendet. So einfach ist das nicht. Aber der Sieg ist immerhin in Sicht ... wenn du nur weißt, wo du stehst.«

»Auf deiner Seite, Hans. Ich werde nie vergessen, was du für mich getan hast.«

»Ich pfeife auf deine Dankbarkeit, Julia! Was ich brauche, ist deine Liebe!«

»Die hast du ja, Hans«, sagte sie, und es war ihr, als könnte sie zum ersten Mal seit langer Zeit wieder frei atmen, »meine ganze Liebe!«

Er nahm sie in seine Arme und küßte sie zärtlich. »Dann kann uns nichts auf der Welt mehr trennen!«

Die Romane von Marie Louise Fischer

Diese heiß ersehnten Jahre
448 Seiten

C. Bertelsmann

Das Dragonerhaus
488 Seiten

Ehebruch
400 Seiten

Das eigene Glück
352 Seiten

Die Frauen vom Schloß
448 Seiten

Mehr als ein Traum
320 Seiten

Die Rivalin
448 Seiten

Zu viel Liebe
352 Seiten

Als wäre nichts geschehen
352 Seiten

Blanvalet